NUR NOCH EIN ATEMZUG

WEITERE TITEL VON LISA REGAN

DETECTIVE-JOSIE-QUINN-SERIE

Die verlorenen Mädchen

Das Mädchen ohne Namen

Das Grab ihrer Mutter

Ihre letzte Beichte

Ihre begrabenen Geheimnisse

Ihre stumme Bitte

Die Namenlose

Du musst sie finden

Rette ihre Seele

Nur noch ein Atemzug

Schlaf still, mein Mädchen

Der Unfall

IN ENGLISCHER SPRACHE
DETECTIVE-JOSIE-QUINN-SERIE

Vanishing Girls

The Girl With No Name

Her Mother's Grave

Her Final Confession

The Bones She Buried

Her Silent Cry

Cold Heart Creek

Find Her Alive
Save Her Soul
Breathe Your Last
Hush Little Girl
Her Deadly Touch
The Drowning Girls
Watch Her Disappear
Local Girl Missing
The Innocent Wife
Close Her Eyes

LISA REGAN
NUR NOCH EIN ATEMZUG

Übersetzt von Reinhard Ferstl

bookouture

Die Originalausgabe erschien 2020 unter dem Titel „Breathe Your Last"
bei Storyfire Ltd. trading as Bookouture.

Deutsche Erstausgabe herausgegeben von Bookouture, 2023
1. Auflage März 2023

Ein Imprint von Storyfire Ltd.
Carmelite House
50 Victoria Embankment
London EC4Y 0DZ

deutschland.bookouture.com

Copyright der Originalausgabe © Lisa Regan, 2020
Copyright der deutschsprachigen Ausgabe © Reinhard Ferstl, 2023

Lisa Regan hat ihr Recht geltend gemacht, als Autorin dieses Buches genannt
zu werden.

Alle Rechte vorbehalten. Diese Veröffentlichung darf ohne vorherige
schriftliche
Genehmigung der Herausgeber weder ganz noch auszugsweise in irgendeiner
Form oder mit irgendwelchen Mitteln (elektronisch, mechanisch, durch
Fotokopie oder Aufzeichnung oder auf andere Weise) reproduziert, in einem
Datenabrufsystem gespeichert oder weitergegeben werden.

ISBN: 978-1-83790-365-8
eBook ISBN: 978-1-83790-364-1

Dieses Buch ist ein belletristisches Werk. Namen, Charaktere, Unternehmen,
Organisationen, Orte und Ereignisse, die nicht eindeutig zum Gemeingut
gehören, sind entweder frei von der Autorin erfunden oder werden fiktiv
verwendet. Jede Ähnlichkeit mit tatsächlichen lebenden oder toten Personen
oder mit tatsächlichen Ereignissen oder Orten ist völlig zufällig.

Für Maureen Downey, die mein Leben so sehr bereichert hat.

PROLOG

Nicht immer kann ich ihre Gesichter sehen, wenn sie ihren letzten Atemzug tun. Ich frage mich: Wissen sie, dass sie, wenn ihre Zeit gekommen ist, sterben werden? Ist ihnen klar, was passiert ist? Haben sie Angst? Denken sie an mich? Verdächtigen sie mich? Etwas enttäuschend ist es, in diesen letzten Augenblicken nicht dabei sein zu können. Aber was danach kommt, macht es mehr als wett. Erfüllend ist nicht das Töten selbst, sondern das Nachspiel. Zuzusehen, wie Familien und Freunde betäubt vor Trauer und Schock umhertaumeln, als hätten sie fest damit gerechnet, dass ihnen in ihrem Leben nichts Schlimmes widerfahren würde, das ist das eigentlich Faszinierende. Ich habe alles gesehen, von verweinten Augen bis zu echten Zusammenbrüchen. Meine Lieblingstrauernden sind diejenigen, die der Verlust so überwältigt, dass sie seine Last nicht mehr ertragen, nicht einmal mehr stehen können. Ihre Körper versagen. Sie kollabieren und zittern, schluchzen und heulen. Allerdings ist allen Hinterbliebenen eines gemein. Es quält sie ausnahmslos diese eine universelle Frage:

Was ist passiert?

Manchmal möchte ich ihnen in die Augen sehen und

sagen: »Sie haben bekommen, was sie verdient haben. Das ist passiert.«

Aber das kann ich nicht. Wüssten sie, was ich getan habe, käme ich wohl ins Gefängnis. Dann könnte ich mein Spielchen nicht mehr spielen.

Wo wäre da noch der Spaß?

EINS

Die Häuser von Denton zogen vorbei, als Josie mit ihrer Freundin Misty und deren vierjährigem Sohn Harris in die Berge nördlich der Stadt fuhr. Die Sonne fiel durch die Baumkronen über der gewundenen Bergstraße auf Josies Poloshirt, das das Logo der Polizei von Denton trug. Im grellen Licht wirkte es eher knallpink als lachsrosa. Dabei war es wie alle ihre Arbeitsshirts einmal weiß gewesen. Leise verwünschte sie ihren jüngeren Bruder Patrick, der an der Universität von Denton im zweiten Jahr studierte. Der Campus lag so nah an Josies Haus, dass er oft vorbeikam, um etwas zu essen oder seine Wäsche zu waschen.

»Was ist los?«, fragte Misty.

»Nichts«, brummte Josie.

»Ärgerst du dich noch immer wegen deines Poloshirts?«

Josie sah wieder an sich herunter und widerstand dem Drang, laut loszufluchen. »Nicht nur das hier hat er ruiniert«, schimpfte sie. »Alle meine Arbeitsshirts sehen jetzt so aus. Ich muss mir neue kaufen!«

Misty griff zum Armaturenbrett und drehte die Klimaanlage hoch. Es war für September noch immer heiß, selbst so früh am Morgen, und sie fand anscheinend, dass sich die Luft in Josies Ford Escape nicht schnell genug abkühlte. »Was hat er denn gewaschen?«

»Seine komplette Wäsche«, antwortete Josie. »Darunter auch ein leuchtend rotes T-Shirt, das ihm sein Chef für die Arbeit gegeben hat. Er hat es separat gewaschen und in der Waschmaschine vergessen.«

»Arbeitet er auf dem Campus?«

»Ja, er jobbt beim Handtuchservice der Universität ...«

»Handtuchservice?«

»Im Grund muss er in einem der Sportgebäude die Verwendung von Handtüchern beaufsichtigen. Er gibt saubere aus, sammelt die schmutzigen ein und sorgt dafür, dass beim Verlassen des Gebäudes niemand welche mitnimmt. Auf jeden Fall hat er gerade erst angefangen, rote T-Shirts zu tragen. Er ist letzte Nacht in aller Eile zu seiner Freundin aufgebrochen und hat sein Shirt in der Waschmaschine gelassen. Als ich meine Arbeitsshirts für diese Woche gewaschen habe, ist das hier passiert.«

Sie deutete auf ihren Brustkorb.

Misty sah sich das Poloshirt an. »Hast du nicht nachgesehen, ob die Maschine leer ist, bevor du dein eigenes Zeug hineingestopft hast?«

Josie warf ihr einen bösen Blick zu, der die Unterhaltung abrupt beendete. Misty drehte sich weg und sah zum Fenster der Beifahrerseite hinaus, doch vorher bemerkte Josie noch ein leises Lächeln auf ihren Lippen. Sie dachte über das vermaledeite T-Shirt nach. Es lag zusammengeknüllt in einer Plastiktüte im Kofferraum. Kurz bevor sie losgefahren war, um Misty und Harris abzuholen, hatte Patrick sie angerufen und gefragt, ob sie es ihm auf dem Weg zum Revier vorbeibringen könne. Er musste um acht Uhr dreißig seine Arbeit antreten. Josie wollte erst kurz vorher bei ihm eintreffen und hatte fest vor, ihm einen geharnischten Vortrag darüber zu halten, wie wichtig es war, keine abfärbende Kleidung in der Waschmaschine zu lassen. Wenn sie in ihrem ruinierten Polizeishirt bei ihm auftauchen würde, würde das ihrer Standpauke noch mehr Gewicht verleihen. Gleichzeitig hatte sie ihrer Kollegin bei der Polizei, Detective Gretchen Palmer, eine Nachricht geschickt und sie gebeten, ein paar Poloshirts mitzubringen, die sie sich ausleihen konnte. Sie wären ihr zwar etwas zu groß, erstrahlten aber wenigstens nicht in bleichem Flamingorosa.

Josie gab noch etwas mehr Gas. Je weiter sie in die Berge hochfuhren, desto unwohler wurde ihr. Sie hatte ein eigenartiges Gefühl in der Magengegend.

»Mir gefällt das hier nicht«, wechselte sie das Thema. »Das ist viel zu weit außerhalb der Stadt. Was machen die bei einem Notfall? Ein Rettungsfahrzeug braucht mindestens zehn Minuten, bis es hier draußen ist. Wahrscheinlich noch länger.«

Misty verdrehte die Augen. »Josie, diese Einrichtung betreibt den Kindergarten mit den besten Kursen zur Vorbereitung auf die Schule in der ganzen Stadt. Ich habe das recherchiert.«

»Was für ein Totfall?«, fragte Harris von seinem Kindersitz auf der Rückbank. Josie warf einen Blick in den Rückspiegel und lächelte ihn an. Er strahlte zurück. Als sie seine Grübchen und das struppige blonde Haar sah, fiel ihr wieder einmal die frappierende Ähnlichkeit des Kleinen mit ihrem verstorbenen Mann Ray Quinn auf. Nachdem Josie und Ray sich getrennt hatten, wurden Ray und Misty ein Paar. Harris kam nach Rays Tod auf die Welt, und trotz der anfänglichen Spannungen zwischen den beiden Frauen entspann sich durch die Liebe zu Rays einzigem Sohn eine Freundschaft zwischen ihnen, die für Josie inzwischen sehr wichtig war.

»So Notfälle wie die, über die wir schon geredet haben, erinnerst du dich?«, fragte sie Harris.

Misty blies sich ihre blonden Strähnen aus dem Gesicht,

sodass sie sauber auf ihrer Stirn landeten. »Fang doch nicht wieder damit an.«

»Was ich machen muss, wenn es brennt?«, fragte Harris.

»Genau«, antwortete Josie. »Und was sollst du machen?«

»Wenn ich Feuer fange, bleibe ich stehen, lasse mich fallen und rolle wie wild hin und her, damit das Feuer ausgeht«, rief Harris.

»Richtig! Und was noch? Was, wenn du im Gruppenraum bist und dort ein Feuer ausbricht?«

»Also wirklich, Josie«, unterbrach Misty sie. »Ich will, dass er wie ein ganz normales Kind in den Kindergarten geht.«

Josie runzelte die Stirn. »Und ich will, dass er auf alles vorbereitet ist, was passieren kann.«

»Warst du als Kind im Kindergarten?«

»Nein. Du?«

»Nein. Aber wie viele Brände brechen in den Kindergärten dieser Stadt jedes Jahr aus?«

Josie sagte nichts und kaute auf der Innenseite ihrer Lippe herum. Überhaupt keine, um genau zu sein. Sie wusste es, weil sie es recherchiert hatte. Außerdem hatte sie mit dem Leiter der Feuerwehr von Denton gesprochen. Als Detective des örtlichen Polizeireviers hatte sie zu mehr Informationen Zugang als der Durchschnittsbürger.

»Als Erstes muss ich mir alle Fluchtwege merken, wenn wir dort sind«, fing Harris wieder an.

»Richtig«, ermunterte ihn Josie. »Und wenn du im Gruppenraum bist und ein Fremder kommt herein und du denkst, dass der Fremde vielleicht jemandem wehtun könnte? Was machst du dann?«

»Josie!«

»Ich gehe durch die nächste Tür nach draußen. Dann drücke ich den Alarmknopf. Dann kommst du mit Onkel Noah und ihr steckt den bösen Fremden ins Gefängnis.«

Noah Fraley war Josies Lebensgefährte. Er wohnte mit ihr zusammen, arbeitete ebenfalls bei der Polizei von Denton und hatte den Rang eines Lieutenants. Seine Poloshirts waren von dem rosa Massaker verschont geblieben.

Harris streckte ein Bein hoch und schüttelte es, sodass die Schnürsenkel wackelten. An einer der Ösen seines Schuhs war ein kleines, graues Plättchen befestigt, etwa so groß wie ein Geldstück, aber in der Form eines Gitarrenplektrums. Josie konnte es im Rückspiegel nicht sehen, aber sie wusste, dass auf einer Seite des Plättchens ein winziger oranger Knopf angebracht war. Es handelte sich um einen GPS-Tracker für Kinder, Geobit genannt. Als Misty ihr erzählt hatte, dass sie vorhatte, Harris im Kindergarten anzumelden, hatte sie ein halbes Dutzend Fabrikate verglichen. Aber der Geobit-Sender hatte als Einziger einen Alarm, der Josie direkt eine Nachricht auf das Handy schickte, wenn Harris den Knopf drückte.

»Aber nicht alle Fremden sind böse, Harris«, sagte Misty.

»Das weiß er natürlich«, meinte Josie spöttisch. »Wir haben schon über Fremde geredet.«

»Ich weiß. Außerdem weiß ich, dass du mit ihm auch über Sexualstraftäter und schlechte Geheimnisse und über gutes und schlechtes Anfassen geredet hast. Du hast mit ihm über Entführungen geredet. Und du hast ihm gezeigt, wie er in den Kofferraum eines Autos gelangt, um das Rücklicht außer Betrieb zu setzen und herauszudrücken, damit er seine Hand hinausstrecken und Zeichen geben kann, dass er Hilfe braucht.«

»Das war cool!«, rief Harris. »Machen wir das noch mal?«

»Nein«, sagte Misty.

Und Josie gleichzeitig: »Üben schadet nie.«

»Josie«, ermahnte Misty sie wieder.

Josie öffnete den Mund, um sich zu entschuldigen, schloss ihn aber wieder. Sie würde sich nicht dafür entschuldigen, dass sie überreagierte, denn es tat ihr nicht leid. Harris war als Baby entführt worden. Sie hatten ihn nur mit viel Glück lebend wiederbekommen. Er wäre beinahe gestorben. Angesichts dessen und der vielen schrecklichen Dinge, die Josie bei ihrer Arbeit als Polizistin erlebte, fiel es ihr schwer, nicht paranoid zu werden.

ZWEI

Ich fühlte mich erschöpft, obwohl es erst Montagmorgen war. Es war eine lange Nacht gewesen, in der ich auf sie gewartet, meinen Plan in die Tat umgesetzt und sichergestellt hatte, keine Spuren zu hinterlassen. Ich hatte überlegt, zu Hause zu bleiben und den ganzen Tag zu schlafen, aber ich wusste, das wäre nicht klug gewesen. Ich durfte keinerlei Aufmerksamkeit erregen. Wie sonst auch musste alles völlig normal aussehen. Also musste ich fast ohne Schlaf durch den Tag kommen, aufkreuzen, wo und wann man mit mir rechnete, und dabei ein Lächeln aufsetzen. Außerdem würde ich erst viel später erfahren, ob mein Plan funktioniert hatte. Ich würde nicht dabei sein, wenn sie ihren letzten Atemzug tat. Ich war selten dabei. Ich musste Geduld haben.

Es würde sich lohnen. Ich stellte mir den Anruf vor, vergegenwärtigte mir, wie ich reagieren und meine Stimme modulieren würde, damit alle dachten, ich sei schockiert und entsetzt. Diesmal würde die Sache ganz sicher in den Lokalnachrichten erwähnt werden. Vielleicht sogar landesweit Schlagzeilen machen, dachte ich mit Freuden. Natürlich würde die Trauer um sie groß sein. Jeder hielt sie für perfekt – und genau deshalb musste sie sterben. Ich wusste, dass ich mich in den kommenden Wochen darüber ärgern würde, immer wieder von ihrem schrecklichen Tod zu erfahren – in den Nachrichten und so ziemlich überall, wo ich hinging. Man würde sie »etwas Besonderes« nennen, einen »erstaunlichen Menschen«, und ihren Tod als »tragischen Verlust« bezeichnen. Aber dann würden die Berichte über sie weniger werden, sodass ich mir nicht mehr anhören musste, wie großartig sie angeblich gewesen war. Niemand sollte so sehr von allen verehrt werden.

Sie war nicht die Einzige, die besonders oder erstaunlich war. Wenn sie da war, bekam man den Eindruck, als gäbe es außer ihr niemanden mehr. Ich ertrug es einfach nicht länger. Vor allem, da ich wusste, wie sie log. Sie verheimlichte allen etwas. Abscheuliches. Sie hatte Geheimnisse, die sie so verachtenswert machten wie alle anderen. Also tat ich, was getan werden musste. Und nun wartete ich auf die Schlagzeilen. Ich sah auf mein Handy. Es gab noch keine Nachrichtenmeldungen über sie, aber alles lief wie geplant. Die große Trauerwelle würde Denton mit voller Wucht treffen.

Es war nur noch eine Frage der Zeit.

DREI

Sie fuhren auf den Parkplatz von Tiny Tykes Gardens. Die Kindertagesstätte und der Kindergarten befanden sich in einem alten zweistöckigen Backsteingebäude mit einem etwa eineinhalb Hektar großen Grundstück, das gepflegt und einladend wirkte. Vor dem Gebäude gab es einen asphaltierten Parkplatz. Rechts davon sah Josie einen eingezäunten Spielplatz, während sich linker Hand ein großer Gartenbereich mit Tischen, Stühlen und einem kleinen Gewächshaus in der Mitte erstreckte. Wie Misty hatte Josie Erkundigungen über die Einrichtung angestellt, als sie erfahren hatte, dass Misty mit dem Gedanken spielte, Harris hier anzumelden. Auch sie war beeindruckt gewesen von den vielen Aktivitäten, die angeboten wurden. Hier konnten die Kinder gärtnern, bei der Aufzucht von Küken und der Pflege eines Teichs mit Koi-Karpfen mithelfen und erfahren, wie Natur und Umwelt funktionierten. Josie hatte in sechzehn Jahren Schule und Kita nicht so viel darüber gelernt. Sie wusste ohne nachzusehen, dass sich hinter dem großen Gebäude weitere Grünflächen befanden. Dort gab es ein kleines Freilichttheater, in dem die Kinder sich und den Eltern Stücke vorspielen konnten, und einen Mini-Streichelzoo, der in Zusammenarbeit mit dem Verein zur Rettung von Wildtieren von Denton betrieben wurde, damit die Kinder etwas über Tiere lernten.

Außerdem kam Tiny Tykes Gardens, wie Josie wusste, umfassend den rechtlichen Vorgaben nach, alle Angestellten einer Sicherheitsprüfung zu unterziehen. Niemand hatte einen Eintrag im Strafregister. Und im Umkreis von rund fünfzehn Kilometern um die Einrichtung wohnte kein registrierter Sexualstraftäter. Trotz allem hatte Josie ein ungutes Gefühl, als Harris aus ihrem Escape hüpfte und sich seinen grünen Dinosaurierrucksack aufsetzte. Josie nahm eine Hand, Misty die andere. Harris hatte die Angewohnheit, ihre Hand rhythmisch zu kneten, wenn er nervös war – genau wie sein Vater Ray früher. Würde sie jetzt nicht seine Hand halten, würde er immer wieder die Faust ballen und öffnen, das wusste sie. Ray hatte es während ihrer gemeinsamen Zeit genauso gemacht und obwohl Harris seinen Vater nie kennengelernt hatte, hatte er den gleichen Tick.

Als sie zusammen die Rampe zur Eingangstür hochgingen, spürte Josie, wie das sanfte Kneten seines Händchens immer schneller wurde. Sie bemühte sich um ein strahlendes Lächeln für ihn und meinte: »Hier wird es dir gefallen.«

Er antwortete nicht. Hinter der Flügeltür gelangten sie in eine Eingangshalle mit einem farbenfrohen Dekor, das thematisch überwiegend um Buchstaben und Zahlen kreiste. Ein paar ausgeschnittene Tierfiguren aus Pappe standen an den Wänden. In der Mitte drängten sich Eltern und ihre Kinder. Josie sah sich um. Gegenüber dem Eingang befanden sich zwei weitere Türen, von denen jede in einen separaten, gut erleuchteten Flur führte. Zu ihrer Linken ging eine breite Treppe in den ersten Stock, während rechter Hand ein langer, im Augenblick noch leerer Holzschreibtisch mit zwei weiteren Türen dahinter stand.

Knet, knet, knet.

»Schatz, du knetest meine Hand«, sagte Misty.

Josie drückte Harris' Händchen in einem ähnlichen Rhythmus wie er die ihre, woraufhin er sie anlächelte. Sie kniete sich neben ihn und strich ihm die Riemen seines Rucksacks auf seinen Schultern glatt. »Vergiss nicht, das hier ist ein Abenteuer. Du bekommst eine Menge Freunde und erfährst viele neue Sachen.«

Auch Misty ging in die Knie, ließ seine Hand aber nicht los. »Außerdem lernst du alle Tiere im Streichelzoo kennen. Darauf hast du dich doch so gefreut, weißt du noch?«

Wieder flog ein Lächeln über sein Gesicht. »Ich möchte unbedingt die Ziege sehen.«

Die Menge wurde unruhig, als aus einer der Türen hinter dem Schreibtisch eine Frau in die Eingangshalle trat. Sie war in den Vierzigern, füllig, hatte einen üppigen Busen und dunkelbraunes, am Hinterkopf zu einem Knoten gebundenes Haar. Auf ihrem hellgrünen T-Shirt war die Aufschrift *Tiny Tykes sind okay* zu sehen. Sie manövrierte sich durch die Gruppe aus Eltern und Kindern, bis sie zwischen den beiden Türen stand, die zu den Fluren führten. Wie eine Fluglotsin, die Maschinen zu den Gates winkt, wedelte sie mit den Armen. »Einen guten Morgen allen«, rief sie. »Bitte bilden Sie zwei Reihen. Zwei Reihen.«

Josie und Misty reihten sich mit Harris in eine der Schlangen ein. Die Frau stellte sich als Mrs D. vor. »Mein Name ist Eileen D'Angelo, aber für die Kinder ist es einfacher, wenn mich alle nur Mrs D. nennen. Ich bin die Leiterin hier.« Aus einer der beiden Türen, aus der Mrs D. gekommen war, trat eine zweite Frau in die Halle und setzte sich hinter den Schreibtisch. Mrs D. deutete auf sie. »Das ist Miss K., unsere Sekretärin. Wenn Sie etwas brauchen, helfen Ihnen Miss K. und ich gerne.« Miss K. sah unwesentlich jünger aus als ihre Chefin. Josie schätzte sie auf Anfang bis Mitte vierzig. Sie hatte blondes, am Ansatz leicht ergrautes Haar, das bis auf ihre

Schultern fiel. Auch sie war etwas übergewichtig. Auf ihrem T-Shirt prangte der gleiche Slogan wie auf dem von Mrs D., doch hatte es eine hellblaue Farbe. Sie winkte der Menge zu und schenkte ihr ein strahlendes Lächeln.

Mrs D. fuhr noch einige Minuten mit ihrer Einführung fort. Unterdessen klopften die unruhigen Kinder mit ihren Füßen auf den Holzboden, zogen ihre Eltern am Arm und quengelten gelegentlich, wobei sie die übliche Litanei aller Kleinen in Harris' Alter herunterbeteten: Sie waren durstig, mussten auf die Toilette, hatten Hunger oder wollten nach Hause. Harris dagegen stand still da und beobachtete alles.

Knet, knet, knet.

Schließlich sagte Mrs D.: »Jetzt gehen wir in die Gruppenräume und lernen die Erzieherinnen kennen. Bitte folgen Sie mir.«

Als sie an der Reihe waren und durch die Türen in den Flur gehen sollten, erstarrte Harris. Misty und Josie versuchten, ihn sanft mit sich zu ziehen, doch er sträubte sich. Die drei Familien hinter ihnen warteten.

»Tut mir sehr leid«, entschuldigte sich Misty bei ihnen. Sie zog Harris beiseite. Sie und Josie knieten sich wieder neben ihn und sahen ihn an. »Was ist los, Schatz?«

»Ich will nicht«, murmelte er.

Josie versuchte, eine neutrale Miene zu behalten. Auch sie wollte nicht, dass er ging. Seit seiner Geburt war er in der Obhut von lediglich vier Menschen gewesen: seiner Mutter, Brittney, der besten Freundin seiner Mutter, Josie und seiner Großmutter, Rays Mutter. Sie konnte sich vorstellen, wie beängstigend es für ihn sein musste, eines Tages in einen Raum voll fremder Kinder gedrängt zu werden, ohne die ihm vertrauten Erwachsenen um sich zu haben. Josies Herz schlug einen Augenblick lang schneller, als Harris ihre Hand nahm und sie wieder rhythmisch knetete.

Misty schien Josies Gesichtsausdruck gesehen zu haben,

denn sie stieß ihr mit dem Ellbogen in die Seite und grinste Harris an. »Wer ist der tapferste Junge, den ich kenne?«

»Ich?«

»Genau, du!«, antwortete Misty. »Außerdem bist du der cleverste Junge, den ich kenne. Und der mit dem größten Herz. Du wirst ganz viele neue Freunde finden. Das hier wird dir viel mehr Spaß machen, als immer nur mit uns langweiligen alten Erwachsenen herumzuhängen.«

Er sah Josie an, die sich ein zustimmendes Nicken abrang.

Eine Hand legte sich sanft auf Harris' Schulter. Sie schauten alle nach oben, wo Miss K. auf sie herablächelte. »Wie heißt du denn, junger Mann?«

»Harris«, antwortete er kaum hörbar.

»Ich bin Miss K. Freut mich, dich kennenzulernen, Harris. Willst du mit mir in einen der Gruppenräume kommen?«

Er schüttelte den Kopf. Knet, knet.

Miss K. lächelte und nahm ihre Hand weg. Sie ging hinter Josie und Misty und beugte sich zwischen sie, sodass beide hören konnten, was sie ihnen zuflüsterte. »Wenn ich es schaffe, dass er mit mir mitgeht, können Sie sich davonschleichen. Er wird gar nicht merken, dass Sie weg sind.«

Josie stand schnell auf und drehte sich dabei zu der Frau, sodass Harris leicht die Balance verlor. Als er wieder fest stand, spürte sie, wie er ihre Hand noch fester drückte. »Tut mir leid, Miss K. oder wie Sie heißen. Das machen wir auf keinen Fall.«

»Josie«, ermahnte Misty sie. Sie stand auf und sah Josie mit einem Blick an, der sagte: »Komm runter.«

Josie bemühte sich um einen etwas weniger barschen Ton. »Ich meine damit, dass wir das nicht für die richtige Strategie halten. Das zeigt ihm nur, dass ihm jeden Augenblick der Boden unter den Füßen weggezogen werden kann. Wir haben ihm gesagt, dass wir die ganze Zeit bei ihm bleiben. Wenn wir uns jetzt plötzlich aus dem Staub machen, lernt er nur, dass er uns nicht trauen kann. Außerdem, wie soll er das nicht merken? Er ist vier!«

»Josie!«, rief Misty und gab ihr damit zu verstehen, dass ihr Versuch, sich unter Kontrolle zu halten, kläglich gescheitert war.

»Tut mir leid, Miss K.«, sagte Misty beschwichtigend. »Wir schätzen Ihre Bemühungen wirklich und ich weiß, dass das bei manchen Kindern gut funktioniert. Aber es wäre uns doch lieber, wenn wir die Trennung anders hinbekommen würden.«

Miss K. bedachte Josie mit einem Seitenblick, bevor sie wieder Misty anstrahlte. »Natürlich. Das hätten Sie doch nur zu sagen brauchen.« Sie wandte sich wieder Josie zu und starrte sie mit einem Stirnrunzeln an. »Sind Sie nicht diese Polizistin? Die ständig in den Nachrichten ist. Oder die andere? Sie haben eine Zwillingsschwester, stimmt's? Diese bekannte Journalistin.«

»Ja«, erwiderte Josie. »Meine Schwester Trinity Payne war Moderatorin. Sie lebt in New York. Ich bin Detective Josie Quinn von der Polizei in Denton.«

Miss K. blieb unbeeindruckt. Ohne ein weiteres Wort mit Josie zu wechseln, drehte sie sich um, kniete sich zu Harris, sodass sie auf Augenhöhe mit ihm war, und sprach erneut mit ihm. »Harris, wusstest du, dass alle Kinder hier heute das erste Mal im Kindergarten sind?«

»Nein«, antwortete er kaum hörbar. Knet, knet.

»Ist aber so«, fuhr sie fort. »Und stell dir vor: Alle haben ein bisschen Angst, weil sie bei uns bleiben sollen und nicht bei ihren Eltern. Und weißt du noch was?«

Wieder schüttelte er den Kopf.

»Es ist ganz normal, Angst zu haben.«

Josie spürte, wie ihr Smartphone in der Gesäßtasche vibrierte, ignorierte es jedoch.

Harris wirkte nicht überzeugt. Knet, knet, knet. Er beugte

sich zu Josie, sah zu ihr hoch und flüsterte: »Was, wenn ich Bauchweh kriege, wenn ich hierbleibe?«

»Ich würde sagen, wenn du Bauchweh bekommst, gibst du einfach deiner Erzieherin Bescheid.«

Miss K. nickte. »Genau. Wenn irgendwas ist, sagst du es einfach deiner Erzieherin. Die bringt dich dann zu mir, und weißt du, was ich dann mache? Ich rufe deine Mom an.«

»Und ich komme sofort her«, fügte Misty hinzu.

Josies Telefon brummte wieder. Mit ihrer freien Hand zog sie es heraus und sah auf das Display. Patrick. Harris sagte: »Das kann wichtig sein. Vielleicht ein Anruf von der Polizei. Du solltest rangehen.«

»Mach ich«, erwiderte Josie. »Sobald ich weiß, dass es dir hier gut geht.«

Er knetete ihre Hand ein letztes Mal, ging zu Misty und schlang seine Arme um ihren Hals. »Kann meine Mom mit mir in den Gruppenraum gehen und dort meine Erzieherin kurz ansehen?«

»Natürlich«, sagte Miss K.

»Und du auch?«

Miss K. klatschte begeistert in die Hände. »Mit der allergrößten Freude!«

Josie berührte das Antwortsymbol, während sie zusah, wie die beiden Frauen mit Harris durch den Flur zu einem der Gruppenräume gingen. »Patrick, ich komme, sobald ich kann.«

»Danke«, antwortete er. »Ich muss gleich zur Schwimmhalle fahren. Dort soll ich diese Woche arbeiten. Weißt du, wo das ist?«

»Bleib dran«, sagte Josie.

Im Auto schaltete sie die Zündung ein und kramte eine Serviette und einen Stift hervor, um sich die Wegbeschreibung zur Schwimmhalle auf dem Campus, die ihr Patrick durchgab, zu notieren. Sie war schon seit einigen Monaten nicht mehr auf dem Universitätsgelände gewesen, wusste aber, dass es sich um ein regelrechtes Häuserlabyrinth handelte. Und die Tatsache, dass ständig Neubauten dazukamen, machte es auch nicht leichter, den Überblick zu behalten. »Ich muss aber zuerst Misty heimfahren.«

Als sie das Gespräch beendete, kam gerade Misty aus dem Tiny-Tykes-Gebäude. Mit hängendem Kopf marschierte sie zu Josies Auto. Ihr langes blondes Haar hing ihr ins Gesicht. Erst als sie auf dem Beifahrersitz Platz genommen hatte, sah Josie, dass sie weinte.

»Alles okay?«, fragte Josie.

Tränen liefen Misty über das Gesicht. Tief seufzend atmete sie ein. »Es ist nur, weil ich gar nicht glauben kann, dass er schon so weit ist. Jetzt geht er in den Kindergarten. Er wird so schnell groß. Ich habe ihn bis jetzt noch nie mit Fremden alleingelassen. Es fällt mir sehr schwer. Ich hätte nicht gedacht, dass es mir so schwerfallen würde.«

Sie streckte ihre Hand zu Josie und nahm ihr die Serviette aus der Hand. Bevor Josie protestieren konnte, hatte Misty schon hineingeschnäuzt. Als sie sah, dass Josie sie anstarrte, sagte sie: »Oh, Mist. Tut mir leid. Hast du die Serviette gerade für etwas gebraucht?«

Josie rang sich ein Lächeln ab. »Nein.«

»War sie sauber?«

»Ja.«

Josie startete den Wagen und verließ den Parkplatz, um in die Stadt zurückzufahren. »Hör zu, Harris ist ein cleverer kleiner Junge«, beruhigte sie Misty. »Du hast alles getan, was du konntest, um ihn auf das hier vorzubereiten.«

Misty schnaubte resigniert und tupfte sich die Augen mit der zerknüllten Serviette. »*Du* hast alles getan, um ihn auf das hier vorzubereiten. Ich habe in den letzten drei Monaten nichts weiter getan, als ihm zu beteuern, dass alles gut sein würde, obwohl ich es selbst nicht geglaubt habe.«

Josie beugte sich zu Misty und berührte ihre Schulter.

»Natürlich ist alles gut. Du wirst schon sehen. Erinnerst du dich an deinen ersten Tag im Kindergarten?«

Misty schüttelte den Kopf.

»Natürlich nicht. Weil er nicht traumatisch war. Und Harris wird es genauso gehen.«

Aus den Augenwinkeln sah Josie, dass Misty eine Augenbraue hob. »Das sagst du nur, weil du ihm dieses Alarmding gegeben hast. Deshalb bist du so ruhig.«

Josie zuckte die Schultern. »Na ja, ein bisschen hilft es tatsächlich.«

VIER

Ein paar Minuten später setzte Josie Misty in wesentlich besserer Stimmung bei ihr zu Hause ab. Als sie zum Campus fuhr, rief sie über die Spracherkennung in ihrem Auto Patrick an und ließ sich noch einmal den Weg beschreiben. Die Universität von Denton lag etwas oberhalb der Stadt in einem der hügeligeren Bezirke. Denton selbst hatte eine Fläche von fünfundsechzig Quadratkilometern und war eingebettet in eine Berglandschaft. Das Zentrum hatte man rasterförmig angelegt. An einem Ende der Stadt erstreckte sich ein großer Park, der an den Campus der Universität angrenzte. Durch das Stadtgebiet floss ein Seitenarm des Susquehanna. An das historische Zentrum schlossen sich ruhigere, von Wohnhäusern geprägte Viertel an. Von ihnen aus zogen sich gewundene Bergstraßen spinnenbeinartig zu Nachbarorten.

Der Campus selbst war ein Gewirr aus großen Backsteingebäuden, schön angelegten Anlagen und Fußwegen sowie asphaltierten Stellflächen, die allerdings bei Weitem nicht für alle Parkplatzsuchenden ausreichten. Josie entdeckte bald den Flachbau aus rotem Backstein, in dem sich das Schwimmbecken befand. Nachdem sie eine Weile dem Defilee aus drei

Fahrzeugen vor sich gefolgt war, die wie sie auf der Suche nach nicht vorhandenen Parkbuchten auf dem Gelände herumgekreist waren, stellte sie ihr Auto in der Halteverbotszone vor der Schwimmhalle ab. Es würde schließlich nur eine Minute dauern.

Sie schnappte sich die Tüte mit Patricks rotem T-Shirt vom Rücksitz, lief zur Gebäudefront und schob sich durch eine Reihe gläserner Flügeltüren. In der geräumigen Eingangshalle schlug ihr intensiver Chlorgeruch entgegen. Hinter einer halbkreisförmigen Theke saß ein Wachmann in brauner Uniform. Er war schon etwas älter, hatte lichtes graues Haar und eine drahtige Statur. Als Josie eintrat, reckte er den Hals und warf einen Blick durch die Türen nach draußen. »Sie können da nicht parken, Miss.«

Sie zog ihren Polizeiausweis hervor und hielt ihn dem Wachmann vor die Nase, obwohl sie nicht dienstlich hier war. »Ich suche Patrick Payne«, sagte Josie. »Er müsste heute Morgen hier arbeiten.«

Der Ausweis tat seine Wirkung. Mit dem Daumen deutete der Wachmann nach rechts. »Bei den Verkaufsautomaten.«

Josie blickte hinüber und sah, wie Patrick in einer mit mehreren Snack- und Getränkeautomaten vollgestellten Kammer gleich neben der Eingangshalle einen Dollar in einen Schlitz stopfte. Er drückte einige Knöpfe am Automaten, hielt seine Hand in den Auswurfschacht und zog einen Müsliriegel heraus.

»Hallo«, begrüßte er sie. »Danke, dass du gekommen bist. Hast du mein T-Shirt? Ich bin schon spät dran. Zum Glück ist niemand vor mir da.«

Zusammen gingen sie zu ein paar schweren blauen Türen gegenüber der Theke in der Eingangshalle. Josie reichte ihm die Tüte. Als Patrick sich umdrehte, um eine der blauen Türen mit dem Rücken aufzudrücken, sah er sie mit gerunzelter Stirn an.

»Hat die Polizei von Denton die Farbe der Dienstkleidung gewechselt?«

Josie funkelte ihn böse an. Sie nahm ihn beim Kragen und sagte: »Du hast dein rotes Arbeits-T-Shirt in meiner Waschmaschine gelassen. Jetzt sehen alle meine Poloshirts so aus, Pat.«

Patrick lachte und schob sich durch die Tür. Josie blieb nichts anderes übrig, als ihm zu folgen. »Das ist nicht lustig«, murrte sie. »Die sind teuer!«

»Tut mir echt leid«, erwiderte er.

Das Schwimmbecken mit seinen acht Bahnen nahm einen Großteil des riesigen Hochschulgebäudes ein. Rund um den Pool verliefen unter der Decke große Fenster. Das Sonnenlicht, das durch sie fiel, spiegelte sich im blauen Wasser und machte den Dunst in der Schwimmhalle sichtbar. Um das Becken zog sich ein Fliesenboden, auf dem Bänke standen. Die Luft war heiß und feucht. Josie spürte, wie sich in kürzester Zeit ein Feuchtigkeitsfilm auf ihrem Gesicht bildete. Patrick ging auf einen Durchgang mit dem Schild *Männer-Umkleideräume* zu. Josie blieb abrupt stehen und sah zum Wasser. Sie machte zwei Schritte auf den Beckenrand zu. Panik stieg in ihr auf.

»Pat«, schrie sie.

Der Körper der Frau lag mit dem Gesicht nach unten im Wasser. Ihr Haar hatte sich wie ein Heiligenschein fächerartig um ihren Kopf ausgebreitet. Josie nahm alles stakkatoartig wie durch den Serienbildmodus einer Kamera wahr. Die Frau trieb fünf, sechs Meter vom Beckenrand entfernt. Zweite Bahn von rechts. Weißes Tanktop, blaue Shorts und weiße Tennisschuhe. Josie setzte ihre Beine in Bewegung, aber es war, als hätte jemand einen Schalter umgelegt und ihren Körper auf Zeitlupe gestellt. Alles in der Halle erstarrte zu einem Standbild. Die Stille des Wassers vor ihr erschien ihr unwirklich. Etwas in ihrem Kopf schlug Alarm. Ihre Beine erreichten den Beckenrand. Sie holte tief Luft. »Hol Hilfe!«, schrie sie.

Dann sprang sie ins Wasser.

FÜNF

Das Wasser war ungewöhnlich warm. So schnell wie möglich tauchte Josie mit ausgreifenden Zügen zu der Frau. In ihrem Hinterkopf blitzten Erinnerungen an die Überschwemmung auf, die Denton vor fünf Monaten verwüstet hatte. Wenigstens musste sie diesmal nicht gegen eine Strömung oder, noch schlimmer, eine Hochwasserwelle ankämpfen. Binnen Sekunden hatte sie die Frau erreicht. Sie fasste sie unter den Armen, drehte sie auf den Rücken und zog sie zu sich. Wange an Wange schwamm sie mit ihr zum Beckenrand. Kaum war sie dort angelangt, streckten sich schon Hände nach ihnen aus und nahmen ihr die schwere Last ab. Sie erkannte den Wachmann aus der Eingangshalle. Er und Patrick zogen die Frau aus dem Wasser und legten sie auf den Rücken.

Josie kletterte aus dem Becken und kroch über die Fliesen. Der Wachmann legte seine Finger an den Hals der Frau. Patrick griff ihr an das Handgelenk. »Kein Puls«, sagte er und sah den Wachmann an. »Bei Ihnen?«

Der Wachmann schüttelte den Kopf.

»Schnell«, rief Josie ihm zu. »Rufen Sie den Rettungswagen, die Campuspolizei und unser Revier in Denton an. Jetzt.«

Er stand auf und lief zurück in die Eingangshalle. Josie presste eine Hand auf den Brustkorb der Frau und legte die andere obenauf. Mit gestreckten Armen begann sie zu pumpen, während sie leise die Stöße zählte. Als sie bei dreißig angelangt war, bewegte sie den Kopf der Frau, hob ihr Kinn und sah nach, ob ihre Mundhöhle frei war. Dann legte sie ihren Mund über die kalten Lippen und begann mit Mund-zu-Mund-Beatmung.

»Ich glaube, das hat keinen Sinn mehr«, sagte Patrick.

Josie sah ihn an und bemerkte die Anspannung in seinem Gesicht. Auf seiner Stirn hatten sich Schweißperlen gebildet.

»Ich muss es wenigstens versuchen«, erwiderte sie und begann erneut mit der Herzdruckmassage.

Sie spürte Patricks Blick auf sich, während sie arbeitete. Ihre Arme und Schultern brannten vor Anstrengung. Druckmassage. Beatmung. Druckmassage. Beatmung. Mit leiser, brüchiger Stimme sagte Patrick: »Josie, ich glaube, sie ist tot.«

»Halt den Mund«, fuhr sie ihn an und setzte die Druckmassage fort.

Beatmung. Druckmassage. Beatmung. Druckmassage.

Sie dachte an ihre Zeit als Streifenpolizistin. Eines Tages hatte sie einen vierjährigen Jungen aus einem Pool gezogen. Seine Ärmchen und Beinchen waren bereits blau angelaufen. Sie und der Beamte, der sie ausbildete, hatten ihn fast zehn Minuten lang wiederbelebt, bis der Rettungswagen eintraf. Josie war sich sicher gewesen, dass sie den Kleinen verloren hatten, doch dann hatte er wieder zu atmen begonnen. Mehr wollte sie auch jetzt nicht. Einen Atemzug. Einen Herzschlag.

Komm schon, befahl sie der Frau stumm. *Atme. Atme einfach.*

Der Schweiß rann ihr über das Gesicht und tropfte auf den reglosen Körper. Josies rosa Poloshirt und die hellbraune Hose klebten ihr am Körper. Jeder Muskel ihres Körpers war angespannt und tat ihr weh. Sie hatte keine Ahnung, wie viele Minuten vergangen waren, als sie eine Welle aus kühler Luft spürte und schnelle Schritte auf die Fliesen trommelten. Die dunkelblaue Uniform eines Rettungssanitäters der Stadt schob sich in ihr Blickfeld. Sie setzte ihre Druckmassage zählend fort, während sie zu den beiden Sanitätern hochblickte. Sie kannte sie gut: Es waren Owen Likins und Sawyer Hayes.

Owen ging neben ihr in die Knie, schob sie beiseite und übernahm die Druckmassage. Sawyer kniete sich auf die andere Seite und fühlte den Puls. »Nichts«, sagte er zu Owen. Er zog einen Beatmungsbeutel hervor, legte ihn der Frau auf den Mund und blies Luft in ihre Lungen. Dann sah er Josie an und warf einen Blick zu Patrick hoch. »Wie lange führt ihr die Herzdruckmassage schon durch?«

»Seit mindestens zehn Minuten«, erwiderte Patrick.

Josies Arme fühlten sich puddingweich an. Sie ließ sich nach hinten fallen und schlug mit dem Gesäß unsanft auf dem Fliesenboden auf.

»Wie lang war sie im Wasser?«, fragte Sawyer.

Patrick blickte Josie an und dann Sawyer. »Wissen wir nicht. Wir sind hereingekommen, Josie sah sie im Wasser treiben und ist hineingesprungen.«

Patrick nahm Josies Hand, zog sie hoch und legte eine Hand um ihre Schultern. Sie sahen zu, wie Owen und Sawyer arbeiteten. Sawyer öffnete den Reißverschluss einer seiner Taschen, holte eine Kleiderschere heraus und schnitt Tanktop und BH der Frau auf.

»Wenn du den Defibrillator einsetzen willst, müssen wir sie zuerst trocken bekommen«, sagte Owen.

Sawyer nickte und wandte sich an Patrick. »Ich brauche Handtücher. Viele Handtücher.«

»Komm mit«, sagte Patrick zu Josie. Sie lief hinter ihm her in die Männerumkleideräume. Jeder schnappte sich eine Handvoll zusammengerollter weißer Handtücher und brachte sie zum Beckenrand.

»Heben wir sie aus der Pfütze«, sagte Sawyer.

Josie, Patrick und Sawyer hievten die Frau auf trockene Fliesen, während Owen weiterhin den Beatmungsbeutel knetete. Sawyer trocknete ihren Oberkörper ab und bereitete den automatisierten externen Defibrillator vor. Josie bekam Angst. Die Luft um sie herum war stickig, Schweiß floss ihr über das Gesicht. Sie fragte sich, ob es nicht gefährlich war, den Defibrillator in einer so feuchten Umgebung zu verwenden. Aber Sawyer und Owen gelang es, ihn einzusetzen, ohne einen Stromschlag zu bekommen. Als die Defibrillation erfolglos blieb, injizierte Sawyer mit einem Knochenbohrer Adrenalin direkt in die Schulter der Frau. Das Gerät jaulte wie eine Bohrmaschine. Josie erschauderte bei dem Geräusch.

Während sie zusah, wie die beiden versuchten, den leblosen Körper zurückzuholen, überkam sie eine tiefe Traurigkeit. Jede Minute, die verstrich, war ein weiterer Nagel im Sarg der Frau. *Atme!*, hörte sie wieder den stummen Schrei in ihrem Kopf. Aber nachdem die Sanitäter sich noch einmal zwanzig Minuten lang abgemüht hatten, richtete sich Owen auf, hockte sich hin und wischte sich den Schweiß von der Stirn.

»Willst du es tun?«, fragte er Sawyer.

Sawyer hob den Kopf und sah Josie kurz in die Augen. Sein kurzes schwarzes Haar war schweißnass und stand in alle Richtungen ab. Er fuhr mit der Hand hindurch. Dann sah er auf seine Armbanduhr. »Todeszeitpunkt neun Uhr zwölf.«

Owen stand auf. »Tut mir leid«, sagte er an Josie gewandt.

»Mir auch«, antwortete Josie.

Patrick drückte ihre Schulter. »Wir wissen nicht, wie lang sie im Wasser gelegen hat. Gut möglich, dass eine Wiederbelebung von vornherein sinnlos war.«

»Stimmt«, pflichtete Sawyer ihm bei. Er sah sich um. Der Wachmann drückte die Tür auf, sodass kurz ein willkommener kühler Luftzug zu spüren war. Ihm folgten die Leiterin der Campuspolizei, Hillary Hahlbeck, und zwei ihrer Beamten. Hinter ihnen betrat Josies Kollege Detective Finn Mettner die

Schwimmhalle. Mett war früher Streifenpolizist in Denton gewesen und hatte sich zum Detective hochgearbeitet. Von den vier Kriminalbeamten im Dentoner Revier war er der jüngste und unerfahrenste, hatte aber bereits in einigen der schwierigsten Fälle der Stadt die Ermittlungen geleitet. Josie hatte volles Vertrauen in ihn.

Chief Hahlbeck blieb abrupt vor ihnen stehen. Sie war eine zierliche, kompakte Frau mit schulterlangem, lockigem braunen Haar und hellblauen Augen. Die Universität hatte sie vor fast einem Jahr eingestellt, nachdem sie zuvor für ein großes Polizeirevier in einer anderen Stadt im Bundesstaat gearbeitet hatte. Sie war Ende vierzig und wenigstens fünfzehn Jahre älter als Josie. »Meine Güte«, sagte sie mit bedauerndem Tonfall, als sie die Frau auf den Fliesen liegen sah. »Das ist nicht gut. Überhaupt nicht gut.«

Josie sah sich zum ersten Mal das faltenlose Gesicht des ertrunkenen Mädchens genauer an. Ihre olivbraune Haut hatte einen bleichen Ton angenommen, die braunen Augen waren glasig und ausdruckslos. Sie war noch jung, vermutlich eine der Studentinnen der Universität, und kam Josie bekannt vor, doch konnte sie sie nicht zuordnen.

Mettner zog sein Handy aus der Tasche. Josie wusste, dass seine Notiz-App startbereit war. »Was ist passiert?«, fragte er, als er bei ihnen war.

»Ich habe mich hier mit Pat getroffen, weil ich ihm eines seiner Arbeits-T-Shirts bringen wollte. Wir sind von der Eingangshalle hier hereingekommen. Da habe ich sie im Wasser liegen sehen.«

»Josie ist hineingesprungen, hat sie herausgezogen und sie wiederzubeleben versucht, bis die Sanitäter da waren.«

Mettner hob eine Augenbraue und deutete mit einem Finger auf Josies Poloshirt. »Ist dein Shirt rosa? Kommt das vom Blut?«

Josie zog am Kragen des durchweichten Poloshirts. Ihre

klatschnassen Kleider hingen schwer an ihren erschöpften Gliedern. »Nein. Kein Blut. Falsch gewaschen.«

Mettner runzelte die Stirn und tippte etwas in sein Smartphone. »Also kein Blut«, sagte er leise zu sich selbst.

Hillary wandte sich dem Wachmann zu. »Gerry?«

Josie drehte sich zu ihm. Sie sah, dass seine blasse Haut einen rosa Ton angenommen hatte und seine braunen Augen wässerig und blutunterlaufen waren.

Er weinte.

»Gerry«, wiederholte Hillary, diesmal mit festerer Stimme.

Gerry wischte sich mit den Knöcheln seiner rechten Hand die Tränen aus den Augen.

»Das ist Nysa«, stieß er hervor.

»Ich weiß, wer sie ist, Gerry«, erwiderte Hillary. »Ich kenne sie aus dem Fernsehen. Wann ist sie hergekommen?«

Da fiel Josie ein, wo sie die Tote schon gesehen hatte. Am Wochenende hatte der Lokalsender einen Bericht über die Schwimmmannschaft der Universität von Denton gebracht. Im Mittelpunkt hatten zwei Studentinnen aus dem zweiten Studienjahr gestanden. Eine davon war Nysa Somers gewesen. Sie war vorgestellt worden als beste Schwimmerin des Teams und Empfängerin eines großzügigen Stipendiums, das ein sehr reicher ehemaliger Absolvent der Universität gestiftet hatte. Josie erinnerte sich an die Aufnahmen. Sie zeigten Nysa, wie sie mit kräftigen Zügen geschmeidig das Wasser durchpflügte. Am Ende des Berichts war die Kamera auf sie zugefahren und hatte sie mit mehreren anderen Teammitgliedern am Becken stehend eingefangen. Sie trug eine rote Schwimmkappe, die ihre langen braunen Locken vollständig bedeckte, und hatte den Kopf lachend zurückgeworfen. Das Bild kam Josie nun wieder in den Sinn, da es in drastischem Kontrast zu der Leiche vor ihr stand. Eine tiefe Traurigkeit stieg in ihr hoch, doch sie verdrängte sie sogleich und versuchte, sich auf das Hier und Jetzt zu konzentrieren. Noch wussten sie nicht, ob es sich um einen tragischen Unfall oder ein Verbrechen handelte. Josie brauchte weitere Informationen.

»Ich habe sie im Fernsehen gesehen«, sagte Patrick.

»I-ich kann das noch gar nicht glauben«, stammelte Gerry. »Ich bin seit siebenundzwanzig Jahren hier, aber so etwas ist mir noch nie passiert.«

»Gerry?«, fragte Mettner. »Arbeiten Sie am Empfang?«

Gerry nickte. Er zog ein Papiertaschentuch aus seiner Brusttasche und tupfte sich zuerst das eine, dann das andere Auge.

»Müssen alle Studenten durch die Eingangshalle?«, wollte Mettner weiter wissen.

»Ja«, sagte Gerry. »Es gibt nur diesen Besuchereingang. Im hinteren Bereich des Gebäudes sind zwar noch zwei weitere Türen, aber durch die kommen nur Campusangestellte mit Schlüsselkarte.« Sein Blick wanderte zurück zu Nysa. »Mein Gott. Ich hatte ja keine Ahnung. Sie war allein hier, kommt fast jeden Tag zum Schwimmen her. Es gab keinen Grund zu glauben ... ich hätte nachsehen sollen. Ich ...«

»Ist schon okay, Gerry. Sie haben Ihre Arbeit getan«, beruhigte ihn Hillary.

»Finden Sie? Das Mädchen ist tot und ich weiß nicht einmal, was passiert ist.«

Josie fragte sich, wie gut er und Nysa sich gekannt hatten, weil ihn ihr Tod so mitnahm. Oder gingen ihm solche Unglücke näher als anderen? Josie hatte schon zahllose Reaktionen auf plötzliche, tragische Todesfälle gesehen, ob die Leute eine persönliche Beziehung zu den Verstorbenen hatten oder nicht. Die Reaktionen reichten von völliger Emotionslosigkeit bis zur Hysterie. Sie warf Mettner einen Blick zu und gab ihm in stummem Einverständnis ihre Zweifel zu verstehen. Er tippte etwas in sein Smartphone – vermutlich eine Erinnerung, dass die Verbindung zwischen dem Wachmann und Nysa Somers noch zu klären sei. An Gerry gerichtet sagte Josie: »Haben Sie Nysa heute Morgen kommen sehen?«

»Natürlich. Das ist mein Job. Sie war früher als üblich hier, aber sie kam durch den Vordereingang, hat mir einen guten Morgen gewünscht, gelächelt und ist in die Schwimmhalle gegangen.«

»Wann war das?«, fragte Josie.

»Etwa um sechs Uhr. Ich komme für gewöhnlich um fünf Uhr fünfundvierzig und schließe die Tür um sechs Uhr auf, obwohl montags niemand so früh da ist. Nysa traf kurz nachdem ich aufgeschlossen habe ein. Normalerweise ist sie um acht Uhr hier.«

»War sie allein?«

»Ja.«

Josie sah sich wieder Nysas Leiche an. Sie ließ den Blick von ihren weißen Tennisschuhen, die schwer an ihren Füßen hingen, bis zum weißen Tanktop und dem rosa Spitzen-BH darunter wandern, den Owen und Sawyer sorgfältig wieder über ihre Brust gezogen hatten, um ihre Nacktheit zu bedecken. »Hatte sie etwas dabei?«

Gerrys Hand erstarrte in der Bewegung, das Papiertaschentuch Zentimeter vor dem Gesicht. »Was?«, fragte er.

»Hatte sie eine Tasche dabei? Eine Schwimmtasche? Oder eine Handtasche? Einen Rucksack vielleicht?«

»Ich ... keine Ahnung. Weiß nicht. Ich glaube nicht.«

»Haben Sie draußen jemanden bei ihr gesehen, bevor sie hereingekommen ist?«, schaltete sich Mettner ein.

»Nein. Ich kann aber in den Überwachungsvideos nachsehen.«

»Überwachungsvideos?« Josie horchte auf.

Gerry sah sich um. »Wir haben Überwachungskameras in der Eingangshalle und im Außenbereich des Gebäudes.«

»Und hier drinnen nicht? In der Schwimmhalle?«, fragte Josie enttäuscht.

»Nein, tut mir leid«, antwortete Gerry. »Es wurde ein paarmal versucht, aber mit der Feuchtigkeit gab es Probleme. Die Kameras gingen kaputt. Nächsten Monat sollen neue installiert werden.«

Das hilft uns jetzt nichts, dachte Josie bei sich.

»Gerry, die Polizei wird sich alle Aufzeichnungen, die wir haben, ansehen wollen«, sagte Hillary. »Und wahrscheinlich auch Kopien brauchen.«

Josie nickte. An Gerry gerichtet sagte sie: »Wirkte Nysa wie üblich? Oder kam sie Ihnen anders vor als sonst?«

»Nein, ganz normal«, entgegnete Gerry. »Sie war wie immer. Vielleicht ein bisschen zerstreut. Manchmal plaudert sie mit mir und manchmal geht sie sofort zum Schwimmen. Heute ist sie gleich in die Halle. Wahrscheinlich wollte sie schnell ihr Training absolvieren, bevor sie in die Vorlesungen musste.«

»Ist jemand nach ihr hereingekommen?«, fragte Josie.

»Nein. Sie war die Einzige hier, bis Sie beide aufgetaucht sind. Wie gesagt, am Montagmorgen ist wenig los.«

»Also war sie ganz allein hier?«, hakte Mettner nach.

»Ja.«

»Hat hier niemand gearbeitet oder irgendetwas im Gebäude zu tun gehabt?«, wollte Josie wissen. »In den Umkleiden, im hinteren Teil des Gebäudes?«

»Nein. Nur ich. Bis er gekommen ist.« Er deutete auf Patrick, der noch immer neben Josie stand. »Aber er ist sofort zu den Automaten gegangen. Dann sind Sie auch schon aufgetaucht.«

»Haben Sie irgendetwas von Nysa mitbekommen, nachdem sie hier vorbeigekommen ist? Aus der Schwimmhalle?«

»Nein, nichts.« Er drückte sich die Handfläche an die Stirn. »Ich überlege die ganze Zeit, ob ich irgendetwas übersehen habe. Die Türen waren zu, aber selbst bei geschlossenen Türen höre ich die jungen Leute manchmal noch herumschreien. Ich frage mich, ob sie geschrien hat. Hat sie womöglich um Hilfe gerufen und ich habe sie nicht gehört? Aber warum sollte sie? Sie war die beste Schwimmerin im Universitätsteam. Sie hätte sicher niemanden gebraucht, der sie aus dem Wasser zieht. Aber vielleicht ist etwas passiert und sie hätte doch Hilfe benötigt. Meine Frau sagt immer, Menschen ertrinken still. Ich weiß nicht, was passiert ist. Ich weiß nicht, was ich denken soll. Ich ...«

In seinen Augenwinkeln erschienen wieder Tränen. Hillary ermahnte ihn. »Gerry, ich weiß, dass Sie das mitnimmt, aber versuchen Sie, sich zusammenzureißen.«

»Ist schon gut«, sagte Josie rasch. Sie legte ihm eine Hand auf die Schulter.

»Danke«, murmelte er.

»Ich weiß, das ist nicht einfach, Gerry«, fuhr Josie fort. »Aber Sie machen das großartig. Denken Sie, Sie könnten uns jetzt die Aufnahmen der Kameras zur Verfügung stellen?«

»Natürlich«, antwortete er. »Die Aufzeichnungen sind in einem Zimmer im hinteren Teil des Gebäudes. Ich hole sie für Sie.«

Hillary nickte einem der uniformierten Beamten zu, der Gerry durch die Halle und zu einer Reihe nicht gekennzeichneter Türen begleitete. Mit seiner Schlüsselkarte öffnete Gerry eine der Türen. Dahinter konnte Josie einen Flur aus Schlackenbetonsteinen erkennen.

Sawyer räusperte sich. »Wie geht es jetzt weiter?«

Josie sah Mettner an. »Hol die Spurensicherung und Dr. Feist«, sagte sie zu ihm. Gemeint war das Beweissicherungsteam der Polizei von Denton und die Rechtsmedizinerin. »Fordere außerdem eine Streife an, die alles hier absperrt. Ein Beamter soll sich am Eingang und einer an der Tür zur Schwimmhalle postieren. Bis auf Weiteres darf niemand hier rein oder raus.«

Mettner nickte und drehte ihr den Rücken zu. Er wischte

über sein Smartphone und hielt es sich ans Ohr. Patrick setzte sich auf eine Bank in der Nähe. Alle anderen starrten Josie an, als warteten sie auf weitere Anweisungen. Sie wollte gerade Chief Hahlbeck bitten, einen ihrer Beamten an der Tür zur Schwimmhalle zu postieren, als eine Tür zwischen Halle und Eingangsbereich mit Schwung aufging. Eine weibliche Stimme drang in den Raum, dann erst erschien die Person, zu der sie gehörte.

»... niemand hier. Was zum Teufel geht hier vor?«

Angesichts der Shorts und der Oversized-Kapuzenjacke tippte Josie auf eine Studentin. Ihr dunkles Haar war zu einem Pferdeschwanz gebunden. Er schwang hin und her, während sie auf sie zuging. Als sie näherkam, sah Josie die Sommersprossen auf ihrem Gesicht. Ihre großen braunen Augen weiteten sich vor Schreck, als sie Nysa sah.

»Miss«, ermahnte Chief Hahlbeck sie und versperrte ihr den Weg.

Aber die Frau schob sie beiseite und lief zur Leiche. »Nysa!«, rief sie.

Josie streckte die Arme aus und fing sie ab, bevor sie bei Nysa war. Durch den Schwung absolvierten beide eine halbe Drehung. Josie packte sie am Oberarm und bugsierte sie zum Ausgang zurück. »Tut mir leid, Miss. Sie können im Moment hier nicht rein, okay?«

Während Josie sie zur Tür drängte, verrenkte die Frau ihren Körper, um einen Blick auf ihre Freundin zu werfen. »Nysa! Das ist Nysa, nicht wahr? Oh, mein Gott. Was ist passiert? Was zum Teufel ist passiert?«

SECHS

Josie führte die junge Frau in die Eingangshalle. Die kühle Luft war Balsam für ihren durchnässten, verschwitzten Körper. Sie ging mit der Frau zu den Bänken an einer Wand der Halle und sagte zu ihr: »Es tut mir sehr leid, Miss. Sie müssen hier draußen warten.«

Josie spürte, wie sich die Armmuskeln der Frau unter ihren Fingern anspannten. Sie sog tief die Luft ein und sagte beim Ausatmen: »Das war Nysa, nicht wahr? Mein Gott, ist sie tot?«

»Möchten Sie sich nicht setzen?«, fragte Josie sie.

»Ich kann nicht. Ich kann jetzt nicht sitzen. Was ist passiert?«

Josie ließ sie los. Sofort schlang sie ihre Arme um sich. In ihren Augen glänzten Tränen.

»Wie heißen Sie?«, wollte Josie wissen.

»Christine. Christine Trostle. Ich bin Nysas Mitbewohnerin. Sie ist letzte Nacht nicht nach Hause gekommen, deshalb dachte ich, dass sie vielleicht hier sei. Mein Gott, ist sie tot?«

Christines aufsteigende Panik war förmlich spürbar. Josie sagte mit betont ruhiger, beschwichtigender Stimme: »Wir konnten sie noch nicht zweifelsfrei identifizieren, aber ja, wir glauben, dass es sich bei der Frau, die Sie drinnen gesehen haben, um Nysa Somers handelt. Es tut mir sehr leid, Ihnen mitteilen zu müssen, dass sie tot ist. Sie wurde im Becken treibend aufgefunden. Wir haben versucht, sie zu reanimieren, konnten sie aber nicht mehr zurückholen.«

Eine kleine senkrechte Falte erschien zwischen Christines Augenbrauen. »Wiederbeleben? Warum? Hatte sie beim Schwimmen einen Herzanfall oder so etwas?«

Josie ließ Revue passieren, was sie bis jetzt wussten. Der Schwimmstar der Universität war im Becken treibend gefunden worden. Sie hatte keine Tasche bei sich gehabt und unter ihrer Kleidung keinen Badeanzug getragen. Sogar ihre Schuhe hatte sie noch an den Füßen, als Josie ins Wasser gesprungen war, um sie herauszuholen. War sie überhaupt zum Schwimmen hergekommen?

»Das wissen wir nicht«, antwortete Josie. »Ich fürchte, wir wissen im Moment überhaupt noch nicht viel. Ich bin Detective Josie Quinn vom Polizeirevier Denton. Mein Team wird ihren Tod untersuchen. Die Rechtsmedizinerin ist auf dem Weg hierher, doch kann es Tage oder Wochen dauern, bis wir ein endgültiges Ergebnis haben. Im Augenblick brauchen wir so viele Informationen über Nysa wie möglich. Sie sagten, Sie seien Ihre Mitbewohnerin. Wie lange kannten Sie Nysa schon?«

Christine ballte die Fäuste in ihren Jackenärmeln, die sie sich über die Hände gezogen hatte, und wischte sich damit die Tränen weg. Sie blickte sich um, als sehe sie die Halle zum ersten Mal. Josie wusste, dass ihr Gehirn verzweifelt zu verarbeiten versuchte, was sie gerade gesehen und erfahren hatte.

»Christine?«, sprach sie das Mädchen leise an.

»Seit dem ersten Studienjahr«, sagte Christine und schluckte.

»Also sind Sie jetzt beide im zweiten Jahr?«

Christine nickte und tupfte mit ihrem Ärmel weitere

Tränen weg. »Mein Gott«, stieß sie hervor. »Das kann doch nicht wahr sein.«

Josie wollte, dass sie sich weiter auf die Beantwortung der Fragen konzentrierte. »Haben Sie schon im ersten Jahr zusammengewohnt?«

»Ja. Wir waren im Studentenwohnheim und sind dort gute Freundinnen geworden. Als wir uns dieses Jahr nach einer Wohnung umsehen mussten, beschlossen wir, zusammen ein Apartment zu mieten.«

»Woher stammen Sie?«, fragte Josie.

»Aus Vermont.«

»Ist Nysa auch aus Vermont?«

Christine schüttelte den Kopf. Ihre Augen wanderten zur Decke. »Nein. Aus New Jersey.«

»Ich habe gehört, dass Nysa in der Schwimmmannschaft war. Gehören Sie auch dazu?«

Wieder Kopfschütteln. »Nein. Absolut nicht. Ich bin eine fürchterliche Schwimmerin. Himmel. Ich kann es nicht glauben.« Sie schob eine Hand aus dem Ärmel, fasste nach oben und zog kräftig an ihrem Pferdeschwanz. Dann sah sie Josie direkt an. »Sie haben gesagt, dass sie im Becken war. Jetzt ist sie tot. Ist sie ertrunken?« Bevor Josie antworten konnte, fragte Christine: »Wie zum Teufel kann die beste Schwimmerin der Universität von Denton allein in einem Pool ertrinken?«

»Wir werden herausfinden, was passiert ist«, versicherte Josie ihr. »Christine, Sie sagten, Nysa sei letzte Nacht nicht nach Hause gekommen, stimmt das?«

»Ja. Ich habe mir Sorgen gemacht.«

»Wo ist sie gewesen?«, fragte Josie.

»In der Bibliothek. Wir haben gestern Abend zusammen in der Mensa gegessen. Dann bin ich in unsere Wohnung zurück und sie ist in die Bibliothek.«

»Um wie viel Uhr war das?«

»So etwa um sechs oder halb sieben. Nysa musste für eines

ihrer Englischseminare eine Arbeit schreiben. Aber bei uns in der Nachbarschaft kann es ziemlich laut werden, sogar am Sonntag. Sie wollte in Ruhe arbeiten.«

»Ist sie zu Fuß gegangen oder gefahren?«

»Gegangen«, antwortete Christine. »Ihr Auto steht noch vor unserer Wohnung.«

»Sie ist also zwischen achtzehn Uhr und achtzehn Uhr dreißig von der Mensa in die Bibliothek gegangen und Sie haben sie danach nicht mehr gesehen?«, hakte Josie nach. »Sind Sie sicher, dass sie nicht in die Wohnung zurück ist? Vielleicht, nachdem Sie eingeschlafen waren?«

Christine schüttelte den Kopf. »Da bin ich mir sicher. Ich habe ihr um neun eine Nachricht geschickt – die Bibliothek ist bis halb zehn geöffnet – und sie hat zurückgeschrieben, dass sie gerade dabei sei, zusammenzupacken. Dann habe ich noch ein bisschen für mein Geschichtsseminar gelernt. Irgendwann habe ich gemerkt, dass es schon elf war und sie noch immer nicht nach Hause gekommen war und mir auch nichts geschrieben hatte. Deshalb habe ich ihr noch einmal eine Nachricht geschickt.« Christine griff in die Tasche ihrer Jacke und holte ihr Smartphone heraus. Sie gab den Code ein und wischte einige Male über den Bildschirm. Dann hielt sie Josie das Display hin, damit sie die Unterhaltung zwischen den beiden Frauen lesen konnte.

Um dreiundzwanzig Uhr drei hatte Christine geschrieben:

Wo bist du? Alles okay?

Um dreiundzwanzig Uhr vier hatte Nysa geantwortet:

Alles okay. Hab auf dem Weg zurück von der Bibliothek einen Freund getroffen. Warte nicht auf mich.

Um dreiundzwanzig Uhr sechs schrieb Christine:

Freund? Was für ein Freund???

Danach kam nichts mehr von Nysa.

»Ich habe bis halb eins gewartet, dann bin ich eingeschlafen. Um sieben Uhr fünfzehn bin ich aufgestanden, weil ich um acht Uhr ein Seminar hatte, aber sie war nicht zu Hause. Ich habe einen Blick in ihr Zimmer geworfen, konnte aber nicht sehen, ob sie zu Hause gewesen war oder nicht, weil ihr Bett ein Durcheinander war. Sie macht es nie. Ihre Zahnbürste war allerdings knochentrocken, weshalb ich angenommen habe, dass sie nicht heimgekommen war. Ich habe sie angerufen, aber da war nur die Mailbox.« Sie wischte noch ein paarmal über ihr Handy und zeigte Josie wieder das Display. Dieses Mal war eine Anrufliste zu sehen, anhand der Josie sehen konnte, dass Christine heute Morgen zwischen sieben Uhr sechzehn und acht Uhr dreißig dreimal versucht hatte, Nysa zu erreichen. »Ich habe ein paarmal angerufen, aber sie ging nicht ran. Ich wusste nicht, was ich machen sollte, und dachte, ich sehe nach meinem Kurs mal hier in der Halle nach. Ich meine, Nysa ist jede freie Minute im Wasser. Ich dachte mir, wenn nicht sie hier ist, dann vielleicht ein paar ihrer Teamkollegen. Vielleicht hatte sie ja jemand gesehen. Also bin ich hergekommen. Mein Gott. Ist sie wirklich tot?« Ihre Stimme ging zwei Oktaven nach oben. »Ich verstehe das nicht. Wie kann das sein? Das ergibt doch keinen Sinn.«

»Haben Sie eine Idee, mit wem sie sich gestern Nacht getroffen haben könnte?«, hakte Josie nach. »Wer könnte der Freund sein, von dem sie schrieb?«

»Keine Ahnung. Ich dachte, es sei vielleicht jemand aus ihrem Schwimmteam. Die sind alle ziemlich eng befreundet und hängen viel miteinander ab.«

Sie würden die Teammitglieder befragen müssen, dachte Josie bei sich. Zu Christine sagte sie: »Als Sie Nysa das letzte

Mal sahen, hatte sie da einen Beutel oder eine Tasche oder so etwas in der Art dabei?«

»Ihren Rucksack«, antwortete Christine.

Die Aufzeichnungen der Überwachungskameras würden zeigen, ob sie ihren Rucksack trug, als sie in die Schwimmhalle ging. Außerdem mussten die Umkleideräume überprüft werden. Irgendwo mussten Rucksack und Handy sein.

»Hatte Nysa einen festen Freund?«, fragte Josie weiter.

»Nein. Sie sagte, dafür hätte sie keine Zeit.«

»Hatte sie so etwas wie eine lockere Beziehung?«, hakte Josie nach.

»Sie meinen, eine rein sexuelle Geschichte? Könnte schon sein, aber sicher bin ich nicht.«

»Wieso denken Sie, dass es sein hätte können?«

»Na ja, also, manchmal kam sie spät vom Training oder Unterricht nach Hause und wirkte irgendwie erhitzt, ganz rot und so ... ich weiß auch nicht. Sie wissen schon, wie wenn man jemanden bei etwas ertappt, das ihm peinlich ist. So kam sie mir wenigstens vor.«

»Haben Sie sie je darauf angesprochen?«

»Nicht direkt. Manchmal habe ich sie gefragt, wo sie gewesen sei oder was so gelaufen sei, aber sie hat immer nur gesagt, dass sie joggen gewesen oder spät an der Uni geblieben sei, weil sie einen Dozenten noch etwas fragen hätte müssen und so Zeug.«

»Sie haben nicht nachgebohrt?«, fragte Josie.

»Nein. Ich bin nicht ihre Mutter. Sie ist erwachsen und kann tun und lassen, was sie will. Wir wohnen zusammen und sind befreundet, aber sie muss mir nicht alles erzählen.«

»Falls sie sich mit jemandem getroffen hat, aber nicht darüber sprechen wollte: Können Sie sich vorstellen, wer das gewesen sein könnte?«

»Nein, absolut nicht.«

»Vielleicht jemand aus dem Schwimmteam?«

»Möglich, aber dann verstehe ich nicht, warum sie mir das verheimlichen hätte sollen. Ist ja keine große Sache.«

Die kühle Luft, die gerade noch so wohltuend gewesen war, ließ Josie nun frösteln. »Wissen Sie von jemandem, an dem sie Interesse zeigte, oder jemand, der sich für sie interessierte?«

Christine schlang erneut ihre Arme um sich und verlagerte ihr Gewicht von einem Bein auf das andere. »Ich weiß nicht. Sie sagte immer nur, dass sie nur Zeit für die Uni und das Schwimmen habe und Partnersuche Zeitverschwendung sei. Nachdem sie das immer und immer wieder betonte, schämte sie sich vielleicht zuzugeben, dass sie sich jetzt doch mit jemandem traf. Vielleicht war das der Grund, warum sie es mir nicht gesagt hat.« Die letzten Worte sagte sie mehr zu sich selbst als zu Josie.

»Und jemand, der sich für sie interessierte, gab es den?«, drängte Josie weiter.

»Ja, Hudson, denke ich. Er war im Schwimmteam. Letztes Jahr war er schwer in Nysa verliebt, aber sie hat ihn abblitzen lassen. Dieses Jahr haben sie ziemlich miteinander konkurriert, sich gegenseitig zu übertreffen versucht und so. Hudson war auch in dem Bericht dabei, der am Wochenende in den Nachrichten gezeigt wurde. Da ging es um die besten Schwimmsportler. Eigentlich wollte die Presse nur über Nysa berichten, denn sie hatte das Hauptstipendium bekommen, aber Hudsons Mutter ist ausgeflippt, weil sie nichts von ihm bringen wollten, also war er auch mit dabei. War etwas peinlich. Aber eigentlich ist er ein netter Typ und sie hat ihn schon gemocht, hat aber auch gesagt, dass seine Familie ihr etwas zu anstrengend sei.«

»Ich habe den Bericht gesehen«, sagte Josie. »Was meinen Sie mit anstrengend?«

Christine zuckte die Schultern. »Ich weiß nicht. Anmaßend, erdrückend, so etwas in der Art, schätze ich. Nysa meinte einmal, er gehöre zu den Männern, deren Beziehungen die ganze Zeit von den Müttern beherrscht werde, und dafür habe sie nicht die Kraft.«

»Könnte es sein, dass sie sich heimlich trafen? Und es niemandem erzählten?«

»Glaube ich nicht«, entgegnete Christine. »Er sieht sie immer noch die ganze Zeit mit diesen verliebten Hundeaugen an. Irgendwie traurig.«

Josies Liste der Dinge, die sie sich merken wollte, wurde immer länger. Sie holte ihr Handy aus der Gesäßtasche, um Mettner ein paar Nachrichten zu schicken. Nach der Überschwemmung in Denton vor fünf Monaten, während der Josie mehr im Wasser als außerhalb gewesen war, hatte sie sich ein Samsung Galaxy 9 zugelegt, das angeblich wasserdicht war. Jetzt konnte das Gerät zum ersten Mal beweisen, ob es hielt, was es versprach, denn sie war mit ihm in der Tasche ins Becken gesprungen. Josie drückte den Einschaltknopf, tippte ihren Code ein und sah erleichtert, dass es den Tauchgang tatsächlich überlebt hatte.

Sie schickte Mettner ein paar Nachrichten, obwohl er noch am Becken stand, und schrieb ihm, dass sie alle Mitglieder des Schwimmteams und insbesondere einen Jungen namens Hudson befragen müssten. Dann wandte sie sich wieder Christine zu: »Hatte Nysa in letzter Zeit mit jemandem Probleme?«

»Nein. Alles lief super.« Ihre Brust hob und senkte sich mehrmals, bevor sie zu schluchzen begann. Wieder rannen ihr Tränen über das Gesicht. Josie ließ ihr einen Augenblick Zeit, sich zu fassen, und fragte dann: »Wie sehr war Nysa in letzter Zeit unter Druck?«

»Es ging ihr gut. Wir sind erst am Anfang des Studienjahres, also war die Belastung noch nicht so groß.«

»Wie war ihre allgemeine Stimmung?«, fragte Josie weiter. »War sie aufgebracht oder niedergeschlagen? Zerstreut?«

Christine erstarrte. »Warum fragen Sie? Denken Sie, dass sie sich umgebracht hat oder so? Absolut nicht. Das würde

Nysa nie tun. Sie ist einer der optimistischsten und ehrgeizigsten Menschen, die ich kenne.«

»Sie kannten sie seit einem Jahr. Hat sie je erwähnt, dass sie Depressionen oder Angstzustände hatte?«

Christine schüttelte vehement den Kopf. »Nein, nein. Auf keinen Fall Nysa.«

»Gut«, sagte Josie. »Ich verstehe. Was ist mit Drogen oder Alkohol? Hatte sie damit etwas zu tun?«

»Sie wissen, dass wir noch nicht einundzwanzig sind, oder?«

Josie lächelte schwach. »Christine, meiner Erfahrung nach hat das noch nie jemanden abgehalten, auf jeden Fall nicht auf dem Campus einer Hochschule. Ich habe auch keine Probleme damit. Wir müssen es nur wissen.«

»Drogen definitiv nicht. Getrunken hat sie selten. Sie war sehr darauf bedacht, für das Schwimmen in Topform zu bleiben. Ich meine, letztes Jahr hat sie sich auf Partys gelegentlich mal ein, zwei Drinks gegönnt, aber ansonsten legte sie viel Wert darauf, sich gesund zu ernähren und fit zu bleiben. Vor allem wegen des Schwimmstipendiums. Ihre Eltern sind nicht reich oder so, deshalb war es wichtig für sie, dass sie es bekommen hat. Hätte sie im Schwimmteam schlechte Leistungen abgeliefert oder das Studium nicht mehr gepackt, hätte sie das ihr Stipendium kosten können.«

»Christine«, sagte Josie, »ich muss noch mit meinen Kollegen sprechen, aber vielleicht könnten Sie uns danach Ihre und Nysas Wohnung zeigen.«

»Klar.«

Auf Josie nackten Armen bildete sich eine Gänsehaut. Ihre Kleidung war noch nass. Mit jeder Minute fror sie stärker. »Warten Sie hier auf mich?«

Christine nickte.

»Soll ich in der Zwischenzeit jemanden für Sie anrufen?«

»Vielleicht Nysas Eltern. Sie sind noch in der Stadt. Sie

waren am Wochenende hier, weil WYEP diesen Bericht über das Schwimmteam gesendet hat. Sie übernachten im Marriott.«

Josie würde sicher nicht Nysa Somers Eltern an den Ort holen, an dem ihre Tochter gestorben war, vor allem jetzt, da hier noch Chaos herrschte. Aber sie würde jemanden zum Hotel schicken, der mit ihnen sprach und sie bat, zum Leichenschauhaus zu kommen, um Nysa zu identifizieren. Vielleicht Noah oder Detective Gretchen Palmer, die beide einfühlsam und sensibel genug waren, um eine Todesnachricht angemessen zu überbringen.

Durch die Glastüren konnte Josie die blau und rot blinkenden Lichter zweier Streifenwagen sehen, die vor dem Gebäude hielten. Sie ging auf den Eingang zu und sah Dr. Anya Feists kleinen Pick-up dahinter herfahren.

»Ich muss mit meinen Kollegen sprechen«, sagte Josie zu Christine. »Wenn es Ihnen nichts ausmacht …«

Christine verschränkte die Arme vor der Brust. »Ich gehe nirgendwohin. Ich möchte wissen, was mit Nysa passiert ist.«

SIEBEN

Josie traf sich mit den übrigen anwesenden Polizeibeamten und Dr. Feist beim Eingang. Sie postierte einen Uniformierten vor der Eingangstür und einen weiteren mit Clipboard vor dem Zugang zur Schwimmhalle, damit er jeden registrierte, der hineinwollte. Dann ging sie mit Hummel und Chan von der Spurensicherung sowie Dr. Feist zum Becken. Trotz der willkommenen Wärme in der Halle schauderte Josie. Um Nysa Somers Leiche hatte sich eine Gruppe mehrerer Leute gebildet, darunter Sawyer, Owen, Chief Hahlbeck, einer der Campuspolizisten und Mettner. Als Josie einen Blick zu den Bänken an der Wand warf, sah sie dort noch Patrick sitzen, der sie alle beobachtete. Sie ging zu ihm und fragte ihn, ob alles in Ordnung sei. Er nickte müde. Sie legte ihm eine Hand auf die Schulter und sagte ihm, dass er gehen könne und sie mit seinem Vorgesetzten sprechen würde, falls er Probleme bekomme, weil er einen Tag freinehmen wolle. Er umarmte sie kurz und unerwartet und lief davon. Josie wandte sich den neu Hinzugekommenen zu und berichtete, was passiert war. Sie gab ihnen einen Abriss der wenigen Informationen, die sie bis jetzt zusammengetragen hatte, darunter auch das, was sie von Christine Trostle erfahren hatte.

»Wir behandeln das vorerst als verdächtigen Todesfall«, schloss sie.

Hummel und Chan begannen ihre Ausrüstung auszupacken. Dr. Anya Feist kniete sich auf die Fliesen und sah sich Nysas Gesicht genauer an. Josie holte wieder ihr Handy hervor und rief Noah an. Nach dem achten Klingeln wurde sie auf die Mailbox umgeleitet.

»Mett«, sagte sie, »hast du Noah heute Vormittag im Revier gesehen?«

Er schüttelte den Kopf. »Nein. Aber frag mal Gretchen.«

Als Josie in ihren Kontakten zu Gretchens Nummer scrollte, fragte sie: »War heute früh viel los?«

»Nein«, antwortete Mettner. »Nicht besonders viel.«

Noah hatte die gleiche Schicht wie Josie. Sie fragte sich, wo er steckte, doch da tönte bereits Gretchens Stimme aus dem Handy. »Boss?«

Josie hielt sich das Gerät ans Ohr und beschrieb in aller Kürze die Lage. Außerdem bat sie Gretchen, zum Marriott zu fahren, um Nysa Somers' Eltern zu benachrichtigen und sie zum Leichenschauhaus zu bringen. Als Josie das Gespräch beendet hatte, sagte Hillary zu ihr: »Gerry ist hinten und bereitet die Aufzeichnungen vor. Ich habe mich in der Frauenumkleide umgesehen, ob sie dort etwas liegen lassen hat – vielleicht eine Schwimmtasche oder so etwas. Gefunden habe ich nichts. Außerdem habe ich ihre Taschen durchsucht. Nichts. Auch in der Herrenumkleide war ich, um nachzusehen, ob ich etwas Ungewöhnliches dort finde. Da war nichts. Aber Sie möchten sich sicher selbst ein Bild machen.«

Josie nickte. Die Beamten der Spurensicherung machten Fotos, während Dr. Feist ein paar Schritte zurücktrat. »Ich sehe mir alles jetzt gleich an, wenn es Ihnen nichts ausmacht.«

Hillary folgte ihr, zuerst in die Umkleideräume für Frauen,

dann in die für Männer, und beantwortete währenddessen Josies Fragen. Es gab keine verschließbaren Spinde. Die Räume wurden zweimal am Tag vom Reinigungspersonal gesäubert, einmal im Lauf des Vormittags und einmal am Abend. Heute waren noch keine Putzleute erschienen. Josie fand nichts von Interesse und kehrte in die Halle zurück.

Dr. Feist kniete wieder neben der Leiche und tastete Nysa Somers' Glieder ab. »Hummel, streif doch bitte Beutel über ihre Hände. Für den Fall, dass sich Hautspuren unter ihren Nägeln befinden.«

Während sich Hummel und Chan an die Arbeit machten, stand Dr. Feist auf und nahm ihre Handschuhe ab.

»Denkst du, dass hier was nicht stimmt?«, fragte sie die Ärztin.

Dr. Feist schüttelte den Kopf. »Kann ich nicht sagen. Ich finde keine Anzeichen dafür, dass sie versucht hat, sich zu wehren. Andererseits, wie hoch ist die Wahrscheinlichkeit, dass eine so exzellente Schwimmerin ertrinkt? Es könnte höchstens sein, dass sie unter Drogeneinfluss stand. Das erscheint mir im Moment am wahrscheinlichsten. Wir machen einen toxikologischen Test, aber wie du weißt, dauert es fast zwei Monate, bis die Ergebnisse vorliegen. Wir können auch nach einer medizinischen Ursache suchen, etwa einem Herzstillstand oder so etwas in der Art. Vielleicht ist sie zum Schwimmen hergekommen, hat einen Herzstillstand gehabt und ist ertrunken.«

Josie runzelte die Stirn und warf erneut einen Blick auf Nysas Kleidung. »Sie war nicht zum Schwimmen angezogen.«

»Stimmt«, räumte Dr. Feist ein. »Das fällt in dein Ressort, nicht meins. Trotzdem halte ich plötzliche gesundheitliche Probleme für unwahrscheinlich. Für junge, gesunde Leute ist so etwas nicht gerade typisch. Es kommt zwar vor, aber meiner Erfahrung nach hatte sie etwas Berauschendes intus, dachte, es sei eine gute Idee, schwimmen zu gehen, und ist ertrunken. Ein Unfall also.«

Josie wandte sich an Hillary. »Denken Sie, dass uns Gerry die Aufzeichnungen schon zeigen kann?«

»Kommen Sie mit«, antwortete sie. Sie führte Josie und Mettner von der Schwimmhalle nach hinten zur braunen Tür, durch die Gerry kurz zuvor gegangen war. Aus der Nähe konnte Josie daneben ein bedrohlich wirkendes großes rotes Warnschild in weißer Schrift sehen:

Nur Notausgang. Tür nicht blockieren – Alarmsignal wird ausgelöst.

Hillary nahm von ihrem Gürtel eine laminierte Karte, die an einem Schlüsselband mit Aufziehrolle hing, und hielt sie an eine silberne Box unter dem Türgriff. Ein Wirbel roter Lichter erschien über der Karte, dann ertönte ein Piepsen. Hillary drückte die Tür auf, ohne dass ein Alarmsignal ausgelöst wurde. Josie und Mettner folgten ihr in den nüchternen grauen Gang. Josie warf einen Blick nach rechts, dann nach links. Am Ende des Flurs befanden sich zwei gegenüberliegende Türen, die schlicht mit *Ausgang* gekennzeichnet waren. »Hier entlang«, sagte Hillary und deutete auf die linke Tür.

Josie und Mettner gingen im Gänsemarsch hinter ihr her. Mehrere Meter vor dem Ausgang befand sich zur Rechten eine braune Tür ohne Aufschrift mit einem weiteren Scanner unter dem Griff. Hillary scannte ihre Karte erneut und führte sie nach drinnen in ein kleines Büro mit Fliesen- und Betonwänden. An den Wänden standen mehrere Schreibtische. Auf jedem lagen zwei Laptops mit aktiviertem Monitor. Eines der Sets zeigte die Eingangshalle aus drei Kameraperspektiven, die anderen den Außenbereich des Gebäudes aus verschiedenen Blickwinkeln.

Gerry saß am Schreibtisch, der ihnen am nächsten stand, und war ganz auf den Computer konzentriert. Er winkte sie herbei und klickte ein paarmal, bis sich auf dem Bildschirm drei gleich große Fenster öffneten. Jedes zeigte die Eingangshalle aus einer anderen Perspektive. Während er die Aufnahme zurückspulte, um Nysa Somers zu finden, fragte Josie: »Wie schwierig wäre es für jemanden, von diesen Hintertüren aus in die Schwimmhalle zu gelangen?«

»Wie Gerry bereits gesagt hat, bräuchte man eine spezielle Schlüsselkarte für das Personal, um durch die Außentüren und den Durchgang am hinteren Ende der Schwimmhalle zu kommen«, antwortete Hillary. »Die Tür von der Halle hierher ist ein reiner Ausgang, deshalb würde der Alarm ausgelöst, wenn jemand sie öffnen würde.«

»Wenn eine der Türen ohne Schlüsselkarte aufgebrochen werden würde, wo wäre der Alarm zu hören?«, fragte Mettner.

»Im Gebäudeinneren. Außerdem wird ein Signal in der Telefonzentrale ausgelöst und zusätzlich jeder gerade im Dienst befindliche Angestellte per Telefon alarmiert. Wir haben dafür eine App.«

»Selbst nachts?«, hakte Mettner nach. »Bevor Gerry kommt?«

Hillary nickte. »Ja. In diesem Fall werden die Telefonzentrale und die Nachtwächter informiert. Aber ich kann Ihnen jetzt schon sagen, dass letzte Nacht oder heute Morgen kein einziger Alarm im ganzen Gebäude ausgelöst wurde. Das habe ich bereits überprüft.«

»Gibt es eine Liste der Schlüsselkarten, die zum Öffnen der Gebäudetüren verwendet wurden?«, fragte Josie. »Wenn jemand letzte Nacht mit einer Karte ins Gebäude gekommen wäre, wäre diese Karte registriert?«

»Ja«, erwiderte Hillary. »Daran habe ich auch schon gedacht. Ich habe nachgesehen, aber niemand außer Gerry hat heute Morgen eine Karte beim Betreten des Gebäudes benutzt. Er war um exakt fünf Uhr fünfundvierzig hier.«

»Was ist mit den Nachtwächtern von letzter Nacht?«, fuhr Josie fort. »Wann hat er oder sie das Gebäude abgeschlossen?«

»Um zweiundzwanzig Uhr«, antwortete Hillary.

»Wir hätten gern beide Protokolle, wenn es Ihnen nichts ausmacht«, sagte Josie. »Das eine, das die ausgelösten Alarme der letzten vierundzwanzig Stunden zeigt, und das andere, auf dem die einzelnen Einsätze der Schlüsselkarten verzeichnet sind.«

»Natürlich.« Hillary ging zu einem Touchscreen an der Wand und begann mit dem Finger darauf herumzudrücken und zu wischen. Kurze Zeit später surrte ein Drucker unter einem der Schreibtische und warf Papier aus.

»Hier ist Nysa«, sagte Gerry und deutete auf den Laptop.

Josie und Mettner beugten sich über seine Schultern. Alle drei Aufzeichnungen zeigten sechs Uhr zwei als Uhrzeit. In einer Aufnahme war zu sehen, wie die Außentüren zur Eingangshalle aufgingen und Nysa Somers in Tanktop und Shorts hereinkam. Sie trug nichts in der Hand. Auf halbem Weg durch die Halle blieb sie stehen, drehte den Kopf nach links und lächelte. Sie winkte und sagte etwas. Eine andere Kamera zeigte Gerry hinter seinem halbrunden Empfangstresen, der ebenfalls lächelte, zurückwinkte und etwas antwortete. Dann ging Nysa zur Tür in die Schwimmhalle und drückte sie auf.

»Gerry«, sagte Josie. »Sie erwähnten, dass sie fast jeden Tag zum Schwimmen herkam. Hatte sie für gewöhnlich so etwas wie eine Tasche dabei?«

Er runzelte die Stirn, stoppte den Film und sah Josie an. »Ja, schon. Alle Mädchen haben irgendeine Tasche, selbst wenn sie bereits ihre Badeanzüge unter der Kleidung tragen. Nysa kam meistens mit Sporttasche. Manchmal hatte sie auch noch einen Rucksack dabei.«

»Also ist sie um sechs Uhr zwei hier eingetroffen«, resümierte Josie, »Sie trug normale Kleidung ohne Badeanzug darunter, hatte keine Tasche dabei und ist in die Schwimmhalle gegangen. Was hat sie zu Ihnen gesagt, Gerry?«

»Sie sagte ›Guten Morgen, Mr Murphy‹. Ich habe auch Guten Morgen gesagt.«

»Sie hat Sie mit Namen angesprochen«, schaltete sich Mettner ein. »Kannten Sie sie gut?«

Gerry schüttelte den Kopf. »Nein, gut nicht. Aber besser als die meisten anderen Kids auf dem Campus, weil sie fast jeden Tag hier war. Ich kenne die Mitglieder der Schwimmmannschaft vom Sehen und plaudere manchmal ein bisschen mit ihnen, aber das war es dann auch. Gut kennen ist zu viel gesagt. Ich kenne ihre Namen und Gesichter, aber mehr auch nicht.«

»Ist Ihnen ein Student namens Hudson bekannt?«, wollte Josie wissen.

»Klar«, antwortete Gerry. »Er gehört ebenfalls zum Schwimmteam. Ich sehe ihn und Nysa viel zusammen. Er ist ziemlich in sie verknallt, glaube ich, aber meistens benehmen sie sich einfach wie Mannschaftskollegen. *Benahmen* sich. Himmel.« Er atmete tief durch. »Tut mir leid. Ich kann es nicht fassen, dass so etwas passiert ist. Es ist so schrecklich. So tragisch. Arme Nysa.«

»Wissen Sie, ob Nysa und Hudson ein Paar waren?«, fragte Josie.

»Nein, das weiß ich nicht. Die jungen Leute reden mit mir nicht über solche Sachen.«

»Wann ist Patrick gekommen?«, wollte Mettner wissen.

»Ich zeige es Ihnen«, antwortete Gerry. Er begann zu klicken, aber Josie legte ihm sanft eine Hand auf den Unterarm.

»Würde es Ihnen etwas ausmachen, im Schnelldurchlauf bis zu dem Augenblick vorzuspulen, an dem Patrick gekommen ist, damit wir sicher sein können, dass zwischen Nysa und ihm niemand das Gebäude betreten hat?«

»Natürlich«, sagte Gerry.

Er klickte noch ein paarmal und startete den Schnelldurchlauf, bis die Aufnahmen aller drei Kameras Patrick beim Betreten der Eingangshalle zeigten. Josie stellte fest, dass Gerry den ganzen Morgen an seinem Tresen gesessen hatte und daher nicht in die Schwimmhalle schleichen und Nysa etwas hätte antun können. Bei Patricks Ankunft zeigte der Zeitstempel acht Uhr sechzehn. Er trug einen Rucksack, den er neben sich stellte, als er sich auf eine Bank setzte. Sie sahen, wie er seinen Kopf neigte und auf sein Handy blickte. Einen Augenblick später stand er auf, streckte seine Arme über den Kopf und ging zu den Verkaufsautomaten. Weitere zwei Minuten vergingen, dann sah Josie sich selbst auf dem Bildschirm.

In der Eingangshalle blieb es ruhig. Gerry saß weiter hinter dem Tresen und las eine Zeitung. Um acht Uhr zwanzig kam Patrick aus der Schwimmhalle in den Eingangsbereich gelaufen und gestikulierte wild mit aufgerissenem Mund. Gerry sprang aus seinem Stuhl, zog sein Smartphone aus der Tasche und lief zu ihm. Dann verschwanden beide hinter der Tür zur Schwimmhalle.

»Das reicht«, sagte Josie. »Können Sie uns die Aufnahmen vom Außenbereich des Gebäudes zeigen?«

Feierlich klickte Gerry die Aufzeichnungen weg und holte wieder die Echtzeitaufnahmen von der Eingangshalle auf den Bildschirm. Sie sahen einen der uniformierten Beamten des Dentoner Reviers mit einem Clipboard vor der Tür stehen, eine umherlaufende Campuspolizistin und Christine Trostle, die auf einer Bank saß und wartete.

Gerry rollte mit seinem Stuhl zu einem anderen Tisch und klickte auf einem Laptop dort herum, bis er vier Aufzeichnungen vom Außenbereich des Hallenbads nebeneinander auf dem Monitor angeordnet hatte. Zu sehen waren alle vier Seiten des Gebäudes. Die Kamera auf der Vorderseite zeigte die Einsatzfahrzeuge und Sawyer Hayes, der aus dem Heck des Rettungsfahrzeugs mehrere Ausrüstungsgegenstände einschließlich einer Trage holte. Dahinter erkannte man einen Parkplatz mit mehreren Parkbuchtreihen. Auf der Hinterseite des Gebäudes war ein kleinerer Parkplatz mit wenigen Stellplätzen für die Security und weitere Campusangestellte sowie ein Müllcontainer zu sehen. Dahinter fing ein Wald an. Josie wusste, dass er sich einen kleinen Abhang hinunter bis zu einer der Hauptzufahrtsstraßen zum Campus erstreckte. Seitlich der Schwimmhalle befanden sich baumgesäumte, mit Bänken und Tischen ausgestattete Anlagen, in denen sich die Studierenden bei schönem Wetter aufhalten konnten. Jenseits der Anlagen auf einer Seite der Schwimmhalle befand sich das Zentrum für Gesundheits- und Geisteswissenschaften, wie Josie wusste, während man auf der anderen Seite zu den vielen Gebäuden des Sportzentrums gelangte. Aber die Kameras erfassten nur die Anlagen.

Gerry ließ die Aufnahmen ab fünf Uhr morgens laufen. Um fünf Uhr vierundvierzig fuhr ein kleiner Jeep zur Hinterseite des Gebäudes. Kurz darauf stieg Gerry aus und öffnete die Tür mit seiner Schlüsselkarte. Die Anlagen und der Eingangsbereich vor dem Gebäude waren leer. Um sechs Uhr tauchte Nysa auf. Sie ging vom hinteren Ende des Parkplatzes aus auf das Gebäude zu – allein, genau wie Gerry angegeben hatte. Sie sahen sich die restlichen Aufnahmen bis zum Eintreffen der Rettungsfahrzeuge an. Niemand außer den bereits erfassten Personen betrat oder verließ das Gebäude. Josie hatte ein ungutes Gefühl in der Magengrube.

»Wir brauchen Kopien von allen Aufzeichnungen«, sagte sie zu Gerry. »Gut wäre es auch, wenn wir gleich das gesamte Material der letzten vierundzwanzig Stunden bekommen könnten. Und jetzt möchte ich noch einmal mit Nysas Mitbewohnerin sprechen, wenn es Ihnen nichts ausmacht.«

ACHT

Ich habe mit dem Töten nicht angefangen. Sicher, ein Teil von mir hat es immer genossen, Menschen leiden zu sehen. Manche Menschen. Menschen, die es verdient haben – wie diejenigen, die mich beschimpften, mich in der Schule übertrumpften oder Lob und Belohnung für etwas erhielten, für das ich mich ebenso angestrengt hatte. Ich hatte andere Methoden gefunden, um sie für das zu bestrafen, was sie mir angetan hatten, ohne dass sie merkten, dass ich dahintersteckte. Wenig macht mehr Spaß, als jemandem, der glaubt, besser als ich zu sein, zuzusehen, wie er sich in die Hose macht, weil man ihm Abführmittel in das Mittagessen getan hat. Oder das angeekelte Gesicht von jemandem, der sich über mein Aussehen beschwert, zu sehen, wenn er die Pisse trinkt, die man in seinen Smoothie gemischt hat. Aber ich weiß nicht, ob ich auf das Töten gekommen wäre. Ich weiß nicht, ob mir überhaupt in den Sinn gekommen wäre, dass ich damit durchkommen könnte, wenn ich nicht gesehen hätte, wie sie damit anfing.

Wir wussten beide, was für eine Art Mensch er war – ich hätte nur nie gedacht, dass sie etwas dagegen tun würde. Doch eines Morgens hörte ich, wie sie den Krankenwagen rief. Sie sprach leise. Vielleicht wollte sie mich nicht wecken. Während sie an der Haustür wartete, ging ich ins Schlafzimmer und sah ihn. Er war eindeutig schon lange tot. Ich hatte noch nie einen Menschen so still daliegen sehen. Wo seine Haut das Bett oder das Kissen berührte, hatte sie ein so dunkles Violett angenommen, dass es fast schwarz war. Zuerst sah ich nur die Ränder der Verfärbungen. Aber als die Sanitäter eintrafen und ihn bewegten, sah ich viel mehr. Sie machten sich nicht mehr die Mühe, ihn wiederzubeleben. Zwei von ihnen standen bei ihr im Schlafzimmer und stellten ihr unzählige Fragen. Ich denke nicht, dass sie mich bemerkten, wie ich in einer Ecke des Zimmers stand und alles in mich aufnahm. Meine Aufmerksamkeit schwankte zwischen ihm, der nun endlich für immer weg war, und der Unterhaltung zwischen ihr und den Sanitätern. Einer fragte nach Medikamenten, die er genommen hatte.

»Mehrere«, hörte ich sie sagen. »Für das Herz und gegen den Bluthochdruck. Auch etwas gegen Schmerzen. Er hat sich vor einiger Zeit eine Knieverletzung zugezogen. Aber er hat seine Medikamente nicht immer korrekt genommen. Manchmal hat er sie durcheinandergebracht. Einmal hat er sechs Tabletten aus der gleichen Flasche genommen – sechs Vicodin auf einmal. Ich musste ihn in die Notaufnahme bringen, damit man ihm den Magen auspumpt. Außerdem trinkt er. Ich habe ihn schon so oft gebeten, nicht zu trinken, wo er doch diese ganzen Medikamente nimmt. Er hört einfach nicht auf mich. Dort sehen Sie die Dosen.«

Sie deutete zum Nachtschrank, auf dem mehrere orange Pillendosen standen, fein aufgereiht, damit man sie sich ansehen konnte. Ein Sanitäter ging hin, hob sie eine nach der anderen auf und sah sie sich genau an.

Da fiel ihr Blick auf mich. Ich wusste verdammt gut, dass er seine Tabletten nicht durcheinanderbrachte. Sie war diejenige, die sie ihm gab. Ich sagte nichts.

Der Sanitäter schüttelte eine Dose, hörte aber nichts darin klappern. »Digoxin«, sagte er. »Eine Überdosis kann tödlich sein. Die Dose ist leer.«

Ich wartete darauf, dass jemand merkte, was sie getan hatte. Aber niemandem ist es je aufgefallen.

NEUN

Hillary reichte Josie den Stapel mit den Protokollen, die sie auszudrucken zugesagt hatte, und führte sie anschließend mit Mettner zurück in die Schwimmhalle. Wieder trafen Josie die Hitze und Luftfeuchtigkeit wie eine Wand. Ihre Kleidung war inzwischen zum Glück fast trocken. »Ich fahre zurück zur Wache und erledige ein paar Anrufe«, sagte Hillary. »Mal sehen, ob ich eine Liste mit allen Mitgliedern des Schwimmteams bekomme, damit Ihre Abteilung sie befragen kann.«

»Danke«, erwiderte Josie.

Mettner steckte sein Handy ein, ließ sich von Josie den Stapel Papiere geben und klemmte sie sich unter den Arm. »Die Bibliothek war der letzte Ort, von dem wir sicher wissen, dass ihn Nysa letzte Nacht aufgesucht hat. Ich fahre hin und sehe nach, ob die dortigen Überwachungskameras sie beim Betreten und Verlassen gefilmt haben. Ich versuche, den zeitlichen Ablauf festzustellen und herauszufinden, ob sie mit jemandem gesprochen hat oder in Begleitung weggegangen ist.«

»Perfekt«, sagte Josie. »Und ich nehme mir Nysas Wohnung vor.«

Sie sah Mettner nach, als er wegging. Dann wanderte ihr Blick zu Sawyer und Owen, die Nysa in einen Leichensack gesteckt und für den Transport auf die Trage gelegt hatten. Traurigkeit überkam Josie. Dr. Feist war schon wieder weg, vermutlich unterwegs zur Rechtsmedizin, um vor der Ankunft des Leichnams mit Nysas Eltern zu sprechen und sie zu bitten, ihre Tochter zu identifizieren. Der Gedanke daran, dass eine Familie zerstört war, berührte sie zutiefst – wie immer, wenn sie es mit solchen Fällen zu tun hatte. Doch sie schob ihre Gefühle beiseite. Ihre Aufgabe war es, Antworten für die Familie zu finden. Sie konnte ihr zwar keinen Frieden bringen, aber wenigstens aufklären, was mit der Tochter passiert war. Angesichts des tragischen Verlusts war das ein schwacher Trost, doch Josie würde ihr Bestes tun.

Als Josie vom Leichensack aufsah, bemerkte sie Sawyer. Ihre Blicke kreuzten sich. Er hatte seine dünnen Lippen zusammengepresst und sah sie mit blitzenden Augen an, in denen eine Mischung aus Trauer und Zorn lag. Wie Josie hatte er in seinem Leben bereits mit Verlusten zu kämpfen gehabt. Manchmal ging einem die Arbeit nahe, vor allem, wenn die Toten so jung waren.

Da trat Noah vor sie und versperrte ihr den Blick auf Sawyer. »Der Typ ist ja überall«, murrte er.

Josie hatte Noah nicht einmal hereinkommen sehen. »Hey«, sagte sie. »Wo warst du?«

»Auf dem Revier. Warum?«

»Ich habe versucht, dich anzurufen. Du bist nicht rangegangen. Mett sagte, du seist auf dem Revier.«

Er warf einen Blick über seine Schulter zu Sawyer, der vor sich hinstarrte, während Owen den Leichensack an der Trage befestigte. »Ich war ... ich hatte ... der Chief hat mir etwas zu tun gegeben. Warum glotzt dich der Typ so an?«

»Was?«, fragte Josie.

Noah drehte sich zu ihr und senkte die Stimme, obwohl Sawyer und Owen bereits in Richtung Tür unterwegs waren. »Sawyer. Überall, wo wir sind, ist er auch. Ich weiß, dass er aus Dalrymple nach Denton gekommen ist, um hier zu arbeiten, aber trotzdem. Hat die Stadt keine anderen Rettungssanitäter?«

Josie stützte eine Hand auf die Hüfte. »Kannst du mir mal sagen, wovon du gerade sprichst?«

Sawyer und Owen verschwanden in der Eingangshalle. Die Türen schlossen sich, sodass Josie und Noah nun allein waren. »Er kommt zu uns zum Abendessen. Wir begegnen ihm in Rockview, wenn wir deine Großmutter besuchen. Jetzt sind wir im Dienst und er ist schon wieder da.«

»Er gehört eben jetzt zur Familie, Noah«, entgegnete Josie.

»Wirklich? Er ist nicht mit dir verwandt, nur mit deiner Großmutter.«

Lisette Matson hatte Josie viel Jahre lang als Enkelin großgezogen, bevor die beiden herausfanden, dass sie nicht blutsverwandt waren. Josie war in dem Glauben aufgewachsen, dass Lisettes Sohn Eli ihr Vater sei. Eli war gestorben, als Josie sechs Jahre alt war, und Josie war bei der Frau geblieben, die sie misshandelt und im Glauben gelassen hatte, ihre Mutter zu sein. Lisette hatte es sich zur Lebensaufgabe gemacht, Josie aus diesen Verhältnissen herauszuholen und aufzuziehen. Jahrelang hatten Josie und Lisette nur einander gehabt. Vor ein paar Monaten aber war Sawyer aufgetaucht und hatte behauptet, Lisettes Enkel aus einer Beziehung zu sein, die Eli vor Josies Auftauchen gehabt hatte. Ein DNA-Test hatte das bestätigt. Lisette war überglücklich gewesen, noch ein Enkelkind zu haben. Für Josie war das Ganze schwieriger, denn sie hatte sich den Kopf zerbrochen, ob ihre Beziehung zu Lisette darunter leiden würde. Sie hatte jedoch nach Kräften versucht, mit der neuen Situation zurechtzukommen und Sawyer einen Platz in ihrem Leben einzuräumen. Alles andere hätte Lisettes Herz gebrochen und das wollte Josie auf gar keinen Fall.

Sie sagte: »Du warst doch derjenige, der mir geraten hat, ihn besser kennenzulernen.«

»Ich denke, du kennst ihn jetzt gut genug.«

»Was ist los mit dir?«

Noah schnaubte. »Nichts. Ich ärgere mich nur.«

Sie sah ihn mit hochgezogener Augenbraue an. »Du ärgerst dich? Pack deinen Ärger lieber weg. Wir haben einen Fall, um den wir uns kümmern müssen, Fraley.«

Josie merkte, dass eine leichte Röte in seine Wangen stieg. Er wedelte mit seinem Notizblock in der Luft herum. »Ich kümmere mich ja schon. Ich habe mit Mett telefoniert und mit Gretchen geredet. Was denkst du? War es ein Unfall?«

»Ich weiß nicht, aber irgendetwas stimmt nicht.«

»Glaubst du, dass sie ermordet wurde?«, fragte Noah.

»Nein. Ich kann mir nicht vorstellen, wie. Sie war ganz allein hier.«

»Gibt es keinen Wachmann hier?«

»Er hat die ganze Zeit an seinem Tresen gesessen, während Nysa in der Schwimmhalle war.«

»Kann jemand von hinten in die Halle gelangt sein?«

»Ich glaube nicht«, antwortete Josie. »Aus den Protokollen, die uns Hillary gegeben hat, geht hervor, dass der jeweilige Wachmann der Einzige war, der seine Schlüsselkarte sowohl gestern Abend als auch heute Morgen benutzt hat, um hereinzukommen.«

»Ist es möglich, dass jemand gestern hereingekommen und die ganze Nacht hier drinnen geblieben ist?«

»Ich kann mir nicht vorstellen, wie er oder sie das Gebäude wieder verlassen haben könnte, ohne Alarm auszulösen oder von einer Kamera erfasst zu werden.«

»Stimmt auch wieder«, räumte Noah ein. »Und wenn sie tatsächlich niemand umgebracht hat? Wenn sie versehentlich ertrunken ist?«

»Unwahrscheinlich. Sie ist die beste Schwimmerin der ganzen Universität.«

»Hatte sie Drogen oder Alkohol im Blut?«

»Wir haben sie uns in den Aufzeichnungen angesehen. Ihrem Verhalten nach zu urteilen war sie nüchtern«, erwiderte Josie. »Auf jeden Fall nicht so betrunken oder berauscht, um versehentlich zu ertrinken. Wäre sie so beeinträchtigt gewesen, hätte sie unsicher gehen oder wenigstens lallen müssen. Bleibt nur eine plötzliche Erkrankung. Allerdings erklärt das nicht, warum sie Stunden vor ihrem regulären Training ohne Badeanzug in die Halle kam. Wir brauchen mehr Informationen. Sobald Dr. Feist mit der Autopsie fertig ist, reden wir mit allen, die sie kannten oder in den letzten Tagen mit ihr Kontakt hatten. Dann lässt sich vielleicht leichter einschätzen, ob es ein Unfall oder Selbstmord war.«

»Selbstmord?«, wiederholte Noah. »Davon war bis jetzt noch nicht die Rede.«

»Ihre Mitbewohnerin glaubt nicht, dass sie der Typ für Selbstmord war. Gretchen ist unterwegs zum Hotel, um die Eltern abzuholen. Sie können uns vielleicht mehr über Nysas Gemütsverfassung erzählen.«

Noah seufzte. »Das Ganze ist ja schrecklich. Geht es dir gut?«

»Alles okay«, antwortete sie.

Es war ihre Standardantwort, ganz gleich, ob es ihr gut ging oder nicht. Nysa im Pool treibend zu entdecken und sie nicht wiederbeleben zu können war Josie an die Nieren gegangen. Aber Tod und Tragödien gehörten zu ihrer täglichen Arbeit. Sie war eine professionelle Polizistin und verstand sich hervorragend darauf, ihre eigene Niedergeschlagenheit beiseitezuschieben, um ihre Arbeit gut erledigen zu können. Später würde sie selbst noch mit Nysas Eltern sprechen. Sie wollte wenigstens ein paar ihrer Fragen beantworten können.

Noah ging nicht weiter auf ihre Antwort ein. Stattdessen fragte er: »Was soll ich tun?«

»Geh zur Campuswache und trommle mit Chief Hahlbeck so viele Mitglieder des Schwimmteams und Trainingspersonals hier zusammen, wie du kannst, damit wir sie heute noch befragen können.«

»Alles klar.«

ZEHN

Draußen vor der Schwimmhalle ging Noah nach rechts zum oberen Campusgelände, wo sich die Polizeiwache befand. Josie folgte Christine Trostle über den Parkplatz, der sich allmählich füllte. Der gesamte Campus war nun wesentlich belebter als bei Josies Eintreffen heute Morgen. Einige Studenten blieben stehen und starrten zu den Polizeifahrzeugen vor der Schwimmhalle, andere gingen ihres Weges und plauderten miteinander oder telefonierten, ohne auch nur zu erahnen, welche Tragödie sich soeben ereignet hatte.

Am anderen Ende des Parkplatzes gelangten Josie und Christine zum Vordereingang des Ervene-Gulley-Gebäudes, in dem sich die Fakultäten für Kunst und Geisteswissenschaften befanden. Es war der Bau, der von den Außenkameras an der Schwimmhalle nicht mehr erfasst wurde. »Christine, wo ist die Mensa?«, fragte Josie.

Christine blieb stehen und deutete nach links, wo zwei Wege zum unteren Campus führten. »Hier entlang.« Dann wandte sie sich in die entgegengesetzte Richtung und deutete auf das höchste Gebäude des Campus. Josie wusste, dass sich darin die Bibliothek befand. »Von der Mensa zur Bibliothek ist es nicht weit. Ich zeige Ihnen eine Abkürzung von hier zu unseren Studentenapartments.«

Sie gingen um das Ervene-Gulley-Gebäude herum. Auf seiner Hinterseite war ein kleiner Parkplatz und daneben ein Wald, in den ein schmaler Trampelpfad führte. Er war breit genug für eine Person und ganz offensichtlich entstanden, weil ihn zahllose Studenten als Schleichweg genutzt hatten. Josie folgte Christine. Sie schätzte die Entfernung zwischen dem Rand des Campus und der kleinen, unbefahrenen Straße, zu der sie gelangten, auf knapp dreißig Meter. Als sie auf den Asphalt traten, blickte Josie auf die Hinterseite einer Reihe mehrerer kleiner Häuser. Jedes hatte einen handtuchgroßen Garten. Sie waren mit Grills, Sportgeräten, Kühlboxen und Mülltonnen vollgestellt. Josie hatte im Lauf der Jahre schon öfter mit der Universität zu tun gehabt und wusste daher, dass der Wohnkomplex Hollister Way hieß. Er bestand aus sechs Zeilen winziger Reihenhäuser. Sie wurden für gewöhnlich an Studenten im zweiten Jahr vermietet, die etwas mehr Bewegungsfreiheit und Privatsphäre als in Wohnheimen bevorzugten. Wohnungen im Hollister Way waren begehrt, weil sie so nah am Campus lagen. Josie folgte Christine zur Vorderseite der nächstgelegenen Häuserreihe. Jedes Haus hatte zwei Stellplätze, die fast alle besetzt waren. Christine wandte sich nach rechts zur dritten Hausreihe und Josie folgte ihr zu einer Tür mit der Nummer vierzehn. Als sie aufschloss, deutete sie auf einen hellblauen Honda Civic vor dem Haus.

»Der gehört Nysa.«

Das Haus selbst bestand lediglich aus einem Wohn- und Essbereich, einer winzigen Küche und einer Treppe, die nach oben zu einem Bad führte. Es wurde flankiert von zwei Schlafzimmern, die so klein waren, dass sie wie bessere begehbare Schränke aussahen. Christine zeigte Josie Nysas Zimmer. Den größten Teil nahm ein ungemachtes Doppelbett in Anspruch, an dessen Fußende ein Laptop lag. An einer Wand standen dicht nebeneinander eine Kommode und ein Schreibtisch. Auf der Arbeitsfläche stapelten sich Fachbücher, während auf der Kommode zwei gerahmte Fotos aufgestellt waren. Eines zeigte einen kleinen weißen Hund, das andere augenscheinlich Nysa Somers mit ihrer Familie bei einem Schwimmwettbewerb. Sie trug einen roten Badeanzug und eine Schwimmhaube. Um ihren Hals hing eine Medaille. In ihrer Armbeuge hielt sie einen Blumenstrauß. Ein älterer Mann und eine Frau flankierten sie breit lächelnd. Neben dem Mann stand ein Mädchen im Teenageralter, das nicht ganz so strahlend lächelte und Nysa sehr stark ähnelte. Die Eltern und eine Schwester, dachte Josie bei sich, bevor sie den Blick abwenden musste. Es brach ihr das Herz, wenn sie an die traurige Nachricht dachte, die man ihnen gerade überbrachte und die das Glück, das die Familie bis zu diesem schrecklichen Tag heute genossen hatte, auf Dauer zerstören würde.

Christine stand in der Tür und weinte leise, während sich Josie umsah. Sie entdeckte nichts von Interesse, sah man von den drei sauber gefalteten Badeanzügen in der obersten Schublade der Kommode ab und einer kleinen Netztasche unter dem Schreibtisch, die allem Anschein nach Schwimmausrüstung enthielt. Josie zog Handschuhe an und ging den Inhalt der Tasche rasch durch. Sie fand eine Schwimmbrille, eine Schwimmhaube, Nasenklammern, eine Wasserflasche, einen Eiweißriegel und ein Handtuch. Nirgends im Zimmer aber sah sie einen Rucksack oder ein Smartphone.

Josies Handy klingelte. Sie holte es aus der Tasche und sah Mettners Gesicht auf dem Display. »Mett?«, fragte sie, nachdem sie das Antwortsymbol hochgewischt hatte.

»Ich habe die Aufzeichnungen aus der Bibliothek bekommen«, sagte er. »Nysa hat das Gebäude kurz vor Schluss verlassen. Allein. Mit Rucksack.«

»Okay«, seufzte Josie. »Hast du versucht, ihren Weg mithilfe der anderen Kameras auf dem Campus nachzuvollziehen?«

»Ja. Ich bin gerade mit Hahlbeck und Fraley auf der Wache der Campuspolizei. Das solltest du dir ansehen.«

ELF

Josie ging über den Hollister Way zurück, bis sie den Trampelpfad fand. Sie stand einen langen Augenblick an seinem Anfang und ließ die Umgebung noch einmal auf sich wirken. Ein paar Studenten kamen heraus. Sie trugen Rucksäcke, hatten die Augen auf ihre Handys gerichtet und erschraken, als sie sie unvermutet am Ende des Wegs vom Campus zum Hollister Way stehen sahen. Ein Student kam von hinten und ging an ihr vorbei, um den Pfad zum Campus zu nehmen. Es war still, niemand stand herum. Keine Bewohner streckten ihre Köpfe aus der zum Trampelpfad gerichteten Rückseite der Häuser heraus. Menschen kamen und gingen, ohne dass es jemand zur Kenntnis nahm. Auf der Waldseite der schmalen Straße hielt ein Auto. Ein Student stieg aus, warf sich einen Rucksack über die Schulter, verriegelte das Fahrzeug und lief an Josie vorbei zum Campus. Am Straßenrand bemerkte Josie zwischen Asphalt und Waldrand eine Schlammpfütze. Im Erdreich waren mehrere Reifenabdrücke zu sehen. An dieser Stelle stellten Studenten oft ihr Auto ab, um über den Trampelpfad zum Campus zu gelangen. Das bedeutete, dass jemand in der letzten Nacht, als Nysa zurückkam, hier parken hätte können.

Sie war wohl doch zurückgekommen, vermutete Josie. Sicher hatte sie nicht die ganze Nacht im Wald verbracht. In der letzten Nacht in Nysa Somers' Leben gab es acht Stunden, in denen ihr Verbleib ungeklärt war. Josie hatte das unbestimmte Gefühl, dass hier der Schlüssel zur Lösung lag. Wenn sie herausfinden wollten, warum sie gestorben war, mussten sie wissen, was in dieser Zeit passiert war. Langsam ging sie auf dem Trampelpfad durch den Wald und blickte suchend nach links und rechts, in der Hoffnung, vielleicht eine Lücke zwischen den Ästen oder im Gebüsch zu finden. Sie sah ein paar Platanen, zwei Birken und einen Ahorn. Der Waldboden war dicht mit hüfthohen Traubenkräutern, Lagerströmien, Goldruten und Kratzdisteln bewachsen.

Josie war schon fast beim Campus angelangt, der sich über eine leichte Anhöhe zog. Sie drehte sich um und sah sich das Gelände an, das man von dem etwas erhöhten Standort aus überblicken konnte. Lücken zu beiden Seiten des Pfads waren nicht zu erkennen – nichts, was aussah, als hätte jemand die Vegetation niedergetrampelt, um in den Wald zu gelangen. Allerdings glaubte sie von ihrem Standort aus eine Schneise in einem großen Bestand an Kratzdisteln zu ihrer Rechten etwa zehn Meter vom Weg entfernt zu erkennen. Die meisten Disteln waren hoch und reckten schuppige grüne Köpfe mit violetten oder rosa Blüten, die wie Haarschöpfe aussahen, in die Höhe. Wie jeder andere beiläufige Betrachter vermutete Josie zunächst, dass hier ein Tier durchgerannt war und die Disteln niedergetrampelt hatte. Vermutlich Rotwild. Aber als sie wieder zum Hollister Way zurückgehen wollte und sich streckte, um einen besseren Blick zu haben, sah sie etwas Dunkles. Keine Erde. Stoff.

Sie holte ihr Handy heraus und machte mehrere Fotos. Dann versuchte sie, einen Weg durch das Gesträuch zu dem

Gegenstand zu finden, ohne viel Schaden in der Vegetation anzurichten. Als sie sich durch den Bewuchs kämpfte, kamen einige Studentinnen vom Campus aus den Weg entlang. »Alles okay?«, rief ihr eines der Mädchen zu.

Josie winkte sie lächelnd weiter und schob ein paar Goldruten beiseite, um zu den Disteln zu gelangen. Einen Augenblick später kam das Objekt in ihr Blickfeld. Ein schwarzer Rucksack. Er sah aus, als sei er nicht abgelegt, sondern dort hingeworfen worden, denn er lag schief auf ein paar umgeknickten Disteln. Sie wandte sich zurück zum Trampelpfad. Es war gut möglich, dass ihn jemand von dort hierhergeschleudert hatte. Josie machte mehrere Fotos, bahnte sich vorsichtig einen Weg zurück zum Pfad und rief Officer Hummel an.

»Ich glaube, ich habe Nysas Rucksack gefunden. Könntest du und Chan kommen und den Fundort untersuchen?«

Sie beschrieb ihm, wo sie war, und schon nach wenigen Minuten kamen vom Campus die zwei Polizeibeamten mit ihrem Equipment den Pfad entlanggestapft. »Ich fotografiere mich erst einmal bis dorthin«, sagte Hummel, während er eine große Kamera aus seiner Ausrüstungstasche zog. »Chan kann unterdessen das Areal absperren. Sobald ich die Umgebung untersucht und einen Blick in den Rucksack geworfen habe, um zu sehen, ob er Nysa gehört, kannst du nachkommen.«

Während Hummel und Chan sich an die Arbeit machten, wartete Josie auf dem Trampelpfad und rief Mettner und Noah an. Mehrere Studenten, die vorbeikamen, blieben stehen, um Fragen zu stellen, die Josie jedoch nicht ehrlich beantworten konnte. Vom Campus wehte ein kühler Wind her und trocknete die letzten feuchten Stellen ihrer Kleidung.

»Verflucht«, schimpfte Hummel.

»Was ist?«, fragte Josie.

»Was zum Teufel ist das für ein Zeug?« Er stand auf und deutete auf die Disteln um sich. »Die haben lauter Dornen.«

»Kratzdisteln«, antwortete Josie, »Sehen aus wie Löwenzahn, tragen aber Dornen. Sie werden hoch und blühen rosa oder violett.«

Hummel hob eine behandschuhte Hand und krümmte den Zeigefinger. Ein grüner Dorn steckte darin. Aus der Einstichstelle rann ein Tropfen Blut. »Warte mal«, sagte er. »Ich muss mir andere Handschuhe anziehen. Ich will hier nichts kontaminieren.«

Chan reichte ihm ein frisches Paar Handschuhe, dann verschwanden beider Köpfe wieder zwischen den Disteln. Ein paar Augenblicke später rief Hummel: »Bingo!«

Chans Arm tauchte aus dem Distelgewirr auf. Mit ihrer behandschuhten Hand winkte sie Josie zu sich. Als Josie bei ihnen war, sah sie Hummel neben dem Rucksack knien und ihn aufhalten. Drinnen lag ein Schlüsselband mit einem daran befestigten Studierendenausweis. Vom Foto lächelte ihnen Nysa Somers entgegen. So unschuldig und begeistert vom Leben. Josie seufzte.

»Was ist sonst noch drin?«

Während Hummel sich durch den Rucksack wühlte und sämtliche Gegenstände darin aufzählte, schrieb Chan alles in einen Notizblock. »Zwei Lehrbücher, ein Spiralblock, ein Kosmetiktäschchen.« Ein Reißverschluss war zu hören. »Lippenstift, Grundierung, Wimperntusche, Beautyblender, Rouge.« Er schloss das Täschchen wieder. »Kugelschreiber, Bleistifte, zwanzig Dollar in bar.«

»Kein Handy?«, fragte Josie hoffnungsvoll.

»Sekunde«, vertröstete Hummel sie. Er widmete sich den Außentaschen des Rucksacks. »Hier. Handy.« Er drückte einige Knöpfe, aber nichts passierte. »Sieht aus, als müsste es geladen werden. Darum können wir uns kümmern, wenn wir wieder auf dem Revier sind.«

»Hervorragend«, sagte Josie. Aufregung ergriff sie. Für Ermittler gab es heutzutage nichts Wertvolleres bei der Aufklärung von Verbrechen als ein Smartphone. Das ganze Leben ihrer Besitzer war darauf zu finden.

»Was ist das?«, fragte Chan und deutete mit dem Stift auf die geöffnete Seitentasche, aus der Hummel gerade das Handy gezogen hatte.

Josie beugte sich vor und warf einen Blick darauf. Ein Gegenstand, der wie ein Stück Plastik aussah, ragte heraus. Hummel fasste hinein, zog das zusammengedrückte Ding aus der Tasche und glättete es. »Ein Druckverschlussbeutel«, sagte er. »Sie scheint einen Imbiss dabeigehabt zu haben.« Er hielt ihn hoch und sah sich die Krümel darin genauer an. »Sieht mir nach Brownies aus.« Er öffnete den Beutel, hielt ihn an seine Nase und schnüffelte daran. »Ja, riecht nach Schokolade.«

Da bemerkte Josie einen kleinen weißen Aufkleber in der linken unteren Ecke des Beutels. »Was ist das für ein Aufkleber?«, fragte sie.

Hummel stand auf und machte einen Schritt auf sie zu, damit sie ihn sich genauer ansehen konnte. Er war rund, schwarzweiß, etwa münzgroß und hatte ein ungelenk von Hand gezeichnetes Gesicht als Motiv. Die Augen waren als kleine X dargestellt, der Mund ein zähnefletschendes Grinsen. Über den Augen platzte die Stirn auf und heraus traten verschnörkelte Linien, die sich in alle Richtungen wegschlängelten.

»Bizarr«, sagte Hummel.

Josie nickte. »Beweg ihn einmal im Licht. Kannst du Abdrücke von einem Stift erkennen oder ist er gedruckt?«

Hummel schwenkte den Aufkleber hin und her, während sie ihn sich ansahen. Schließlich meinte er: »Sieht glatt aus, muss also gedruckt sein. Er kommt mir vor wie einer dieser Skater-Sticker, den sich die Kids auf ihre Skateboards kleben.«

»Aber auf einem Beutel?«, meinte Chan zweifelnd. »Das ist kein Skater-Sticker. Jemand hat diese Brownies als Edibles gekennzeichnet.«

»Was willst du damit sagen?«, fragte Josie. »Ist der

Aufkleber etwa ein Zeichen, dass die Brownies Cannabis enthalten?«

»In der Stadt, in der ich zuletzt gearbeitet habe, hatten wir ein paarmal solche Fälle. Die Dealer dort kennzeichneten ihre Drogen, bevor sie sie verkauften. Manchmal mit Aufklebern, manchmal mit Stempeln. Meistens waren sie von Hand gezeichnet. So konnte man sie nicht mit anderen Sachen in Umlauf verwechseln. Sie hatten schlichte, leicht verständliche Motive, damit man sich daran erinnerte, an wen man sich wenden musste, wenn man Nachschub brauchte. Ist nicht besonders clever, weil die Polizei dadurch ziemlich einfach den Verkäufer aufspüren und außerdem herausfinden kann, an wen er seinen Stoff verscherbelt hat. Aber manche machen es trotzdem.«

Josie holte ihr Handy hervor und fotografierte den Aufkleber. »Hast du den schon einmal gesehen?«

»Nein«, antwortete Chan. »Ich kann mich auch täuschen. War nur so eine Idee. Vielleicht hat sie die Brownies zu Hause gebacken und jemand aus ihren Seminaren hat ihr einen schrägen Aufkleber gegeben, der irgendwie auf ihrem Beutel gelandet ist.«

»Das bezweifle ich«, sagte Josie. Sie fragte sich, ob Nysa infolge des Cannabiskonsums ertrunken war, weil sie im Wasser eingeschlafen oder in einen Rauschzustand geraten war. Waren die Brownies womöglich mit etwas Härterem gestreckt? Vielleicht hatte das, was darin enthalten war, eine stärkere Wirkung als gedacht, denn nach alledem, was sie bis jetzt wussten, nahm das Mädchen normalerweise keine Drogen. Aber wenn sie in der Nacht tatsächlich Rauschgift konsumiert hatte, warum hatte sie es getan? Wieso hatte sie gerade jetzt damit begonnen? Die Universität verpflichtete ihre Sportler zu Tests, wie Josie wusste. Nysa hätte auf keinen Fall regelmäßig Drogen konsumieren können. Selbst eine einmalige Einnahme hätte für sie zum Problem werden können, denn

Universitätssportler wurden auch ohne konkreten Verdacht stichprobenartig getestet. Warum sollte sie das Risiko eingehen? Vielleicht hatte sie nicht gewusst, dass die Brownies mit Rauschgift versetzt waren. Hatte der geheimnisvolle Freund, mit dem sie sich anscheinend getroffen hatte, ihr die Brownies gegeben? Hatte sie darauf vertraut, dass keine Drogen darin waren? Oder hatte er sie überredet, ein bisschen über die Stränge zu schlagen und sie auszuprobieren? Sie würden es nie erfahren, wenn sie diesen Freund nicht aufspürten.

»Kann man sich Aufkleber in größeren Mengen selbst drucken?«, fragte Josie.

Chan zuckte die Schultern. »Unbedruckte Aufkleber bekommt man in jedem Büroartikelgeschäft. Man kann sie auch selbst ausdrucken oder das Motiv auf eine Website hochladen und sie sich bedruckt in einer bestimmten Menge zuschicken lassen.«

Josie sagte zu Hummel: »Steck das bitte in einen Beutel und schick es zum staatlichen Polizeilabor. Ich möchte wissen, was in den Krümeln ist. Untersuch den Beutel auch auf Fingerabdrücke.«

Sie kämpfte sich wieder zurück zum Trampelpfad und ging die restliche Strecke zum Campus hoch. Auf dem Parkplatz rief sie Christine Trostle an. »Sie haben gesagt, dass Nysa keine Drogen nahm«, sagte sie zu dem Mädchen. »Haben Sie mir auch die Wahrheit gesagt?«

»Klar. Warum?«

»Hat sie nie etwas ausprobiert?«

Christine räusperte sich. »Ich habe es nie gesehen. Sie hat auch nie davon gesprochen, dass sie etwas ausprobiert hätte. Aber ich war nicht sieben Tage in der Woche rund um die Uhr bei ihr. Vielleicht hat sie zu Hause etwas genommen, allerdings würde das überhaupt nicht zu ihr passen. Sie hat hin und wieder etwas getrunken, aber vor Drogen hatte sie Angst.«

»Inwiefern hatte sie Angst davor?«, hakte Josie nach.

»Bei Alkohol, hat sie gesagt, wisse sie, was sie bekomme. Er sei berechenbar. Aber bei Drogen wisse sie nicht, was die mit ihrem Körper machen würden. Als sie auf die Highschool ging, hat eine ihrer Freundinnen Kokain ausprobiert und gedacht, es würde schon nicht schiefgehen, aber es war PCP mit dabei und das hat sie umgebracht. Herzinfarkt, hat sie, glaube ich, gesagt. Ich schätze, der Typ, von dem Nysas Freundin das Koks bekam, wusste nicht einmal, dass es verunreinigt war. Nysa hat immer wieder gesagt, dass Drogen von der Straße nicht kontrolliert würden und man niemandem trauen könne, aber wenn sie ein Bier trinke, wisse sie genau, woher es stamme und was drin sei. Außerdem müsse sie jederzeit mit stichprobenartigen Drogentests rechnen, weil sie in der Schwimmmannschaft sei.«

»Okay«, sagte Josie. »Was ist mit Ihnen? Nehmen Sie oder jemand Ihrer gemeinsamen Freunde Edibles?«

»Also Cannabis und so?«

»Ja, oder etwas anderes, in das Drogen mit eingebacken, eingekocht oder sonstwie hineingemischt wurden.«

»Nein«, antwortete Christine.

»Sie bekommen keinen Ärger, wenn Sie oder Ihre Freunde Edibles konsumieren«, versicherte ihr Josie. »Ich versuche nur herauszufinden, was mit Ihrer Mitbewohnerin passiert ist.«

Christine lachte. »Tut mir leid, aber Nysa und ich waren nicht so cool, Detective. Nysa war, wie gesagt, Sportlerin und hätte nie ihren Körper aufs Spiel gesetzt, indem sie ihn mit irgendeinem verrückten Zeug traktiert.«

»Gab es jemanden, für den sie riskiert hätte, Drogen zu nehmen?«

»Wie meinen Sie das?«

»Ich meine damit, ob Sie sich vorstellen können, dass es jemanden gibt, der ihr möglicherweise Drogen angeboten hat, die sie aus welchen Gründen auch immer nicht abgelehnt hätte – aus Gruppenzwang oder weil sie die Person mochte.«

»Ich glaube nicht.«

»Was ist mit Brownies? Mochte sie Brownies?«

»Wer mag keine Brownies? Ja, die mochte sie. Sie hatte eine Schwäche für Süßes.«

»Haben Sie in letzter Zeit welche gebacken?«

»Nein.«

»Gekauft?«

»Nein.«

»Hat jemand Brownies für Sie gekauft?«

»Nein. Ich versichere Ihnen, Detective, wir haben hier seit Beginn der Vorlesungszeit keine Brownies gegessen. Kommen Sie her und überzeugen Sie sich.«

Bei der Autopsie würde auch der Mageninhalt untersucht werden, falls vorhanden. Dann würde man wissen, was Nysa in den acht Stunden vor ihrem Tod, in denen ihr Verbleib noch ungeklärt war, gegessen hatte. »Schon okay«, erwiderte Josie. »Ich glaube Ihnen. Ich muss los, zur Polizeiwache des Campus. Aber erst schicke ich Ihnen noch ein Foto von einem Aufkleber. Ich möchte, dass Sie mir sagen, ob Sie ihn schon einmal gesehen haben.«

»Warum?«

»Sehen Sie ihn sich einfach an, dann reden wir weiter.«

Sie nahm das Handy vom Ohr und schickte Christine rasch das Foto, das sie von dem Aufkleber gemacht hatte. Ein paar Sekunden vergingen, dann hörte Josie Christine erschrocken einatmen. »Das ist ja echt abgefahren. Was ist das? Irgendeine Gruselgestalt mit aufgeplatztem Kopf?«

»Wir sind noch nicht sicher«, antwortete Josie. »Ich muss nur wissen, ob Sie das schon irgendwo gesehen haben.«

»Nein. Himmel. Daran würde ich mich erinnern. Wo war das?«

»Wir haben Nysas Rucksack gefunden. Er lag im Wald hinter dem Hollister Way. Darin befand sich ein Beutel mit diesem Aufkleber darauf. Im Beutel waren Krümel, vermutlich von Brownies.«

Stille. Dann: »Sind Sie sicher, dass es ihr Rucksack ist?«

»Ihr Studierendenausweis war darin.«

»Den Aufkleber habe ich noch nie gesehen. Ich würde mich definitiv daran erinnern. Mir ist schleierhaft, wie er in Nysas Sachen gekommen ist.«

»Gut«, sagte Josie. »Wenn Sie ihn noch irgendwo sehen oder hören, wie ihn jemand erwähnt, oder wenn sonst irgendetwas passiert, von dem Sie denken, dass ich es wissen sollte, rufen Sie mich an.«

ZWÖLF

Zurück auf dem Campus ging Josie den von Christine beschriebenen Weg zur Polizeiwache. Es schien das kleinste Gebäude auf dem ganzen Universitätsgelände zu sein und bestand lediglich aus einem quadratischen Backsteinbau mit vier Stellplätzen. Zwei Stufen führten zur Eingangstür. Drinnen bedeutete ihr ein uniformierter Campuspolizist hinter einem Metalltresen, durch den Empfangsbereich und in einen kurzen Flur zu gehen. Nur eine der Türen dort war geöffnet. Dahinter sah Josie Mettner und Chief Hahlbeck Seite an Seite an einem Schreibtisch sitzen, die Augen gebannt auf einen Laptopmonitor gerichtet. Noah stand hinter ihnen und blickte ihnen über die Schulter. Josie klopfte leise an den Türrahmen. Hahlbeck winkte sie herein.

Josie stellte sich neben Noah und berichtete, was sie in Nysas Apartment herausgefunden hatte – nämlich nichts außer der Tatsache, dass Nysas Badeanzüge und die Schwimmtasche noch dort waren. Wesentlich interessanter hingegen war, was sie im Wald entdeckt hatte. Sie rief das Foto vom Rucksack und dem Aufkleber auf und zeigte es allen.

»Das ist eine Art Rauschgiftmarker«, sagte Mettner sofort.

»Genau das hat Chan auch gesagt«, pflichtete Josie ihm bei.

»Als ich auf dem College war, hatten wir einen Typen, der auf dem Campus Drogen verkaufte. Er hat sein ganzes Zeug mit einer Vogelzeichnung markiert, einem Hüttensänger. Allerdings nicht mit einem Aufkleber, sondern einem Stempel. Als wollte er damit andeuten, dass einen die Drogen vor Glück singen lassen würden wie einen Vogel, irgend so ein dummes Zeug.«

»Also wirklich«, schimpfte Noah. »Wir haben genug Probleme mit Rauschgift in der Stadt und sind deswegen jede Woche ein paarmal unter der East Bridge, verdammt noch mal. Aber das habe ich noch nie gesehen. Ist Ihnen dieses Motiv je auf dem Campus begegnet, Chief?«

Hillary sah sich das Foto auf Josies Handy mit gekräuselter Oberlippe genauer an. »Nein, aber das will nicht viel heißen. Ich bin noch nicht lange hier. Schicken Sie es mir und ich höre mich um und gehe die Akten durch.«

Josie schickte ihr die Aufnahme und deutete auf den Laptop auf dem Schreibtisch. »Und ihr? Was habt ihr herausgefunden?«

Mettner drehte sich zum Laptop und bat Chief Hahlbeck: »Darf ich?«

»Natürlich«, sagte sie und schob ihren Stuhl etwas zur Seite, damit Mettner mehr Platz hatte.

Er klickte ein paarmal, bis auf dem Bildschirm eine Außenansicht der Bibliothek zu sehen war. »Hier ist Nysa, wie sie das Gebäude um einundzwanzig Uhr zweiunddreißig verlässt. Alleine.«

Josie sah eine ganze Reihe von Studierenden aus der Bibliothek strömen. Sie erkannte Nysa sofort, da sie dieselbe Kleidung trug wie heute Morgen, als sie das Mädchen im Becken treibend gefunden hatte. Über ihrer linken Schulter hing ein schwarzer Rucksack. Sie ging in Richtung des unteren Campus. Mettner schloss die Videoaufzeichnung aus der Bibliothek und öffnete mehrere neue Fenster, die verschiedene Campusgebäude von außen zeigten. Viel konnten sie nicht sehen, denn es war bereits dunkel und die Wegbeleuchtung auf dem Campus nicht sonderlich hell. Trotzdem fiel es ihnen leicht, Nysa in den Videos zu identifizieren. Es waren nicht viele Menschen unterwegs. Nysa ging alleine und gehörte zu den wenigen, deren Augen nicht auf das Handy gerichtet waren. Sie grüßte niemanden und winkte auch keinem zu. In einem weiteren Fenster war das Ervene-Gulley-Gebäude für Kunst- und Geisteswissenschaften zu sehen.

»Die Abkürzung zu ihrem Apartment verläuft hinter dem Gebäude«, sagte Josie.

Mettner nickte. »Ja, auch davon gibt es Aufzeichnungen.« Er klickte wieder und öffnete ein weiteres Fenster mit den Aufnahmen einer Überwachungskamera, die weit oben an der Rückseite des Gebäudes angebracht war und den Parkplatz sowie den Wald erfasste. Sie beobachteten Nysa, wie sie über den Parkplatz zum Trampelpfad ging und zwischen den Bäumen verschwand. Allein.

»Aber wir wissen, dass sie nicht zu Hause angekommen ist«, wandte Josie ein.

Mettner hob den Finger. »Hier wird es interessant.«

Josie und Noah starrten auf den Monitor, während Mettner die Aufnahmen im Schnelldurchlauf vorspulte. Jede Stunde zog in wenigen Sekunden vorüber. Die ganze Nacht lang hatte niemand die Abkürzung durch den Wald benutzt. Erst am Morgen um fünf Uhr siebenundfünfzig kam eine Gestalt heraus.

Nysa Somers.

Sie trug noch dieselbe Kleidung wie am Abend zuvor, hatte aber ihren Rucksack nicht mehr dabei. Zügig und scheinbar zielgerichtet ging sie durch das Bild. Als sie das Sichtfeld der Kamera verlassen hatte, schloss Mettner das Fenster und öffnete ein weiteres. Diesmal war die Vorderseite des Ervene-

Gulley-Gebäudes direkt neben der Schwimmhalle zu sehen. Der Parkplatz dahinter war leer und in den Höfen hielten sich keine anderen Studenten auf, soweit die Kamera die Bereiche erfasste. Nysa ging schnurstracks zur Schwimmhalle, bis sie aus dem Sichtfeld verschwand.

Vom Trampelpfad zur Schwimmhalle hatte sie ungefähr fünf Minuten gebraucht. Um sechs Uhr zwei hatte sie die Halle betreten, Gerry Murphy begrüßt und war zum Becken gegangen. Und dann? War sie tatsächlich ins Wasser gesprungen und ertrunken? Einfach so?

»Sie hat die Bibliothek also um einundzwanzig Uhr dreißig verlassen und ist in den Wald gegangen, aber nicht zu Hause erschienen. Um sechs Uhr kommt sie wieder aus dem Wald, trägt noch dieselbe Kleidung wie am Abend, hat jedoch ihren Rucksack nicht mehr dabei. Ihre Mitbewohnerin bekommt eine Nachricht, wonach sie sich mit einer befreundeten Person getroffen habe. Wo?«

»Das muss am anderen Ende des Trampelpfads gewesen sein«, entgegnete Josie. »Der Weg führt bis zur Hinterseite der letzten Häuserreihe am Hollister Way.«

Mettner blickte auf und sah Josie an. »Bist du sicher, dass die Mitbewohnerin die Wahrheit sagt?«

»So sicher, wie man eben sein kann«, erwiderte Josie. »Ich durfte einen Blick auf ihr Handy werfen, habe mich in der Wohnung umgesehen und den Rucksack im Wald neben dem Weg gefunden.«

»Was, wenn Nysa doch nach Hause gegangen ist?«, mutmaßte Mettner. »Sie und ihre Mitbewohnerin haben ein paar mit Rauschgift versetzte Brownies gegessen. Dann waren sie ein bisschen durch den Wind und Nysa ist abgehauen.«

»Warum sollte Christine mich anlügen?«, fragte Josie.

»Weil ihre Mitbewohnerin gestorben ist.«

»Das erklärt nicht Nysas Nachricht an ihre Mitbewohnerin, in der sie ihr mitteilt, dass sie sich mit einem Freund getroffen hat«, wandte Noah ein.

Mettner sagte nichts.

»Wir müssen diesen Freund finden«, fuhr Noah fort.

»Vielleicht erfahren wir mehr, sobald Hummel das Handy aufgeladen hat. Es könnte uns die entscheidenden Infos liefern. Vielleicht sind Nachrichten oder Anrufe von diesem mysteriösen ›Freund‹ darauf. Und falls die GPS-Ortung an war, finden wir sogar heraus, wo sie sich in den Stunden, die uns fehlen, aufgehalten hat.«

Während sie die verschiedenen Spuren durchdiskutierten, denen sie nachgehen mussten, machte sich Mettner ständig Notizen in seine App.

»Wir sollten außerdem alle Bewohner der Häuser im Hollister Way befragen. Vielleicht hat sie jemand letzte Nacht gesehen oder etwas Verdächtiges bemerkt«, schlug Noah vor.

Und Chief Hahlbeck ergänzte: »Meine Leute trommeln gerade so viele Mitglieder des Schwimmteams zusammen, wie sie auftreiben können, und bringen sie her.« »Auch die Trainer.«

»Würde es Ihnen etwas ausmachen, wenn wir sie hier drinnen befragen?«, wollte Mettner wissen.

»Keineswegs«, antwortete Hillary. »Wir haben zwei Räume, die ich Ihnen zur Verfügung stellen kann. Wenn Sie mich entschuldigen würden.«

Sie stand auf und ging aus dem Zimmer.

»Noah, könntest du vielleicht ein paar Streifeneinheiten herbeordern und die Befragung der Hollister-Anwohner veranlassen?«, fragte Josie. »Mettner und ich reden mit den Leuten vom Schwimmteam und ihren Trainern. Dann sprechen wir mit Nysas Eltern.«

»Klar«, sagte Noah. »Hast du schon etwas von Gretchen gehört?«

Josie schüttelte den Kopf und tippte Mettner auf die Schulter. »Du?«

»Auch nicht«, antwortete er. »Ich rufe sie an.«

Während Mettner Gretchen zu erreichen versuchte, ging Josie mit Noah nach draußen zur Gebäudeseite. Zwischen zwei Fächerahornen war etwas Platz zum Stehen. Die Backsteinmauer hatte einen grünlichen Ton angenommen und die Feuchtigkeit einen dünnen fleckigen Flechtenbelag darauf wachsen lassen. Ein einst weißer, jetzt vor Schmutz grauer Zwanziglitereimer war umgedreht auf dem Boden aufgestellt worden. Daneben stand ein kleinerer Blecheimer voller Zigarettenkippen. Anscheinend nutzte die Campuspolizei den Ort für Rauchpausen.

»Was denkst du?«, fragte Noah.

»Ich denke, dass ausgeglichene, relativ glückliche Hochschul-Schwimmstars, die so erfolgreich sind, dass sie ein Stipendium bekommen haben und gut genug für einen Bericht in den Nachrichten sind, normalerweise keine Nacht bei einem ›Freund‹ verbringen, mit irgendwelchen Drogen versetzte Brownies essen und sich dann ertränken.«

»Du denkst, sie könnte sich ertränkt haben? Oder ist sie von etwas, das sie zu sich genommen hat, ohnmächtig geworden und deshalb ertrunken?«

Josie seufzte. »Ich weiß nicht, Noah. Ich weiß es einfach nicht.«

»Wie oft im Jahr kommt es hier auf dem Campus vor, dass jemand eine Überdosis nimmt?«

»Zwei- oder dreimal? Ich bin sicher, Chief Hahlbeck hat die exakten Zahlen. Meinst du wirklich, dass eine simple Überdosis Nysa umgebracht hat? Die Mitbewohnerin war sich sicher, dass das Mädchen nichts mit Drogen am Hut hatte.«

Noah lachte. »Studenten nehmen nie Drogen – das ist, wie wenn man sagt, es würde nie regnen. Selbst die diszipliniertesten Studenten und Universitätssportler ziehen sich von Zeit zu Zeit etwas rein. Ich habe im Lauf meiner Karriere schon so viel erlebt. Wenn ich wetten müsste, würde ich sagen, sie hat sich mit einem Freund getroffen, der sie überredet hat, die Brownies auszuprobieren. Sie ist durchgedreht, zum Becken gegangen, um zu schwimmen, ohnmächtig geworden und ertrunken. Mein Gott, vielleicht hat der Freund ihr auch gar nicht gesagt, dass in den Brownies Drogen waren. Vielleicht dachte sie tatsächlich, sie hätte zu viel Schokolade intus und sei deshalb so durch den Wind, wollte schwimmen gehen, hat das Bewusstsein verloren und ist ertrunken.«

Josie dachte an die Aufzeichnungen aus der Eingangshalle, die Gerry Murphy ihnen gezeigt hatte. Nysa war völlig sicher auf den Beinen gewesen und hatte einen Blick zur Seite geworfen. Ein Lächeln war auf ihrem Gesicht erschienen. Sie hatte die Hand gehoben und gewinkt. *Guten Morgen, Mr Murphy.*

»Wenn sie etwas genommen hätte, das so stark war, dass es sie umbrachte, als sie im Wasser war, hätte sie dann nicht zumindest unsicher auf den Beinen sein oder lallen müssen?«

»Eigentlich schon«, räumte Noah ein. »Aber in Ermangelung sonstiger Erkenntnisse ist die Drogentheorie im Moment am wahrscheinlichsten.«

»Ich denke, wenn dem so ist, wird es die toxikologische Untersuchung ergeben«, sagte Josie.

Sie schloss einen Augenblick lang die Augen und dachte, welch tragischer Unglücksfall es wäre, wenn Nysa Somers, die allem Anschein nach keine Drogen genommen und selbst Alkohol nur selten getrunken hatte, beschlossen hätte, illegale Drogen auszuprobieren, und dadurch gestorben wäre. Das ganze Leben, das sie vor sich hatte, war für immer verloren. Sie dachte an Patrick. Wie eine typische Polizistin oder große Schwester hatte sie ihm einen Vortrag über Rauschgift gehalten und ihm geraten, die Finger davon zu lassen. Dann malte sie sich aus, was wäre, wenn Harris eines Tages alt genug war, auf eine Hochschule zu gehen, und dort mit Drogen in Berührung käme. Ihr Magen verkrampfte sich. Sie wischte sämtliche Gedanken in diese Richtung beiseite und öffnete die Augen.

Noah blickte eindringlich zu ihr hinunter. »Du solltest heimgehen und dich umziehen.«

Sie zuckte die Schultern und fingerte am Kragen ihres Poloshirts herum. »Dazu habe ich keine Zeit. Außerdem bin ich fast trocken und alle meine Poloshirts sehen so aus.«

»Wie hat sich Harris heute Morgen gemacht, als ihr ihn in den Kindergarten gebracht habt?«

»Er war nervös. Aber ich denke, es ist gutgegangen«, antwortete sie und holte ihr Handy heraus, um nachzusehen, ob Misty ihr eine Nachricht geschickt hatte. Es war nichts gekommen. Keine Nachrichten sind gute Nachrichten, dachte Josie bei sich.

Noah trat näher an sie heran. Er strich ihr eine Strähne ihres schwarzen Haares aus dem Gesicht. Da wurde ihr klar, wie ungepflegt sie aussehen musste. Sie hob den Arm, um sich durch das Haar zu fahren, aber Noah nahm ihre Hand. »Du siehst wunderschön aus«, sagte er leise.

»Hast du dir heute Morgen den Kopf angeschlagen?«, scherzte Josie. »Während du von der Bildfläche verschwunden warst?«

Noah lachte. Mit seinem Daumen fuhr er ihr über die Handfläche. »Ich sage dir, dieses Lachsrosa bringt deine Augen erst so richtig zur Geltung.«

»Hau bloß ab«, sagte Josie lachend. Sie versuchte, ihm ihre Hand zu entwinden, aber er zog sie zu sich und küsste sie. Niemand beobachtete sie, sodass Josie es geschehen ließ. Sie spürte, wie der Stress von heute Morgen etwas von ihr abfiel. Dann löste sie sich von ihm und ging davon.

»Mach dich nicht wieder so rar«, warnte ihn Josie.

Über die Schulter hinweg sagte er: »Mach ich nicht. Wir essen heute mit Misty und Harris zu Abend. Ich will wissen, wie sein erster Tag im Kindergarten war.«

»Bis heute Abend«, erwiderte sie.

Er drehte sich kurz um und wedelte mit seinem Handy in

der Luft herum. »Schick mir das Bild von dem Aufkleber, damit ich ihn im Hollister Way herumzeigen kann.«

Sie holte ihr Smartphone heraus und sandte ihm die Aufnahme. Dann sah sie ihm nach, bis er hinter dem Gebäude verschwunden war, um zu einem der Fußwege zum unteren Campus zu gehen. Schon verflog der kurze Augenblick der Ruhe, den sie genossen hatte, als sie ihm so nahe gewesen war. An seine Stelle trat ein tiefer Schmerz, als ihr klar wurde, dass Nysa Somers ihrer Familie nie wieder erzählen können würde, wie ihr Tag gewesen war.

DREIZEHN

Als Josie wieder bei der Campuspolizei war, hatten sich bereits einige Studierende eingefunden. Die meisten trugen Sweatshirts und Shorts, manche sogar Pyjamas. Alle wirkten erschrocken und verstört. Hahlbeck hatte sie in den Empfangsbereich gesteckt, wo es nur zwei Besucherstühle gab, die schon beide besetzt waren. Die übrigen lehnten an der Wand oder saßen auf dem Fliesenboden. Leises Murmeln erfüllte den Raum. Josie hörte mehrmals die Worte »Nysa« und »tot« heraus. Eine Frau, die älter zu sein schien als die meisten Studierenden, lief herum, nahm einige Anwesende in den Arm und beruhigte sie. Vermutlich eine Trainerin, dachte Josie bei sich.

»Boss.« Jemand lenkte ihre Aufmerksamkeit weg von den Leuten. Josie blickte über ihre Schulter und sah Mettner im Flur stehen. Er winkte sie zu sich.

»Willst du, dass wir die Zeugen zu zweit befragen oder schnappt sich jeder von uns einen in getrennten Zimmern?«, fragte er, als sie außer Hörweite waren.

»Jeder von uns nimmt sich einen vor«, antwortete Josie. »So sind wir schneller durch.«

Hahlbeck bot ihnen zwei Räume an. Das Zimmer, in das

Mettner ging, war unverkennbar für Befragungen gedacht. Es standen lediglich ein Tisch und ein paar Stühle darin. Josie bekam ein Zimmer auf der anderen Seite des Flurs, in dem zwei Schreibtische einander gegenüberstanden. Jeder wurde von einem Aktenschrank und einem Besucherstuhl flankiert. Hier schienen die Beamten ihre Schreibarbeiten zu erledigen. Josie wählte den Schreibtisch, der der Tür am nächsten stand, und setzte sich. Hahlbeck hatte ihr einen Stift und einen Notizblock gegeben. Als ein Campuspolizist die erste Studentin hereinbrachte, klopfte Josie auf den Besucherstuhl und sagte: »Setzen Sie sich. Ich habe nur ein paar Fragen.«

Die meisten Befragungen dauerten nicht lange, vor allem, weil keiner etwas wusste. Niemand hatte in der letzten Nacht etwas von Nysa gesehen oder gehört, sofern sie nicht logen, aber Josie hatte nicht den Eindruck. Das Ganze kam ihr eher so vor, als müsse sie ein halbes Dutzend Todesnachrichten überbringen. Fast allen ging Nysas Tod äußerst nahe. Sie war für ihre freundliche Art und ihren Humor bekannt und beliebt gewesen. Zu hören, wie wertschätzend alle von Nysa sprachen, bereitete Josie noch mehr Kummer. Alle sagten das Gleiche aus wie Christine Trostle. Nysa nahm keine Drogen und trank nur selten Alkohol. Den Aufkleber hatten sie noch nie gesehen. Nysa hatte nicht niedergeschlagen gewirkt und niemand konnte sich vorstellen, dass sie Angstzustände oder Depressionen gehabt haben sollte.

Zwischendurch trafen sich Josie und Mettner im Flur und verglichen ihre Notizen. Alle Befragungen hatten das Gleiche erbracht. Sie kamen nicht weiter. Nur Gretchen hatte Neues zu vermelden. Sie hatte Mettner informiert, dass Nysas Eltern ihre Tochter identifiziert hatten und zu ihrem Hotel zurückgekehrt waren. »Sie wollen in der Stadt bleiben, bis der Leichnam freigegeben wird«, sagte Mettner. »Gretchen meinte, sie habe den beiden nicht viele Fragen gestellt. Sie seien zu aufgelöst gewesen.«

»Kann ich mir denken«, sagte Josie. »Wir können später noch mit ihnen reden. Hast du mit einem Studenten namens Hudson gesprochen?«

Mettner ging auf seinem Smartphone die Liste der Studenten durch. »Nein.«

»Wie viele haben wir noch?«

Mettner marschierte zum Ende des Flurs, warf einen Blick in den Empfangsbereich und kam zurück. »Fünf.«

Es war inzwischen Nachmittag geworden. Josie fühlte sich ausgelaugt und hungrig. »Versuch doch, eine Pizza oder so etwas aufzutreiben«, bat sie Mettner. »Wir haben noch einen langen Tag vor uns.«

Er nickte und ging wieder in den Empfangsbereich. »Ich schicke dir den Nächsten rein.«

Als der nächste Kandidat eintrat, war sich Josie sofort sicher, dass es sich um den Trainer handeln musste, denn er sah älter aus als alle anderen. Er war groß und kräftig, hatte ausgeprägte Gesichtszüge und dunkles, kurz geschnittenes Haar, trug eine hellbraune Hose und eine Windjacke mit dem Logo der Universität von Denton. Um seinen Hals hing ein Schlüsselband. Bei näherem Hinsehen erkannte Josie, dass daran ein Ausweis mit Foto und der Aufschrift »Brett Pace, Cheftrainer« hing. Da fiel ihr ein, dass er auch in der WYEP-Reportage zu sehen gewesen war. WYEP hatte ihn nur kurz zu Wort kommen lassen. In diesen wenigen Sekunden hatte er Nysa Somers in höchsten Tönen gelobt.

»Nehmen Sie Platz, Mr Pace«, sagte sie und deutete auf den Stuhl.

Der Stuhl knarzte, als er sich darauf setzte. Er stützte die Ellbogen auf die Knie und rieb seine großen Handflächen aneinander. Seine Stimme war heiser, als er sprach. »Es stimmt also. Das mit Nysa. Dass sie tot ist.«

»Ich fürchte, ja«, antwortete Josie. »Tut mir sehr leid.«

»Was ist passiert?«

»Das versuchen wir gerade herauszufinden. Sagen Sie, wie lange sind Sie schon Trainer?«

Er lächelte sie an, als seien sie alte Freunde, und Josie merkte, dass er mit seinem guten Aussehen und seinem Charme, den er womöglich besaß, gewohnt war zu bekommen, was er wollte. »Officer«, sagte er.

»Detective.«

»Detective, hören Sie. Ich weiß, dass Sie den Kids draußen nicht alles sagen können. Aber ich bin der Cheftrainer. Ich habe fast jeden Tag mit Nysa gearbeitet. Ich verspreche Ihnen, dass nichts, was Sie mir sagen, diesen Raum verlassen wird.«

Josie hob eine Augenbraue. »Wie bitte, Mr Pace?«

»Coach«, sagte er.

Josie lächelte. »Coach, ich bin nicht befugt, Ihnen Einzelheiten über laufende Ermittlungen zu verraten.«

»Also handelt es sich um eine Ermittlung? Nysa wurde nicht ... man hat sie nicht ermordet, oder?« Er runzelte die Stirn.

Josie beugte sich zu ihm. »Haben Sie Grund zu der Annahme, dass sie ermordet wurde, Coach?«

Er wich etwas zurück. »Nein, nein. Außer, es war ein Zufallsmord. Aber sie wurde im Becken gefunden, nicht wahr?«

Josie ignorierte seine Frage und fuhr fort: »Wie lange sind Sie hier schon Trainer?«

»Rund sechs Jahre.« Er rutschte unvermittelt in seinem Stuhl nach vorn und bedachte sie mit einem strahlenden Grinsen, das sich sogleich wieder in eine besorgte Miene verwandelte. Zugleich senkte er die Stimme, bis er fast flüsterte. »Detective, wir sind doch zwei vernünftige Erwachsene. Ich kann ein Geheimnis bewahren. Es ist mir unbegreiflich, dass Nysa tot im Becken gefunden wurde. Sie ist die beste Schwimmerin im Team. Irgendetwas muss mit ihr passiert sein. Wurde sie ... geschlagen? Hat jemand ...« Er brach ab. Josie glaubte zum ersten Mal echte Betroffenheit in seinem Blick aufflackern zu sehen. »Hat jemand ihr wehgetan?«

»Das erfahren wir erst nach der Autopsie«, antwortete sie. »Ich weiß, das ist äußerst belastend und verstörend, aber im Moment geht alles noch seinen Gang. Das heißt, dass wir auf das Ergebnis der Obduktion und unserer Ermittlungen warten müssen. Es würde uns wirklich sehr helfen, wenn Sie einige meiner Fragen beantworten würden. Sie sind also der Cheftrainer?«

Er biss sich auf die Innenseite seiner Wange. Nach kurzem Zögern beschloss er zu antworten. »Ja.«

»Kannten Sie Nysa gut?«

»Ich kannte sie so gut wie alle meine Studenten. Ich sage ihnen immer, dass sie das ganze Jahr mit mir reden oder mit Problemen zu mir kommen können, selbst wenn es nichts mit dem Schwimmen zu tun hat. Manchmal brauchen die Kids jemanden, mit dem sie reden können, wissen Sie?«

»Hat Nysa jemals jemanden zum Reden gebraucht?«

»Klar. Irgendwann kommen sie alle einmal zu mir.«

»Wann war das?«, hakte Josie nach.

Er winkte mit seiner großen Hand ab. »Letztes Jahr. Sie machte sich Sorgen, ob sie überhaupt weiterstudieren konnte. Das Geld war knapp. Ihr Vater war entlassen worden. Ich wusste, dass das von einem ehemaligen Absolventen gestiftete Vandivere-Stipendium verfügbar war – man suchte für diesen Herbst nach förderwürdigen Studenten. Also habe ich ihr geraten, sich zu bewerben. Das war eine sichere Sache. Sie war die beste Schwimmerin, die ich je trainiert hatte.«

»Sie muss überglücklich gewesen sein«, sagte Josie.

»Waren wir beide. Sie konnte weiter hier studieren und ich konnte meinen Star behalten.« Er hielt inne. Josie sah ihm an, dass er mit einer ganzen Reihe von Gefühlen kämpfte. Dann legte er sein Gesicht in die Hände und sagte durch die Hände hindurch: »Tut mir leid. Ich schwanke ständig zwischen Unglauben – es kommt mir vor, als sei das alles nicht real – und Entsetzen. Aber so tun, als sei es nicht wahr, bringt sie nicht zurück, oder?«

»Ich fürchte nicht«, antwortete Josie.

Er hob den Kopf und klopfte sich mit den Handflächen auf die Schenkel. »Ich muss mich für die Kids zusammenreißen. Sie sind völlig von der Rolle. Tut mir leid. Was möchten Sie sonst noch wissen?«

»Testet die Universität die Mitglieder der Schwimmmannschaft regelmäßig auf Drogen?«

»Ja. Stichprobenartig. Zweimal im Semester. Oder auch öfter, wenn wir den Verdacht haben, dass da was läuft. Ein positives Ergebnis zieht den sofortigen Ausschluss aus dem Team und eine anschließende Untersuchung nach sich. Aber ich hatte mit meinem Team nie Probleme.«

»Kommt es vor, dass Ihre Schwimmathleten Drogen konsumieren? Edibles? So etwas in der Richtung?«

Pace schüttelte den Kopf. »Nein. Es gab in den letzten vier Jahren keinen einzigen positiven Test. Wenn die Kids so Sachen wie Edibles konsumieren, dann kaschieren sie es entweder sehr gut oder hatten bei den Stichprobentests Glück. Wir haben letztes Jahr einmal bei jemandem einen Joint in der Schwimmtasche gefunden, aber die Tests waren bisher immer negativ.«

»Was ist mit Ihnen? Irgendwelche Freizeitdrogen?«

Sein Lächeln verschwand und machte einem verkniffenen Ausdruck Platz. Es sollte wohl Ungläubigkeit signalisieren, dachte Josie bei sich, wirkte aber völlig unecht. »Officer«, sagte er.

»Detective.«

»Detective. Ich bin Cheftrainer des Schwimmteams an der Universität von Denton. Drogenkonsum ist verboten.«

»Das stimmt«, pflichtete sie ihm bei, nahm aber zur Kenntnis, dass er nicht behauptete, keine Drogen zu nehmen, sondern nur darauf hinwies, dass sie verboten waren. Sie holte ihr Handy heraus und wischte darüber, bis sie das Foto von dem Aufkleber gefunden hatte. Dann hielt sie es ihm hin und fragte: »Haben Sie das schon einmal gesehen?«

Er lachte, aber als er ihren Gesichtsausdruck sah, blieb ihm das Lachen im Hals stecken. »Tut mir leid. Sie meinen das ernst. Nein, nie gesehen. Was ist das? Eine Kritzelei? Die Zeichnung ist gar nicht mal so schlecht, aber was zum Teufel soll das sein?«

»Wissen wir nicht«, antwortete Josie. »Es wurde in Nysas Sachen gefunden.«

Er deutete mit dem Finger auf das Handy. »Sie haben das in Nysas Sachen gefunden? Sieht aus, als sei der, der das gezeichnet hat, high gewesen. Stellen Sie mir deshalb so viele Fragen über Drogen? Sie glauben, dass Nysa etwas nahm? Nysa hatte mit Drogen nichts zu tun und ich kann mir auch nicht vorstellen, dass sie etwas so Abgefahrenes gezeichnet hätte. Sie war eher der Typ für Hunde- und Herzchenmotive. In ihren Havaneser war sie völlig vernarrt.«

»Wirklich?«, entgegnete Josie und dachte an das gerahmte Foto von dem kleinen weißen Hund in Nysas Zimmer. »Wie heißt ihr Hund?«

»Oh, ich, also, daran erinnere ich mich nicht. Die Kids haben sie nur immer wegen ihrer Hundeliebe aufgezogen. Das war auch der Bildschirmschoner auf ihrem Smartphone.«

»Wann haben Sie Nysa das letzte Mal gesehen?«

»Freitag«, antwortete er. »Als sie zuletzt trainiert hat.«

»Sie waren in der Reportage zu sehen, die WYEP dieses Wochenende gedreht hat. Sind Sie ihr da nicht begegnet?«

»Mein Interview wurde nicht zusammen mit dem der Studenten gedreht. Deshalb: Nein, ich habe sie am Samstag nicht gesehen.«

»Wie wirkte Nysa beim Training am Freitag auf Sie?«

»Wie Nysa eben.« Ein unverstelltes Lächeln erschien auf seinem Gesicht. »Sie war toll.«

»Kam Sie Ihnen nicht niedergeschlagen oder aufgewühlt vor?«

Er zog eine Braue hoch. »Aufgewühlt? Warum sollte sie aufgewühlt sein? Hören Sie, Nysa war nicht wie die anderen Mädchen, okay? Sie war engagiert und ehrgeizig, klar, aber nicht überreizt. Sie hatte da diesen Spruch. Immer wenn die anderen Kids wegen irgendetwas jammerten, sagte sie: ›Und? Hat es dich umgebracht?‹ Irgendwann hat das ganze Team angefangen, es zu sagen. So nach dem Motto: ›Meine Mitbewohnerin hat mich die ganze Nacht mit ihrer lauten Musik wachgehalten.‹ – ›Und? Hat es dich umgebracht?‹ Oder: ›Ich habe meine Geschichtsklausur verbockt‹ – ›Und? Hat es dich umgebracht?‹ Mein Gott, und jetzt ist sie tot. Shit. Warum ... warum stellen Sie diese ganzen Fragen?«

»Reine Routine«, erwiderte Josie. »Hatte Nysa Probleme mit jemandem im Team? Gab es Streitigkeiten oder böses Blut?«

»Nein, überhaupt nicht. Die Kids kommen recht gut miteinander aus. Ich würde so etwas auch gar nicht zulassen. Wenn es zu Zwistigkeiten kommt, sprechen wir das direkt an, damit es die Teamdynamik nicht beeinträchtigt.«

»Hatte sie zu bestimmten Teammitgliedern eine besonders enge Beziehung?«

»Nicht dass ich wüsste. Sie war zu allen freundlich, aber ich glaube nicht, dass sie eine beste Freundin in der Mannschaft hatte.«

»Was ist mit einem Jungen namens Hudson?«

»Hudson Tinning?«

Josie schrieb sich den Nachnamen auf. »Ich habe gehört, dass beide sehr ehrgeizig waren und er möglicherweise in sie verliebt war.«

Pace lachte. »Er versucht ständig, sie zu beeindrucken.

Schon vom ersten Tag an hat er ein Auge auf Nysa geworfen. Er ist aber recht unreif. Ein bisschen ein Muttersöhnchen. Muss erst noch erwachsen werden. Ein so unabhängiges Mädchen wie Nysa hat keine Zeit für einen Jungen wie ihn.«

Josie machte sich ein paar Notizen. »Wissen Sie, ob Nysa eine feste Beziehung hatte?«

»Das bezweifle ich. Wie gesagt, Nysa war voll und ganz auf das Studium und das Schwimmen fokussiert. Wenn sie keine Seminare hatte, war sie in der Schwimmhalle. War sie nicht in der Schwimmhalle, war sie im Fitnessstudio beim Konditionstraining. War sie nicht dort, war sie in der Bibliothek. Es würde mich sehr wundern, wenn sie bei diesem straffen Programm noch Zeit für eine Beziehung gehabt hätte.«

»Coach, Sie sagten, Sie hätten Nysa seit Freitag nicht mehr gesehen. Haben Sie von ihr gehört? Haben Sie telefoniert oder eine Nachricht bekommen? Oder über soziale Medien kommuniziert? Etwas in der Art?«

»Nein, nein«, antwortete Pace.

»Haben die Studenten Ihre Handynummer?«

»Ja, schon. Alle im Team haben sie. Aber sie nutzen sie höchstens, wenn sie sich verspäten oder nicht zum Training kommen.«

Hier kam Josie nicht weiter.

»Wohnen Sie in Denton?«, wechselte sie das Thema.

»Ja, ein paar Kilometer vom Campus entfernt«, antwortete er.

»Allein?«

»Zählt mein Hund?«, lachte er. »Ich lebe in Scheidung. Keine Kinder.«

»Was für ein Hund?«, fragte Josie.

»Ein Labradoodle.«

»Wo waren Sie letzte Nacht?«

»Letzte Nacht?«, wiederholte er. »Ich war ... Moment, warum müssen Sie das wissen?«

»Wir fragen jeden, Coach.« Josie schenkte ihm ein strahlendes Lächeln. »Routine.«

Er wirkte nicht ganz überzeugt, meinte aber: »Letzte Nacht war ich zu Hause.«

»Mit Ihrem Hund.«

»Ja.«

»Okay. Auch nach einundzwanzig Uhr dreißig?«

»Ich war die ganze Nacht zu Hause«, entgegnete er. Er schaltete zurück in den überfreundlichen Modus. »Je älter man wird, desto schneller ist der Montag da. Verstehen Sie, was ich meine?«

Josie sah auf ihr rosa Shirt. »Ja, allerdings.«

VIERZEHN

Erst später habe ich das erste Mal gemordet. Ich hatte es eigentlich nicht geplant, aber das Leben mit anderen kann manchmal unangenehm sein. Sie enttäuschen einen ständig, im Großen wie im Kleinen. Er hatte mich im Großen enttäuscht, aber auf die Nerven ging mir das ständige Röcheln. Man glaubt nicht, was für einen Lärm die Lungen machen, wenn sie sich mit Flüssigkeit füllen. Anfangs war ich froh, ihn so leiden zu sehen. Wenn jemand verdient hatte zu sterben, Schritt für Schritt immer weniger Luft zu bekommen, während das Fieber ihn innerlich verbrennt, dann er. Es war ein großes Glück für mich, dass er überhaupt so krank wurde. Danach musste ich nur noch seine Antibiotika durch etwas anderes ersetzen. Ein paarmal hätte er mich beinahe erwischt. Er jammerte herum, dass er nicht sicher sei, »ob das die richtigen Tabletten sind«. Aber am vierten Tag war er so schwach und hatte kaum noch Luft zum Reden, sodass er den Mund hielt. Natürlich besorgte er sich anschließend weitere Antibiotika. Ich musste sie ebenfalls austauschen. Da hatte ich schon beschlossen, drastischere Maßnahmen zu ergreifen, wenn er nicht binnen einer Woche tot war. Das Geröchle machte mich verrückt, aber ich wollte nicht, dass es ihm besser ging. Nicht nach dem, was er getan hatte. Er hatte Lügen erzählt, nicht nur mir. Da hatte er viel Ähnlichkeit mit Nysa.

Letzten Endes durfte ich nicht einmal miterleben, wie er starb. Ich ließ ihn allein, als er wieder einmal nach Luft schnappte, und als ich zurückkam, war er ganz still. Mir war schwindlig vor Freude – nicht nur, weil er tot war, sondern weil er bekommen hatte, was er verdiente. Bis einer der Ärzte im Krankenhaus zu einer Autopsie riet. Würde sie zeigen, dass er keines der Antibiotika genommen hatte, die er eigentlich hätte schlucken müssen? Zu meiner Erleichterung lehnte man ab. Trotzdem rechnete ich damit, dass jemand merkte, was ich getan hatte.

Doch niemand kam je darauf.

FÜNFZEHN

Josie folgte Coach Pace in den Flur und sah ihm nach, als er zurück in die Eingangshalle ging. Sie hörte den Campuspolizisten am Empfangstresen sagen: »Bis später, Coach.« Vom anderen Ende des Flurs zog Pizzaduft zu ihr, woraufhin sich ihr Magen mit lautem Knurren meldete. Mettner steckte den Kopf aus dem Videoüberwachungsraum. »Hier gibt's Essen«, rief er. Josie verschlang zwei Pizzaecken hintereinander, während sie ihre Notizen über die Befragungen austauschten. Sie hatten nichts Neues ergeben.

»Als Letzten haben wir Hudson Tinning. Er sitzt in meinem Zimmer. Sollen wir beide mit ihm reden?«, fragte Mettner.

Josie wischte sich mit einer Serviette Pizzasoße vom Mund und meinte nur: »Yep.«

Als sie den Befragungsraum betraten, stand Hudson Tinning von einem der Stühle am kleinen Tisch auf. Er war groß, drahtig und trug ein schwarzes T-Shirt. In weißer Schrift stand darauf: *College killt meine Vibes*. Der Saum seiner zerrissenen Jeans rieb über den Rist seiner Füße, die in Flip-Flops steckten. Er überragte Josie weit und war sogar noch ein gutes

Stück größer als Mettner, der es immerhin auf etwa eins achtzig brachte.

»Sind Sie von der Polizei?« Er blickte von Mettner zu Josie und wieder zurück. Mit großen hellblauen Augen sah er sie an. Blonde Haarsträhnen rahmten sein Gesicht, sodass er aussah wie ein Surfer. »Ich meine, die echte Polizei«, präzisierte er. »Nicht die Campuspolizei.«

»Ja«, antwortete Josie. Sie stellte sich und Mettner vor. Dann zeigten sie ihm ihre Ausweise. »Setzen Sie sich, Mr Tinning.«

Er ging wieder zu seinem Stuhl. Mettner setzte sich ihm gegenüber, zog sein Handy heraus und rief die Notiz-App auf. Josie blieb stehen. Hudson fuhr sich mit der Hand durch das Haar. »Stimmt das? Ist Nysa wirklich tot?«

»Es tut mir leid, Mr Tinning«, sagte Josie. »Nysa Somers ist heute Morgen gestorben.«

»Mein Gott.« Er atmete mehrmals tief durch und ließ den Kopf sinken. Als er sie wieder ansah, glänzten Tränen in seinen Augen. »Ihr macht keine Witze, oder? Sie ist wirklich tot?«

»Leider ja«, antwortete Mettner.

»O Gott.« Er stützte die Ellbogen auf den Tisch, legte das Gesicht in die Hände und begann zu schluchzen. Josie und Mettner ließen ihm etwas Zeit. Dann sagte Mettner: »Mr Tinning, ich weiß, das nimmt Sie sehr mit, aber wir müssen Ihnen dringend ein paar Fragen stellen.«

Hudson hob den Kopf, wischte sich die Tränen von den Wangen und nickte. »Tut mir leid. Ja, klar, schießen Sie los. Ich bin nur ... was ist denn mit ihr passiert?«

»Das wissen wir noch nicht genau«, erwiderte Josie. »Deshalb sind wir hier.«

»Jemand hat gesagt, sie sei im Schwimmbecken gefunden worden. Tot. Das ergibt keinen Sinn. Sie wissen, dass sie unsere beste Schwimmerin war, oder?«

»Das ist uns bekannt«, antwortete Josie.

»Wie konnte sie dann ertrinken?«

»Wie Detective Quinn schon sagte, sind wir noch nicht sicher, wie es dazu kommen konnte«, fuhr Mettner fort. »Wir werden mehr wissen, wenn wir unsere Ermittlungen abgeschlossen haben.«

»Und wann wird das sein?«, fragte Hudson.

»Es kann leider mehrere Monate dauern«, sagte Josie, »Denn die Rechtsmedizinerin führt routinemäßig einen toxikologischen Test durch. Das kann bis zu acht Wochen dauern.«

»Acht Wochen?«, rief Hudson. »Warum so lange?«

»Es gibt nicht genug Labore, um alle Proben zu bearbeiten. Die verfügbaren Labore sind völlig überlastet. Manche Tests erfordern mehrere Analyseschritte und das dauert eben seine Zeit.«

»Aber ihre Familie wird wissen wollen, was passiert ist«, wandte Hudson ein. »Ihre Freunde ... wir alle wollen es wissen.«

»Tut mir leid, Hudson«, sagte Josie.

»Ihre Eltern waren gerade in der Stadt. Hat schon jemand mit ihnen gesprochen?«

»Unsere Kollegin war heute Vormittag bei ihnen«, antwortete Mettner. »Sie haben sie identifiziert. Wir werden später noch mit ihnen sprechen.«

»Können Sie ihnen sagen, dass es mir leid tut? Dass ich mit ihnen trauere?«

»Natürlich«, erwiderte Josie.

»Ich nehme an, die wollen Nysa bei sich zu Hause beerdigen und nicht hier.«

»Mit dem Auto ist es nicht weit bis New Jersey«, sagte Josie.

Hudson nickte.

»So wie ich das verstehe, waren Sie eng befreundet?«, fragte Mettner.

Hudson legte seine Handflächen auf den Tisch. »Ja. Wir haben seit Semesterbeginn viel miteinander trainiert.

Befreundet waren wir schon vorher, aber seit Vorlesungsbeginn in diesem Jahr haben wir viel mehr Zeit miteinander verbracht. Wir sind beide im Schwimmteam, studieren im zweiten Jahr und hatten sogar ein paar Seminare gemeinsam.«

»Hatten Sie eine Liebesbeziehung mit Ms Somers?«, wollte Josie wissen.

»Nein. Hatten wir nicht. Ich hätte schon gewollt. Ich mochte sie. Sie war cool, wissen Sie. Nicht wie die meisten Mädchen hier. Aber sie war so fokussiert auf ihr Studium und das Schwimmen, dass sie keine feste Beziehung wollte.«

»Wusste Nysa, dass Sie an ihr interessiert waren?«, hakte Mettner nach.

Er zuckte die Schultern und starrte auf seine Hände. »Weiß nicht. Ich denke schon. Vielleicht.«

»Vielleicht?«, fragte Josie ungläubig.

Er hielt die Augen noch immer gesenkt und murmelte: »Klar, ich denke, sie wusste, dass ich sie mag. Jeder wusste es.«

»Haben Sie sie je gebeten, mit Ihnen auszugehen? Sich um sie bemüht?«, bohrte Josie weiter.

»Wir haben uns einmal auf einer Party geküsst. Letztes Jahr. Wir waren beide betrunken. Danach sagte sie mir, dass sie kein Interesse an einer Beziehung zu irgendjemandem habe.«

»Zu irgendjemandem?«, hakte Josie nach. »Oder nur zu Ihnen?«

Mehrere Sekunden verstrichen. Hudson trommelte mit den Fingern auf seine Schenkel. »Ich weiß nicht. Das hat sie jedenfalls gesagt. Dass sie an keiner Beziehung zu jemandem interessiert sei.«

»Wie lief es an dem Wochenende, als WYEP die Reportage über Sie beide drehte?«, fragte Josie.

»Ach, das«, sagte Hudson und schüttelte dabei langsam den Kopf. »Ich wollte nicht einmal darin vorkommen, aber dann war es doch in Ordnung. Nachdem die Interviews gemacht worden waren, sind wir alle gemeinsam zum Mittagessen gegangen – ich, meine Mom, Nysa und ihre Eltern. Alles war cool. WYEP interviewte uns am Samstagmorgen, denn da waren auch Nysas Eltern da. Der Rest war Filmmaterial vom letzten Jahr aus dem Teamarchiv. Ich denke, sie haben es den ganzen Tag über zusammengestellt, denn es kam abends um elf in den Nachrichten.«

»Also gab es zwischen Ihnen und Nysa keinen Streit wegen der Reportage?«, wollte Mettner wissen.

»Nein, natürlich nicht. Alles war relaxed.«

»Obwohl Sie normalerweise ziemliche Konkurrenten sind?«, fuhr Mettner fort.

»Nein, alles war in bester Ordnung. Ich meine, klar, meine Mom wollte partout, dass es in der Reportage auch um mich geht, weil ich hier in Denton zur Welt gekommen und aufgewachsen bin. Aber Nysa machte es nichts aus, dass außer ihr noch jemand im Rampenlicht stand. Wir hatten Spaß.«

»Hudson, wann haben Sie Nysa das letzte Mal gesehen?«, fragte Josie unvermittelt.

Er starrte sie an. »Also, ja, bei einer Feier am Samstagabend. Sie stieg in einem Studentenwohnkomplex am oberen Campus. Nicht im Hollister Way, einem der anderen. Ein Typ aus dem Schwimmteam – Student im vierten Jahr – schmiss mit seinem Mitbewohner eine Party. Ich war fast die ganze Nacht dort. Nysa kam kurz vorbei, ist aber nicht lang geblieben.«

»Hat sie etwas getrunken?«, fragte Mettner.

Hudson schüttelte den Kopf. »Sie hat nie viel getrunken. Eigentlich fast gar nichts. Sie ist immer nur zu Partys gegangen, um sich, sagen wir mal, blicken zu lassen oder so, aber sie trank nicht gern und hing nur eine Weile rum, bis sie wieder ging. Ich meine, manchmal hat sie sich schon betrunken, so wie letztes Jahr. Aber das kam ziemlich selten vor.«

»Wurden auf der Party Drogen konsumiert?«, fragte Josie.

»Weiß nicht. Vielleicht. Aufgefallen ist mir nichts.«

»Haben Sie je Drogen genommen?«

Hudson sah mit großen Augen von Mettner zu Josie und zurück.

»Schon okay, Sie bekommen keine Schwierigkeiten«, beruhigte ihn Josie. »Wir sind nicht deswegen hier.«

»Na ja, vielleicht habe ich letztes Jahr ein bisschen Marihuana geraucht.«

»Aber dieses Jahr nicht?«, bohrte Mettner nach.

»Nein. Ich habe letztes Jahr ein Stipendium verloren, weil einer der Schwimmtrainer einen Joint in meiner Schwimmtasche entdeckt hat. Ich studiere jetzt auf Bewährung und kann es mir gar nicht leisten, Ärger zu bekommen. Es werden stichprobenartig Drogentests durchgeführt.«

Mettner tippte in sein Handy und meinte nur: »In Ordnung.«

Hudson beugte sich vor, bis seine Brust den Tischrand berührte. »Hören Sie, es wäre gut, wenn Sie das niemandem vom Team gegenüber erwähnen würden ... es ist mir peinlich. Die Trainer wissen es, aber ...«

»Es gibt keinen Grund, dass das diesen Raum verlässt, Hudson«, beschwichtigte Josie ihn. »Woher hatten Sie den Joint?«

Er zuckte die Schultern. »Von einem Typen in meinem Englischkurs.«

»Erinnern Sie sich an seinen Namen?«, fragte Mettner.

Hudson zog eine Braue hoch und wirkte fast amüsiert, als warte er auf eine Pointe von Mettner. Als sie nicht kam, sagte er: »Ich erinnere mich nicht.«

»Sagen Sie, haben Sie das schon einmal gesehen?«, fragte Josie, holte ihr Handy heraus und zeigte ihm die Aufnahme von dem Aufkleber.

Er starrte einen Augenblick darauf und schüttelte dann langsam den Kopf. »Nein. Was ist das?«

»Wissen wir nicht genau«, antwortete Mettner.

»Was hat das mit Nysa zu tun?«

»Wissen wir nicht genau«, wiederholte Mettner.

Josie wechselte erneut das Thema. »Als Sie Nysa am Samstag auf der Party gesehen haben, hatte sie jemanden dabei?«

»Ihre Mitbewohnerin Christine.«

»Wie wirkte Nysa am Samstag auf Sie?«, fuhr Josie fort.

»Wie meinen Sie das?«

»War sie irgendwie aufgebracht? Zerstreut?«

»Nein, nein. Ganz normal.«

»Wissen Sie, ob sie gerade wegen irgendetwas Stress hatte?«, wollte Josie wissen.

»Nö«, antwortete Hudson. »Sie war ziemlich gechillt. Allerdings sind wir noch ganz am Anfang des Semesters, da haben wir noch nicht so viel Stress.«

»Wissen Sie, ob Nysa mit Depressionen oder Angstzuständen zu kämpfen hatte?«, fragte Josie.

Seine Augen wurden wieder feucht und seine Schultern begannen zu beben. »Was? Nein. Sie war ein zufriedener Mensch. Wollen Sie damit sagen, dass sie sich umgebracht hat oder so? Auf gar keinen Fall. Sie war wirklich ehrgeizig. Da gab es noch so viel, was sie vorhatte. Sie hatte Pläne für ihr Leben.«

»Okay«, sagte Josie und hob eine Hand, um ihn zu beschwichtigen, bevor er die Fassung verlor. »Ich verstehe.«

Sie sagte ihm nicht, dass selbst die aktivsten und entschlossensten Menschen gelegentlich innere Dämonen hatten, denen sie nicht entkommen konnten. Manchmal waren Menschen, denen im Leben so viel gelang, nicht in der Lage, diese Dämonen zu vertreiben. Sie brachten sie dazu, etwas zu tun, was sie ansonsten nie tun würden. Zum Beispiel mit Drogen versetzte Brownies zu essen.

»Hudson«, sagte Mettner, »können wir jemanden für Sie anrufen? Vielleicht Ihre Mutter?«

»Himmel, nein«, sagte Hudson. »Bitte. Jedenfalls nicht jetzt. Ich rufe sie später an.«

»Okay. Wir haben nur noch ein paar Fragen«, meinte Josie. »Wo waren Sie letzte Nacht?«

»Zu Hause.«

»Wo ist zu Hause?«, wollte Mettner wissen.

»Ach so, im Hollister Way. Dieselbe Adresse wie Nysa und ihre Mitbewohnerin. Ich wohne ein paar Häuser von ihnen entfernt.«

»Haben Sie einen Mitbewohner?«, fragte Josie.

»Ja. Er war auch da.«

Josie notierte sich den Namen des Mitbewohners und schickte Noah eine Nachricht, damit er Hudsons Alibi überprüfte.

»Sie waren also letzte Nacht zu Hause? Sagen wir, nach einundzwanzig oder einundzwanzig Uhr dreißig?«

»Ja. Ich hatte heute Morgen eine Chemieklausur. Deshalb habe ich gelernt.«

Bei jemandem mit dem Spruch *College killt meine Vibes* fiel es Josie schwer zu glauben, dass Hudson ausgerechnet an einem Sonntagabend gelernt hatte, behielt ihre Zweifel aber für sich. Stattdessen fragte sie: »Wie ist die Klausur gelaufen?«

»Das erfahre ich erst im Lauf der Woche.«

»Eine letzte Frage, bevor wir Sie gehen lassen«, sagte Josie. »Kennen Sie jemanden, der Grund hätte, Nysa etwas anzutun?«

Hudson vergrub wieder das Gesicht in den Händen. »O Mann, nein. Niemanden. Ich kann mir nicht vorstellen, dass irgendjemand ihr etwas antun wollen würde. Sie war einfach großartig.«

SECHZEHN

Bevor sie den Campus verließen, erkundigte sich Josie bei Chief Hahlbeck, ob sie etwas über den Aufkleber in Erfahrung gebracht hatte. Hahlbeck hatte ihre Datenbank durchforstet, aber nichts gefunden. Sie versprach, weiterzusuchen und sich auf dem Campus umzuhören. Josie und Mettner blieb nichts mehr auf dem Gelände zu tun, sodass sie auf ihr eigenes Revier zurückkehrten. Nach den chaotischen, tragischen Ereignissen des Vormittags war Josie froh, wieder ihr geliebtes Polizeirevier zu sehen. Der massive dreistöckige Bau mit seinem alten, unbenutzten Glockenturm in einer Ecke hatte zunächst als Stadthalle gedient. Vor fünfundsechzig Jahren war er in eine Polizeiwache umfunktioniert worden. Das imposante Gebäude, eine Studie in Grau, strahlte Würde aus und hatte Charakter. Josie mochte das alte Gemäuer.

Mettner traf zur gleichen Zeit ein wie sie. Er stellte sein Auto auf der städtischen Parkfläche hinter dem Revier direkt neben ihrem ab. Zusammen gingen sie durch die Hintertür in das Gebäude und über zwei Treppen nach oben in das Großraumbüro, wo die festen Schreibtische der Detectives in der Mitte des Raums standen. Um sie herum waren weitere

Schreibtische gruppiert, die verschiedene Streifenpolizisten für ihre Schreibarbeiten nutzten, je nachdem, welcher gerade frei war. Außerdem hatte Pressesprecherin Amber Watts rechts neben der Schreibtischgruppe vor Kurzem einen eigenen Arbeitsplatz bekommen. Sie hatte ihn ganz in Petrol und Weiß gestaltet – Stifthalter, Stifte, Tacker und Schere farblich aufeinander abgestimmt. An der Wand daneben hatte sie eine in den gleichen Farben gehaltene Pinnwand aus Kork angebracht. Alles wirkte sehr unkonventionell und fröhlich und damit in einem Polizeirevier etwas deplatziert. Aber Josie begann Ambers omnipräsenten Überschwang und ihr Bedürfnis, alles exakt zu koordinieren, allmählich zu schätzen.

Amber sah von ihrem Laptop auf und wischte eine lange gelockte Strähne ihres kastanienbraunen Haares von ihrer Schulter. Sie grinste Mettner an. Als er sie mit »Miss Watts, schön, dich zu sehen« begrüßte, entdeckte Josie zwei rosarote Flecken auf seinen Wangen.

Amber nickte, warf Mettner ein Megawattlächeln zu und zeigte mit ihrem petrol und weiß gestreiften Stift auf die beiden. »Der Sergeant vom Dienst will, dass ihr ihn anruft, wenn ihr wieder da seid. Er hat etwas für euch.«

Josie ging zu ihrem Schreibtisch und rief beim Eingang an, wo Sergeant Dan Lamay seit nunmehr fast fünf Jahren seinen Arbeitsplatz hatte. Dan war länger als jeder andere bei der Polizei von Denton. Er hatte Skandale und zahlreiche Chiefs erlebt. Inzwischen war er eigentlich schon im Rentenalter, aber als Josie zwischenzeitlich Chief gewesen war, hatte sie ihn zum Sergeant vom Dienst ernannt, damit er bei der Polizei bleiben konnte. Seine Familie war auf sein Einkommen und die soziale Absicherung angewiesen. Dan hatte sie im Gegenzug mit einer Freundschaft belohnt, die ihr schon mehr als einmal die Haut gerettet hatte. »Ach, ihr seid da«, sagte er, als er abhob. »Ich komme gleich hoch.«

Josie wollte gerade antworten, dass sie zu ihm hinunterkommen werde, da hatte er bereits aufgelegt. Dan hatte eine schlimme Arthritis in einem seiner Knie, die mit jedem Jahr schlimmer zu werden schien. Eine Minute später schlurfte er mit einem Spurensicherungsbeutel in der Hand durch die Tür, die aus dem Treppenhaus in das Großraumbüro führte. Er stapfte schwerfällig zu Josies Schreibtisch und gab ihn ihr. »Hummel hat mir dieses Handy mit Ladekabel dagelassen. Er sagt, ihr könnt es jetzt untersuchen. Er hat bereits die Fingerabdrücke gesichert, meinte aber, es seien nur die der Besitzerin darauf gewesen.«

»Hat er was von einem Beutel gesagt?«, fragte Josie ihn. »Ich hatte ihn gebeten, auch davon Fingerabdrücke zu nehmen.«

Dan kratzte sich am Kinn. »Er sagt, auf dem Beutel seien die gleichen Abdrücke wie auf dem Handy. Du bekommst von ihm heute vor Dienstschluss noch einen Bericht, aber das wollte er dir schon vorab mitteilen. Ach ja, und Gretchen hat noch angerufen. Sie hat von Nysa Somers' Eltern die Erlaubnis bekommen, das Telefon ihrer Tochter zu untersuchen.«

»Wo ist Gretchen?«, fragte Mettner.

»Sie ist zum Hollister Way, um Lieutenant Fraley bei den Befragungen zu helfen«, antwortete Dan. »Außerdem hat sie mir von deinen Poloshirts erzählt, Boss. Ich habe welche für dich bestellt. Sie sollten in zwei Tagen hier sein.«

»Dan, du bist unschlagbar«, sagte Josie. »Danke dir.«

Er winkte ab, um ihr zu bedeuten, dass das keine große Sache sei. Dann machte er sich wieder auf dem Weg nach unten, sagte aber vorher noch über die Schulter gewandt: »So hast du mehr Zeit für die wichtigeren Dinge.«

Josie öffnete den Beutel und holte das Handy heraus. Sie drückte den Einschaltknopf. Auf dem Bildschirm erschien:

PIN eingeben.

»Mist«, schimpfte Josie.

Dan blieb stehen. »Was ist?«

»Es ist gesperrt.«

Dan runzelte die Stirn. »Ach ja. Gretchen sagte, dass sie die Eltern gefragt habe, ob sie die PIN kennen, aber sie haben verneint.«

»Danke, Dan«, sagte Mettner, als der alte Mann aus dem Zimmer ins Treppenhaus und zurück nach unten tapste. Dann wandte er sich an Josie: »Ich rufe Christine Trostle an. Vielleicht kennt sie die Nummer.«

Christine wusste die PIN nicht. Sie machte mehrere Vorschläge, von denen aber keiner passte. Josie ließ sich mit einem Seufzer in ihren Stuhl fallen, legte das Handy auf den Schreibtisch und starrte es an. Aus der Ecke des Raums meldete sich Amber: »Sie haben gesagt, sie sei Schwimmerin, oder? Versuchen Sie doch etwas, was mit Schwimmen zu tun hat. Was war ihr größter Erfolg? Der Wettbewerb, bei dem sie am besten abgeschnitten hat?«

Mettner schenkte Amber ein Lächeln.

Josie setzte sich auf und tippte etwas in ihren PC. »Gute Idee.« Sie rief die WYEP-Reportage über das Schwimmteam der Universität von Denton auf und sah sich mit Mettner und Amber das kurze Video an, in dem es fast nur um Nysa ging. Hudson war zwar ebenfalls mit von der Partie, wie seine Mutter verlangt hatte, doch hatte man seinen Beitrag auf kurze Worteinspielungen beschränkt, in denen er seine Teamkollegin über alles lobte. Nysa lebend, wohlauf und in der Blüte ihres Lebens zu sehen tat Josie weh. Sie konnte noch Nysas kalten, leblosen Körper unter sich spüren, als sie versucht hatte, wieder Leben in ihn zu pumpen.

»Ihr bestes Rennen scheinen die hundert Meter Schmetterling gewesen zu sein«, sagte Mettner.

Und Amber fügte hinzu: »Wetten, dass die PIN ihre persönliche Bestzeit ist?«

Josie klickte den WYEP-Bericht weg und suchte auf Google nach dem Wettbewerb. Es dauerte nur wenige Minuten, bis sie ihn gefunden hatte. »Amber! Sie sind großartig!«, rief sie. Sie nahm das Handy und tippte 5786 ein. Das Telefon war entsperrt.

»Yes!«, jubelte sie, woraufhin Mettner und Amber laut auflachten.

Sie sahen ihr über die Schulter, während sie das Handy durchging. Der Homescreen zeigte ein Foto von dem weißen Hund, den Josie schon auf einem gerahmten Bild auf Nysas Kommode gesehen hatte. Es erschienen mehrere ungelesene Nachrichten, die meisten von Christine, einige aber auch von anderen Studentinnen, die anscheinend in denselben Seminaren waren wie Nysa und fragten, wo sie heute Vormittag gewesen sei. Eine Nachricht von neun Uhr schien von ihrer Mutter zu stammen – sie wollte wissen, wie Nysa mit ihrem Referat weiterkam. In Josies Hals bildete sich ein Kloß. Nysa hatte anscheinend ein sehr enges Verhältnis zu ihrer Familie gehabt.

Sie musste herausfinden, was mit dem Mädchen geschehen war.

»Die einzigen Nachrichten von letzter Nacht sind die zwischen ihr und Christine«, sagte sie enttäuscht. »Wer dieser ›Freund‹ auch war, mit dem sie sich getroffen hat, sie haben sich nicht geschrieben. Sofern sie die Nachrichten nicht gelöscht hat.«

»Sieh doch mal in der Anrufliste nach«, schlug Mettner vor.

Josie rief sie auf, doch dort waren nur Christines Anrufe zu sehen, von denen sie keinen angenommen hatte. »Nichts.«

»Da muss doch etwas sein«, meinte Mettner. »Lass mich mal sehen.«

Er nahm ihr das Handy aus der Hand und scrollte und wischte herum. »Check auch ihre E-Mails und die sozialen Medien«, sagte Josie. »Irgendwo muss doch eine Spur von diesem mysteriösen Freund sein. Die Aufnahmen von den Überwachungskameras in der Bibliothek hast du überprüft, oder?«

»Ja«, brummte Mettner. »Sie ist hinein, in den dritten Stock gegangen, hat mit der Bibliothekarin gesprochen und anschließend an einem Computerplatz gearbeitet, bis die Bücherei geschlossen wurde. Geredet hat sie mit sonst niemandem.«

»Dann muss sie die geheimnisvolle Person getroffen haben, als sie den Trampelpfad verließ«, mutmaßte Josie. »Ich war heute dort. Sie kann jemanden auf dem Weg durch den Wald oder zurück zu ihrem Haus getroffen haben. Außerdem parken dort Leute und gehen zu Fuß zum Campus. Jemand kann auf sie gewartet haben, als sie aus dem Wald herauskam.«

Mettner sah von dem Handy auf. »Dann bringt uns das hier nichts.«

»Kann ich auch mal einen Blick darauf werfen?«, fragte Amber.

Mettner gab ihr das Smartphone. Zu Josie gewandt sagte er: »Sagtest du nicht, ihre Mitbewohnerin meinte, dass Nysa sich heimlich mit jemandem traf?«

»Ja«, antwortete Josie. »Sie hat so etwas angedeutet.«

»Vielleicht haben sie sich dort verabredet und gemeinsam die Nacht verbracht. Womöglich haben sie sich dort immer getroffen – beim Trampelpfad, meine ich. In diesem Fall gäbe es für sie keinen Grund, sich anzurufen oder Nachrichten zu schicken.«

»Möglich«, meinte Josie. »Aber Christine wartete darauf, dass sie heimkam, nachdem die Bibliothek zugemacht hatte. Wenn das GPS auf ihrem Handy aktiviert ist, finden wir vielleicht heraus, wo sie letzte Nacht war.«

»Ihr Handy steckte im Rucksack, der in den Wald geworfen wurde«, sagte Mettner. »Wahrscheinlich lag er die ganze Nacht dort.«

»Stimmt«, räumte Josie ein. »Aber nachzusehen lohnt sich trotzdem.«

»Da steht etwas in ihrem Kalender«, meldete sich Amber. Sie hielt das Handy so, dass Mettner und Josie das Display sehen konnten. In dem winzigen Quadrat für heute Morgen stand etwas. Josie nahm das Gerät und tippte auf den Monitor, um die Ansicht zu vergrößern. Ihr Herz schlug einen Tick schneller. »Sie haben recht«, sagte sie. »Sie hat eine Erinnerung auf heute um fünf Uhr fünfundfünfzig gestellt. Da steht: ›Zeit, eine Meerjungfrau zu sein‹.

»Was bedeutet denn das?«, fragte Mettner. »Nennt sie sich so, weil sie Schwimmerin ist? Meerjungfrau? War das irgendwie lustig gemeint? Statt ›Zeit zum Schwimmen‹ zu schreiben, ›Zeit, eine Meerjungfrau zu sein‹?

Josie scrollte im Kalender mehrere Monate zurück, aber die Erinnerung ›Zeit, eine Meerjungfrau zu sein‹ war der einzige Eintrag. »Ich glaube nicht, dass sie den Kalender verwendet hat.«

»Heute Morgen hat sie ihn verwendet«, entgegnete Amber.

»Stimmt. Aber sonst ist da nichts, zumindest nicht das letzte Jahr. Warum sollte sie in ihre Kalender-App eine Erinnerung für eine Zeit eintragen, in der sie normalerweise nicht einmal zum Schwimmen ging? Warum sollte sie von Sonntag auf Montag die ganze Nacht mit einem geheimnisvollen Freund verbringen und anschließend ohne Badeanzug und Schwimmtasche ins Hallenbad gehen? Wo war sie zwischen dem Verlassen der Bibliothek und dem Zeitpunkt, als sie heute Morgen aus dem Trampelpfad kam? Mit wem war sie zusammen?«

Mettner sah sie mit großen Augen an. »Soll ich das aufschreiben?«

Josie lachte trocken. »Nein, ich denke nur laut.«

Mettner streckte ihr die Hand hin und Josie gab ihm das Handy. Er tippte darauf und scrollte herum. Dann runzelte er die Stirn. »Das GPS ist nicht aktiviert. Selbst wenn sie es die ganze Nacht dabeihatte, hätten wir keine Möglichkeit, herauszufinden, wo sie hingegangen ist.«

»Besorg dir einen richterlichen Beschluss«, sagte Josie, »und schicke ihn ihrem Provider, damit wir herausfinden, wo das Handy letzte Nacht eingeloggt war.«

»Damit erfahren wir nur ihren ungefähren Standort mit einer Genauigkeit von eineinhalb bis fünf Kilometern«, gab Mettner zu bedenken. »Und je nach Provider kann es eine Woche dauern, bis wir Auskunft bekommen.«

»Trotzdem lohnt es sich, es zu versuchen«, entgegnete Josie.

Die Tür zum Treppenhaus ging auf und Noah kam herein. Er sah müde aus. Hinter ihm tapste Gretchen Palmer her. Sie hielt ein zusammengerolltes Poloshirt unter den Arm geklemmt, das sie Josie gab, bevor sie sich auf ihren Schreibtischstuhl setzte.

»Danke«, sagte Josie. »Dan hat mir ein paar neue Shirts bestellt. Du bekommst es zurück, sobald meine da sind. Habt ihr etwas herausgefunden?«

Auch Noah setzte sich. Er holte sein Notizbuch heraus und warf es auf den Schreibtisch. »Nein.«

»Nicht das kleinste bisschen«, fügte Gretchen hinzu.

»Ihr macht Witze«, sagte Mettner.

»Schön wär's«, erwiderte Gretchen. »Aber niemand erinnert sich daran, Nysa Somers letzte Nacht oder heute Morgen gesehen zu haben. Und wenn, dann geben sie es nicht zu.«

»Sonntagnacht geht es anscheinend etwas ruhiger zu. Die Vorlesungen am Montag fangen nicht vor acht Uhr an. Nysa benutzte den Trampelpfad in etwa um sechs Uhr. Um diese Zeit am Montagmorgen waren sicher nicht viele Leute unterwegs. Wir haben Hudson Tinnings Mitbewohner befragt. Er bestätigt, dass Hudson den ganzen Sonntag zu Hause war. Seine Mutter habe ihm saubere Wäsche und etwas zu essen gebracht. Sie hätten etwa um achtzehn Uhr dreißig gemeinsam gegessen, dann sei die Mutter wieder weg. Der Mitbewohner sagt, sie beide seien die ganze Nacht zu Hause gewesen. Er sei etwa um ein Uhr ins Bett gegangen, während Hudson da noch im Wohnzimmer gesessen und auf der Xbox gespielt habe.«

»Dann hat er bei der Chemieklausur sicher hervorragend abgeschnitten«, spottete Josie.

Mettner lachte.

»Und wie geht es jetzt weiter?«, fragte Noah.

»Ich möchte mit Nysas Eltern reden«, sagte Josie.

»Heute nicht«, bremste Gretchen sie. »Sie haben darum gebeten, dass wir sie heute noch in Ruhe lassen. Ihre zweite Tochter kommt diese Nacht noch mit dem Auto hierher. Sie ist im ersten Studienjahr an der Temple University in Philadelphia.«

Noah warf einen Blick auf sein Handy. »Es ist kurz vor fünf. Wir müssen nach Hause und etwas essen.«

Obwohl Josie der Fall Nysa Somers sehr bedrückte, musste sie lächeln. »O ja, ich kann es gar nicht erwarten. Fahren wir nach Hause. Außerdem könnte ich eine Dusche gebrauchen. Ich möchte nur noch Dr. Feist anrufen und sehen, ob sie Nysa bereits obduziert hat.«

Josie rief Dr. Feist auf ihrem Smartphone an. Nach siebenmaligem Klingeln nahm die Ärztin den Anruf an, klang jedoch etwas außer Atem. »Josie, was kann ich für dich tun?«

»Wir wollten nur wissen, ob du schon Gelegenheit hattest, die Leiche zu obduzieren?«

Dr. Feist atmete tief durch. »Hatte ich vor. Ich hatte meinen Assistenten schon gebeten, sie für mich vorzubereiten. Dann war in der Notaufnahme Land unter. Drei Krampfanfälle und zwei Herzinfarkte. Alle gleichzeitig. Sie haben mich gebeten, nach oben zu kommen und auszuhelfen – nach dem Motto: Alle Mann an Bord.«

»Tut mir leid, das zu hören«, sagte Josie. »Ich will dich nicht lange aufhalten.«

»Morgen, Josie. Versprochen.«

Zu Hause schnappte sich Josie ihren Boston Terrier Trout und ging mit ihm spazieren, während Noah das Abendessen zubereitete. Von ihnen beiden war er der Einzige, der ein ganzes Abendessen zuwege brachte, ohne den Feueralarm auszulösen. Misty und Harris tauchten eine halbe Stunde später auf. Zu Josies großer Erleichterung hatte Harris einen wundervollen Tag im Kindergarten gehabt und konnte es gar nicht erwarten, am nächsten Morgen wieder dorthin zu gehen. Das ganze Abendessen hindurch unterhielt er sie mit Geschichten von den Tieren im kleinen Streichelzoo.

Trotz des angenehmen Essens und der Erleichterung, dass Harris einen schönen – und sicheren – ersten Tag im Kindergarten gehabt hatte, konnte Josie nicht schlafen. Ihr gingen Nysa Somers, die möglicherweise mit Drogen versetzten Brownies, der bizarre Aufkleber und Nysas ungeklärter Verbleib vor ihrem mysteriösen Tod durch den Kopf. Als sie zum dritten Mal in dieser Nacht auf die Uhr sah, war es vier Uhr siebenundfünfzig. Genau zu dieser Zeit letzte Nacht war Nysa ... ja, wo war sie gewesen, fragte Josie sich. Wo hatte sie sich acht Stunden lang aufgehalten? Mit wem war sie zusammen gewesen?

Trout winselte zu ihren Füßen, sprang vom Bett und fand einen Platz auf dem Schlafzimmerteppich, wie er es manchmal tat, wenn Josie sich für seinen Geschmack zu unruhig hin und her warf. Josie streckte den Arm zu Noah hinüber, doch seine Seite des Betts war kalt und leer. Sie stand auf und tapste mit Trout dicht neben sich nach unten. Noah war nirgendwo zu finden. Sie ging wieder nach oben und sah, dass sein Handy und die Brieftasche nicht auf der Kommode lagen, wo er sie normalerweise ablegte. Sie rief ihn an. Nach dem sechsten Klingeln nahm er ab.

»Wo bist du?«, wollte sie wissen.

»Ich habe einen Anruf bekommen«, sagte er. »Wir treffen uns später im Revier.«

»Warum hast du mich nicht aufgeweckt?«, fragte sie ihn.

»Du hast tief und fest geschlummert. Ich dachte, du brauchst den Schlaf. Leg dich doch noch einmal hin. Hör zu, ich muss los.«

Josie wollte gerade sagen: *Komm nach Hause. Mir wäre am liebsten, du wärst hier.* Sie war nicht gut darin, ihre Gefühle in Worte zu fassen. Etwas, das ihre Verletzlichkeit offenbarte. Sie wusste aber, dass sie es versuchen musste. Jeder, der ihr nahe war, hatte sie im letzten Jahr gedrängt, eine Therapie zu beginnen. Bisher hatte sie es abgelehnt. Ihre enormen, vielfältigen Kindheitstraumata noch einmal zu durchleben erschien ihr alles andere als hilfreich. Sie zog vor, das alles zu verdrängen und in die hinterste Ecke ihrer Psyche zu packen, wo sie nicht daran erinnert wurde. Manchmal hatte sie mit Fällen zu tun, die ihre Dämonen wieder weckten. Es war immer besser, wenn Noah bei ihr war, vor allem, seit sie aufgehört hatte zu trinken. Aber er hatte wie sie seine beruflichen Pflichten. Sie wusste, er konnte nicht einfach nach Hause kommen, selbst wenn er wollte.

»Bist du noch dran?«, fragte Noah.

»Ja. Ich ... bis später.«

Er beendete das Gespräch, bevor sie das Einzige sagen konnte, was sie sich halbwegs eingestand: »Du fehlst mir.«

SIEBZEHN

Drei Stunden später fuhr Josie durch die Stadtmitte und auf einer langen Straße zum Denton Memorial Hospital hinauf. Der große Gebäudeblock aus Backstein stand oben auf einem der höchsten Hügel der Stadt. Josie parkte und ging hinein. Sie fuhr mit dem Fahrstuhl in den Keller. Hier war das Leichenschauhaus untergebracht, der stillste Ort im ganzen Gebäude. Ein langer, einst strahlend weißer, inzwischen aber schmutziggrauer Flur mit gelben Bodenfliesen führte zu Dr. Feists Reich. Als Josie es betrat, schlug ihr der omnipräsente Geruch von Chemikalien, gemischt mit dem Hauch der Verwesung, entgegen.

Sie ging am großen Untersuchungs- und Autopsieraum vorbei direkt in Dr. Feists Büro. Die Tür war offen, die Ärztin jedoch nicht da. Josie setzte sich auf den Besucherstuhl vor dem Schreibtisch und wartete. Dr. Feist hatte ihr Möglichstes getan, um das Büro anheimelnd und einladend zu gestalten. Die Wände aus Betonziegeln waren in beruhigendem Lavendelblau gestrichen, die abstrakten Kunstwerke an der Wand ein Meer aus Pastellfarben. Dr. Feist schaltete die Leuchtstoffröhren an der Decke nie an, sondern hatte stattdessen zwei

Schreibtischlampen brennen, die das Zimmer in ein weicheres Licht tauchten. Seit Josie das letzte Mal hier gewesen war, hatte die Rechtsmedizinerin eine zweite Topfpflanze aufgestellt, außerdem stand nun auch ein weißer, zylindrischer Luftbefeuchter auf einem der Aktenschränke. Alle paar Sekunden stieß er einen Schwall nach Apfel duftender Aerosole aus. Er war eine angenehme Bereicherung, konnte den Geruch aus dem Leichenschauhaus nebenan aber nicht kaschieren.

»Hallo, Josie«, begrüßte Dr. Feist sie, als sie in das Büro kam. Sie ließ sich seufzend in den Stuhl hinter ihrem Schreibtisch fallen, schob die Unterlippe vor und blies die Luft nach oben, sodass ihre silberblonden Stirnfransen flatterten. »Bist du allein?«

Josie warf einen verstohlenen Blick auf ihr Handy Sie hatte den ganzen Vormittag nichts von Noah gehört. Auf ihre Nachrichten hatte er nur kurz angebunden geantwortet:

Bin aufgehalten worden. Bis später.

»Sieht ganz so aus«, antwortete Josie. »Du wirkst erschöpft. Hier.« Josie reichte ihr einen Becher Kaffee aus ihrem Lieblings-Stadtcafé Komorrah's.

»Ich bin noch gar nicht zu Hause gewesen«, sagte Dr. Feist. Schluck für Schluck trank sie den Kaffee und schloss dabei die Augen. »Himmlisch. Danke.«

»Warst du die ganze Nacht in der Notaufnahme?«

Dr. Feist schüttelte den Kopf und stellte den Kaffee auf ihren Schreibtisch. »Nicht die ganze Nacht. Nach den ersten Fällen kamen drei weitere Herzinfarkte herein. Ich tat, was ging. Normalerweise behandle ich keine Patienten, aber ich habe mich so gut ich konnte nützlich gemacht. Dann dachte ich mir, jetzt, da ich sowieso schon wach geblieben bin, kann ich auch gleich hier herunterkommen und Nysa Somers obduzieren. Nachdem ich gestern mit ihrer Familie gesprochen hatte, wollte ich nicht zu lange mit der Freigabe der Leiche warten.«

»Danke, dass du es so schnell durchgezogen hast.«

»Schon okay. Für den Bericht brauche ich noch einen Tag und selbst dann ist er vorläufig, da die toxikologischen Ergebnisse noch nicht vorliegen. Einen endgültigen Bericht kann ich erst schreiben, wenn sie da sind. Und wie du weißt, kann das bis zu acht Wochen dauern.«

»Weiß ich«, sagte Josie. »Aber alles, was du bis jetzt herausgefunden hast, wäre hilfreich.«

Dr. Feist lehnte sich in ihrem Stuhl zurück und legte den Kopf an die Lehne. »Bevor ich darauf näher eingehe, solltest du eines wissen: Es steht zwar mehr oder weniger fest, dass Nysa Somers ertrunken ist, doch ist nicht klar, ob es ein Unfall war oder nicht. Die Todesursache ist Ertrinken, aber über die Todesart – Unfall, Mord oder Selbstmord – kann ich dir jetzt noch nichts Konkretes sagen. Bei Ertrinken als Todesursache lässt sich nicht immer zweifelsfrei bestimmen, wie das Opfer ertrunken ist, vor allem, wenn der Körper im Wasser liegend gefunden wird und nicht bekannt ist, wie er dort hingekommen ist. Deshalb sind toxikologische Tests so wichtig. Ich weiß, die Warterei ist frustrierend, aber wir haben leider keinen Einfluss darauf, wie schnell das Labor arbeitet.«

»Schon klar«, entgegnete Josie. »Was hast du bei der Untersuchung herausgefunden?«

Dr. Feist nickte. »Sie hatte keine traumatischen Verletzungen, keine Anzeichen sexueller Gewalt, keine Blutergüsse, keine Risswunden und auch keine Hautreste unter den Fingernägeln. Nichts deutet auf eine Krankheit oder einen medizinischen Notfall hin. Im Grund war Nysa Somers völlig gesund. Alles spricht für Tod durch Ertrinken. Sie hatte eine starke Lungenstauung und -überblähung. Beim Röntgen zeigte sich eine sogenannte Milchglastrübung. Das bedeutet, dass man auf der Aufnahme helle Stellen in der Lunge sieht. Sie hatte Flüssigkeit im Magen und in den Nasennebenhöhlen. Aber, wie gesagt, die Todesart bleibt unklar. Zumindest, bis wir die Ergebnisse der Toxikologie haben.«

»War sonst noch etwas in ihrem Magen?«, fragte Josie. »Kannst du sagen, was sie als Letztes zu sich genommen hat und wann das war?«

Dr. Feists Miene hellte sich auf. »Zum Todeszeitpunkt befand sich tatsächlich Nahrung in ihrem Magen. Ich konnte sie nicht so ohne Weiteres bestimmen, aber nach zwanzig Jahren Erfahrung als Rechtsmedizinerin würde ich behaupten, es war etwas mit Schokolade. Zum Beispiel ein Schokoriegel oder Gebäck – vielleicht ein Brownie. Mit Sicherheit kann ich es nicht sagen. Ich habe den Mageninhalt zur Analyse ins Labor geschickt, aber auch das dauert seine Zeit.«

»Bis ein Magen komplett leer ist, vergehen etwa sechs Stunden, oder?«, fragte Josie.

»Das hängt von der Person ab«, antwortete Dr. Feist.

»Wir haben in diesem Fall ein Zeitfenster von acht Stunden, in dem wir nicht wissen, was sie getan hat. Von etwa einundzwanzig Uhr dreißig am Abend bis sechs Uhr morgens. Könnte Nysa Somers gemäß deiner Untersuchungen in dieser Zeit etwas zu sich genommen haben?«

»Das ist nicht nur möglich, sondern sogar wahrscheinlich. Wann sie gegessen hat, lässt sich aber schwer sagen. Ich würde sagen, es muss nach Mitternacht gewesen sein.«

»Was ist mit dem Todeszeitpunkt? Konntest du den exakt festlegen? Ich weiß, wir haben nur ein Zeitfenster von zwei Stunden von sechs bis acht Uhr morgens. Aber es interessiert mich.«

»Unter Berücksichtigung der Temperatur in der Schwimmhalle und der des Wassers, die beide konstant sind, sowie der bei der Autopsie festgestellten Größe der Brusthöhle war sie etwa zwei Stunden tot, als du sie gefunden hast.«

»Heißt das, dass sie vermutlich kurz nach sechs Uhr

gestorben ist, also in etwa zu der Zeit, als sie in den Beckenbereich gegangen ist?«, bohrte Josie nach.

Dr. Feist nickte.

Josie blieb stumm.

»Was ist?«, fragte Dr. Feist.

»Nichts«, antwortete Josie. »Ich überlege nur, wie ich der Familie beibringe, dass ihr Schwimm-Ass tatsächlich gestern ertrunken ist.«

ACHTZEHN

Chief Bob Chitwood stand vor den Schreibtischen der Detectives, die Arme vor der schmalen Brust verschränkt, und starrte auf Josie, Mettner und Gretchen hinunter. Über die Ränder seiner Lesebrille blickte er sie mit seinen dunklen Augen einen nach dem anderen an. Strähnen seines weißen Haares schwebten über seinem Kopf. Wenigstens waren seine von Aknenarben gezeichneten Wangen nicht vor Ärger gerötet, dachte Josie bei sich. Noch nicht.

Mit seinem Finger stach er Löcher in die Luft. Josie konnte nicht erkennen, ob sich die Geste an jemand bestimmten oder an alle gleichzeitig richtete. »Sie wollen mir also erzählen« sagte er, »dass die beste Schwimmerin des Hochschulteams gestern ertrunken ist?«

Die Detectives sahen sich an. Dann antwortete Gretchen, die die beruhigendste Wirkung auf Chitwood hatte: »Ja, Sir. So sieht es aus. Warum, wissen wir noch nicht.«

Und Mettner fügte hinzu: »Die Presse hat schon Wind davon bekommen. Amber musste den ganzen Morgen Anrufer abwimmeln. Sie ist gerade beim Mittagessen, war heute aber ziemlich beschäftigt. Bisher hat sie alles mit der Standardauskunft ›Die Ermittlungen laufen‹ abgeblockt.«

»Ich werde dafür sorgen, dass sie das auch beibehält«, bellte Chitwood. »Quinn! Haben Sie etwas zu berichten?«

Josie erzählte ihm von den Browniekrümeln in dem Beutel in Nysas weggeworfenem Rucksack und Dr. Feists Bestätigung, dass das Mädchen vor ihrem Tod Brownies gegessen hatte. Dann gab Josie ihm eine ausgedruckte Aufnahme von dem Aufkleber.

Chitwood schob sich die Lesebrille hoch und starrte auf das Bild. »Bizarr«, sagte er und seufzte, gab es ihr zurück und zog seine Brille wieder nach unten, damit er über die Ränder sehen konnte. »Sie hat also etwas genommen, ist high geworden, unter Drogeneinfluss schwimmen gegangen und ertrunken. Verdammt traurig, aber bei jungen Leuten nicht gerade ungewöhnlich. Klarer Fall.«

»Sir, ich weiß nicht ...«, warf Josie ein.

»Lassen Sie mich raten«, fiel Chitwood ihr ins Wort. Er beugte sich vor, stützte die Hände auf den Schreibtisch und starrte ihr aus nächster Nähe ins Gesicht. »Sie glauben, dass da mehr dahintersteckt und wir es nicht nur mit einer Hochschulstudentin zu tun haben, die etwas unglaublich Dummes gemacht und dafür den höchstmöglichen Preis gezahlt hat.«

Josie machte sich auf eine seiner berüchtigten Tiraden gefasst. »Tatsächlich sind da ein paar Sachen, die keinen Sinn ergeben.«

»Und was heißt das?«, bohrte Chitwood nach.

»Das heißt, dass sie zwar ohne jeden Zweifel die Brownies gegessen hat, die vermutlich mit etwas gestreckt waren, aber meines Erachtens nicht freiwillig oder bewusst Rauschgift genommen hat.«

Mettner führte ihren Gedankengang fort. »Jeder, mit dem wir geredet haben, sagte, dass Nysa Somers keine Drogen konsumierte und selten trank. Wenn sie etwas intus hatte, kann ich Detective Quinns Bedenken nachvollziehen. Es wäre seltsam, wenn Nysa die Brownies gegessen hätte, obwohl sie wusste, dass sie etwas enthielten.«

»Außerdem ergibt der Eintrag im Kalender ›Zeit, eine Meerjungfrau zu sein‹ keinen Sinn«, fügte Josie hinzu.

»Er ergibt einen Sinn, wenn sie völlig high war«, blaffte sie der Chief an. »Stellen Sie sich vor, Menschen tun verrückte, sinnlose Dinge, wenn sie zugedröhnt sind.«

»Ich glaube nur nicht, dass sie diese Brownies gegessen hätte, wenn sie gewusst hätte, dass da etwas drin war.«

Chitwood schnaubte frustriert. »Ist es Ihnen schon in den Sinn gekommen, dass sie Depressionen gehabt haben könnte und es ihr deshalb völlig egal war? Vielleicht hegte sie Selbstmordgedanken und es machte ihr nichts aus, dass die Drogen sie umbrachten.«

Gretchen hob einen Stapel Papiere von ihrem Schreibtisch und legte sie wieder zurück. »Als ich heute herkam, habe ich mir ein paar Durchsuchungsbeschlüsse besorgt. Ich habe sie persönlich dem Gesundheitszentrum auf dem Campus vorlegt und außerdem per E-Mail an die Praxis ihres Hausarztes in ihrer Heimatstadt in New Jersey geschickt. Mett und ich haben uns den ganzen Vormittag durch ihre Krankenakten gewühlt. Wir haben nichts gefunden, was auf Depressionen oder Angstzustände hindeutet.«

»Selbst extrem leistungsorientierte Menschen werden depressiv. Sie gehen nur nicht immer gleich zum Arzt deswegen. Haben Sie schon mit ihren Eltern gesprochen?«

»Ich fahre gleich in ihr Hotel und rede mit ihnen«, sagte Josie. »Aber ich habe das Gefühl, dass sie das Gleiche sagen wie alle anderen, die Nysa Somers kannten. Sie war nicht depressiv. Sie würde niemals willentlich oder wissentlich Drogen nehmen.«

»Quinn, Studenten machen die ganze Zeit dummes Zeug«,

entgegnete Chitwood. »Selbst die vielversprechendsten. Manchmal ist es genauso, wie es aussieht.«

»Was ist mit dem Aufkleber?«, wandte Josie ein. »Wer die Brownies gebacken und den Aufkleber fabriziert hat, hat Nysa etwas gegeben, das sie umbrachte. Oder sie veranlasste, sich das Leben zu nehmen.«

»Denkst du, dass sie ins Schwimmbecken gesprungen ist und Selbstmord begangen hat?«, fragte Mettner. »Das geht doch nicht so einfach.«

»Außer man steht unter dem Einfluss von etwas sehr Wirkungsvollem«, merkte Gretchen an. »Die ganze Zeit kommen neue Drogen auf den Markt. Vielleicht war in den Brownies gar kein Cannabis. Wir könnten nach anderen Drogen oder einer Kombination von Rauschmitteln suchen. Ich habe mir das Video angesehen, das man euch von der Eingangshalle gegeben hat. Sie wirkte nicht im Mindesten berauscht. Trotzdem ist sie Dr. Feist zufolge wohl kurz nach dem Betreten der Schwimmhalle gestorben. Wie erklärst du dir das?«

Mettner sah Gretchen an. »Vielleicht hat das, was sie intus hatte, erst seine Wirkung entfaltet, als sie im Wasser war.«

»Aber warum sollte sie in normaler Straßenkleidung ins Wasser gehen?«, fragte Josie.

Gretchen sah noch immer Mettner an. Sie zog eine Braue hoch. »Mett, wir reden hier nicht von Betäubungspfeilen. Dr. Feist sagte, sie habe die Brownies irgendwann nach Mitternacht gegessen und nicht kurz bevor sie in den Pool gestiegen ist.«

»Du weißt nicht, ob ...«, fing Mettner an.

Chitwood hob die Hände und brüllte: »Das reicht. Die ganze Spekuliererei ist Zeitverschwendung. Wir können mit neunzigprozentiger Sicherheit sagen, dass dieses Mädchen etwas intus hatte. Also warten wir die Ergebnisse der Toxikologie ab. So einfach ist das. Quinn wird den Eltern heute beibringen, dass ihre Tochter Brownies gegessen hat, die unserer Einschätzung nach eine verbotene Substanz enthielten, und daraufhin ertrunken ist. Sobald die toxikologischen Ergebnisse vorliegen, erstellt Dr. Feist den endgültigen Bericht. Fall abgeschlossen.«

»Aber was ist mit dem Aufkleber?«, fragte Josie. »Sir, was, wenn noch andere Studenten das Zeug, das in den Brownies war, in die Finger bekommen?«

»Gerade haben Sie gesagt, dass der Campus-Chief keine weiteren drogenbezogenen Vorfälle im Zusammenhang mit diesem Aufkleber gefunden hat. Wir wissen nicht einmal, ob etwas in den Brownies war. Das ist alles nur Spekulation. Verdammt, sogar dass der Aufkleber auf Drogen hindeutet, ist reine Vermutung. Ich löse keine öffentliche Panik aus, bevor wir nicht mehr wissen.«

»Aber Sir«, meinte Josie. »Haben Sie nicht Kontakt zur Rauschgiftbehörde DEA? Sie könnten bei denen anfragen und sich erkundigen, ob sie den Aufkleber kennen.«

»Oder wir warten, bis die Ergebnisse von der Toxikologie vorliegen«, blieb Chitwood stur. »Wie ich gerade gesagt habe.«

Josie öffnete den Mund, um etwas zu entgegnen, aber Chitwood hob eine Hand und schnitt ihr das Wort ab. »Quinn, ich weiß, dass Sie immer so ein Gefühl haben. Ich weiß auch, dass Sie mit Ihrem Instinkt meistens richtig liegen. Und ich weiß, dass Sie an dem Fall dranbleiben wollen, aber das können Sie nicht. Es gibt hier keinen Fall. Ich verschwende nicht die Zeit und Ressourcen dieser Abteilung für eine Sache, die sich garantiert als tragischer Unfall herausstellt.«

Josie sprach mit ruhiger, gleichmäßiger Stimme weiter. »Sir, lassen Sie mich einfach die Person finden, mit der Nysa Somers in der Nacht vor ihrem Tod zusammen war.«

Er verschränkte wieder die Arme vor der Brust und starrte sie an. Josie wusste, dass sie ihn damit hatte. Es war ein vernünftiger Vorschlag. Eine offene Frage, die geklärt werden sollte, ganz gleich, was die Ermittlungen ergeben würden. »Gut«, sagte er widerwillig.

»Und lassen Sie mich bei Chief Hahlbeck nachhaken, inwieweit es auf dem Campus eine Drogenszene gibt. Sie hat in ihren Unterlagen keinen Vorfall, bei dem der Aufkleber eine Rolle spielte, sagte aber, sie würde weitersuchen und Erkundigungen auf dem Campus einholen.«

»Quinn ...«

Gretchen stand von ihrem Stuhl auf und zog damit Chitwoods Aufmerksamkeit auf sich. »Nur mit ihr reden, Chief, sonst nichts.«

Er hob warnend den Finger in Richtung Gretchen, Josie und Mettner. »Dünnes Eis«, sagte er. »Ihr drei bewegt euch auf ganz dünnem Eis.«

Dann stapfte er in sein Büro und schlug die Tür hinter sich zu. Einen Augenblick war es still, dann sagte Gretchen: »Er hat nicht Nein gesagt.«

Josie lächelte.

»Wie willst du die Person auftreiben, mit der Nysa zusammen war?«

»Ich muss mir eine richterliche Verfügung besorgen, damit wir sehen können, wo ihr Handy letzte Nacht eingeloggt war«, antwortete Josie. »Das ist schon mal ein Anfang. Weil wahrscheinlich Drogen im Spiel sind, denke ich, dass wir mit dem Typen reden sollten, der die Party geschmissen hat, auf der Nysa und Christine am Samstagabend waren. Hudson meinte, er wisse nicht, ob dort Drogen die Runde gemacht haben.«

Mettner scrollte durch sein Handy. »Ich habe gestern schon mit dem Kerl gesprochen. Er ist auch im Schwimmteam. Den Aufkleber kennt er nicht und er sagt, er habe nicht bemerkt, dass auf seiner Party Drogen konsumiert worden seien.«

»Natürlich sagt er das«, meinte Josie. »Versuch, noch ein paar weitere Leute aufzutreiben, die auf der Feier waren.«

»Denkst du, dass sie die Brownies dort bekommen hat? Ohne dass ihre Mitbewohnerin es mitgekriegt hat?«

»Keine Ahnung, Mett. Es ist nur eine weitere Ermittlungsschiene. Bisher haben wir nicht viele. Jemand sollte außerdem zur East Bridge fahren und dort das Foto von dem Aufkleber herumzeigen. Vielleicht kennt ihn jemand.«

Unter der East Bridge befand sich der Hauptdrogenumschlagplatz von Denton. »Mach ich«, sagte Mettner.

»Und ich rede unterdessen mit den Eltern«, sagte Josie.

Gretchen stand auf. »Ich fahre mit. Aber vorher sollten wir noch etwas zu Mittag essen.«

NEUNZEHN

Ich habe es getan. Es hat funktioniert. Ich musste nicht einmal dort sein. Es war ein kontaktloser Tod. Noch immer verblüffte mich, wie reell es war, was ich durchgezogen hatte, wie genial es gewesen war. Nysa Somers war tot. Meine Euphorie wurde gedämpft von der Erkenntnis, dass die Auswirkungen wesentlich größer waren, als ich vorausgesehen hatte. Nicht nur die Presse, auch die Polizei stürzte sich auf die Geschichte. Schon in früheren Fällen war die Polizei im Spiel gewesen, aber sie hatte immer nur eine Nebenrolle gespielt. Sie war aufgetaucht, hatte nichts Ungewöhnliches festgestellt und nicht weiter ermittelt. Ich hatte meine Spuren früher immer so gut verwischt, dass kein Verdacht aufkam. Dieses Mal schien es anders zu sein. Die Polizei nahm den Fall ernster, als ich erwartet hatte. Ich wusste, ich hätte eigentlich Angst haben müssen. Vielleicht hätte ich vorsichtiger agieren sollen, aber die Wahrheit war: Ich fühlte mich beflügelt. Nichts hatte sich je so gut angefühlt. Ich war bisher immer unsichtbar gewesen. Nur ich wusste, welche Wirkung ich mit jedem Tod erzielt hatte. Nun wurde ich gesehen. Das war das Beste und Größte, was ich je erreicht hatte.

Ich wollte es wieder tun.

Ich konnte es wieder tun. Es würde so leicht sein. Aber wer war noch übrig? Meine Liste war mit der Zeit kleiner geworden. Mein nächstes Opfer durfte nicht irgendjemand sein. Es musste jemand sein, dessen Tod für genauso viel Furore sorgen würde wie der von Nysa.

Was hätte das Ganze sonst für einen Sinn?

ZWANZIG

Josie und Gretchen aßen bei Sandman's zu Mittag und diskutierten über den Fall. Dann fuhren sie noch einmal zum Campus, um mit Chief Hahlbeck zu sprechen. Es war eine kurze Unterhaltung, denn Hahlbeck hatte in den Polizeiakten keinerlei Hinweise auf den Aufkleber gefunden und auch die Befragungen auf dem Universitätsgelände hatten nichts ergeben. Mettner rief an, um Bescheid zu geben, dass niemand unter der East Bridge den Aufkleber je gesehen hatte – oder es zumindest nicht zugeben wollte. Bei der örtlichen Rauschgiftszene kamen sie also nicht weiter.

Josie legte auf und berichtete Gretchen, was Mettner gesagt hatte. Dann machten sie sich auf den Weg zum Hotel, in dem die Somers' übernachteten. Das Marriott befand sich hinter dem Campus am Stadtrand von Denton. Es gehörte zu den Hotels, die sich alljährlich zu den Prüfungszeiten füllten und Eltern auf Besuch als bevorzugte Übernachtungsstätte dienten. Gegenüber dem Eingangsbereich war ein kleines Café, in dem man bei gedämpftem Licht und dem nussigen Aroma von Kaffee bequem sitzen konnte. Josie und Gretchen fanden einen leeren

Tisch. Gretchen rief Mr Somers an. Sie ließ ihm und seiner Familie die Wahl, sie im Café zu treffen oder zu ihnen nach oben in ihr Zimmer zu kommen. Zehn Minuten später schlichen ein Mann und eine Frau über fünfzig in Begleitung einer jungen Frau aus den Aufzügen und gingen in Richtung Café. Josie erkannte sie von dem Foto in Nysas Zimmer, hatte sie aber auch in dem TV-Bericht gesehen. Nur wirkten sie diesmal weder glücklich noch voller Energie. Nysas Tod hatte sie aller Lebenskraft beraubt. Sie sahen völlig aufgelöst aus, als hielte ihre Haut beim Laufen kaum noch ihre Knochen zusammen.

Nysas Vater ließ sich als Erster gegenüber von Josie und Gretchen in einen Sitz sinken. Er war ein großer, stämmiger Mann mit einem mächtigen Bauch, überkämmter Glatze und Schwielen an den Fingerspitzen. Ein Mechaniker, hatte Josie von Gretchen auf dem Weg zum Marriott erfahren. Nysas Mutter, eine Zahnarzthelferin, war kleiner und dünner als ihr Mann und trug schulterlanges, dunkles Haar. Josie erkannte sogleich die Ähnlichkeit zwischen ihr und Nysa. Sie nahm neben ihrem Mann Platz und bedeutete ihrer Tochter mit einem Klopfen auf den Stuhl am Endes des Tisches, sich zu setzen. War Nysa schlank und langgliedrig gewesen, so hatte ihre Schwester ausladende Kurven, breite Hüften und einen üppigen Busen. Nachdem Gretchen Josie den Eltern vorgestellt hatte, streckte ihnen Nysas Schwester die Hand hin. »Naomi«, sagte sie. »Vielen Dank, dass Sie gekommen sind.«

Naomi erwiderte ihren Blick, während ihre Eltern auf den Tisch sahen. Sie zeigte eine Entschlossenheit, die Josie sofort Respekt einflößte. Zugleich hatte sie Mitleid mit ihr, denn sie wusste, dass auf Naomi eine schwere Aufgabe wartete: Sie musste ihrer Familie helfen, diesen schrecklichen Verlust zu überstehen.

»Es tut uns sehr leid, was passiert ist, Naomi«, sagte Josie. »Wir haben auch schon mit mehreren Mitgliedern aus Nysas

Schwimmteam gesprochen. Viele von ihnen, einschließlich Hudson Tinning, sprechen Ihnen ihr Beileid aus.«

Mrs Somers nickte. »Hudson ist ein guter Junge. Wir waren mit ihm und seiner Mutter Mary erst am Samstag essen. Es war sehr schön. Wir hatten ein wundervolles Wochenende. Ich verstehe nicht, wie ...« Sie brach ab und blinzelte die Tränen weg.

»Haben Sie schon etwas herausgefunden?«, kam Naomi sofort auf den Punkt. Josies Wertschätzung für sie wuchs.

»Die Autopsie hat ergeben, dass Ertrinken die Todesursache war«, erklärte Gretchen.

Sowohl Mr als auch Mrs Somers hoben ruckartig den Kopf und sahen sie fragend an. »Was ist das für ein Unsinn?«, fragte Mr Somers. »Meine Tochter kann doch nicht ertrunken sein. Völlig unmöglich. Wie unfähig sind die denn? Ich will eine weitere Autopsie.«

»Dad«, ermahnte ihn Naomi leise, aber bestimmt.

»Es ist Ihre Entscheidung, ob Sie eine weitere Autopsie veranlassen möchten. Wir können sicherlich über die Durchführung reden.«

»Aber?«, hakte Naomi nach.

Mrs Somers schob eine Hand über den Tisch zu ihrer Tochter. Naomi nahm sie, ohne den Blick von den beiden Polizistinnen zu nehmen.

»Aber unsere Untersuchungen laufen weiter auf Hochtouren. Und da sind noch ein paar weitere Dinge, die Sie wissen sollten.«

Eine Träne lief über Mrs Somers' Gesicht. »Und die wären?«, sagte sie. Dann schloss sie die Augen.

Josie atmete tief durch und berichtete, was sie bisher erfahren hatten. Sie bemühte sich um einen nüchternen Ton und versuchte, nicht zu viele Schlüsse zu ziehen, sondern nur die Fakten darzulegen und die weiteren Ermittlungen zu umreißen.

»Kann ich den Aufkleber sehen?«, fragte Naomi.

»Natürlich«, antwortete Gretchen. Sie rief auf ihrem Handy das Foto auf, das Josie gemacht und an alle Mitglieder des Teams geschickt hatte, und zeigte es der Familie. Mrs Somers öffnete die Augen und starrte darauf. Ihr Mann warf einen flüchtigen Blick darauf, bevor er den Kopf schüttelte und zur Decke hochblickte.

»Den habe ich noch nie gesehen«, sagte Naomi. »Vor allem sollten Sie wissen, dass Nysa nie Drogen nehmen würde. Alkohol vielleicht …«

Ihr Vater warf ihr einen erstaunten Blick zu. Naomi drehte sich zu ihm und sagte: »Komm schon, Dad. Wir sind auf der Hochschule und keine Heiligen.« Sie wandte sich wieder Josie und Gretchen zu. »Aber Nysa hätte niemals Drogen genommen.«

»Eine Schulfreundin von ihr ist an Kokain gestorben«, schaltete sich Mrs Somers ein. »Wie hieß sie noch gleich?«

»Regina«, antwortete Naomi. »Hören Sie. Ganz egal, wer ihr diese Brownies gegeben oder sie überredet hat, sie zu essen, hat ihr nicht gesagt, was darin war. Eine andere Möglichkeit gibt es nicht. Ich kenne meine Schwester und sie …«

Zum ersten Mal überwältigten sie ihre Gefühle. Sie verstummte, während ihr Kehlkopf zitterte und sie versuchte, die Fassung zu wahren. Mrs Somers legte ihre freie Hand auf die von Naomi, die über ihrer anderen lag, und drückte sie.

»Ich glaube Ihnen«, sagte Josie.

Naomi nickte. Josie und Gretchen warteten, bis sie sich gefasst hatte.

»Werden Sie die Person finden, mit der sie zusammen war? Die den schrecklichen Aufkleber gemacht und ihr die Brownies gegeben hat?«

»Wir tun alles in unserer Macht Stehende, um sie ausfindig zu machen«, versicherte Gretchen ihr.

»Es gibt jetzt in Pennsylvania ein Gesetz, wonach Leute,

die jemandem Drogen geben und dadurch seinen Tod verursachen, wegen Mordes angeklagt werden können.«

Josie kannte das Gesetz. Es richtete sich vorwiegend gegen Drogendealer. Sie war nicht sicher, ob das in Nysas Fall zutraf, wollte das jetzt aber nicht mit einer trauernden Familie diskutieren. Außerdem fiel das in den Zuständigkeitsbereich des Bezirksstaatsanwalts und nicht in ihren. Ihre Aufgabe war es, alles zu tun, um herauszufinden, was mit Nysa passiert war.

»Sie haben recht, Naomi«, pflichtete ihr Gretchen bei. »Umso mehr ein Grund, die Person zu finden, die Nysa die Brownies gegeben hat.«

»Wenn es Ihnen nichts ausmacht, würden wir Ihnen gern noch ein paar Fragen stellen«, sagte Josie. »Wir wissen, dass das der schlechtestmögliche Zeitpunkt ist, aber Sie würden unsere Ermittlungen sehr unterstützen.«

Mr Somers stieß zitternd den Atem aus und legte seine großen Hände auf den Tisch. »Gut«, sagte er.

»Wenn es Ihnen zu viel wird, sagen Sie es einfach«, fügte Josie hinzu.

Mrs Somers nickte.

Sie gingen einige Fragen durch, die sie schon allen, die Nysa gekannt hatten, gestellt hatten. Hatte sie Depressionen, Angstzustände oder Stress gehabt? Nein. Hatte sie früher schon einmal Angststörungen, Depressionen oder Selbstmordgedanken gehabt? Nein. War sie in einer festen oder losen Beziehung gewesen? Nicht, dass sie wüssten.

»Eine letzte Sache noch«, sagte Josie. »Hat Nysa sich je als Meerjungfrau bezeichnet? Oder hat jemand von Ihnen sie jemals so genannt?«

Mr und Mrs Somers schüttelten den Kopf. »Nein. Wir nannten sie unseren Superstar«, fügte Naomi hinzu.

Mr Somers' Schultern bebten. Abrupt schob er sich mit dem Stuhl vom Tisch weg, stand auf und lief wortlos zu den Aufzügen. »Es tut mir leid«, flüsterte seine Frau. »Er ist nur …«

»Sie müssen sich für Ihren Schmerz oder den Ihres Mannes auf keinen Fall entschuldigen, Mrs Somers. Es tut mir so leid.«

»Danke«, erwiderte sie. Sie ließ Naomis Hand los, erhob sich schwer und ging hinter ihrem Mann her.

Naomi, Josie und Gretchen sahen ihr nach. Das gehörte zu ihren schlimmsten Aufgaben als Polizisten, dachte Josie bei sich.

»Da ist etwas, das Sie wissen sollten, das ich aber nicht vor meinen Eltern sagen wollte«, begann Naomi.

Josie und Gretchen sahen sie an.

Naomi faltete die Hände auf dem Tisch und verlagerte ihr Gewicht auf dem Stuhl. »Nysa hat sich mit jemandem getroffen. Es hat mit Semesterbeginn angefangen. War nichts Ernstes. Sie hat es sogar sofort bereut. Deshalb weiß ich überhaupt erst davon. Sie rief mich am Morgen, nachdem es zum ersten Mal ... passiert ist, weinend an.«

»Passiert?«, hakte Gretchen nach. »Naomi, wurde Ihre Schwester vergewaltigt?«

Naomis Finger gruben sich in das Fleisch ihrer Handrücken. »Nein. Das hat sie ganz klar gesagt. Genau das habe ich sie auch als Erstes gefragt.«

»Warum war sie so aufgebracht?«, wollte Josie wissen.

»Sie müssen das verstehen. Meine Schwester war absolut regelkonform. Engagiert, diszipliniert, ehrgeizig. Als sie das erste Mal einen Schluck Bier getrunken hat, dachte sie, die Welt gehe unter. So durcheinander war sie, weil sie eine Affäre – oder wie Sie es auch nennen wollen – mit jemandem hatte, der viel älter war als sie. Ich bin ziemlich sicher, dass es ein Dozent war.«

Was die Heimlichtuerei und das ungewöhnliche Verhalten, von dem Christine Trostle erzählt hatte, erklären würde, dachte Josie bei sich.

»Es handelte sich also nicht um Hudson Tinning«, sagte Josie.

Naomi verdrehte die Augen. »Muttersöhnchen Hudson? Nein. Sie mochte ihn, sehr sogar, aber er war es definitiv nicht. Wie gesagt, der, mit dem sie zusammen war, war viel älter als sie.«

»Sie hat Ihnen nicht gesagt, wer es war?«, fragte Gretchen.

»Sie sagte, sie wolle nicht, dass es irgendjemand erfuhr. Sie hatte vor, Schluss zu machen und es abzuhaken, damit weder er noch sie Schwierigkeiten deswegen bekommen würden.«

»Aber sie hat nicht Schluss gemacht«, sagte Josie.

»Doch«, erwiderte Naomi. »Ich habe am Freitagnachmittag mit ihr gesprochen. Sie sagte, die Sache sei zu Ende. Sie fühlte sich besser, wollte sogar am Wochenende feiern gehen. Na ja, was sie eben so feiern nannte. Bei Nysa hieß das, zu einer Party zu gehen und ein halbes Glas Bier zu trinken.«

»Hat sie je konkret gesagt, dass es sich um einen Dozenten handelte?«, fragte Gretchen.

»Sie hat es nie direkt gesagt«, räumte Naomi ein. »Ich habe es nur angenommen, weil sie so durcheinander deswegen war.«

»Was genau hat sie gesagt?«, bohrte Josie nach.

Naomi löste ihre verschränkten Finger und rieb die Handflächen aneinander. »Sie sagte, dass er viel älter sei als sie und es unangemessen sei.«

Josies Handy klingelte. Auf ihrem Monitor war das Gesicht und die Telefonnummer von Mrs Quinn zu sehen, der Mutter ihres verstorbenen Mannes und Harris' Großmutter. »Ich muss rangehen«, sagte sie. Gretchen nickte. Während Josie sich vom Tisch entfernte, bedeutete sie ihr, dass sie Naomis Befragung zu Ende führen würde.

Josie ging in die Eingangshalle und wischte über das Antwortsymbol. »Cindy, ist alles okay?«

»Ich bin bei Tiny Tykes«, antwortete Cindy Quinn. »Ich sollte eigentlich Harris abholen, weil Misty eine Zusatzschicht übernommen hat. Dieser Kindergarten ist teuer, weißt du.«

Und ob Josie es wusste. Sie hatte einen Teil der Gebühren übernommen. »Geht es Harris gut?«

»Ja, mit ihm ist alles okay. Aber sie lassen mich ihn nicht mitnehmen. Erzählen mir etwas von einer Liste berechtigter Personen, auf der ich nicht stehe. Ich weiß, dass mich Misty hat eintragen lassen, aber diese Frau hier schwört Stein und Bein, dass ich nicht draufstehe.«

»Wahrscheinlich hat Misty es vergessen«, sagte Josie. »Haben sie versucht, sie anzurufen?«

Cindy klang merklich gereizt. »Können sie anscheinend nicht. Ich weiß nicht, warum sie sich weigern. Sie wollen Harris nur Misty oder dir geben. Misty arbeitet im Callcenter und ich komme nicht zu ihr durch. Aber selbst wenn, würde sie denen genau das sagen, was ich ihnen auch gesagt habe, nämlich, dass sie mich auf die Liste gesetzt hat, als sie Harris angemeldet hat. Ich diskutiere seit fünfzehn Minuten mit dieser Frau. Josie, die benimmt sich wie eine machtgeile Despotin. Sie lässt mich meinen eigenen Enkel nicht mitnehmen!«

Josie seufzte. »Cindy, das ist leider Standard bei dieser Art von Einrichtung. Es dient dem Schutz der Kinder.«

»Schutz wovor? Vor der eigenen Familie? Josie, ich habe die Nase voll von dieser Frau. Ich sage dir, da muss bei denen was in der Verwaltung schiefgegangen sein.«

»Ganz sicher«, beruhigte Josie sie. »Trotzdem müssen wir das klären. Wir brauchen dich lediglich wieder auf die Liste setzen zu lassen, das ist alles. Ich helfe dir.« Das Letzte, was Misty brauchen konnte, war, dass Cindy bei Tiny Tykes eine Szene machte. »Ich kann in zehn Minuten dort sein. Dann frage ich, ob ich dich auf die Liste setzen darf, damit du Harris in Zukunft holen kannst.«

»Beeil dich«, drängte Cindy. »Ich weiß nicht, was ich dieser fürchterlichen Frau sonst noch an den Kopf werfe.«

Josie beendete das Gespräch und atmete hörbar aus. Sie

blickte auf und sah Gretchen auf sie zukommen. »Tut mir leid. Ich muss schnell zu Harris' Kindergarten.«

»Schon okay«, meinte Gretchen. »Naomi sagte mir noch, dass die ganze Familie einen gemeinsamen Handyvertrag habe. Ich rufe gleich Mett an, damit er der Rezeptionistin im Hotel eine Einwilligungserklärung schickt. Sie sollen sie hier am Empfang ausdrucken, dann kann es ein Elternteil unterschreiben. So müssen wir nicht auf eine richterliche Verfügung warten, um zu sehen, wo Nysas Handy von Sonntag auf Montag eingeloggt war. Ich hole mir die Koordinaten und gleiche sie mit den Privatadressen ihrer früheren und jetzigen Dozenten ab. Wenn eine der Adressen in dem Bereich liegt, wo sie sich in der Zeit, in der ihr Verbleib ungeklärt ist, aufgehalten hat, dann werden wir uns den Herrn vorknöpfen.«

»Eine ausgezeichnete Idee«, sagte Josie. Sie ging in Richtung der Glasschiebetüren, blieb dann aber stehen und drehte sich noch einmal um. »Gretchen, setz den Cheftrainer mit auf die Liste, ja?«

»Mach ich, Boss.«

EINUNDZWANZIG

Bei Tiny Tykes standen nur noch zwei Autos auf dem Parkplatz. In einem saß Cindy Quinn mit heruntergekurbelter Seitenscheibe. Aus ihren kantigen Gesichtszügen sprach unverkennbar Ärger. Josie stellte ihr Auto neben dem von Cindy ab, stieg aus und ging zu ihrem Fenster. »Ich gehe da nicht wieder rein«, begrüßte Cindy sie.

Josie unterdrückte ein Seufzen. »Ich hole ihn und sehe, ob ich dich auf die Liste setzen lassen kann.«

Drinnen war nur noch Mrs D. anwesend. Sie saß an dem Schreibtisch, über den normalerweise Miss K. gebot. In einem Stuhl neben ihr hockte Harris, den großen Rucksack bereits geschultert. Seine Beine baumelten vor und zurück, ohne den Holzboden zu berühren. Als er Josie sah, sprang er auf und lief auf sie zu. Sie fing ihn gekonnt ein, hob ihn hoch und umarmte ihn mitsamt seinem klobigen Rucksack.

»Miss K. hat mich nicht mit Oma mitgehen lassen«, erzählte er ihr sofort mit gerunzelter Stirn.

»Ich weiß«, lachte Josie. »Ist schon okay. Erinnerst du dich, wie wir über den Kindergarten geredet und gesagt haben, dass es dort spezielle Regeln gibt, damit du sicher bist? So wie deine

Mom und ich spezielle Regeln haben, damit dir nichts passieren kann?«

»Ja, schon«, murmelte er.

Josie setzte ihn ab, nahm ihn bei der Hand und ging mit ihm zu Mrs D. »Es dürfen dich nur Erwachsene abholen, denen deine Mom und ich die Erlaubnis dazu geben. Wir haben vergessen, Oma auf die Liste zu setzen. Das war ein Fehler. Aber ich sage Mrs D., dass sie Oma aufschreiben soll, dann ist alles gut. Okay?«

Das schien ihm zu gefallen. Er wippte auf den Zehenspitzen. »Okay!«

Mrs D. stand auf und schüttelte den Kopf. »Das alles tut mir sehr leid. Ich dachte, Miss K. hätte Harris' Mutter alles bei der Anmeldung erklärt. Wir dürfen ein Kind niemandem anvertrauen, der nicht von den Eltern oder Erziehungsberechtigten explizit als abholberechtigt genannt und in unserem System vermerkt ist. Wir wissen ja nicht, welche Sorgerechtsstreitigkeiten laufen. Es sind da schon schlimme Sachen passiert. Ich kann meine Kinder keinem Risiko aussetzen.«

»Schon gut«, beschwichtigte Josie sie. »Ich bin nicht sauer und Misty sicher auch nicht. Aber kann ich jetzt Mrs Quinn auf die Liste der Abholberechtigten setzen?«

Mrs D. lächelte. »Natürlich. Ich hole Harris' Akte.«

Sie verschwand in ihrem Büro und kam mit einem dünnen Ordner zurück.

»Sie haben noch Akten auf Papier?«, fragte Josie.

»Nur die Originale der Anmeldung. Das meiste ist im Computersystem, aber von manchen Unterlagen behalten wir die Originaldokumente.«

Josie lächelte, als Mrs D. den Ordner aufklappte, ein paar Seiten umblätterte und ihn Josie hinschob. Sie deutete auf einen Vordruck mit mehreren Kästchen, in die Eltern und Erziehungsberechtigte eintragen konnten, wer das Kind abholen durfte. »Füllen Sie einfach das Kästchen ganz unten auf der Seite aus«, sagte Mrs D.

Josie sah sich die ersten Zeilen des Vordrucks an, in die Misty die persönlichen Daten der Eltern eingetragen hatte. Sie hatte Misty gebeten, sie als Kontaktperson für Notfälle anzugeben, aber Misty hatte sie gleich als Erziehungsberechtigte eingetragen. Das war zwar juristisch nicht korrekt, aber die Belegschaft von Tiny Tykes stellte es offensichtlich nicht infrage, denn sie ließen es zu, dass Josie Cindy Quinn auf die Liste der Abholberechtigten setzte.

Mrs D. deutete wieder auf das Kästchen ganz unten auf der Seite. »Hier.«

Josie fügte Cindys Namen, Adresse und Telefonnummer in das Kästchen ein, als ihr das Kästchen darüber ins Auge sprang. »Mrs Quinn steht schon auf der Liste.«

»Was?«

Josie klopfte mit dem Stift auf das Kästchen, das Misty bereits ausgefüllt hatte. Cindy hatte recht gehabt. Sie stand darin als berechtigt, Harris vom Kindergarten abzuholen. Mrs D. drehte den Ordner zu sich, beugte sich vor und sah sich den Vordruck an. »Oje«, sagte sie. »Also wirklich. Es tut mir so leid. Das ist nicht im Computer. Dort sollte es eigentlich sein. Ich schätze, Miss K. hat nicht in den abgehefteten Akten nachgesehen. Vor Feierabend geht es hier immer sehr hektisch zu. Ich habe ihr gesagt, dass sie ihren Posten nicht verlassen soll. Deshalb ist sie vielleicht nicht ins Büro gegangen, um im Ordner nachzusehen.«

Josie legte den Stift auf den Tisch zurück und lächelte sie gequält an. »Ich hoffe, dass es in Zukunft keine Probleme mehr gibt, wenn Mrs Quinn Harris abholen will.«

»Ganz sicher nicht, versprochen«, versicherte Mrs D. ihr. »Ich rede morgen früh mit Miss K., damit in Zukunft keine Probleme mehr auftreten.«

»Sehr gut«, sagte Josie. Sie drehte sich zu Harris und hielt ihm die Hand hin. »Gehen wir.«

Auf dem Parkplatz verschwendete Harris keine Zeit und unterhielt seine Großmutter sofort mit Geschichten aus dem Kindergarten. Er registrierte kaum, dass Josie ihn auf die Stirn küsste und ihm sagte, dass sie sich bald wieder sehen würden. Sie erklärte Cindy, was schiefgelaufen war. Cindy war zufrieden, dass sie recht gehabt hatte. Josie blickte ihr nach, als sie wegfuhr, und stieg in ihr Auto. Als sie auf die Uhr am Armaturenbrett sah, fiel ihr ein, dass sie Noah den ganzen Tag noch nicht gesehen hatte. Das war äußerst merkwürdig. Sie sehnte sich nach seiner Stimme und war erleichtert, als er sofort abnahm.

»Wo warst du denn den ganzen Tag?«, platzte es aus ihr heraus.

»Ich musste etwas für den Chief erledigen«, antwortete er vage.

Sie konnte die Verärgerung in ihrer Stimme nicht verbergen. »Wirklich? Was denn? Wir haben ihn nämlich heute Morgen über den Fall Somers gebrieft und er hat nichts von dringenden Angelegenheiten erwähnt.«

»Ist keine große Sache, Josie«, erwiderte Noah. »Ich erzähle es dir heute Abend.«

»Gut«, schnaubte sie. »Ich fahre jetzt zum Revier zurück.«

»Okay, wir sehen uns wahrscheinlich erst heute Abend. Zu Hause.« Als hätte er ihre Enttäuschung durch das Telefon bemerkt, fügte er hinzu: »Ich bringe einen Imbiss mit nach Hause. Dein Lieblingsessen.«

Sie nahm sein Friedensangebot an, sagte: »Okay. Bis heute Abend«, und beendete das Gespräch.

Sie war gerade auf halbem Weg die Bergstraße hinunter zur Stadt zurück, als sie Rauch roch. Sie fuhr langsamer, behielt den Wald zu beiden Seiten der Straße im Auge und warf gelegentlich einen Blick in den Himmel, um zu sehen, ob dort eine

Rauchwolke sichtbar war. Hier draußen verbrannten Leute gelegentlich ihren Abfall in Metallfässern oder Feuerschalen aus alten Radfelgen. Es war zwar innerhalb des Stadtgebiets nicht erlaubt, geschah aber trotzdem. Josie entdeckte nichts Ungewöhnliches und hatte auch keine Lust, Vorladungen auszustellen. Deshalb beschleunigte sie wieder. Einen Augenblick später fuhr sie in eine Kurve und sah einen großen schwarzen Briefkasten neben einer von Bäumen gesäumten Zufahrt stehen. Wohin sie führte, konnte sie wegen des dichten Laubs nicht sehen. Neben dem Briefkasten stand ein Mädchen mit langem, schwarzem Haar. Es war groß und spindeldürr, aber als Josie näherkam, merkte sie, dass es bestenfalls zehn, elf Jahre alt war. Die Kleine trug Jeans und ein T-Shirt mit einer Zeichentrickfigur darauf. Aufgeregt winkte sie mit beiden Armen über dem Kopf. Als Josie stehenblieb, wurden ihre Bewegungen immer hektischer. Aufgeregt sprang sie auf und ab und lief zu Josies Fahrzeug.

»Hilfe!«, rief sie. »Ich brauche Hilfe. Das Haus von meinem Grandpa brennt. Er und meine Schwester sind noch drin.«

»Wo?«, fragte Josie.

Das Mädchen drehte sich um und deutete auf die Zufahrt. »Hier entlang. Können Sie uns helfen?«

»Steig ein«, sagte Josie.

Das Mädchen kletterte auf den Beifahrersitz. Kaum hatte sie die Tür geschlossen, gab Josie Vollgas. Ihr Ford Escape schoss nach vorn und raste die lange, gewundene Zufahrt entlang.

»Wie heißt du?«, fragte sie das Mädchen.

»Dorothy.« Das Mädchen wirkte völlig verstört, war aber weder schmutzig noch rußverschmiert.

»Dorothy, weißt du die Adresse deines Grandpas auswendig? Damit ich die Feuerwehr alarmieren kann.«

Das Mädchen nannte sie ihr. Josie rief über die Spracherkennung auf ihrem Handy die Notrufnummer an und alarmierte die Leitzentrale. Der Rauchgeruch wurde immer intensiver. Als sie den Hang hochrasten, blieb Josie fast das Herz stehen. In der Mitte einer Lichtung stand ein zweistöckiges Haus, dessen eine Seite lichterloh brannte. Steinstufen führten zu etwas, das wohl die vordere Veranda gewesen war, nun aber wie geschmolzenes Kerzenwachs aussah. Aus den Fenstern darüber loderte das Feuer. Eine dicke schwarze Rauchsäule stieg in den Himmel. Auf der anderen Seite des Hauses schlugen Flammen aus den Fenstern im Erdgeschoss, nicht jedoch aus denen im ersten Stock.

Noch nicht.

Josie kannte mehrere Angehörige der örtlichen Feuerwehr. Sie musste an die Worte eines Feuerwehrmannes denken: Ein Brand verdoppelt sich alle dreißig Sekunden.

Wenn noch Leute im Haus waren, konnte Josie nicht warten, bis die Feuerwehrfahrzeuge eintrafen. In wenigen Minuten würde das gesamte Gebäude in Flammen stehen. Sie fuhr so nah wie möglich an das Haus heran, drückte den Schalthebel in den Parkmodus und drehte sich zu Dorothy. »Wo sind sie, weißt du das? Im Erdgeschoss? Im ersten Stock? Vorne? Hinten?«

Tränen glänzten in Dorothys Augen. Sie deutete auf die Flammenwand – dorthin, wo kurz vorher noch die Veranda gewesen war. »Mein Grandpa war im Zimmer hier vorn.«

»Wie heißt deine Schwester?«, fragte Josie.

»Bronwyn. Sie ist fünf.«

Angst schnürte Josie die Brust zusammen.

»Ich dachte, sie wäre hinter mir. Ich habe ihr gesagt, sie soll mir nachlaufen.«

»Schon okay«, beruhigte Josie sie. »Wer außer deinem Grandpa und Bronwyn war sonst noch im Haus?«

»Niemand.«

»Okay. Bleib hier.«

Josie sprang aus dem Auto. Sie lief zum Haus und um es

herum – in der Hoffnung, vielleicht einen Weg nach drinnen zu finden. Die Fenster im Erdgeschoss waren viel zu hoch, als dass sie ohne Leiter hätte hineinklettern können. Auf ihrem Weg nach hinten hörte sie jemanden rufen. Sie drehte sich um und dachte, dass Dorothy ihr gefolgt sei, aber da war niemand. Wieder dieses Rufen. Josie sah nach oben. Aus einem der Fenster im ersten Stock steckte ein Mädchen den Kopf heraus. Goldbraunes Haar rahmte ihr Gesicht. Verzweifelt winkte sie mit ihrer kleinen Hand. »Hilfe«, schrie sie.

»Verdammt«, fluchte Josie. Sie erreichte nicht einmal die Fenster im Erdgeschoss, geschweige denn die im ersten Stock. Das Haus stand schon fast völlig in Flammen. Selbst wenn sie ins Innere gelangte, war nicht sicher, ob sie es nach oben schaffen würde. Allem Anschein nach war die Treppe drinnen bereits unpassierbar. Blitzschnell schätzte sie die Entfernung zwischen Boden und Fenster ab.

»Bleib dort!«, rief sie Bronwyn zu. »Ich bin gleich wieder da.«

Sie rannte zu ihrem Auto zurück und riss die Beifahrertür auf. »Steig aus«, befahl sie Dorothy, »Lauf zur Straße hinaus. Dort winkst du der Feuerwehr, wie du mir gerade gewinkt hast, damit sie weiß, wo sie hinmuss, okay?«

Dorothy sprang aus dem Auto. Tränen liefen ihr über das Gesicht, aber sie nickte. »Hast du meine Schwester gefunden?«

»Ja«, antwortete Josie. »Wir haben nicht mehr viel Zeit. Lauf. Jetzt!«

Dorothy sprintete los. Josie rannte um das Auto herum und sprang in den Fahrersitz. Sie trat das Gaspedal durch, sodass der Motor aufheulte, und raste über den Rasen zur Hinterseite des Gebäudes, rammte ein Spielhaus aus Plastik und kam direkt am Haus zum Stehen – so nah, dass sie hörte, wie die Wand über den Lack an der Beifahrerseite schrammte. Die Feuerhitze pulsierte und schien jedes Luftmolekül in der Umgebung zu verzehren. Sie stieg aus und lief vor die Motorhaube ihres Ford

Escape, kletterte hinauf und stieg über die Windschutzscheibe auf das Dach. Das Metall gab unter ihrem Gewicht nach, aber zumindest war sie auf dieser Höhe Bronwyn wesentlich näher.

Josie streckte beide Arme nach oben und schrie: »Du musst springen, Bronwyn.«

Das Mädchen lehnte sich aus dem Fenster und sah mit unsicherem Blick zu ihr herab.

»Ich fange dich auf«, versprach Josie ihr. »Aber du musst jetzt springen.«

Wie um ihre Worte zu unterstreichen, zerbarst in diesem Augenblick eine Fensterscheibe zu ihrer Rechten. Das Glas flog heraus und Flammen züngelten hungrig nach der Luft draußen. Sowohl Josie als auch Bronwyn hoben instinktiv die Arme, um sich vor den Flammen und dem herumfliegenden Glas zu schützen. Splitter glitzerten auf den Ärmeln von Josies Jacke, doch streckte sie ihre Arme wieder nach oben und flehte Bronwyn an, auf die Fensterbank zu klettern und zu springen. »Wir haben nicht mehr viel Zeit«, rief sie. »Spring jetzt!«

Die Hitze waberte ihr aus allen Richtungen entgegen und die dicke Luft brannte in ihren Lungen. Es kam ihr wie eine Ewigkeit vor, bis das Mädchen auf den Fensterrahmen kletterte. Knubbelige, rußgeschwärzte Knie ragten aus ihren Shorts.

»Komm schon!«, drängte Josie.

Endlich sprang das Mädchen. Sie landete verdreht in Josies Armen – mit einem Arm um Josies Hals, der Hüfte auf einem Arm und einem Bein auf dem anderen. Josie strauchelte. Sie konnte sich nicht mehr auf den Beinen halten und fiel auf das Dach des Autos. Instinktiv hielt sie jeden knochigen Körperteil fest, den sie greifen konnte, und hoffte, dass sie nicht beide vom Auto fielen. Zusammen rutschten sie auf die Motorhaube. Josie richtete sich rasch auf und sah nach, ob das Mädchen verletzt war.

»Bist du okay?«, fragte sie.

Bronwyn nickte mit sorgenvoll aufgerissenen braunen

Augen. »Wo ist mein Grandpa?«

Josie sprang von der Motorhaube, führte Bronwyn zur Beifahrerseite und schob sie auf den Rücksitz. »Ich weiß nicht, Bronwyn. Wir müssen auf die Feuerwehr warten. Wir können nicht hinein, es ist zu gefährlich. Die Feuerwehr ist unterwegs. Jetzt muss ich dich erst einmal vom Haus wegbringen.«

Die Hitze im Fahrzeuginneren war so groß, dass Josie für einen Moment überlegte, ob sie das Auto stehen lassen sollte. Die Kopfstütze der Beifahrerseite hatte schon angefangen zu schmelzen und verbreitete einen schrecklichen Geruch nach verbranntem Plastik. Aber mit dem Auto kamen sie am schnellsten vom Haus weg. Außerdem wollte Josie nicht, dass es explodierte, wenn sie es so nah am Brandherd zurückließ. Sie ließ den Motor an, legte den Gang ein und drückte auf das Gaspedal. Der Escape ruckte heftig und schoss nach vorn. Sie trat das Pedal mit noch mehr Kraft durch. Das Auto schlingerte wie ein wankendes Raubtier mit lahmem Bein. Vermutlich hatten die Reifen auf der Hausseite ebenfalls schon angefangen zu schmelzen, dachte sie.

»Komm schon«, murmelte sie und manövrierte das Auto so gut es ging. Als sie in sicherer Entfernung vom Gebäude war, stieg sie aus, schnappte sich Bronwyn und zog sie von der Rückbank. Das Mädchen war klein und klammerte sich sogleich an Josie, indem sie die Arme um ihren Hals legte und die dünnen Beinchen um ihre Hüfte klammerte. Josie lief an den zertrümmerten Resten des Spielhauses vorbei zur Vorderseite des Gebäudes, die Baumreihe entlang bis zur Zufahrt, die ein willkommener Anblick war, und weiter bis zur Straße. Ihre Lungen brannten, die Beine schmerzten und doch hielt sie das Mädchen fest in den Armen. Als sie zur Straße kamen, sah sie gerade, wie Dorothy einem herbeirasenden Feuerwehrfahrzeug zuwinkte.

Erleichtert setzte Josie Bronwyn neben Dorothy ab, die sofort auf die Knie fiel und die Arme um ihre Schwester schlang. Schluchzend hielten sich die beiden aneinander fest. Josie zog sie zu sich und führte sie zum Rand der Zufahrt, damit sie den Einsatzfahrzeugen nicht im Weg standen. Drei Feuerwehrfahrzeuge rasten an ihnen vorbei, dann ein Rettungswagen, der rumpelnd bis zum Haus fuhr. Ein zweiter Rettungswagen blieb auf der anderen Seite der Zufahrt direkt neben Josie und den Mädchen stehen. Zwei Sanitäter sprangen heraus – Owen und Sawyer. Sawyer lief direkt zu den Mädchen, während Owen die Heckklappe des Fahrzeugs öffnete.

Josie deutete auf Bronwyn. »Sie war noch drinnen, als ich hierherkam.«

Sawyer nickte wortlos. Josie sorgte sich um die Lungen beider Mädchen, vor allem aber die von Bronwyn, denn sie war länger im brennenden Haus gewesen. Sie sah zu, wie Sawyer und Owen die beiden in das Heck des Rettungsfahrzeugs verfrachteten, sie zudeckten, ihre Vitalwerte überprüften und ihnen vorsichtig Nasenkanülen anlegten, um sie mit Sauerstoff zu versorgen. Kurzzeitig hielt Sawyer inne, als das Funkgerät vorne im Führerhaus krächzte. Eine blecherne Stimme war zu hören. Alle konnten hören, was sie sagte. »Wir haben hier eine männliche erwachsene Person hinter dem Haus beim Wald. Starke Verbrennungen. Scheint es aus dem Haus geschafft zu haben und hat versucht, etwas Abstand zwischen sich und das Feuer zu bringen. Nicht ansprechbar, aber Vitalwerte vorhanden. Wir bringen ihn ins Denton Memorial, aber möglicherweise braucht er einen Rettungsflug nach Philadelphia. In ein Krankenhaus mit einer Station für Schwerbrandverletzte.«

Sawyer nahm das Funkgerät. »Verstanden. Braucht ihr Unterstützung?«

»Haltet einfach die Zufahrt frei.«

»Alles klar.«

Er drehte sich um, hielt aber inne, als er Josie sah. »Hast du das gehört?«

Sie nickte. Sawyer ging zu den Mädchen zurück. »Hat es Grandpa aus dem Haus geschafft? Lebt er?«

»Zweimal ja«, antwortete Sawyer.

»Sie bringen ihn gleich ins Krankenhaus«, fügte Owen hinzu,

Während Owen die Heckklappe schloss und sicherte, sprang Sawyer ins Führerhaus und fuhr den Wagen ein Stück weiter an den Rand der Zufahrt – gerade noch rechtzeitig, denn schon raste das zweite Rettungsfahrzeug mit blinkenden Lichtern und heulender Sirene vorbei. Es bog Richtung Stadt ab und verschwand im Dunkel der Nacht.

Als Owen die Heckklappe wieder öffnete, hörte Josie Bronwyns zartes Stimmchen: »Muss Grandpa jetzt sterben?«

Alle Erwachsenen erstarrten. Josie sah, wie Bronwyns Unterlippe zitterte und Dorothy sie alle beobachtete. Sie antwortete: »Die Ärzte tun, was sie können, um ihn zu retten. Wenn sie glauben, dass er weitere Hilfe braucht, bringen sie ihn in ein noch größeres Krankenhaus mit noch besseren Ärzten.«

Das schien die beiden Mädchen zu beruhigen. Sawyer und Owen begannen ihnen Fragen zu stellen. Sie wollten unter anderem wissen, wie sie hießen und wie alt sie waren, und lobten sie für ihre Tapferkeit. Josie hielt sich im Hintergrund und merkte sich die Einzelheiten, um sie eventuell später dem Feuerwehrkommandanten mitzuteilen. Sawyer fragte noch, wie ihre Mutter hieß und welche Telefonnummer sie hatte. Ihr Name war Michelle Walsh. Bronwyn wusste die Nummer nicht, aber Dorothy konnte sie auswendig. Josie tippte sie in ihr Handy und rief sogleich die Mutter an. Es zerriss ihr das Herz, als sie ihr die Nachricht vom Brand übermittelte, doch gleichzeitig war sie erleichtert, ihr sagen zu können, dass ihre Töchter in Sicherheit waren und ihr Vater noch lebte.

«Ich bin nur ein paar Fahrminuten weg. Können Sie dort auf mich warten? Ich bin schon unterwegs«, sagte Michelle.

»Natürlich«, antwortete Josie.

ZWEIUNDZWANZIG

Sawyer überwachte auf dem Monitor die Sauerstoffsättigung der Mädchen und leistete ihnen im Heck des Rettungswagens Gesellschaft, während Josie mit Owen draußen stand.

»Sie wissen, wessen Haus das ist, oder?«, fragte er sie.

»Nein«, antwortete Josie. »Sie?«

Owen nickte. »Es gehört Clay Walsh.«

Sie glaubte den Namen schon einmal gehört zu haben, konnte ihn aber nicht zuordnen.

»Er ist ein Feuerwehrmann im Ruhestand.«

Josie fühlte sich, als hätte ihr jemand einen Schlag in die Magengrube versetzt. Sie warf einen Blick in das Rettungsfahrzeug. Die Mädchen lagen gemeinsam auf der Bahre. Dorothy hatte ihre Arme um Bronwyn gelegt. Sie schienen das Gesagte nicht gehört zu haben, aber Sawyer starrte Josie durchdringend an.

»Ein Feuerwehrmann, der bei einem Brand fast ums Leben kommt«, murmelte sie.

Sie stieg in den Rettungswagen. Sawyer justierte die Sauerstoffkanüle in Dorothys Nase und fragte sie: »Weißt du, warum das Feuer ausgebrochen ist?«

Beide Mädchen bekamen große Augen. Bronwyn sah ihre Schwester an, als warte sie auf Beistand.

»Schon okay«, beschwichtigte Josie sie. »Egal, was passiert ist, ihr bekommt keinen Ärger von uns. Wir müssen es nur wissen.«

Dorothy wischte eine Träne weg, die über ihre Wange lief. »Opa ... er ...«

Sie wandte den Blick ab und schloss die Augen. Ihr ganzer Körper wurde von Schluchzern erschüttert.

Sawyer beobachtete Dorothys Vitalfunktionen. Ihre Pulsfrequenz stieg stark an. Er sagte: »Schon gut, Mädchen. Wir müssen nicht darüber reden. Ruht euch jetzt aus.«

Aber Bronwyn löste sich aus der Umarmung ihrer Schwester und setzte sich auf.

»Bron«, warnte Dorothy sie und öffnete wieder die Augen.

»Grandpa hat gesagt, es ist nicht Petzen, wenn man glaubt, dass jemand verletzt wird«, sagte sie bestimmt.

»Das stimmt«, pflichtete Josie ihr vorsichtig bei.

Mit Tränen in den Augen funkelte Dorothy ihre Schwester an. »Opa lebt noch, Bron.«

Bronwyn zog einen Schmollmund. »Grandpa hat gesagt, wir sollen immer die Wahrheit sagen.«

»Nicht bei dem hier«, stieß Dorothy heiser hervor.

Sawyer öffnete den Mund, um etwas zu erwidern, aber Josie schüttelte kaum merklich den Kopf. An die Mädchen gewandt sagte sie: »Ich glaube, Mr Hayes hat recht. Ihr beide müsst euch jetzt ausruhen, okay?«

Dorothy wirkte erleichtert und nickte. Bronwyn blies die Backen auf, als platze sie fast vor dem Bedürfnis zu erzählen, was sie wusste. Sawyer folgte Josie nach draußen. Owen dagegen stieg in den Wagen und behielt die Vitalfunktionen der Mädchen im Auge. Josie führte Sawyer erst mehrere Meter von dem Fahrzeug weg, bevor sie zu ihm sagte: »Wir müssen auf ihre Mutter warten. Sie sind minderjährig.«

Sawyer warf einen Blick zurück zum Rettungsfahrzeug. »Die Kleine wollte gerade plaudern. Außerdem war das ein Brand und kein Mord oder so etwas. Gelten die Regeln, dass immer ein Elternteil dabei sein muss, auch in diesem Fall?«

Josie zog eine Braue hoch. »Wir warten auf ihre Mutter.«

Er erwiderte ihren Blick einen langen Augenblick. Dann wurde Josies Aufmerksamkeit von dem Geräusch von Rädern auf Asphalt und dem Zuschlagen einer Tür abgelenkt. Von der Straße aus kam Mettner herbeigelaufen. »Hallo«, begrüßte er sie, als er bei ihnen war. »Bist du okay?«

»Alles in Ordnung«, antwortete sie. »Was machst du denn hier?«

»Ich hatte das Funkgerät an«, sagte er. »Du hast Feueralarm gegeben. Alle haben sich Sorgen gemacht, also habe ich gesagt, ich fahre her und sehe nach. Hey, du hast Glassplitter im Haar. Was ist passiert?«

Josie fragte sich, ob mit »alle« auch Noah gemeint war. Sie hatte noch nicht auf ihr Handy gesehen, doch hätte sie interessiert, ob er den Funkverkehr ebenfalls abgehört und versucht hatte, sie anzurufen. Sawyer ließ sie allein und stieg wieder ins Rettungsfahrzeug zu den Mädchen. Josie schüttelte den Kopf, um einige Splitter aus den Haaren zu schütteln, und warf einen Blick auf ihr Smartphone, während sie Mettner das Wichtigste berichtete. Von Noah waren weder Anrufe noch Nachrichten eingegangen. Sie schloss mit den Worten: »Außerdem denke ich, dass mein Auto ein Totalschaden ist, jemand muss mich also zum Revier mitnehmen – oder nach Hause fahren. Hast du Noah gesehen?«

»Äh, nein«, erwiderte Mettner. »Dein Auto ist Schrott? Das, was du erst vor fünf Monaten gekauft hast?«

Josie kniff den Mund zu einem dünnen Strich zusammen und nickte. Mit Autos hatte sie dieses Jahr kein Glück.

»Mädchen?«, hörten sie eine Frau schreien. »Mädchen? Wo sind meine Mädchen?«

Von der Straße kam eine Frau zu ihnen gelaufen. Sie war etwas über dreißig und trug Jeans, eine schwarze Bluse und einen langen, cremefarbenen Pullover. Ihr langes, sandblondes Haar flatterte hinter ihr im Wind. Sie zerrte am Aufschlag ihres Pullovers und dehnte ihn so sehr, dass ihre Finger Dellen im Stoff hinterließen.

»Michelle?«, fragte Josie.

Sie hätte Josie fast umgerannt und hielt sich an ihrem Oberarm fest, um zum Stehen zu kommen. »Ja, das bin ich«, sagte sie. »Wo sind meine Mädchen?«

»Im Rettungswagen«, erwiderte Josie. »Kommen Sie.«

Michelle lief voran, sprang ohne Vorwarnung in das Fahrzeug und schob Owen sowie Sawyer beiseite, um zu ihren Kindern zu gelangen. Sie beugte sich über die Bahre, zog sie an sich und drückte sie, bis eines der Mädchen »Mo-om« rief.

Josie, Mettner, Sawyer und Owen warteten, während Michelle ihre Kinder mit viel Aufhebens immer wieder umarmte und minutenlang festhielt, bevor Josie ins Fahrzeug stieg und sich auf eine Bank an der Längswand setzte. Mettner, Owen und Sawyer standen draußen, beobachteten Michelle und die Kinder und hörten aufmerksam zu.

»Wo ist mein Dad?«, fragte Michelle. »Hat man ihn ins Krankenhaus gebracht?«

»Ja«, antwortete Josie. »Ins Denton Memorial. Allerdings hieß es, dass er eventuell in ein Krankenhaus nach Philadelphia geflogen werden müsse, wenn seine Verbrennungen zu schwer seien.«

Michelle presste sich eine Faust auf den Mund und nickte.

»Wir wollten die Mädchen fragen, was passiert ist«, erklärte Josie. »Aber ich dachte, es sei am besten, wenn Sie dabei sind.«

»Danke«, sagte Michelle. Sie warf einen Blick zu ihren Kindern. »Aber ich sehe keinen Grund, warum Sie nicht mit ihnen darüber sprechen sollten. Ich will auch wissen, was passiert ist.«

Dorothy streckte die Hand aus und zerrte am Pullover ihrer Mutter. »Mom, ich glaube nicht, dass wir darüber sprechen sollten. Ich denke, das sollte unter uns bleiben.«

Michelle warf den Kopf zurück. »Was? Dorothy, Grandpas Haus ist abgebrannt.« Ihre Unterlippe zitterte, als sie versuchte, die Fassung zu wahren. »Grandpa ...« sie brach ab und atmete mehrmals tief durch, bevor sie fortfuhr. »Mädchen, das ist keine Sache, die unter uns bleiben kann. Versteht ihr? Das ist eine Katastrophe. Eine schreckliche, schreckliche Katastrophe. Ich muss wissen, was passiert ist. Und auch die Feuerwehrleute, die hergekommen sind ... sie kennen Grandpa wahrscheinlich. Einige haben vielleicht sogar mit ihm gearbeitet. Sie müssen auch wissen, was passiert ist.«

Als Dorothy anfing zu sprechen, lag eine Traurigkeit in ihrer Stimme, die Josie einen Stich ins Herz versetzte. »Aber du hast uns immer erzählt, dass Grandpa ein Held ist.«

Michelle strich Dorothy eine Strähne hinter das Ohr und fummelte an ihrem Kanülenschlauch herum. »Er ist ein Held, Schatz, und wird es immer sein.«

»Jetzt nicht mehr, Mama«, entgegnete Bronwyn.

Alle blickten die Fünfjährige an. Michelles Stimme zitterte, als sie sagte: »Wie meinst du das, Bron?«

Dorothy griff Bronwyns Hand und drückte sie. Gleichzeitig schloss sie die Augen fest, als warte sie darauf, dass ihr jemand wehtat. Es erinnerte Josie an Harris, wenn er eine Spritze bekam.

So leise, dass sich die Erwachsenen nach vorne beugen mussten, um sie zu verstehen, sagte Bronwyn: »Opa hat das Feuer gelegt.«

Einen Augenblick lang herrschte Stille. Dann fragte Michelle: »Wie? Was sagst du da?«

»Wir haben alle drei draußen hinter dem Haus gespielt«, berichtete Bronwyn. »Dann ist Grandpa reingegangen. Er ist nicht wieder herausgekommen. Weil wir Hunger hatten, sind wir auch rein. Er war nicht in der Küche. Also sind wir ins Wohnzimmer gegangen. Dort war er. Er hatte ein zusammengerolltes Handtuch in der Hand und hat es mit einem Feuerzeug angezündet.«

Michelle stupste Dorothy an der Schulter. »Dorothy, sieh mich an.«

Dorothy bewegte sich nicht.

Michelle nahm sie an der Schulter und schüttelte sie. »Dorothy. Mach die Augen auf und sieh mich an. Stimmt das?«

Dorothy öffnete die Augen. Sie sah ihre Mutter angstvoll und mit zusammengebissenen Zähnen von unten her an. »J-ja, Grandpa hat das Feuer gelegt.«

Michelle zog ihre Hand zurück und verschränkte die Arme unter ihrer üppigen Brust. »Das ist nicht lustig, Mädchen. Grandpa würde nie absichtlich einen Brand legen. Das wisst ihr genau. Wenn ihr zwei etwas gemacht habt, was außer Kontrolle geraten ist, dann müsst ihr mir das jetzt sagen. Lügt nicht. Ihr bekommt mehr Schwierigkeiten, wenn ihr lügt, vor allem, wenn Grandpa aufwacht und mir erzählt, was wirklich passiert ist.«

Bronwyn wandte sich auf der Bahre unruhig hin und her. »Aber es stimmt, Mommy. Grandpa hat das Handtuch angezündet und dann hat er es überall hingehalten, damit alles brennt. An die Vorhänge und die Möbel.«

»Bron!«, schrie Michelle. »Hör auf! Ich meine es ernst.«

»Es stimmt aber, Mom«, sagte Dorothy zu ihrer Mutter. »Wir lügen nicht. Ich dachte, Grandpa sei, naja, irgendwie krank oder verwirrt. Ich habe ihn gefragt, was er macht, und er hat gesagt ›Zeit, ein Funke zu sein‹«.

Ein Schreck durchfuhr Josie bei diesen Worten, doch ließ sie sich nichts anmerken.

»Ein Funke?«, fragte Michelle. »Was soll das heißen?«

»Ich weiß nicht«, antwortete Dorothy. »Aber er hat es immer und immer wieder gesagt.« Sie imitierte eine tiefe, monotone Stimme. »›Zeit, ein Funke zu sein. Zeit, ein Funke zu sein.‹. Ich habe gesagt, dass er aufhören soll und das hat er auch gemacht, aber da hat unten schon alles gebrannt. Er hat mich angesehen und mir gesagt, ich soll Bron nehmen und mit ihr hinauslaufen. Das habe ich gemacht. Auf einmal war Bron nicht mehr hinter mir. Ich dachte, sie sei noch da, doch sie war nicht mehr da. Ich wollte zurück zu ihr, aber da ist die Veranda zusammengefallen.«

»Ich bin umgekehrt und zu Grandpa«, sagte Bronwyn. »Er war in der Küche. Ich habe ihm gesagt, dass er mit uns kommen soll, und er hat gesagt, dass er das auch macht, aber als wir vorne aus dem Haus wollten, war der Boden auf einmal weg. Ich habe Grandpa gefragt, was wir jetzt tun sollen, und er hat mich nur so komisch angesehen, als würde er nicht verstehen, was ich sage. Das Feuer wurde immer schlimmer. Ich wusste nicht, was ich machen soll. Dann war da so ein Lärm, ein schrecklich lautes Krachen. Grandpa hat mich hochgehoben und geworfen. Ich bin vor der Treppe gelandet. Ich habe mich umgedreht und da war noch mehr vom Boden weg, der ganze Boden vom Wohnzimmer bis zur Küche war weg. Grandpa habe ich nicht mehr gesehen. Da wusste ich nicht, was ich tun soll, und bin nach oben gerannt.«

Tränen rannen über Michelles Gesicht. »Das ergibt doch keinen Sinn. Das alles ergibt keinen Sinn.« Sie drehte sich zu Josie und Mettner. »Mein Vater würde so etwas nie tun. Er war dreißig Jahre bei der Feuerwehr. Er hat Leben gerettet. Er ist der beste Mensch, den ich kenne.«

»Vielleicht war er krank«, meinte Dorothy. »Vielleicht hatte er so etwas im Kopf. Wie heißt das?«

»Schlagumfall«, sagte Bronwyn. »Das hatte meine Erzieherin im Sommercamp auch.«

»Schlaganfall«, korrigierte Michelle sie. Sie presste eine Hand an ihre Stirn. »Ich weiß nicht. Vielleicht. Ich kann nicht ... das ist nicht ... Dad würde einfach nicht ... hier stimmt etwas ganz und gar nicht.«

Jedes Haar auf Josies Körper sträubte sich. Sie beugte sich vor und sah Dorothy in die Augen. »Hat sich dein Grandpa heute seltsam benommen?«

»Nein, gar nicht. Erst als wir nach drinnen gegangen sind und er alles angezündet hat.«

»Wie lange wart ihr mit ihm draußen?«

Dorothy zuckte die Schultern. »Seit wir aus der Schule gekommen sind. Ich weiß nicht.«

Josie versuchte zu rechnen. Die meisten Schulen im Ort hatten zwischen vierzehn Uhr dreißig und fünfzehn Uhr Schluss. Sie war mit Harris und Cindy bis halb fünf bei Tiny Tykes gewesen. Der Kindergarten war zwar eigentlich früher aus, doch Misty hatte Harris auch für die Nachmittagsbetreuung angemeldet. Es musste etwa sechzehn Uhr vierzig gewesen sein, als sie Dorothy am Straßenrand entdeckt hatte.

»In welche Schule geht ihr denn?«, fragte Josie.

Bronwyn sagte: »Ich gehe zu Tiny Tykes, weil ich noch nicht sechs bin und man sechs sein muss, um in die richtige Vorschule zu gehen.«

»Weiß ich«, erwiderte Josie. Sie erinnerte sich nicht daran, Bronwyn oder Michelle am Vortag gesehen zu haben, aber es waren Dutzende Kinder und Eltern dort gewesen und sie hatte sich voll und ganz auf Harris konzentriert. »Weißt du, wann dich dein Grandpa von dort abgeholt hat?«

»So wie jeden Tag«, antwortete Bronwyn einfach nur. »Dann sind wir zu ihm gefahren und haben ferngesehen, bis wir Dorothy holen mussten.«

»Er holt Bron um eins ab«, schaltete sich Michelle ein. »Wir haben uns für Tiny Tykes entschieden, weil Dad es nicht weit bis dorthin hat und er sie deshalb gut abholen kann. Er beteiligt sich sogar gern an den Gebühren, da der Kindergarten so günstig für ihn liegt und er gleich dort ist. Bron war auch im Tiny-Tykes-Sommercamp.«

»Was ist mit dir, Dorothy?«, fragte Josie.

»Ich gehe in die Wolfson Elementary.«

Die Schule befand sich etwa zwanzig Minuten von Clays Haus entfernt.

»Hat euer Grandpa nach der Schule unterwegs irgendwo Halt mit euch gemacht?«

Beide Mädchen schüttelten den Kopf.

Nach Josies Einschätzung mussten sie zu Clays Haus zurückgekehrt sein, nachdem sie Dorothy um fünfzehn Uhr dreißig abgeholt hatten. Zog man in Betracht, wie weit das Feuer sich bei Josies Ankunft bereits ausgedehnt hatte und wie lange Dorothy gebraucht hatte, um zur Straße zu laufen und Josie aufzuhalten, musste Clay den Brand zwischen vier und zwanzig nach vier gelegt haben, allerdings konnte er es auch schon gegen sechzehn Uhr fünfzehn getan haben.

»War er lange mit euch draußen?«, fragte Josie.

Dorothy zuckte die Schultern. »Nein, ich glaube nicht.«

Und Bronwyn fügte hinzu: »Er hat nur zweimal Seifenblasen gemacht, dann ist er nach drinnen gegangen.«

»Warum ist er nach drinnen gegangen?«, hakte Josie nach.

»Er dachte, er hätte ein Auto in der Zufahrt gehört«, antwortete Dorothy.

»Und? Hat er?«

»Weiß nicht«, erwiderte Bronwyn. »Das hat er auf jeden Fall gesagt. Wir haben hinten gespielt.«

»Hat jemand von euch ein Auto gehört?«

»Ich dachte es zuerst, aber ich bin mir auch nicht sicher«, meinte Dorothy. »Grandpa hat gesagt, dass er nachsieht. Und das hat er dann auch gemacht.«

»Seid ihr nicht hinter ihm hergegangen?«, wollte Josie wissen. »Um selbst nachzusehen?«

»Nein«, antwortete Dorothy.

Und Bronwyn meinte: »Er hat gesagt, wir sollen bleiben, wo wir sind, und dass Dorothy Seifenblasen machen soll. Aber sie kann es nicht so gut wie Grandpa. Sie macht nicht so große Blasen wie er.«

Michelle rang nach Luft, schlug die Hand vor den Mund und unterdrückte ein Schluchzen.

»Bron«, stieß Dorothy hervor.

»Was?«, sagte Bronwyn. »Stimmt doch.«

»Wie lange war euer Grandpa im Haus?«, wollte Josie wissen.

»Ich weiß nicht genau«, antwortete Dorothy. »Aber ich habe fast das ganze Seifenwasser verbraucht, solange er weg war.«

»Lange«, meinte auch Bronwyn.

»Habt ihr sonst jemanden gehört?« bohrte Josie nach. »Oder gesehen? Habt ihr gehört, wie er mit jemandem geredet hat?«

Beide Mädchen schüttelten den Kopf.

Michelle wandte sich von Josie ab und sah die Mädchen an. »Aber ihr seid nach drinnen gegangen, weil ihr hungrig wart. Bei Dad steht immer das Essen pünktlich um sechzehn Uhr fünfzehn auf dem Tisch.«

»Er hat uns kein Essen gemacht«, sagte Dorothy.

»Genau«, bestätigte Bronwyn. »Kein Essen, aber Brownies. Ich hatte so Lust darauf, aber dann habe ich gesehen, dass er alles angezündet hat.«

»Brownies«, sagte Josie. »Er hat Brownies gemacht? Seid ihr sicher?«

»Sie waren auf dem Tisch, als wir reingegangen sind«, antwortete Bronwyn.

Josie sah Dorothy an. »Stimmt das?«

»Ich weiß nicht mehr«, erwiderte Dorothy.

Bronwyn verdrehte die Augen. »Sie waren doch auf einem Pappteller auf dem Küchentisch.«

»Ich habe sie nicht gesehen, Bron«, sagte Dorothy verärgert. »Grandpa war gerade dabei, das Haus anzuzünden!«

»Okay, Mädchen«, sagte Josie. Sie wandte sich an Michelle. »Hat Ihr Vater regelmäßig Brownies für die Mädchen gebacken?«

Michelle schüttelte den Kopf. »Ich wusste nicht einmal, dass er backen kann.«

Josie war die vielleicht schlechteste Bäckerin des Planeten. Sie sagte zu Mettner: »Wie lange dauert es, um Brownies zu machen?«

Er zuckte die Schultern. »Ich weiß es nicht.«

Michelle sagte: »Wenn es welche zum Aufbacken aus der Packung waren – und andere hätte mein Dad nicht backen können –, dann dauert es zwanzig, fünfundzwanzig Minuten.«

Josie sah Dorothy an. »Denkst du, er war so lange im Haus?«

Sie zuckte eine schmale Schulter. »Weiß nicht.«

Kinder hatten wenig Zeitgefühl. Josie wusste, dass sie nicht einschätzen konnten, wie lange etwas dauerte.

»Habt ihr sonst noch etwas gesehen?«, schaltete sich Mettner ein. »Was war mit den Brownies? Waren sie in Papier gewickelt oder sonstwie eingepackt? War ein Aufkleber darauf?«

»Nein«, antwortete Bronwyn. »Sie waren nur auf einem Pappteller auf dem Tisch.«

»War jemand mit Grandpa im Haus?«, fragte Michelle.

Beide Mädchen sahen von einem Erwachsenen zum anderen, dann zuckte Dorothy wieder mit einer Schulter und antwortete für sie beide. »Ich weiß es nicht. Ich habe niemanden gesehen. Hast du jemanden gesehen, Bron?«

»Nein. Nur dich und Grandpa.«

»Dorothy«, sagte Josie, »du bist als Erste nach draußen und zur Straße gelaufen. Hast du da jemanden gesehen?«

»Nein. Und wenn, dann hätte ich ihn um Hilfe gebeten.«

»Hast du Autos gesehen? Die auf der Zufahrt vom Haus weg oder zum Haus hin gefahren sind? Oder die Straße entlangkamen? Vielleicht welche, die so weit weg waren, dass du sie nicht auf dich aufmerksam machen konntest?«

Sie schüttelte den Kopf.

Josie dachte an die Fahrt, nachdem sie den Tiny-Tykes-Parkplatz verlassen hatte. Sie erinnerte sich nicht daran, entgegenkommende Autos gesehen zu haben, die aus der Richtung des Walsh-Anwesens gekommen waren. Auch vor ihr war kein Fahrzeug gewesen. Und wenn, hätte der Fahrer Dorothy als Erstes sehen müssen. Sie ging im Geiste noch einmal alles durch, was ihr die Mädchen erzählt hatten, bis sie merkte, dass Michelle sie anstarrte. Sie sah der Mutter in die Augen.

»Wo waren die Brownies her?«, fragte Michelle.

»Ich weiß es nicht«, antwortete Josie. »Wir fahren jetzt zusammen ins Krankenhaus und sehen, wie es Ihrem Vater geht. Vielleicht kann er es uns ja sagen.«

DREIUNDZWANZIG

Dunkelheit legte sich wie eine Decke über die Berge, als Sawyer und Owen die Mädchen im Heck des Rettungswagens festschnallten. Das Licht des Halbmonds fiel durch die Bäume und tauchte alles in silberfahles Licht. Überall waren Grillen, Zikaden und etwa ein halbes Dutzend unterschiedlicher Frösche zu hören. Ihr Rufen, Zirpen, Pfeifen und Rasseln verschmolz zu einem vielstimmigen Chor des Lebens, der nicht erahnen ließ, welche Tragödie sich gerade vierhundert Meter weiter die Zufahrt hinauf ereignet hatte. Noch immer konnte man den aus dem Haus quellenden Rauch sehen und riechen, während die Lichter der Löschfahrzeuge die Dunkelheit durchbrachen. Gelegentlich drangen die Stimmen der Feuerwehrleute zu ihnen herüber. Michelle erklärte sich bereit, dem Rettungswagen zum Denton Memorial Hospital zu folgen. Josie und Mettner gingen zu seinem Wagen und reihten sich hinten in die Kolonne ein.

Von außen wirkte die Notaufnahme ruhig und verlassen. Nicht so drinnen: Der Warteraum war voller Angehöriger der Feuerwehr von Denton, die darauf warteten, zu hören, wie es Clay Walsh ging. Josie und Mettner bahnten sich ihren Weg durch die Männer und Frauen, klopften ihnen mitfühlend auf die Schulter und nickten ihnen zu. Schließlich gelangten sie zum Schreibtisch der Sicherheitsleute vor der geschlossenen Glasdoppeltür, die den Warteraum vom Behandlungsbereich trennte. Sie zeigten ihre Ausweise und wurden eingelassen.

Nach wenigen Sekunden hatten sie Clay Walsh gefunden. Der gesamte Lärm auf der Station kam aus einem Raum hinter Glas. Pflegepersonal und Ärzte liefen herum und riefen sich Vitalwerte und Anweisungen zu. Auf dem Boden lag medizinischer Abfall; Monitore piepten und heulten. Josie blickte sich um, sah aber weder Michelle noch die Mädchen. Vermutlich hatte jemand sie an das andere Ende der Notaufnahme gebracht, damit sie nicht die verzweifelten Bemühungen, Clay am Leben zu halten, mit ansehen mussten. Bei seinem Anblick verkrampfte sich Josies Herz. Sein Kopf und ein Großteil des Oberkörpers hatten den Brand unverletzt überstanden, aber die Farbe der Haut auf seinem Unterkörper und einem Arm war schwarz und rot und erinnerte an rohes Fleisch. Josie hatte in ihrem Beruf schon viel gesehen, aber Clays Anblick war schwer zu ertragen. Sie wandte sich ab, atmete tief durch und stellte sich wieder neben Mettner, um dem Ganzen zuzusehen. Er wirkte völlig unbeteiligt. Allerdings war gerade das einer der Vorzüge, die ihn zu einem so exzellenten Kriminalbeamten machten. Er ließ nichts an sich heran – zumindest merkte man es ihm nie an. Nach mehreren Minuten wurden die Aktivitäten hinter der Glaswand weniger hektisch. Ein Arzt kam in den Flur und nahm seine blaue OP-Haube ab. Darunter kam dichtes schwarzes Haar zum Vorschein. Josie las auf seinem Namensschild »Dr. Ahmed Nashat«.

»Doktor«, sagte sie, während sie und Mettner ihm ihre Ausweise zeigten. »Ist er ansprechbar?«

Der Arzt schüttelte den Kopf. Er steckte die OP-Haube ein, warf einen Blick zurück in den Raum, in dem Pflegekräfte Kabel ordneten und intravenös Medikamente verabreichten. »So schnell wird das auch nicht der Fall sein. Wir haben ihn vorerst stabilisiert und einen Rettungshubschrauber bestellt, der ihn in die Universitätsklinik von Philadelphia bringt, aber er hat Verbrennungen dritten Grades auf sechzig Prozent seiner Körperoberfläche. Seine Atemwege und Lungen sind stark geschädigt. Rauchgasvergiftung. Wie Sie wahrscheinlich wissen, ist das bei Brandverletzten lebensbedrohlicher als die Verbrennungen. Es tut mir leid, aber es ist durchaus möglich, dass Mr Walsh den Transport nach Philadelphia nicht überlebt. Und wenn, ist fraglich, ob man ihm dort helfen kann.«

»Konnte er nichts mehr sagen?«, fragte Mettner. »Auf irgendeine Art und Weise kommunizieren?«

Dr. Nashat runzelte die Stirn. »Leider nicht.« Er warf noch einmal einen Blick zu Clay Walsh, dann schien ihm etwas einzufallen. Er wandte sich wieder den beiden zu. »Sie sind Polizeibeamte. Wenn Sie hier sind, muss ein Verbrechen geschehen sein. War es Brandstiftung?«

»Es kann dauern, bis das offiziell festgestellt wird«, antwortete Josie. »Wir wissen es einfach noch nicht. Im Moment lässt sich nichts ausschließen.«

Mit einer Geste seines Fingers winkte Dr. Nashat sie in den Raum. Bei dem Geruch nach verbranntem Fleisch drehte sich Josie fast der Magen um. Sie warf einen Blick zu Mettner und sah, dass auch er zu kämpfen hatte – zumindest physisch, wenn auch nicht psychisch. Sein Gesicht nahm eine grünliche Farbe an.

Dr. Nashat ging mit ihnen zu einem Beistelltisch an der Wand. Darauf befanden sich mehrere Schalen mit Kleiderresten, die offensichtlich aus Walshs verbranntem Fleisch entfernt worden waren. In einer Schale lag etwas, das wie ein geschmolzenes Stück Plastik aussah. »Hier«, sagte Dr. Nashat und hielt ihnen die Schale hin, damit sie den Inhalt in Augenschein nehmen konnten. »Das hat er in seiner unversehrten Hand gehalten – so fest, dass wir es nur schwer aus seinem Griff lösen konnten. Sehen Sie es sich einmal genauer an.«

Er nahm eine Pinzette und deutete damit auf das Plastikteil. Etwas Weißes darauf hob sich von der rosa Kunststoffschale ab. Josie und Mettner beugten sich gleichzeitig vor. Auf dem Plastik, das Josie als Stück einer Frischhaltefolie deutete, war ein Stück eines Aufklebers zu erkennen. Man sah die Hälfte einer Fratze mit Augen in X-Form. Der Kopf hatte ein Loch, aus dem sich wild gekritzelte Linien schlängelten.

»Dieser Mistkerl«, stieß Josie hervor. »Dr. Nashat, können Sie Mr Walsh einer toxikologischen Untersuchung unterziehen, bevor Sie ihn verlegen?«

Er zog erstaunt die Augenbrauen hoch, widersprach jedoch nicht. »Natürlich, das müsste möglich sein. Warum nicht? Bekomme ich einen richterlichen Beschluss dafür?«

»Ja«, erwiderte Josie und sah zu Mettner, der sich bereits sein Handy an das Ohr hielt. »Gretchen«, sagte er, als sie aus dem Zimmer gingen. »Kannst du etwas für uns tun?«

Josie drehte sich zu Dr. Nashat. »Danke. Wir kommen wieder.«

Draußen wartete sie, bis Mettner Gretchen alle nötigen Informationen übermittelt hatte. Als er das Gespräch beendet hatte, sagte Josie: »Wir müssen noch einmal mit Michelle reden.«

Sie liefen eine Weile durch die Flure der Notaufnahmestation, bis sie Michelle Walsh gefunden hatten. Sie stand vor einem mit Vorhängen verdeckten Bereich und sprach leise in ihr Smartphone. Ihre Augen waren rot geweint und glänzten. Sie legte auf, als Josie und Mettner auf sie zukamen. »Konnten Sie mit meinem Dad reden? Es heißt, er sei in sehr schlechter Verfassung. Sie wollen ihn in ein Krankenhaus in Philadelphia verlegen, aber vielleicht hat er noch etwas gesagt.«

Josie schüttelte den Kopf. »Tut mir leid, Michelle, er war nicht in der Lage zu reden.«

»Miss Walsh, wir müssen Ihnen noch ein paar Fragen stellen«, begann Mettner.

»Natürlich. Was ist denn los?«

Josie holte ihr Handy heraus und rief das Foto von dem Aufkleber auf, den sie in Nysa Somers' Rucksack gefunden hatten, denn er war nicht beschädigt und halb geschmolzen wie derjenige, den Clay Walsh umklammert hatte, als er versucht hatte, aus dem Haus zu flüchten. »Kommt Ihnen das bekannt vor?«

Michelle zog eine Grimasse. »Igitt, nein. Was ist das?«

»Hat Ihr Vater je Drogen genommen?«, fragte Mettner

»Natürlich nicht. Selbst wenn er gewollt hätte, hätte er nicht gekonnt.«

»Ist er nicht im Ruhestand?«, fragte Josie.

»Doch, schon. Er ist vor fünf Monaten in Rente gegangen. Nach den Überschwemmungen. Das war für alle eine große Belastung. Außerdem hatte ich gerade eine neue Arbeitsstelle angetreten und brauchte Hilfe mit den Mädchen. Dad hat den Dienst quittiert, um mir bei der Kinderbetreuung zu helfen und die Mädchen von der Schule abzuholen. Meine Mom ist gestorben, als Dorothy noch ein Baby war. Ich bin alleinerziehend und habe nur meinen Dad.«

Josie schickte eine stille Bitte zum Himmel. Hoffentlich würde Clay Walsh überleben, auch wenn es an ein Wunder grenzen würde.

»Was ist mit Edibles?«, fragte Mettner. »Hat er so etwas je probiert?«

Michelle runzelte die Stirn. »Sie denken an die Brownies, nicht wahr? Was meinen Sie? Dass irgendein Dealer aufgekreuzt ist, während meine Kinder dort waren, und ihm ein paar mit Cannabis versetzte Brownies verkauft hat? Sind Sie verrückt?«

Ihre Stimme war zu einem Kreischen geworden. Ruhig erwiderte Josie: »Wir müssen das fragen.«

»Warum? Wieso müssen Sie das fragen? Denken Sie, dass mein Dad einen Brownie mit Cannabis gegessen und sein Haus abgefackelt hat, während meine Kinder drin waren? Hören Sie sich überhaupt selbst zu? Erstens: Was für ein höllisches Cannabis bringt Menschen dazu, so etwas zu tun? Zweitens: Mein Dad ist einer der höchstdekorierten Feuerwehrleute in dieser Stadt. Er hat jahrzehntelang als Feuerwehrmann gearbeitet, hat Hunderte Leben gerettet und mehr für diese Gemeinde getan als fast jeder andere bei der Feuerwehr. Ich weiß, dass Sie gehört haben, was meine Kinder gesagt haben, aber ich sage Ihnen, was heute passiert ist, war so untypisch für meinen Vater, wie es nur möglich ist.«

»Sie glauben den Mädchen nicht?«, fragte Mettner.

Michelle fiel die Kinnlade herunter. Sie holte zitternd Atem. Ihr Körper bebte. Sie hob den Kopf und verschränkte die Arme über der Brust. »Natürlich glaube ich meinen Mädchen. Aber Sie haben sie ja gehört: Dad hat ein Auto in der Zufahrt gehört. Er hat die Brownies nicht gebacken. Jemand hat sie ihm gebracht. Was er gemacht hat, war nicht seine Schuld. Er muss unter dem Einfluss von etwas gestanden haben, sonst hätte er nie absichtlich Feuer gelegt. Und er würde niemals meine Kinder in Gefahr bringen. Absolut ausgeschlossen.«

Sie senkte die Stimme und trat einen Schritt an Josie und Mettner heran. »Wir reden hier von Brandstiftung. Ich frage mich jetzt schon, wie zum Teufel ich das den Leuten erklären soll, mit denen er gearbeitet hat. Denken Sie, die glauben ein paar Kindern, selbst wenn es seine eigenen Enkel waren, dass Clay Walsh – der legendäre Clay Walsh – sein eigenes Haus angezündet hat? Die kaufen mir das niemals ab.«

»Denken Sie, dass Ihr Vater einen Brownie gegessen hätte, wenn er gewusst hätte, was darin war?«, fragte Josie.

»Natürlich nicht.«

»Ich glaube Ihnen, Michelle«, sagte Josie. »Ich denke, da steckt mehr dahinter, als wir wissen. Wir werden alles

Menschenmögliche tun, um der Sache auf den Grund zu gehen, das verspreche ich Ihnen. Wissen Sie, ob Ihr Vater Streit mit jemandem hatte? Gab es Probleme mit anderen?«

»Nein, nein.«

»Hat er kürzlich eine Beziehung angefangen? Oder sich gerade von jemandem getrennt?«

Michelle lachte laut auf. »Dad? Eine Beziehung? Nein. Er ist schon seit Jahren nicht mehr mit einer Frau ausgegangen.«

»Sagt Ihnen der Name Nysa Somers etwas?«

»Nein. Wer ist das?«

»Sie war Studentin an der Universität.«

Michelle fiel nicht auf, dass er von ihr in der Vergangenheit sprach. Sie schüttelte rasch den Kopf und fuhr sich mit den Händen durch das Haar. »Nein, mein Dad kennt niemanden von der Universität. Solange es dort nicht brennt, hätte er keinen Grund hinzugehen, ganz egal, warum.«

»Können Sie sich jemanden vorstellen, der ihm schaden wollte?«

Michelle ließ die Arme fallen und schniefte. »Nein. Herrgott, nein. Jeder mag meinen Dad. Er ist der Beste.«

VIERUNDZWANZIG

Es fiel mir schwer, einzuschlafen, vor allem, weil ich so aufgedreht war. Ich kam einfach nicht zur Ruhe. Stundenlang rief ich immer wieder die WYEP-Website auf und wartete auf Nachrichten über den gefallenen Helden von Denton. Er lag nun nicht nur am Boden, er würde auch in Ungnade fallen. Nicht zum ersten Mal wünschte ich, ich könnte jemandem zeigen, wie brillant ich war. Aber das war keine ernsthafte Option. Meine frühere Aufregung darüber, *gesehen* zu werden, versiegte. Ich wurde vielleicht nicht direkt wahrgenommen – das war nicht möglich –, aber man nahm Notiz von meinen Taten. Zum ersten Mal wurden sie nicht als Unglücksfälle abgetan. Nun wusste jeder um meine Macht. Ich verspürte ein sehr berauschendes Gefühl, ganz anders als die stille Genugtuung, die ich empfunden hatte, wenn ich jemandem seine verdiente Strafe zukommen hatte lassen.

Immer wieder lud ich die Seite neu. Irgendwann nach Mitternacht erschien endlich die Meldung.

Feuerwehrmann aus Denton erleidet bei Hausbrand schwere Verbrennungen.

Das Herz schlug mir bis zum Hals. »Schwere Verbrennungen?«, murmelte ich.

Das war nicht in Ordnung. Dann erkannte ich, dass es keine Rolle spielte. Das war das Schöne an meiner neuen, verbesserten Methode. Selbst wenn er überlebte, würde er sich nicht daran erinnern, was passiert war. Er würde nicht mehr wissen, dass er das Feuer gelegt oder mich auch nur gesehen hatte.

Ich fragte mich, wie schwer seine Verbrennungen waren. Schwer genug, um dafür zu bezahlen, wie er mich bei unserer Begegnung vor Monaten behandelt hatte? Die Röte stieg mir ins Gesicht, als ich daran dachte, wie er mich angeblafft hatte. »Geh mir aus dem Weg, verdammt noch mal«, hatte er mich angeherrscht. Dann hatte er mich beiseitegeschoben, als sei ich nichts. Er hatte sich nicht einmal entschuldigt. Hatte mich keines Blickes mehr gewürdigt.

Die Gedanken rasten wie wild in meinem Kopf, als ich weiterlas. War es mir wenigstens gelungen, eine der kleinen Gören zu töten, die er überall mit dabeihatte?

»Shit.«

Alle hatten überlebt. Nicht, dass es eine Rolle spielte. Sie hatten mich nicht einmal gesehen. Trotzdem ärgerte es mich. Alle hatten es geschafft, dem Feuer zu entkommen, und trotzdem berichtete WYEP, dass »die Stadt Kopf stand« wegen dieser »Tragödie, die sich in Clay Walshs Haus ereignet hatte«.

Eine kopfstehende Stadt.

Sie hatten keine Ahnung. Schon bevor ich Clay ins Visier genommen hatte, hatte ich andere Ereignisse in Gang gesetzt.

FÜNFUNDZWANZIG

Josie und Mettner kehrten mit den Ergebnissen der toxikologischen Analyse zum Revier zurück. Noah hatte endlich Josies Nachrichten beantwortet und versprochen, dort zu sein und sie heimzufahren. Obwohl sie verärgert war, weil er sich fast den ganzen Tag nicht gemeldet hatte, konnte sie es nicht erwarten, ihn zu sehen. Ein Teil von ihr wollte weiter an dem Fall – nein, den Fällen – arbeiten, bis es nichts mehr zu lösen gab und all ihre Fragen beantwortet waren. Ein anderer aber wollte nichts sehnlicher, als mit Noah nach Hause zu fahren und ihn dazu zu bringen, sie mit seinen Händen und seinem Mund alles vergessen zu lassen, was die letzten zwei Tage passiert war.

Es war spät. Alle außer Gretchen, die sich bereit erklärt hatte, die Spätschicht zu übernehmen, hätten bereits zu Hause sein sollen, doch sie trafen sich im Großraumbüro des Reviers: Josie, Mettner, Gretchen, Noah und der Chief. Selbst Amber Watts war noch da. Sie war leger in Jeans und einen leichten Pulli gekleidet und hatte ihr kastanienbraunes Haar zu einem lockeren Knoten gebunden. Als Mettner sich an seinen

Schreibtisch setzte, schlenderte sie zu ihm hinüber und stellte sich hinter ihn.

Chief Chitwoods Gesicht war bereits knallrot. Noch hatte niemand etwas gesagt. »Ich habe gerade mit dem Brandinspektor der Stadt telefoniert«, begann er. »Seine Experten werden Walshs Haus nicht vor morgen untersuchen können, um die Brandursache festzustellen. Ich habe ihm nicht gesagt, dass ein Kindergarten- und ein Grundschulkind meinen Leuten verraten haben, dass einer der höchstdekorierten Feuerwehrmänner der Stadt sein eigenes Haus angezündet hat, verdammt noch mal. Ich will ihm das nicht erzählen müssen. Muss ich ihm das erzählen?«

Niemand wagte zu antworten. Er war gerade eindeutig in Fahrt. Chitwood fuhr fort: »Palmer hat mich auf den neuesten Stand gebracht, nachdem sie den richterlichen Beschluss für die toxikologische Untersuchung von Clay Walsh vorbereitet hatte. Es war übrigens alles andere als einfach, einen Richter dazu zu bringen, ihn auszustellen, denn wir reden hier von einem Helden der Stadt. Aber jetzt habt ihr den Drogentest, wie ich höre, also sagt mir, was Sache ist, denn ich muss dem Brandinspektor und allen, die mit Clay Walsh gearbeitet haben, mehr bieten als die Behauptung, dass Clay Walsh den Verstand verloren und sein Haus abgefackelt hat.«

Mettner und Josie sahen sich an und versuchten, wortlos zu entscheiden, wer von ihnen ihm die Nachricht überbringen sollte. Schließlich seufzte Mettner und sagte: »Der Test war negativ.«

Ein Raunen ging durch den Raum. »Was?«, brüllte der Chief.

Josie sah, dass Amber eine Hand auf Mettners Schulter legte und sie drückte.

»Wie ist das möglich?«, fragte Noah.

»Ihr habt gesagt, dass bei Walsh Brownies und ein Aufkleber wie der bei Nysa Somers gefunden wurden«, begann

Gretchen. »Dadurch habe ich den Beschluss überhaupt erst bekommen. Ich habe den Richter überzeugt, dass eine Spitzenschwimmerin sich nicht einfach so am Montagmorgen ertränkt und ein hochdekorierter Feuerwehrmann sich nicht beinahe dadurch umbringt, dass er am Dienstag einen Brand legt, sondern dass da mehr dahintersteckt. Etwa, dass jemand unterwegs ist, der andere dazu bringt, Brownies mit einer Droge darin zu essen, die sie so etwas tun lässt. Der einzige Grund, warum der Richter mir den Beschluss ausgestellt hat, war die Tatsache, dass in beiden Fällen der Aufkleber gefunden wurde.«

Josie hob die Hand, um Gretchen zu beruhigen. »Ich weiß, ich weiß.«

»Sie wollen mir erzählen, dass in den Brownies nichts war? Dass die beiden einfach innerhalb von zwei Tagen einer nach dem anderen den Verstand verloren haben?«

»Nein«, widersprach Josie. »Das wollen wir Ihnen nicht erzählen. Wirklich nicht. Wir wissen alle, dass bei diesen Drogentests nicht auf alles getestet wird, sondern nur auf die gängigsten Drogen.«

»Genau«, pflichtete Mettner ihr bei. »Das heißt lediglich, dass wir Amphetamine, Cannabis, Kokain, Opioide, Barbiturate, Benzos, PCP, Methaqualon, Methadon und Darvon ausschließen können.«

»Was bleibt da noch?«, fragte Noah. »Vergewaltigungsdrogen? GHB? Flunitrazepam?«

»Durchaus möglich«, erwiderte Gretchen. »Diese Drogen haben eine kürzere Halbwertszeit. Sie sind nicht lange im Körper nachweisbar. Wenn sie eine dieser Substanzen bekommen haben, dann wird der Test auch bei Nysa Somers negativ ausfallen.«

»Aber bei Walsh hätte eine solche Droge nachgewiesen werden können«, wandte Josie ein. »Zwischen dem Zeitpunkt, da er unserer Meinung nach die Brownies gegessen hat, und der

Blutabnahme war kein großer zeitlicher Abstand. Außerdem habe ich schon Menschen gesehen, denen GHB und Flunitrazepam verabreicht wurde. Im Vergleich zu ihnen war Nysa Somers viel zu sicher auf den Beinen. Schon möglich, dass manche GHB zum Spaß nehmen, aber die meisten Vergewaltigungsdrogen sollen hilflos machen. Nysa Somers war nicht hilflos. Auch Clay Walsh nicht.«

»Gehen wir alles noch einmal durch«, sagte der Chief und sah dabei Josie an.

Josie suchte im Geist schnell alle Fakten zusammen, atmete tief durch und legte los: »Nysa Somers ging am Sonntagabend in die Bibliothek. Als sie die Bibliothek wieder verließ, ging sie nicht nach Hause. Sie schickte ihrer Mitbewohnerin eine Nachricht, dass sie sich mit einem Freund treffen wolle. Es vergingen rund acht Stunden. Dann tauchte sie auf dem Weg zwischen ihrer Wohnanlage und dem Campus wieder auf. Irgendwann bekam sie über die Kalender-App auf ihrem Handy eine Erinnerung, die lautete: ›Zeit, eine Meerjungfrau zu sein‹. Sie oder jemand anderer warf ihren Rucksack mit ihrem Handy darin in den Wald. Als wir den Rucksack fanden, war ein Sandwichbeutel darin. In ihm befanden sich Krümel, vermutlich von einem Brownie. Außerdem klebte darauf ein bizarrer Aufkleber mit einem aufgeplatzten Schädel als Motiv. Bei der Autopsie bestätigte sich, dass Nysa Brownies im Magen hatte und ertrunken war.«

Mettner unterbrach sie. »Sie ist aus eigener Kraft in das Hallenbad gegangen, hat den Sicherheitsmann begrüßt und angelächelt, hat ihn beim Namen genannt und ist dann zum Becken gegangen und darin ertrunken.«

Josie nahm den Faden wieder auf. »Clay Walsh spielte im Garten hinter seinem Haus mit seinen Enkelinnen. Sowohl er als auch seine ältere Enkelin Dorothy glaubten, ein Auto in der Zufahrt zu hören. Walsh ging ins Haus. Er kam nicht wieder heraus. Es verging eine unbestimmte Zeit. Die Mädchen gingen ebenfalls ins Haus und sahen, wie er drinnen herumlief, überall Feuer legte und sagte, ›Zeit, ein Funke zu sein‹. Das hat einen ähnlichen Wortlaut wie die Erinnerung in Nysas Kalender, ›Zeit, eine Meerjungfrau zu sein‹. Die jüngere der beiden Enkelinnen behauptet, auf dem Küchentisch seien Brownies gewesen. Im Krankenhaus entdeckte man, dass er etwas festhielt, vermutlich eine Frischhaltefolie, auf der sich der Rest eines Aufklebers mit einem aufgeplatzten Schädel befand.«

»Jemand ist zu Walshs Haus gefahren«, sagte Mettner.

»Genau«, erwiderte Josie. »Das ist unsere Theorie. Eine unbekannte Person taucht dort auf und gibt ihm Brownies. Vermutlich hat er einen davon gegessen. Dann hat er angefangen, sich seltsam zu benehmen und Feuer im Haus zu legen. Die Mädchen dachten, er sei krank. Bronwyn sagte, dass er sie gegen Ende, bevor sie ihn aus den Augen verlor und nachdem er sie vor dem zusammenbrechenden Boden gerettet und zur Seite geworfen hatte, ›komisch‹ angesehen habe. Möglicherweise war er orientierungslos. Es muss etwas in den Brownies gewesen sein. Wir wissen nur nicht, was.«

»Diese unbekannte Person«, sagte der Chief, »ist die Verbindung, der wir nachgehen müssen.« Er rieb sich mit Zeige- und Mittelfingern die Schläfen und blies den Atem aus. »Wie weit sind wir mit der Fahndung nach der Person, bei der Nysa Somers in der Nacht vor ihrem Tod war?«

»Niemand im Hollister Way erinnert sich daran, sie in der Nacht gesehen oder etwas Ungewöhnliches bemerkt zu haben«, antwortete Noah.

»Aber wir haben Nysa Somers' Handyprovider heute Vormittag eine Anfrage geschickt, damit sie nachsehen, wo ihr Handy in den Stunden, in denen ihr Verbleib noch ungeklärt ist, eingeloggt war«, fügte Mettner hinzu. »Wir vergleichen die Daten mit den Adressen aller ihrer Dozenten und den Schwimmtrainern ihres Teams.«

»Genau«, bestätigte Josie. »Denn ihre Schwester sagte, dass

sie sich mit jemandem getroffen habe, der älter als sie gewesen sei, und die Beziehung als ›unangemessen‹ bezeichnet habe. Und dass sie die Beziehung zu dieser Person am Freitag abgebrochen habe.«

»Gut«, sagte Chitwood. »Wir machen Folgendes: Ihr alle außer Palmer fahrt nach Hause und ruht euch aus. Ich will sofort informiert werden, wenn die Verbindungsdaten da sind und ihr die Liste der älteren Männer habt, die für die unangemessene Beziehung infrage kommen. Morgen redet ihr mit Leuten, die Clay Walsh gekannt haben. Ihr alle. Ich will wissen, wer zu ihm gekommen ist, bevor er das Feuer gelegt hat. Ich weiß, dass seine Tochter behauptet hat, er hätte mit niemandem Streit und auch keine Freundin gehabt, von der er sich erst kurz vorher getrennt hat, aber ich möchte das von jedem, der ihn gekannt hat, hören, bevor wir diese Spur ad acta legen können. Außerdem möchte ich, dass ihr nach einer möglichen Verbindung zwischen Nysa Somers und Clay Walsh sucht, sei sie auch noch so vage. Findet sie. Findet irgendetwas! Verstanden?«

Alle nickten. Mettner machte sich auf seinem Handy Notizen.

»Ich setze mich mit meiner Kontaktperson bei der Rauschgiftbehörde in Verbindung und erkundige mich, ob er etwas über diesen Aufkleber oder irgendwelche anderen Drogen weiß, mit denen wir uns befassen sollten«, fügte Chitwood hinzu.

Amber räusperte sich und lenkte damit zum ersten Mal die Aufmerksamkeit auf sich. »Was machen Sie eigentlich hier, Watts?«, fragte Chitwood.

Sie ließ sich keine Sekunde aus der Fassung bringen und schenkte ihm ein strahlendes Lächeln. Josie bewunderte sie immer mehr dafür, wie unbeeindruckt sie mit Chitwood umging. »Ich bekomme nach wie vor viele Anfragen wegen des Falls Nysa Somers. Und heute Abend werden mir die Presseleute die Bude einrennen, um zu erfahren, was mit Clay Walsh passiert ist. Was soll ich ihnen sagen?«

Chitwood grunzte. »Nichts. Überhaupt nichts. Ihr Presseleute seid doch gut darin, mit vielen Worten nichts zu sagen. Genau das machen Sie.«

Mettner öffnete den Mund, um etwas zu erwidern, doch Josie schaltete sich schnell ein. »In beiden Fällen handelt es sich um laufende Ermittlungen, zu denen wir nichts sagen können. Sie laufen auf Hochtouren. Wir haben noch nicht genug Informationen, um konkrete Angaben zu machen.«

Chitwood fuhr mit seinem Zeigefinger durch die Runde und deutete nacheinander auf sie alle. »Über den Brownie und den Aufkleber dringt nichts nach draußen, kapiert? Erst müssen wir herausfinden, was zum Teufel in dieser Stadt vor sich geht.«

Ohne auf eine Antwort zu warten, ging er in sein Büro und schlug die Tür hinter sich zu.

SECHSUNDZWANZIG

Wieder zu Hause unternahmen Josie und Noah mit ihrem Hund Trout einen langen Spaziergang. Im Viertel war es dunkel und ruhig, doch die Straßen waren hell erleuchtet. Trout überschlug sich vor Freude, draußen sein zu können, und Josie war sich sicher, dass es für ihn keine Rolle spielte, ob es Tag oder Nacht war. Bei dem Gedanken, wie lange er heute allein zu Hause hatte ausharren müssen, bekam sie ein schlechtes Gewissen. Normalerweise fuhren sie oder Noah tagsüber einige Male nach Hause, um mit ihm spazieren zu gehen, damit er sein Geschäft machen konnte.

Noah ging wortlos neben ihr her. Sie wollte ihn fragen, was er für einen Tag gehabt hatte, war aber zu müde dazu. In ihrem Kopf liefen immer wieder die Ereignisse in Clay Walshs Haus ab. Alle paar Minuten musste sie an die verstörten, tränenüberströmten Gesichter von Michelle, Dorothy und Bronwyn Walsh denken.

»Ich fahre dich morgen zu einer Autovermietung«, sagte Noah. »Hast du schon angerufen und dein Auto vom Walsh-Anwesen abschleppen lassen?«

Josie schüttelte den Kopf und beobachtete Trout, wie er an

einem Telefonmast schnüffelte, ihn anpinkelte, wieder daran roch und das Ganze noch viermal wiederholte.

»Josie?«

Sie sah zu Noah hoch, dessen Gesicht von einer Straßenlaterne angeleuchtet wurde. »Was?«

»Was ist los mit dir?«

Eine Stimme in ihrem Kopf blaffte zurück: *Ich weiß nicht. Warum sagst nicht du mir, was los ist? Wo bist du in letzter Zeit ständig gewesen?* Aber aus ihrem Mund kamen nur die Worte. »Nichts. Alles okay.«

«Josie.«

»Der Fall beschäftigt mich«, platzte es aus ihr heraus, vor allem, weil sie nicht etwas sagen wollte, das in einen Streit mündete. Nicht heute Abend. Nicht nach zwei Tagen, in denen sie es mit schrecklichen Tragödien und trauernden Familien zu tun gehabt hatte.

»Es ist immer der Fall«, sagte er und lachte leise.

»Das ist nicht lustig«, fuhr sie ihn an. Trout blieb stehen und blickte sie beide an.

Noah sah auf ihn hinunter. »Schon gut, Kleiner«, beruhigte er ihn. Trout lief weiter. »Tut mir leid«, sagte Noah. »Ich habe es nicht so gemeint. Manchmal denke ich, dass dir etwas anderes durch den Kopf geht, du aber nur über die Arbeit redest, weil dir das leichter fällt.«

Josie war froh, dass es dunkel war und er nicht sehen konnte, wie ihr die Röte in die Wangen stieg. »Wenn das wieder einmal eine deiner Kampagnen ist, mich in eine Therapie zu bekommen, kannst du es gleich vergessen.«

»Paige Rosetti ist Psychologin. Du hast doch schon einen Draht zu ihr«, sagte er. Josie kannte die Frau von einem früheren Fall.

»Noah, bitte, hör auf damit.«

»Würde ich ja, aber hin und wieder kommt es mir so vor, als wolltest du auch mit mir nicht reden. Ich habe manchmal das

Gefühl, dass ich überhaupt nicht weiß, was du denkst und wie du dich fühlst.«

Josie blieb abrupt stehen, sodass Trouts Leine sich ruckartig spannte. Der Hund blieb stehen, trottete zurück zu Josies Beinen und sah mit seitlich aus dem Maul hängender Zunge zu ihr hoch. »Was ich denke? Ich denke daran, dass ich gestern eine Zwanzigjährige aus einem Becken gezogen und vergeblich versucht habe, sie zu reanimieren. Sie ist allein gestorben und ich musste mit ihrer völlig aufgelösten Familie an einem Tisch sitzen und ihr erzählen, dass ich Nysas Tod aufklären würde, obwohl ich nicht sicher bin, ob ich das schaffe. Ich denke daran, dass ich, kurz nachdem ich von dem Tisch aufgestanden war, ein kleines Mädchen aus einem brennenden Haus retten musste, weil ihr Großvater – jemand, dem sie vertraute – das Haus angezündet hat, während die Kinder drinnen waren. Dann musste ich seinen verbrannten, Blasen werfenden Körper ertragen, der aussah, als hätte ihn jemand mit einem heißen Fleischklopfer bearbeitet. Und danach musste ich noch seiner aufgelösten Tochter sagen, dass ich mein Möglichstes tun würde, um herauszufinden, was mit ihm geschehen ist, obwohl ich nicht glaube, dass ich das schaffe. Was ich fühle? Ich habe Angst, dass wir den Fall nicht lösen, weil er so undurchsichtig ist und wir keine Spuren haben. Ich befürchte, dass wir, sogar wenn wir herausfinden, was zum Teufel da abläuft, überhaupt nichts beweisen können, denn welche Droge lässt Menschen wie Nysa Somers und Clay Walsh das tun, was sie getan haben? Mich entsetzt der Gedanke, dass es auf dieser Welt nichts Gutes mehr gibt.«

Noah berührte Josies Wange und da merkte sie, dass sie Trouts Leine so fest um ihre Finger gewickelt hatte, dass sie abgeschnürt worden waren. Eine Pfote kratzte an ihrem Schienbein. Trout versuchte, ihre Aufmerksamkeit zu erhaschen. Er schien immer zu spüren, wenn sie aufgebracht war. Das galt vermutlich auch für Noah, doch gerade in den letzten Tagen, als sie ihn am meisten gebraucht hätte, war er für sie nicht da gewesen.

»Josie«, sagte er. »*Du* bist das Gute auf dieser Welt.«

Sie wickelte die Leine von ihren Fingern, schüttelte den Kopf und verkniff sich ein Lächeln. Normalerweise hätte das abgedroschen oder kitschig geklungen, aber aus Noahs Mund klang es aufrichtig. Gerade das schätzte sie an ihm. Er hatte sie immer in einem völlig anderen Licht gesehen als jeder andere – allen voran sie selbst. Zuerst war ihr das unangenehm gewesen, doch dann hatte sie immer mehr Kraft daraus geschöpft. Es war, als würde sie es emotional voranbringen, doch tief in ihrem Inneren widerstrebte es ihr, Noah so sehr zu brauchen.

Noah wartete gar nicht erst auf eine Antwort. Stattdessen sagte er: »Ich weiß, dass du heute Nacht sowieso nicht schläfst, also lass uns etwas tun.«

»Was?«

»Na, am Fall arbeiten.«

»Und wie? Es ist fast elf.«

»Komm. Wir gehen nach Hause und rufen Shannon an. Sie ist sicher noch auf. Wir fragen sie, was für Substanzen Menschen beeinflussbar machen, ohne sie außer Gefecht zu setzen. Die sie Sachen machen lassen, die sie normalerweise nicht tun würden.«

Shannon Payne war Josies biologische Mutter. Sie arbeitete als Chemikerin in einem großen pharmazeutischen Unternehmen, Quarmark, und wohnte zwei Autostunden von ihnen entfernt.

»Ich glaube nicht, dass sich Shannon mit Straßendrogen auskennt«, wandte Josie ein.

»Vermutlich nicht«, stimmte Noah ihr zu. »Aber mir sind gerade die Kontaktpersonen bei der Rauschgiftbehörde ausgegangen, Chitwood hat von seiner noch nichts gehört und da wäre Shannon vielleicht ein Anfang.«

Sie trieben Trout zur Eile. Zu Hause setzten sie sich an den

Küchentisch, legten Josies Handy in die Tischmitte und stellten es laut. Josie rief Shannons Nummer auf und drückte auf das Anrufsymbol. Shannon nahm das Gespräch nach dem dritten Klingeln an. Nachdem sie die üblichen Nettigkeiten ausgetauscht hatten, fragte Josie, ob sie Shannon in ihrer Eigenschaft als Chemikerin bei Quarmark ein paar fachliche Fragen stellen durften.

Shannon lachte. »Ich weiß nicht, ob ich euch helfen kann, denn die letzten vier Jahre habe ich an ein und demselben Krebsmedikament gearbeitet. Aber schieß los.«

»Kennst du eine Droge, die Menschen extrem manipulierbar macht? Die sie Dinge tun lässt, die sie normalerweise nie tun würden? Selbst wenn sie sich damit selbst schaden?«

Für kurze Zeit herrschte Stille in der Leitung. Dann antwortete Shannon: »Reden wir hier von Straßendrogen? Ich kenne mich damit nicht besonders aus, Josie.«

»Das ist mir schon klar«, erwiderte Josie. »Aber Medikamente zu entwickeln ist dein Beruf. Wenn du eines entwickeln müsstest, das Menschen beeinflussbar macht, ohne sie komplett außer Gefecht zu setzen, was würdest du tun?«

»Beeinflussbar machen, aber nicht ausschalten?«, wiederholte Shannon.

Josie dachte an Nysa und Clay, wie sie nach außen hin völlig normal funktioniert und trotzdem Unsinn von sich gegeben hatten: Zeit, eine Meerjungfrau zu sein, Zeit, ein Funke zu sein. Bronwyn hatte erzählt, dass Clay so lange Feuer gelegt hatte, bis sie ihm zugerufen hatten, damit aufzuhören. Sie sagte: »Etwas, das Leute, wenn man es ihnen gäbe – natürlich in der richtigen Dosis, denn das wäre wichtig –, dazu brächte, das zu tun, was man ihnen befiehlt. Irgendetwas. Ohne dass sie krank oder desorientiert oder berauscht wirken würden.«

»Hm«, überlegte Shannon. »Das klingt eigentlich wie eine

Frage für jemanden aus einer Anti-Rauschgift-Einheit, aber okay, tun wir mal so. Lass mich bitte kurz nachdenken.«

Sie warteten mehrere Minuten. Durch das Telefon war zu hören, wie Shannon etwas in ihre Tastatur tippte, während sie Unverständliches vor sich hin murmelte. Dann wurde ihre Worte lauter und klarer. »Josie? Noah? Seid ihr noch dran?«

»Wir sind da«, antwortete Noah.

»Ich würde mit Scopolamin anfangen«, begann Shannon. »Obwohl es keine verbotene Substanz ist. Es wird vorwiegend gegen Seekrankheit verabreicht.«

»Ist das dieses Zeug, das man als Pflaster kaufen kann und sich hinter das Ohr klebt?«, fragte Noah nach.

»Genau das«, antwortete Shannon.

»Woher weißt du das?«, fragte Josie.

Noah lächelte schwach. »Ich hatte diese Pflaster immer beim Hochseefischen dabei.«

»In diesen Pflastern ist der Wirkstoff extrem niedrig dosiert«, erklärte Shannon. »Er wird im Verlauf von drei Tagen freigegeben, also ganz langsam absorbiert. Ein anderer Name für Scopolamin ist Hyoscin. In geringer Dosierung setzt man es gegen Übelkeit und Brechreiz ein. Der menschliche Körper erzeugt von Natur aus eine chemische Verbindung namens Acetylcholin, die im Wesentlichen Nervenimpulse im zentralen und peripheren Nervensystem überträgt. Acetylcholin ist der wichtigste Neurotransmitter bei der Muskelkontraktion und erweitert Blutgefäße, hat aber noch viele weitere Funktionen. Es kann hemmend oder anregend auf das Nervensystem wirken, sorgt also dafür, dass die Nervensignale schneller oder langsamer übertragen werden. Scopolamin blockiert das Acetylcholin im zentralen Nervensystem. Niemand weiß genau, warum, aber es dämpft den Brechreiz und wird, wie gesagt, gegen Seekrankheit und postoperative Übelkeit eingesetzt. Gelegentlich verabreicht man es auch bei Magen-Darm-Beschwerden, etwa Krämpfen.

Wir haben es in manchen Medikamenten gegen Übelkeit infolge von Chemotherapien eingesetzt. Mein Team hat vor einigen Jahren ein sehr wirksames Medikament in der Art entwickelt, das inzwischen bei vielen Indikationen zum Einsatz kommt.«

Bevor Shannon zu einer ausführlichen Beschreibung der Medikamente von Quarmark ansetzen konnte, fragte Josie: »Was passiert, wenn man Scopolamin in höherer Dosierung einsetzt? Oder einnimmt?«

»Man kann es oral verabreichen, das ist kein Problem. Es ist in Tablettenform erhältlich. In höherer Dosierung allerdings würde man Nebenwirkungen zu spüren bekommen, etwa Benommenheit, Juckreiz, Kopfschmerzen, beschleunigten Puls, Verwirrtheit, erweiterte Pupillen. Sehr wahrscheinlich auch Gedächtnisverlust. In extrem hoher Dosierung kommt es zu Psychosen, Anfällen und Halluzinationen. Und natürlich kann man auch daran sterben. Die Nebenwirkungen variieren allerdings von Individuum zu Individuum. Jeder hat eine individuelle Körperchemie. Manche Medikamente wirken bei dem einen, aber nicht bei dem anderen. Da spielen viele Faktoren eine Rolle.«

»Du hast gesagt, du würdest mit Scopolamin anfangen«, sagte Noah. »Warum?«

Shannon seufzte. »Na ja, ich bin für die Pharmabranche tätig. Und weil ich schon damit gearbeitet habe, war es das Erste, was mir in den Sinn gekommen ist. Außerdem blockiert es, wie schon erwähnt, den Neurotransmitter Acetylcholin und hindert ihn daran zu tun, wozu er im Nervensystem da ist. Dadurch kommt es zu kognitiven Problemen und Gedächtnisverlust. Bei manchen Studien verursachte eine höhere Dosierung Willenlosigkeit und extreme Beeinflussbarkeit, fast einen hypnotischen Zustand also.«

»Einen hypnotischen Zustand«, griff Josie das Thema auf. »Ist es möglich, dass jemand, der eine hohe Dosis zu sich genommen hat – aber nicht hoch genug, um Symptome wie

Benommenheit, Verwirrtheit, Psychosen, Anfälle und so weiter zu verursachen –, völlig normal wirkt, aber in Wirklichkeit stark beeinflussbar ist?«

»Ich denke schon«, antwortete Shannon. »Die Bedingungen und Dosierungen müssten stimmen, aber möglich ist es wohl. Die Regierung hat Scopolamin in den frühen Zwanzigerjahren des letzten Jahrhunderts als Wahrheitsserum eingesetzt. Ich glaube, irgendein europäisches Land hat es kürzlich ebenfalls für diese Zwecke genutzt.«

Josie lachte. »Das wusste ich nicht. Ach, eine letzte Sache noch: Wie lang bleibt es im Blut und ist toxikologisch nachweisbar?«

»Das kann ich dir wirklich nicht sagen. Nicht lange, da bin ich mir sicher, aber da fragst du besser einen Toxikologen.«

Sie plauderten noch ein paar Minuten. Shannon fragte auch nach Patrick. Josie erwähnte die Sache mit den verfärbten Poloshirts nicht, versprach aber, ihm zu sagen, dass er sie anrufen solle. Dann beendeten sie das Gespräch.

»Patrick«, sagte Josie. »Mit dem müssen wir reden. Morgen.«

Noah runzelte die Stirn. »Ist er so etwas wie der Scopolaminkönig? Gibt es etwas, das du uns über deinen kleinen Bruder verschweigst?«

Josie lachte. »Nein, aber er ist Student. Er wohnt auf dem Campus. Von Hahlbeck haben wir die ›offiziellen‹ Informationen erfahren. Aber sie weiß nicht, was die Studenten wissen.«

»Du meinst das, von dem die Studenten nicht wollen, dass sie es weiß.«

»Genau.«

SIEBENUNDZWANZIG

Am nächsten Morgen schickte Josie Patrick eine Nachricht und lud ihn noch für denselben Tag zum Abendessen ein. Dann fuhr Noah sie zu einer Autovermietung. Er setzte sie dort ab und sagte ihr, dass sie sich auf dem Revier treffen würden, doch als sie dort eintraf, war er nirgends zu finden. Mit dem Schreibtischtelefon rief sie im Krankenhaus an und verlangte nach Dr. Nashat, in der Hoffnung, von ihm Neues über den Zustand von Clay Walsh zu erfahren. Sie war erleichtert zu hören, dass Walsh den Flug nach Philadelphia überlebt hatte und noch am Leben war, soweit Dr. Nashat wusste. Nachdem sie aufgelegt hatte, blieb Josie an ihrem Schreibtisch sitzen und starrte auf ihr Telefon. Sie überlegte, ob sie Noah anrufen und ihn fragen sollte, wo er war. Würde sie damit überreagieren? Sie fand, dass er in letzter Zeit merkwürdig distanziert gewesen war. Nein, nicht distanziert, aber unzugänglich. Wahrscheinlich arbeitete er lediglich an einer der vielen kleineren Angelegenheiten, für die die Detectives neben den Mordfällen noch zuständig waren. Wo zum Teufel konnte er nur sein?

Die Tür zur Treppe ging auf und Mettner kam mit einem Stapel Papier und etwas, das wie ein eingerolltes Plakat aussah, in das Großraumbüro. »Ach, gut, dass du da bist«, begrüßte er sie. Er reichte ihr das zusammengerollte Papier, das sich als Landkarte herausstellte. »Ich habe hier die Login-Daten von Nysa Somers' Handy.«

Josie legte ihr Handy beiseite und holte sich Klebeband. Sie befestigte die Karte an einer Wand im Großraumbüro und zeichnete mit einem Permanentmarker den Bereich ein, in dem sich Nysas Handy im Lauf der Nacht eingeloggt hatte. Mettner sah ihr zu, in der Hand die Liste, die er erstellt hatte. Sie enthielt die Adressen der älteren männlichen Bekannten von Nysa, die als heimliche Liebhaber infrage kamen. »Um zehn haben diese Mobilfunkmasten ihr Handy erfasst«, sagte Josie. »Also muss sie sich in diesem Bereich aufgehalten haben. Er umfasst den Campus und den Hollister Way.«

»Und ein Stück Land nördlich des Campus«, fügte Mettner hinzu.

»Das stimmt, aber eine präzisere Bestimmung ist nicht möglich. Um dreiundzwanzig Uhr drei schickt ihr die Mitbewohnerin allerdings eine Nachricht und fragt, wo sie ist. Sie schreibt, dass sie sich mit einem Freund getroffen hat. Zu diesem Zeitpunkt wird ihr Handy von diesen Masten hier registriert.« Josie deutete auf eine Funkzelle etwa zehn Kilometer vom Campus entfernt, zu der ein Einkaufsviertel, ein Teil der Autobahn und zwei Wohnsiedlungen gehörten.

»Das ist ja interessant«, meinte Mettner.

»Um zwei Uhr nachts loggt sich ihr Handy wieder hier ein.« Josie deutete mit dem Permanentmarker einen Kreis dort an, wo sie die erste Funkzelle mit dem Campus und Hollister Way eingezeichnet hatte.

»Sie war also anderswo und ist wieder hierher zurückgekehrt.«

»Genau«, stimmte Josie ihm zu. »Ihr Handy war bis zum Montagnachmittag, als Hummel es mitnahm und auflud, in der Funkzelle Campus/Hollister Way registriert. Dann hat es sich im Zentrum von Denton eingeloggt, wo wir uns befinden, weil Hummel uns das Handy gebracht hat.«

»Aber ihre Mitbewohnerin hat doch gesagt, dass sie nicht nach Hause gekommen ist.«

»Sie hat gesagt, dass Nysa sich mit jemandem getroffen habe. Das hat auch ihre Schwester behauptet. Derjenige hat sie vermutlich an der Stelle getroffen, wo der Trampelpfad durch den Wald in den Hollister Way mündet. Zu dieser Nachtzeit war dort sicher niemand. Und selbst wenn – ich habe gesehen, wie die Kids dort entlanglaufen. Sie sehen kein einziges Mal lange genug von ihren verdammten Handys hoch, um etwas in ihrer Umgebung wahrzunehmen. Nysa Somers könnte mit ihrem Lover direkt dort gestanden haben und niemand hätte es gemerkt.«

»Okay«, sagte Mettner. »Der ältere, unangemessene Lover holt sie also beim Trampelpfad ab, nimmt sie irgendwohin mit und bringt sie etwa um zwei Uhr zurück. Was ist dann passiert? Ihre Mitbewohnerin hat ausgesagt, dass sie nicht nach Hause gekommen sei. Um kurz vor sechs Uhr bekommt Nysa eine Erinnerung von ihrer Kalender-App, in der es heißt, dass es Zeit sei, eine Meerjungfrau zu sein. Ihr Rucksack wird in den Wald geworfen, sie läuft über den Trampelpfad zum Campus und geht in die Schwimmhalle. Uns fehlen also noch immer vier Stunden.«

Josie hielt sich die Kappe des Markers nachdenklich an ihr Kinn und sah sich die Karte eingehend an. »Die Mitbewohnerin war sich nicht sicher, ob Nysa zu Hause gewesen war oder nicht. Sie ist erst um sieben Uhr fünfzehn aufgewacht.«

»Also ist es möglich, dass Nysa vier Stunden lang zu Hause war, die Erinnerung bekommen hat und wieder weggegangen ist?«

»Würde ich sagen.«

»Aber wann isst sie den Brownie? Ist es möglich, dass derjenige, mit dem sie zusammen war, ihn ihr vor zwei Uhr gegeben hat, dass seine Wirkung aber noch um sechs Uhr anhielt?«

»Keine Ahnung«, antwortete Josie. »Wir wissen noch nicht, welche Substanz der Brownie enthielt. Mist. So vieles ist bisher reine Spekulation.«

»Nicht ganz«, widersprach Mettner. »Wir wissen, dass sie zwischen dreiundzwanzig Uhr vier und zwei Uhr weder auf dem Campus noch zu Hause war. Also überprüfen wir diese Adressen.«

Er gab ihr ein Blatt mit der Hälfte der Adressen darauf. Zusammen begannen sie sie auf der Landkarte einzuzeichnen. Als sie fertig waren, traten sie zurück und sahen sich die Karte an. »So ein Mistkerl. Das ergibt keinen Sinn.«

Keiner der sieben Männer wohnte in der Gegend, in der Nysa Somers sich zwischen dreiundzwanzig Uhr vier und zwei Uhr aufgehalten hatte.

»Doch«, entgegnete Josie. »Das ergibt sehr wohl einen Sinn. Er hat sie nicht mit zu sich nach Hause genommen. Wenigstens nicht am Anfang. Sie sind irgendwo hingefahren, dann hat er sie zurückgebracht. Er wohnt hier in diesem Bereich – in der Nähe des Campus.«

In der ersten Funkzelle steckten zwei Stecknadeln. Eine markierte die Adresse eines Dozenten, die andere die des Trainers Brett Pace.

Mettner zog die Stecknadel für den Dozenten heraus. »Der Typ ist verheiratet. Seine Frau war die ganze Nacht zu Hause. Vielleicht hätte er nachts hinausschleichen können, während sie schlief, aber er hätte Nysa nicht mit zu sich nach Hause nehmen können.«

»Also bleibt nur noch der Trainer, Brett Pace«, folgerte Josie. »Wir fahren hin und reden mit ihm.«

Brett Pace war nicht im Sportzentrum auf dem Campus. Sie suchten in mehreren Gebäuden nach ihm, fanden ihn aber nicht. Einer seiner Assistenten meinte, er habe am Vortag das Training früh verlassen und sei nicht zurückgekehrt. Josie und Mettner fuhren zu seiner Adresse, einem Einfamilienhaus im Ranchstil auf einem Morgen Grund etwas oberhalb des Campus. Auf der gekiesten Zufahrt stand ein Jeep. An der Vorderseite des Hauses erstreckten sich leere Blumenbeete. Ein Campingstuhl der Universität von Denton stand auf der Eingangstreppe unter einem Windspiel. Das Gebäude wirkte etwas trist. Josie hatte das Gefühl, dass Brett Pace' Scheidung nicht gütlich vonstattengegangen war. Als sie zur Tür gingen, hörten sie drinnen Musik. Mettner klingelte, woraufhin im Haus wütendes Hundegebell einsetzte. Die Musik stoppte abrupt. Sie hörten Pace' Stimme, woraufhin das Hundegebell zu einem leisen Grollen verebbte. Die Tür ging auf und Bretts große Gestalt füllte den Türrahmen. Binnen zwei Tagen war aus ihm ein anderer Mann geworden. Stoppeln bedeckten sein Kinn. Unter seinen Augen hatten sich dunkle Ringe gebildet. Statt seiner gepflegten, adretten Trainingskleidung trug er Jeans und ein schwarzes T-Shirt mit Löchern im Kragen. Obwohl er in den letzten beiden Tagen eindeutig zu wenig geschlafen hatte, sah er in diesem unordentlichen Zustand jünger aus, als er zuvor durch sein glattes Erscheinungsbild vermittelt hatte. Josie fragte sich, ob Nysa diese Seite von ihm kennengelernt hatte und davon fasziniert gewesen war. Oder war es der grinsende, redegewandte, von Teamdynamik schwadronierende Trainertyp gewesen, der sie angezogen hatte?

Wortlos trat Pace zur Seite und bat sie herein. Ein Labradoodle begrüßte sie überschwänglich mit wedelndem Schwanz und schob seine Schnauze in ihre Hände. Josie tätschelte seinen Kopf. Pace befahl ihm, sich hinzulegen. Er trollte sich widerwillig in eine Ecke des Raums und rollte sich auf einem schäbigen weißen Hundebett ein. Josie blickte sich im Zimmer um.

Es enthielt lediglich ein TV-Gerät an der Wand und eine Ledercouch. Sie fragte sich, ob seine Ex-Frau bei der Scheidung den Großteil des Mobiliars eingesackt hatte oder ob er umzog. Als sie an ihm vorbei einen Blick in die Küche warf, entdeckte sie zwei Pappkartons mit unbenutzter Luftpolsterfolie daneben auf der Arbeitsplatte.

»Nehmen Sie Platz, wenn Sie möchten«, sagte Pace.

»Wir haben Sie auf dem Campus gesucht«, begann Mettner. »Einer Ihrer Assistenten sagte, Sie seien gestern weggefahren und nicht wiedergekommen.«

Pace stand mit hängenden Schultern in der Mitte des Raums. »Ich habe gestern meine Kündigung eingereicht.«

Josie deutete mit dem Kinn in Richtung der Küche. »Ziehen Sie um?«

Pace seufzte. »Ich bleibe nicht hier. Mein, äh, Dad hat ein Haus oben an der Pennsylvania State University, eine kleine Hütte, ziemlich abgelegen. Ich dachte, ich gehe für eine Weile auf Tauchstation.«

»Auf Tauchstation?«, fragte Josie. »Warum?«

»Hören wir doch auf, um den heißen Brei herumzureden, okay?«, entgegnete Pace. »Sie sind wegen Nysa hier. Wenn das herauskommt, bin ich meinen Job los und ein Ausgestoßener. Ich komme dem Ganzen lediglich zuvor.«

»Wenn was herauskommt?«, hakte Josie nach.

Er verdrehte die Augen. »Sie wollen unbedingt, dass ich es sage?«

»Ja«, antwortete Mettner. »Das ist unser Job.«

»Die Affäre. Also, ich denke, es war eigentlich gar keine Affäre, denn wir waren beide Singles, Erwachsene und damit einverstanden. Aber ich war ihr Trainer, also ist es ein Skandal. Außerdem bin ich ein gutes Stück älter als sie. Und dann hat sie sich umgebracht, weil wir uns getrennt haben.«

Mettner warf Josie einen raschen Seitenblick zu. Dann sagte er: »Erzählen Sie uns von der Trennung, Mr Pace.«

Pace drehte sich um und ging in die Küche. Josie und Mettner folgten ihm. Er holte ein Guinness aus dem Kühlschrank, schwenkte es auffordernd in der Luft und bot es ihnen damit wortlos an. »Wir sind im Dienst«, sagte Josie.

Pace öffnete die Flasche, nahm einen tiefen Schluck und wischte sich den Mund mit dem Handrücken ab. »Ach ja, klar.« Er ging zu einem kleinen Tisch in der Küchenmitte und setzte sich. »Hören Sie, da ist etwas, das Sie wissen müssen. Das jeder wissen sollte, okay? Ich meine, wenn es herauskommt und die Eltern davon erfahren. Sie hat mich sitzen lassen und nicht ich sie. Ich mochte sie. Ich hatte noch was mit ein paar anderen Frauen laufen – Frauen in meinem Alter – und habe sie in die Wüste geschickt, als das mit Nysa anfing. Wir hatten eine heiße Zeit miteinander.«

Josie ließ sich ihre Abscheu nicht anmerken und zwang sich zu einem neutralen Gesichtsausdruck. Es war sicher kein Zufall, dass Pace die Sache mit Nysa als »heiß« empfand und sie jünger war als er. Sie sagte: »Wenn sie Sie sitzen lassen hat, warum glauben Sie, dass sie sich umgebracht hat?«

Er nahm einen weiteren Schluck von seinem Bier. »Wegen dem, was ich ihr am Sonntag gesagt habe. Aber ich habe es nicht so gemeint, das müssen Sie verstehen.«

»Als wir am Montag mit Ihnen gesprochen haben, haben Sie erzählt, dass Sie Nysa das letzte Mal am Freitag im Training gesehen hätten.«

»Ja, sicher. Ich wollte nicht unbedingt ausposaunen, dass ich eine Studentin vernascht hatte, die gerade gestorben war. Himmel.«

»Sie sagen jetzt die Wahrheit«, meinte Mettner. »Warum nicht am Montag?«

Pace begann, das Etikett von der Bierflasche zu schälen. »Weil ich gerade erst erfahren hatte, dass Nysa tot war. Ich hatte keinen Schimmer, was da abging. Ich wollte auf Nummer sicher gehen. Aber Ihre Freundin hier ...«

»Detective Quinn«, korrigierte Mettner ihn.

»Ja, ja, schon gut«, erwiderte Pace. »Sie wusste schon, dass Nysa Sonntagnacht mit jemandem zusammen war. Es war nur eine Frage der Zeit, bis Sie herausfinden würden, dass ich das war. Hören Sie, ich sehe mir Krimiserien an. Ich weiß, dass Sie die technischen Möglichkeiten haben, lückenlos herauszufinden, wo sich jemand aufhält. Und offensichtlich habe ich recht, sonst wären Sie nicht hier. Außerdem weiß ich nicht, wem Nysa von uns erzählt hat. Sie sagte, sie hätte niemandem etwas verraten, aber diese Tussis, die lügen doch, wenn sie den Mund aufmachen. Es liegt ihnen in den Genen.«

Einen Augenblick widerte es Josie an, dass sich Nysa von diesem Dreckskerl hatte anfassen lassen. Dann fiel ihr ein, wie freundlich und gewinnend er am Montag gewesen war, als sie ihn befragt hatte. Da hatte er die Rolle des College-Schwimmtrainers gespielt. Er spielte vermutlich viele Rollen – immer die, aus der er gerade den größten Nutzen zog. Allerdings hatte sie in diesem Augenblick das Gefühl, dass gerade der echte Charakter hinter der Fassade zum Vorschein kam. Und sie konnte ihn kein bisschen ausstehen.

Mettner holte sich einen Stuhl und setzte sich Pace gegenüber. »Was ist am Sonntagabend vorgefallen, Brett? Fangen Sie ganz von Anfang an.«

»Am besten am Freitag«, fügte Josie an. »Sie sagen, sie habe Sie sitzen lassen.«

Er kippte sich den Rest des Biers hinunter. »Ja. Wir haben uns immer nach dem Training getroffen und manchmal auch nach ihren Kursen, wenn niemand mehr in der Nähe meines Büros war. Am Freitag nach dem Training habe ich sie wie üblich gefragt, ob sie noch bleiben möchte. Wir sind in mein Büro gegangen. Dort ging es zuerst ziemlich zur Sache, doch dann wollte sie plötzlich nicht mehr, verstehen Sie? Sie fing damit an, dass es nicht in Ordnung und unangemessen sei, was wir tun würden, und sie sich um ihre Zukunft Sorgen mache.

Ich habe versucht, ihr zu erklären, dass das keine Rolle spiele und niemand davon erfahren würde.«

»Aber sie hat Ihnen trotzdem den Laufpass gegeben«, sagte Josie.

Er fing wieder an, das Etikett von der leeren Flasche zu fummeln. »Ja. Sie sagte, es täte ihr leid, aber sie könne nicht so weitermachen. Dann ist sie weg.«

»Sie haben nicht versucht, sie anzurufen oder ihr eine Nachricht zu schicken?«, fragte Mettner.

»Auf keinen Fall. Die wichtigste Regel, wenn man sich mit einer Studentin einlässt, ist, keine Spuren zu ...« Er brach ab, als dämmere ihm gerade, mit wem er eigentlich redete.

Es trat eine betretene Stille ein, die Josie so lange wirken ließ, bis er sich in seinem Stuhl wand. Dann fragte sie: »Woher wussten Sie, wo sie Sonntagabend war?«

»Sie nimmt immer diesen Weg durch den Wald hinter dem Gulley-Gebäude. Der vom Campus direkt zum hinteren Teil des Hollister Way führt. Wir haben uns dort ein paarmal getroffen. Sie mochte das nicht und wollte nicht, dass wir dort gesehen werden, aber niemand hat uns je bemerkt. Ich wusste, dass sie normalerweise auf dem Campus aß, und bin hinübergegangen, um auf sie zu warten. Allerdings ist sie erst um zehn aufgetaucht.«

»Sie haben drei Stunden auf sie gewartet?«, hakte Mettner nach.

»Hören Sie«, erwiderte Pace und sah Mettner direkt in die Augen. »Wenn ich sage, das mit Nysa war heiß, dann meine ich wirklich heiß. Ja, ich habe drei Stunden gewartet. Außerdem war sie meine beste Schwimmerin. Ich wollte nicht, dass sie böse auf mich war. Wir mussten schließlich noch das ganze Jahr miteinander auskommen.«

»Was ist passiert, als sie von dem Weg kam?«, fragte Josie.

»Ich habe ihr gesagt, dass sie in mein Auto steigen soll. Das hat sie auch gemacht. Dann habe ich sie aufgefordert, mit mir nach Hause zu kommen, damit wir reden können, aber sie wollte nicht. Daraufhin meinte ich: ›Lass uns einfach eine Weile herumfahren und hör mir zu.‹ Sie sagte, das sei okay für sie. Wir sind ein paar Stunden herumgekurvt, aber sie war nicht zu erweichen. Da ist es ein bisschen ... hässlich geworden.«

»Inwiefern hässlich?«, wollte Mettner wissen.

»Ich habe vielleicht ein paar Sachen zu ihr gesagt, die ich nicht so gemeint habe. Aber Sie müssen verstehen, sie hat sich auch mir gegenüber hässlich benommen. Sie hat mir an den Kopf geworfen, ich sei nicht der, der ich vorgebe zu sein, und würde den netten Trainer nur spielen. Sie fühle sich betrogen und ich würde sie nur ausnutzen.«

»Haben Sie sie nicht ausgenutzt?«, fragte Josie unverblümt.

»Wie denn?«, stieß er verächtlich hervor. »Wie hätte ich sie denn ausnutzen können?«

Josie ignorierte seine Frage und meinte nur: »Was haben Sie zu ihr gesagt?«

Er fuhr sich mit der Hand über das Gesicht. »Es kann sein, dass ich gesagt habe, wenn sie mich verlässt, würde ich Sachen über sie herumerzählen, wie sie im Bett sei und so.«

»Was sonst noch?«, fragte Josie.

»Na ja, vielleicht auch, dass ich den Leuten erzählen würde, dass sie nur mit mir geschlafen habe, damit ich sie für das Vandivere-Stipendium empfehle.«

Josie musste sich sehr zusammennehmen, um sich nicht angewidert abzuwenden oder Pace ins Gesicht zu schlagen.

»Das ist sexuelle Belästigung, das wissen Sie sicher«, sagte Mettner.

»Selbst wenn ich es nicht gewusst hätte: Nysa hat schon dafür gesorgt, dass ich es begriff. Sie sagte, meine ganze Karriere wäre im Eimer, wenn jemand von der Sache erfahren würde. Ich habe erwidert, dass ich vielleicht meine Stelle wechseln müsste, ihr Ruf jedoch auf Lebenszeit ruiniert wäre. Ich habe da wohl einen wunden Punkt getroffen, denn sie hat angefangen zu weinen und verlangt, dass ich sie nach Hause fahre. Aber sie wollte nicht, dass ich sie bis zu ihrer Wohnung bringe. Ich habe sie beim Eingang zu ihrem Wohnkomplex abgesetzt.«

»Sie hat Sie gebeten, sie heimzufahren, und das haben Sie auch gemacht«, hakte Josie nach.

»Ja, klar. Sie war hysterisch. Außerdem hatte ich ein bisschen ein schlechtes Gefühl, wissen Sie. Sie hatte recht. Wenn ich das mit uns herumerzählt hätte, wäre es für mich schlimmer gewesen als für sie. Aber ich wollte mich weiter mit ihr treffen. Ich dachte, wenn ich ihr Angst mache ...«

»Klar«, sagte Josie. »Jede Frau mag es, wenn man sie mit Drohungen zwingen will, eine Beziehung fortzusetzen.«

Pace warf ihr einen griesgrämigen Blick zu. »Ja, schon verstanden. Es war dumm von mir. Ich bin nicht stolz darauf. Ich war ein Arschloch, aber es wäre mir nicht im Traum eingefallen, dass sie sich deswegen umbringt. Ich hätte nicht gedacht, dass sie der Typ dafür ist.«

Mettner und Josie tauschten verstohlen einen Blick aus. »Wann haben Sie sie abgesetzt?«, wollte Mettner wissen.

»Weiß nicht. So um zwei Uhr vielleicht.«

»Sie haben sie um zwei Uhr nachts am Eingang zum Hollister Way aussteigen lassen und sind dann heimgefahren?«, fragte Josie.

»Ja. Dann gehe ich am nächsten Tag zur Arbeit und höre, dass sie im Becken ertrunken ist. Shit. Ich wollte das wirklich nicht.«

»Haben Sie ihr etwas gegeben, bevor Sie sie abgesetzt haben?«, fragte Mettner.

»Was soll ich ihr gegeben haben?«

»Etwas zu essen«, sagte Josie.

»Etwas zu essen? Was denn?«

»Wir glauben, dass Nysa unter dem Einfluss von Drogen oder Medikamenten stand, als sie in das Becken ging.«

»Na, das war ziemlich offensichtlich, Sie haben ja jeden im

Team auf Drogen angesprochen. Ich denke mal, sie war so aufgebracht, dass sie nach Hause ist, sich zugedröhnt hat und dann im Schwimmbecken ertrunken ist.«

»Aber Sie haben ihr keine Drogen gegeben?«, fragte Josie.

»Um sie zu beruhigen. Oder sie dazu zu bringen, mit Ihnen hierher zurückzufahren. Vielleicht hat sie ja gar nicht gemerkt, dass sie ihr etwas verabreicht haben.«

»Wo soll ich Drogen hernehmen?«

»Weiß ich nicht«, konterte Josie. »Sagen Sie es mir.«

»Ich habe ihr keine Drogen gegeben. Und Nysa auch nicht hierher mitgenommen.«

»Ihr nächster Nachbar kann von sich aus Ihr Haus nicht einsehen, oder?«, wollte Mettner wissen.

»Was hat das mit dem Ganzen zu tun?«

Mettner beugte sich vor und stützte die Ellbogen auf den Tisch. »Nun, Sie sagen, dass Sie Nysa etwa um zwei Uhr beim Hollister Way abgesetzt haben. Aber es gibt niemanden, der bestätigen kann, dass Sie die ganze Nacht allein hier waren, oder?«

Pace schüttelte den Kopf. »Nein, aber ich sage die Wahrheit. Nysa ist Sonntagnacht nicht mit mir nach Hause gekommen.«

Angesichts der Tatsache, dass ihm das Lügen so leicht fiel wie das Atmen, war Josie skeptisch, ob das stimmte. Sie änderte die Taktik. »Sie und Nysa haben sich ein paar Wochen lang heimlich getroffen. Hatten Sie Kosenamen füreinander?«

Pace runzelte die Stirn. »Wie bitte? Was ist denn das für eine Frage?«

»Beantworten Sie sie einfach«, sagte Mettner.

Seufzend erwiderte Pace: »Ich hatte einen für sie, aber sie keinen für mich. Sie zog es vor, mich bei meinem Vornamen zu nennen. Brett. Sie sagte, so habe sie das Gefühl, dass zwei Erwachsene auf Augenhöhe miteinander umgingen.«

»Wie haben Sie sie genannt?«, fragte Josie.

Sein Blick wanderte unruhig zum Tisch. »Ich habe sie meine sexy Meerjungfrau genannt.«

Weder Josie noch Mettner reagierten darauf. Mettner setzte die Befragung fort. »Woher kennen Sie Clay Walsh?«

»Wen?«

»Clay Walsh«, wiederholte Mettner. »Woher kennen Sie ihn?«

»Ich kenne niemanden, der so heißt. Wer ist das?«

»Wo waren Sie gestern Nachmittag gegen fünfzehn Uhr dreißig, sechzehn Uhr?«, fragte Josie.

Brett machte eine ausladende Handbewegung. »Ich war hier.«

»Mögen Sie Brownies, Mr Pace?«

Für einen Augenblick entgleisten seine Gesichtszüge, als hätte er etwas Saures gegessen. »Was zum Teufel ist das für ein Verhör? Ihr seid echt seltsame Polizisten, wisst ihr das?«

Ungerührt setzte Mettner nach. »Und? Mögen Sie Brownies?«

Pace verdrehte die Augen und antwortete: »Klar. Wer mag denn keine Brownies?«

Mettner stand auf. »Würde es Ihnen etwas ausmachen, wenn wir uns hier umsehen?«

»Warum? Wegen der Drogen, die ich Ihrer Meinung nach habe? Nur zu. Viel gibt es nicht zu sehen. Meine Ex hat so ziemlich alles mitgenommen.«

Er hatte recht. Abgesehen von dem Küchentisch mit Stühlen und der Couch waren im Haus fast keine Möbel mehr. Nur noch ein Bett und eine Kommode. Ein Klappstuhl diente Pace als Nachtschrank. Nichts deutete darauf hin, dass Nysa hier gewesen war, dass Pace Drogen versteckte oder herstellte oder auch nur, dass er in letzter Zeit etwas gekocht hatte. Sein Mülleimer quoll über vor Imbissschachteln. Andererseits hatte er nach der ersten Befragung vermutlich schon eine ziemlich klare Vorstellung davon, wonach die Polizei suchen würde.

»Ich denke, wir sind hier fertig«, sagte Josie zu Mettner, als sie sich umgesehen hatten.

Pace brachte sie zur Tür. Mettner gab ihm eine Visitenkarte. »Ich muss Sie bitten, in der Nähe zu bleiben. Mr Pace. Wir melden uns.«

Sie waren gerade unterwegs zu ihrem Auto, als Pace noch einmal vor die Tür trat. Das Windspiel baumelte in seine Richtung und streifte seinen Kopf. Er trat zur Seite. »Hey«, rief er ihnen nach. »Ich habe nichts Unrechtes getan.«

Josie und Mettner starrten ihn einen Augenblick an, bevor sie sich umdrehten und weiter in Richtung ihres Fahrzeugs gingen.

»Das ruiniert mich, nicht wahr?«, fragte er.

Josie wandte sich ihm zu und lächelte leise. »Das ist nicht die Frage, die Sie sich stellen sollten, finden Sie nicht?«

Pace runzelte fragend die Stirn. »Wie?«

»Sicher wird es Sie ruinieren«, entgegnete sie. »Aber wird es Sie umbringen?«

ACHTUNDZWANZIG

Zur Mittagszeit waren Josie und Mettner wieder auf dem Revier. Erleichtert sah Josie, dass Noah mit Gretchen dort war und beide sich ebenfalls ein Mittagessen mitgebracht hatten. Sie versammelten sich an ihren Schreibtischen und aßen, bis Chitwood aus seinem Büro auftauchte und ein Briefing verlangte. Noah und Gretchen hatten noch nichts zu berichten. Sie hatten mehrere von Clay Walshs Freunden, Kollegen und Bekannten befragt, doch eine heiße Spur oder eine Verbindung zu Nysa Somers hatte sich nicht ergeben. Josie und Noah erzählten dem Team von dem Gespräch mit Shannon am Vorabend und erwähnten auch Shannons Hinweis, dass Scopolamin oder etwas Ähnliches in höherer Dosierung willenlos und beeinflussbar machen konnte. Chitwood versprach, seine Kontaktperson bei der Drogenbehörde darauf anzusprechen. Anschließend gaben Josie und Mettner einen Abriss ihres Gesprächs mit Brett Pace.

»Was für eine erbärmliche Version von einem Menschen«, sagte Gretchen.

»Aber wirklich«, pflichtete Mettner ihr bei.

»Quinn«, fragte Chitwood, »denken Sie, dass Pace zu so etwas fähig ist?«

»Ich weiß es wirklich nicht, Sir«, antwortete Josie. »Er hat nachweislich gelogen und kein Alibi. Außerdem hat er zugegeben, dass er Sonntagnacht mit Nysa zusammen war und sein Kosename für sie ›Meerjungfrau‹ war.«

»Wir können ihn nicht von der Liste der Verdächtigen streichen«, sagte Chitwood. »Ich habe bei ihm kein gutes Gefühl, vor allem, weil er nur einige Tage nach dem Tod dieser Frau versucht, auf Teufel komm raus von hier zu verschwinden. Ich möchte, dass sie alle nach Verbindungen zwischen Pace und Clay Walsh suchen, verstanden? Vielleicht kann einer von euch zur East Bridge zurückfahren, Pace' Foto herumzeigen und herausfinden, ob er dort Drogen gekauft hat.«

»Chief«, meldete sich Josie.

Er hob die Hand. »Ich weiß, Quinn, ich weiß. Ich habe schon dreimal versucht, meinen Freund bei der Drogenbehörde anzurufen. Sobald ich von ihm höre, erfahren Sie es.«

Josie wollte ihm gerade danken, da ging die Tür zum Treppenhaus krachend auf. Alle Köpfe drehten sich in Richtung der Tür, in der Sawyer Hayes außer Atem stand. Sein Brustkorb hob und senkte sich. In der Hand hielt er einen Becherhalter mit vier Kaffeebechern von Komorrah's. Er streckte sie ihnen hin und sagte: »Warum habt ihr euren Sergeant vom Dienst in den Glockenturm geschickt?«

»Was?«, riefen Chitwood und Josie gleichzeitig.

Sawyer machte ein paar Schritte in den Raum und gab den Becherhalter Mettner, der zufällig am nächsten stand. »Er ist oben im Glockenturm. Wie heißt er gleich? Lamay?«

»Dan«, antwortete Josie und sprang auf. Sie sah ihre Kollegen an. »Weiß von euch jemand, warum Dan im Glockenturm ist?«

»Ich wusste nicht einmal, dass man den Glockenturm betreten kann«, sagte Mettner.

»Ich bin gerade aus Komorrah's herausgekommen. Habe Kaffee für alle geholt, weil ich zufällig in der Gegend war und es eine harte Woche für euch war. Da habe ich gesehen, wie er sich oben aus dem Fenster lehnte. Ich hatte schon Angst, dass er gleich fällt. Er lehnt sich immer weiter hinaus. Ich habe keine Ahnung, was er da macht.«

Josie drängte sich an ihm vorbei, dicht gefolgt von ihren Kollegen. »Wir können ihn nicht da oben lassen. Los!«

Sie rannte in das Treppenhaus und hoch in den zweiten Stock. Mit jedem Schritt nahm sie zwei Treppen auf einmal. Der Glockenturm befand sich auf der Ostseite des Gebäudes. Josie lief durch zwei Flure, bis sie die Tür zu ihm erreicht hatte. Sie drückte sie auf und stieg die schmale, gewundene Treppe nach oben in den Turm, der den zweiten Stock des Polizeireviers um fast ein Stockwerk überragte. Oben befand sich eine weitere Tür, diesmal aus schwerem Holz. Sie knarzte, als Josie sie öffnete. Zögernd trat sie auf die hölzerne Plattform, die ein Fünfeck um die mächtige Glocke bildete. Sie war bisher erst einmal, während ihrer Zeit als Interims-Chief, im Glockenturm gewesen. Damals hatte sie einen Baustatiker kommen lassen, damit er den Turm und die Stabilität des tragenden Bauwerks überprüfte. Denn wäre die zwei Tonnen schwere Glocke auf die Straße gefallen, hätte das katastrophale Folgen gehabt. Sie hatte sich in dem hohen, engen Gemäuer sehr unwohl gefühlt. Die Fensteröffnungen waren nicht durch Gitter oder Klappläden gesichert. Hier oben war es mehrere Grad kälter als unten. Der Straßenlärm – Reifen auf dem Asphalt, Hupen, bellende Hunde und Menschen, die sich Grüße zuriefen – drang ungefiltert zu ihr herauf.

Josie machte den Fehler, nach unten zu sehen. Sofort wurde ihr schwindlig. Unter dem Glockenstuhl stützte ein hölzernes Gerüst die gesamte Länge des Turmschafts. Dicke Balken waren in Jenga-ähnlicher Anordnung angebracht, um das Gewicht der Glocke und des sie umgebenden Mauerwerks zu tragen. Josie war sich relativ sicher, dass sich an einer der Wände unterhalb des Glockenstuhls eine Leiter befand, konnte sie aber von ihrem Standort aus nicht sehen.

Die Plattform um die Glocke verlief zwischen Glocke und Fenstern. Auf der Glockenseite war das Holzdeck nur mit einem dünnen Geländer aus grob behauenem Holz gesichert. Eine Schrecksekunde lang war Josie völlig fixiert auf die Lücken zu beiden Seiten der Plattform, durch die sie problemlos hindurchrutschen könnte. Zwischen Steinmauern und Holzboden klaffte eine Lücke, durch die ein Mensch passte. Der Spalt auf der Glockenseite war sogar noch ein Stück breiter. Ein Sturz vom Glockenstuhl zum Boden des Turmschafts wäre mit Sicherheit tödlich. Sie atmete tief durch und setzte einen Fuß auf die Plattform. Das Deck sah aus, als hätte man lediglich ein paar Kanthölzer aneinandergelegt. Josie stellte das zweite Bein auf das Holz und verlagerte ihr ganzes Gewicht darauf, während sie sich mit der linken Hand so stark am Geländer festkrallte, dass sich Splitter in ihre Handfläche bohrten. Das Holz unter ihr gab zwar nicht nach, wirkte aber für ihren Geschmack viel zu instabil.

Langsam tastete sie sich an der großen, wettergegerbten Glocke vorbei. Das riesige Rad neben ihr war mindestens doppelt hoch wie sie und ragte bedrohlich auf. Josie musterte kurz den gesamten Mechanismus. Der Statiker war damals begeistert von der Konstruktion gewesen und hatte ihr erklärt, dass der große Holzblock, an dem die Glocke, das Rad und der Hemmer befestigt waren, Joch hieß. Mit einem Aufhängeeisen war die Glocke am Joch befestigt. Auf einer Seite der Glocke befand sich der Hemmer, ein Holzstück, das die Glocke in einer bestimmten Stellung festhielt, sodass sie auf einem Gleitstock darunter ruhte. Auf der anderen Seite der Glocke war das Seilrad angebracht. Es hielt das Seil, mit dem die Glocke zum Schwingen gebracht wurde. Das Seil hing nach unten in den Turmschaft hinein, sodass Josie sein unteres Ende nicht sehen konnte. Die Glocke war seit Ewigkeiten nicht mehr geläutet worden und hatte nur noch dekorativen Wert. Josie hatte keine Ahnung, was Dan hier zu suchen hatte. Aber da er seit fast fünfzig Jahren bei der Polizei von Denton arbeitete, war er abgesehen von Josie und dem Chief vermutlich der Einzige hier, der wusste, wie man überhaupt in den Turm gelangte. Josie fiel ein, dass er ihr einmal erzählt hatte, als er noch nicht lange bei der Polizist gewesen sei, hätten sie jedes Mal, wenn ein Polizeibeamter starb – ob in oder außerhalb der Dienstzeit –, die Glocke geläutet.

Während sie sich vorsichtig vorantastete, fiel ihr Blick erneut auf die Mitte des Glockenstuhls. Obwohl sie mit dem Mechanismus der riesigen Glocke vertraut war, musste sie immer nur daran denken, was für eine Katastrophe es wäre, wenn das Joch oder ein anderes daran befestigtes Teil sich löste und alles – einschließlich ihr und Dan – den Turmschaft hinunterdonnern würde.

Sie verscheuchte diese Gedanken und konzentrierte sich auf das Hier und Jetzt. Vorsichtig tastete sie sich auf der hölzernen Rundplattform voran. Als sie auf die zur Main Street gerichtete Seite des Turms gelangte, kam Dan in ihr Blickfeld. Ein kühler Wind wehte durch die Bogenfenster und strich ihr über das Gesicht. Dan stand mit dem Rücken zu ihr und lehnte sich auf einem Bein stehend aus einem der Fenster.

Josie blieb ein paar Schritte von ihm entfernt stehen. »Dan?«

Selbst wenn er sie gehört hatte, ließ er es sich nicht anmerken. Stattdessen lehnte er sich immer weiter aus dem Fenster. Sein mächtiger Bauch lag auf dem Steinsims. Josie trat noch ein Stück näher an ihn heran. Hinter ihr knarzte die Plattform. Sie drehte sich um und sah Noah. Mit der Hand bedeutete sie ihm, um die Glocke herum auf die andere Seite zu gehen. Er nickte und verschwand hinter der Glocke. »Dan«, sagte Josie wieder.

Keine Antwort.

Dan streckte eine Hand aus dem Fenster, als wolle er etwas greifen. »Dan!«, rief Josie, nun schon etwas lauter, doch da hob er auch sein zweites Bein und balancierte nun mit dem Oberkörper frei auf dem Sims. Josie warf sich nach vorn und griff nach seinen Beinen. Gerade noch rechtzeitig erwischte sie ihn an einem Bein, bevor er aus dem Fenster fiel. Sie strampelte verzweifelt, um auf der schmalen Plattform Halt zu finden. Da spürte sie, wie ihr rechtes Bein in die Lücke zwischen Plattform und Mauer rutschte. Darunter war nur Leere und ganz unten harter Beton.

»Noah«, schrie sie.

Sie versuchte, sich mit dem linken Knie auf dem Holzboden zu stabilisieren und ihr rechtes Bein wieder hochzuziehen. Aber über ihr schlug Dan wild um sich, sodass sie keinen Halt fand. »Dan!«, rief sie. »Hör auf.«

Er erstarrte und ließ sich in den Turm zurückgleiten, sodass seine Beine wieder auf der Plattform zu stehen kamen. Dadurch aber glitt Josie noch weiter in die Lücke. Nun rutschte auch ihr linkes Bein in den Spalt. Nur ein Hosenbein und ihr Festhalten mit einer Hand am Holz verhinderten noch, dass sie in den Tod stürzte. Sie blickte hoch und sah, wie Noah mit einer Hand den Gürtel von Dans Hose packte und die andere unter ihren Arm schob, um sie auf die Plattform zu hieven. Josie ließ Dans Bein los und klammerte sich an Noah. Er zog, während sie strampelte. Sie schob ihren Rumpf zurück auf die Plattform und hielt sich weiter an Noahs Schulter fest, ohne noch einmal einen Blick nach unten zu wagen. Ihr Herz klopfte so heftig in ihrer Brust, dass es sich anfühlte, als würden ihre Knochen mit jedem Schlag durchgerüttelt.

Einen Augenblick lang sah sie Noah an und dankte ihm still. Dann löste sie sich von ihm und wandte sich Dan zu. Sie legte vorsichtig eine Hand auf seine Schulter und fragte: »Dan, bist du okay?«

Sein Oberkörper lehnte noch immer ein Stück weit aus

dem Fenster. Er rutschte ganz nach drinnen und drehte sich zu ihr. Mit leerem Blick starrte er sie an. Auf seinem lichter werdenden Haaransatz und seiner Oberlippe glänzten Schweißperlen. »Ich muss es holen«, murmelte er.

Noah hielt Dans Gürtel weiterhin fest gepackt. Josie sah ihn an und schüttelte kaum merklich den Kopf, um ihm zu bedeuten, dass etwas mit Dan nicht stimmte.

»Dan«, sprach sie ihn an. »Was musst du holen?«

»Hier«, antwortete er und drehte sich wieder zum Fenster. »Ich muss das da holen.«

Josie bemerkte den besorgten Ausdruck auf Noahs Gesicht und drückte sanft Dans Schulter. »Da ist nichts, Dan.«

»Ich muss es zurücktun«, rief Dan in den leichten Wind, der draußen wehte.

Josie drehte seinen Oberkörper zu sich, sodass er sie wieder ansehen musste. Er sträubte sich nicht. »Dan, weißt du, wer ich bin?«

Wieder der ausdruckslose Blick. Josie beugte sich zu ihm und sah, dass seine Pupillen geweitet waren. Trotzdem rang sie sich ein Lächeln für ihn ab und versuchte, ruhig zu bleiben. »Dan, ich bin's, Josie Quinn.«

Noah stellte sich hinter Dan und versperrte ihm so den Weg zum Fenster.

»Josie Quinn«, wiederholte Dan verwirrt.

»Hinter dir steht Lieutenant Fraley«, fuhr Josie fort. Sanft zog sie ihn zu sich. »Warum gehen wir nicht nach unten und reden, was meinst du, Dan? Hier lässt es sich nicht gut reden. Es ist gefährlich hier oben.«

»Gefährlich«, wiederholte er. Josie drehte sich so, dass er sich neben sie schieben konnte. Sie legte ihm einen Arm um die Schultern. »Komm mit mir.«

Folgsam ging er neben ihr her. Die Plattform sackte unter ihrem gemeinsamen Gewicht leicht ab. Er ließ sich von ihr durch die Tür und über die gewundene Treppe hinab zum

Durchgang in den zweiten Stock bugsieren, wo die Kollegen warteten. Noah folgte ihnen dichtauf. »Sergeant Lamay, geht es Ihnen gut?«, fragte Chief Chitwood.

»Er muss ins Krankenhaus«, antwortete Josie, die den Arm nach wie vor schützend um Dans Schultern gelegt hatte.

Sawyer drängte sich zwischen Mettner und Gretchen. »Was geht hier vor?«

»Er ist verwirrt«, erwiderte Josie. »Redet sinnloses Zeug und scheint nicht zu wissen, wo er ist oder wer ich bin.«

Dan blickte von einem zum anderen. Josie spürte, wie er sich in ihrem Arm verkrampfte. »Ich muss es holen«, wiederholte er, diesmal mit wesentlich durchdringenderer, vor Angst brüchiger Stimme.

Noah stellte sich neben Dan auf die andere Seite und hakte sich bei ihm unter. »Alles okay, Dan. Wir rufen jetzt deine Frau an und bringen dich ins Krankenhaus, okay?«

Josie drückte seine Schulter. »Komm, wir gehen die Treppe hinunter, Dan.«

Er zögerte einen Augenblick und machte dann einen kleinen Schritt. »Gehen.«

»Ja«, sagte Josie. »Wir gehen. Die Treppe hinunter und zum Parkplatz.«

Als Chitwood, Mettner, Gretchen und Amber zur Seite traten, um sie durchzulassen, sagte der Chief: »Ich rufe im Krankenhaus an, um Bescheid zu geben, dass ihr unterwegs seid.«

»Und ich rufe Dans Frau an«, fügte Mettner hinzu.

»Hol sie ab«, sagte Josie. »Sie haben nur ein Auto. Dan fährt damit zur Arbeit. Ihre Tochter ist gerade auf der Hochschule.«

»Alles klar, Boss.«

»Ich fahre«, schaltete sich Sawyer ein.

»Nein«, entgegnete Josie. »Das mache ich.«

Sawyer ging vor ihnen die Treppe hinunter. »Das ist aber mein Job.«

Mit scharfem Ton sagte Noah. »Wenn Josie sagt, sie fährt, dann fährt sie.«

»Ich bin schneller dort, Sawyer«, erklärte Josie, während sie mit Dan zwischen sich und Noah die Treppe hinunter ins Erdgeschoss gingen. Dan leistete keinen Widerstand. »Ich nehme an, du bist nicht mit dem Rettungsfahrzeug da.«

Sawyer hielt ihnen die Tür zum Parkplatz auf. »Nein, stimmt. Lasst mich aber wenigstens mit euch mitfahren. Ich kann mich um ihn kümmern.«

Sie waren bei Josies Auto angelangt. »Das wäre super«, sagte sie. »Fahren wir.«

NEUNUNDZWANZIG

Zwei Tage lang rief ich immer wieder die WYEP-Website auf, um zu sehen, ob weitere Beiträge über mich erschienen – besser gesagt, über meine Aktionen. Ich war enttäuscht. Da war nichts. Jedenfalls noch nicht. Hatte ich die Wirksamkeit meines neuesten Werkzeugs falsch eingeschätzt? Sicher nicht. Es war die leichteste, effizienteste Methode, die ich bis jetzt angewendet hatte. Dagegen wirkten meine früheren Strategien regelrecht unausgegoren – selbst mein zweiter Mord, der mir immer so clever vorgekommen war.

Er war nicht so spektakulär gewesen wie das, was ich mit Nysa Somers und Clay Walsh getan hatte, aber ich erinnerte mich noch gerne daran. Ich hatte draußen auf der Treppe zur Eingangstür auf sie gewartet, nervös, aber auch voller Vorfreude. Die Erinnerung an alles, was sie mir angetan hatte, tat weh, während ich da stand, aber es war nichts gegen das Wissen, dass sie bald für alles bezahlen würde müssen.

»Hast du dich gut gewaschen?«, fragte sie, nachdem ich hineingegangen war.

»Ja«, antwortete ich.

»Warum warst du überhaupt heute im Tierheim?«

Ich antwortete nicht. Stattdessen griff ich in die braune Einkaufstasche, die von meinem Arm baumelte, und hielt ihr den Karton mit Orangensaft hin, den mitzubringen sie mich gebeten hatte. Mit extra viel Fruchtfleisch.

Sie nahm ihn, ohne sich zu bedanken. Sie bedankte sich nie. Dann schlurfte sie in die Küche und ich folgte ihr. Ich sah zu, wie sie sich ein Glas eingoss. Mit einem Blick zurück zu mir sagte sie: »Du weißt, wenn du heute im Tierheim warst, hättest du duschen müssen, bevor du hierhergekommen bist. Ich habe dir gesagt, dass ich allergisch auf Katzen bin.«

»Ich weiß.«

Sie hob das Glas an ihre Lippen. Zögerte. Sah mich an. »Äußerst allergisch«, erinnerte sie mich.

»Ja, ich weiß«, sagte ich.

Sie hatte nicht einmal die Gelegenheit, das Glas ganz auszutrinken, bevor der anaphylaktische Schock einsetzte. Ihre Lippen und die Zunge schwollen an. Sie fasste sich an den Hals, röchelte, fiel zu Boden, krümmte sich und bewegte sich schließlich nicht mehr. Als ich zu ihr ging und auf sie hinabstarrte, wich gerade das letzte Quäntchen Leben aus ihren Augen. Es war eines der wenigen Male, dass ich zusehen konnte, wie jemand seinen letzten Atemzug tat. Ich hatte sie einmal geliebt.

»Ich hätte Besseres verdient«, sagte ich.

Lächelnd ging ich zum Spülbecken, goss den Rest des Glases weg und spülte es aus. Dann zog ich einen weiteren Orangensaftkarton aus meiner Einkaufstasche. Ohne Fruchtfleisch. Ich füllte das Glas zur Hälfte damit und stellte es auf die Arbeitsplatte. Nun holte ich den letzten Artikel aus der Tasche: Brokkolisuppe mit Cashewcreme. Sie war auch hoch allergisch auf Cashewnüsse.

Den Orangensaft mit viel Fruchtfleisch nahm ich mit, als

ich ging. Zwar rechnete ich nicht damit, dass jemand Fragen stellte, aber es war nicht klug, Orangensaft herumstehen zu lassen, der fein gemahlene Katzenhaare enthielt.

DREISSIG

Eine Stunde später ging Josie im Wartezimmer der Notaufnahme auf und ab. Dan Lamays Frau hatte soeben die Erlaubnis bekommen, ihn zu besuchen. Den Ärzten zufolge war sein Zustand stabil. Sie hatten keinen Hinweis auf einen Schlaganfall oder Herzprobleme gefunden und führten noch einige Untersuchungen durch, um den Grund für sein Verhalten herauszufinden. Außerdem hatten sie ihm Blut abgenommen. Da er verwirrt gewesen war, ohne direkte Symptome eines Schlaganfalls oder Herzinfarkts zu zeigen, hatten sie es toxikologisch untersuchen lassen, doch das Ergebnis war negativ gewesen. Josie wurde das Gefühl nicht los, dass Dans ungewöhnliches Verhalten mit den Fällen Nysa Somers und Clay Walsh zusammenhing. Chief Chitwood schien der gleichen Meinung zu sein, denn er hatte Mettner sofort angewiesen, lückenlos zu ermitteln, wo sich Dan heute Morgen aufgehalten, zu wem er Kontakt gehabt und was er zu sich genommen hatte. Außerdem setzte er Noah und Gretchen auf den Fall Clay Walsh an, wie sie besprochen hatten, bevor Sawyer in das Großraumbüro geplatzt war und darauf hingewiesen hatte, dass sich Dan im Glockenturm befand. Sie wären gern noch im Krankenhaus bei Dan geblieben, doch der Chief hatte darauf bestanden.

»Es gibt zu tun, Leute«, hatte er vor Dan Lamays Krankenzimmer gepoltert und damit das Pflegepersonal in der Nähe erschreckt.

Alle waren davongestoben, nur Josie blieb resolut vor dem Chief stehen, die Hände auf die Hüften gestützt und das Kinn vorgeschoben. Chitwood sah sie an. Röte stieg in seine Wangen. »Damit sind auch Sie gemeint, Quinn. Sie gehören doch zu meinen Detectives, oder nicht?«

»Ich gehe hier nicht weg«, sagte Josie.

»Und ob Sie gehen.«

Ihr Herz schlug schneller, aber sie bewegte sich nicht. Dan Lamay war mehr als ein Kollege für Josie. Er war ein Freund. Vor drei Jahren, als sie privat und beruflich einen Tiefpunkt erreicht hatte, hatte Dan ihr zur Seite gestanden. Er hatte seinen Job für sie riskiert, obwohl seine Frau gegen Krebs kämpfte und ihre Tochter studierte. Als niemand konnte oder wollte, hatte er ihr geholfen. Josie würde ihn nicht alleine lassen, jetzt, da er Probleme hatte.

Chitwood seufzte. »Quinn, wir werden angerufen, wenn es Neuigkeiten gibt oder sich etwas ändert.«

»Sir«, entgegnete Josie. »Sie haben gesehen, wie Dan sich benommen hat. Seine Pupillen waren geweitet. Er redete sinnloses Zeug, tat aber, was wir ihm sagten. Ich habe ihn gebeten, mit mir vom Glockenturm herunterzukommen, und das hat er anstandslos gemacht. Ich habe ihm gesagt, dass er gehen, sich ins Auto setzen und mit uns ins Krankenhaus kommen soll. Unterwegs bat Noah ihn, ein paar Sachen zu machen. Damit wollte er ihn testen, um zu sehen, ob er nüchtern war. Dan hat alles ohne Widerrede mitgemacht. Er war beeinflussbar, gefügig, aber nicht außer Gefecht gesetzt. Medizinisch gesehen geht es ihm gut. Er hat keinen Schlaganfall, keine Herzprobleme. Der toxikologische Test war negativ.«

»Meinen Sie, ich hätte das nicht bemerkt, Quinn? Nach dem, was in den letzten beiden Tagen passiert ist? Worauf wollen Sie hinaus?«

»Ich möchte Mrs Lamays Erlaubnis, Dans Blut auf Scopolamin testen zu lassen«, antwortete Josie. »Ich weiß, dass es weit hergeholt ist und auf reiner Spekulation beruht. Auch haben wir noch nicht einmal mit Ihrem Kontakt bei der Rauschgiftbehörde gesprochen. Aber wenn das, was Dan heute gemacht hat, mit dem zusammenhängt, was mit Nysa Somers und Clay Walsh passiert ist, haben wir aus toxikologischer Sicht nur ein kleines Zeitfenster, um etwas in Dans Blut zu finden. Wenn sie einem Test zustimmt, bräuchten wir keinen richterlichen Beschluss, den wir unter den gegebenen Umständen vielleicht nicht einmal bekämen. Wir haben jetzt Gelegenheit, der Sache auf den Grund zu gehen. Stellt sich mein Verdacht als unbegründet heraus, haben wir lediglich umsonst getestet.«

»Gut«, stimmte Chitwood zu. Er wandte sich zum Gehen, hielt aber inne, drehte sich noch einmal zu ihr um und sagte: »Quinn, wenn das mit Dan heute irgendwie mit Somers und Walsh zusammenhängt und in dieser Stadt jemand herumläuft, um den Leuten eine unbekannte Droge mit einer Halbwertszeit zu verabreichen, die so kurz ist, dass sie im Körper abgebaut wird, bevor medizinisches Fachpersonal es durch einen Test herausfinden kann, dann wird es verdammt schwer zu beweisen sein.«

»Ja, Sir.«

»Quinn, Sie mögen die schwierigen Fälle, nicht wahr?«

»Die schwierigen Fälle sind meine liebsten Fälle, Sir.«

Er bedachte sie mit einem seltsamen Blick, dann breitete sich langsam ein Lächeln auf seinem Gesicht aus. Josie verschlug es den Atem. Es war erst das zweite Mal überhaupt, dass sie ihn lächeln sah – und niemand war hier, um es zu bezeugen.

»Halten Sie mich über Lamays Zustand auf dem Laufenden, ja?«, sagte Chitwood.

Sie nickte und sah ihm lange nach.

Josie blieb noch den ganzen Nachmittag im Krankenhaus und wachte über seinen Zustand. Dans Frau stimmte bereitwillig einem Test auf Scopolamin zu. Das Problem war nur, dass das Denton Memorial nicht die Möglichkeiten hatte, eine solche Analyse durchzuführen. Die Probe musste an ein externes Labor geschickt werden. Bis die Ergebnisse vorlagen, würden mindestens zwei, drei Tage vergehen. Noah, Gretchen und Mettner arbeiteten noch den ganzen Tag an den Fällen. Sie teilten sich auf, um so viel wie möglich abzudecken. Über eine Textnachrichtengruppe hielten sie sich gegenseitig auf dem Laufenden darüber, wen sie befragt hatten und ob sich neue Spuren ergeben hatten.

Mettner fand heraus, dass Dan am Morgen bei einem Minimarkt vor Ort Halt gemacht hatte, um zu tanken und Kaffee und Gebäck zu kaufen. Josie bat ihn, alles auf Dans Schreibtisch einzupacken und zur Analyse ins Labor der Staatspolizei zu schicken. Mettner besorgte sich außerdem die Aufzeichnungen der Überwachungskameras im Minimarkt für die Stunden vor Dans Eintreffen bis zu dem Zeitpunkt, da Dan den Laden verlassen hatte. Aber an diesem Morgen hatten so viele Kunden Kaffee und Gebäck gekauft, dass sich unmöglich sagen ließ, ob jemand sie präpariert hatte. Mettner sah sich sogar Aufzeichnungen aus dem Eingangsbereich des Reviers an, wo Dan normalerweise saß, um zu sehen, wer kam und ging und ob sich jemand verdächtig verhielt, doch ergab sich nichts. Gretchen und Noah arbeiteten beide ihre Liste mit Clay Walshs Bekannten ab. Sie versuchten herauszufinden, ob es eine Verbindung zu Nysa Somers und Brett Pace gab, und posteten die Ergebnisse ihrer Befragungen im Lauf des Tages immer wieder in der Gruppe, konnten aber keine neuen Erkenntnisse liefern. Sie hatten sogar Brett Pace' Foto unter der East Bridge herumgezeigt, aber niemand hatte ihn je gesehen – oder wollte es zugeben.

Am frühen Abend kehrte Josie ins Revier zurück, nachdem das Krankenhauspersonal ihr versichert hatte, dass es Dan gut ging und sie ihn über Nacht zur Beobachtung dalassen würden. Sie war erschöpft und der Antwort auf die Frage, was in ihrer Stadt vorging, keinen Schritt nähergekommen. Frustriert ließ sie sich in ihren Stuhl fallen und legte die Beine auf den Schreibtisch. Gretchen marschierte herein und wenige Minuten später traf auch Mettner ein. Beide sahen so müde aus, wie Josie sich fühlte.

»Wo ist Noah?«, fragte Josie.

»Er führt ein paar letzte Befragungen durch«, antwortete Gretchen. »Allerdings glaube ich nicht, dass sich dabei noch etwas ergibt.«

Die Tür zum Büro des Chiefs flog krachend auf. »Quinn! Rein zu mir. Sofort!«, bellte Chitwood.

Josie stand auf, strich sich das von Gretchen geborgte Poloshirt mit dem Logo der Polizei von Denton und ihre hellbraune Hose glatt und marschierte in Chitwoods Büro. »Sir?«

Er deutete auf die Tür hinter ihr. »Wer ist da noch draußen? Die sollen alle reinkommen.«

Josie rief Mett und Gretchen, die ebenfalls anmarschierten. Sie stellten sich um den Schreibtisch des Chiefs, der einen Knopf auf seinem Schreibtischtelefon drückte. »Josh?«, fragte er. »Bist du noch dran?«

»Ja, Bob«, antwortete eine Stimme. »Ich bin hier.«

»Ich habe jetzt meine Leute hier. Kannst du ihnen erzählen, was du mir erzählt hast?«

»Klar.«

Chitwood sah zu seinen Detectives hoch. »Ich habe Josh Stumpf am Apparat. Er ist Agent bei der Rauschgiftbehörde und arbeitet seit mehr als zwanzig Jahren dort. Hat schon alles gesehen und erlebt. Wir haben in drei Sonderarbeitsgruppen zusammengearbeitet. Er beherrscht sein Metier. Ich habe ihn angerufen und ihm erzählt, was hier gerade abläuft. Statt alles, was er gesagt hat, zu wiederholen, dachte ich, ich lasse euch direkt mit ihm reden, damit ihr ihm Fragen stellen könnt. Josh?«

»Hallo«, sagte Josh. »Wen habe ich am anderen Ende der Leitung?«

Josie, Gretchen und Mettner stellten sich vor.

»Gut«, begann Josh. »Bob hat mir ein Foto von dem Aufkleber geschickt, den Sie gefunden haben. Ich habe ihn durch unsere Datenbank laufen lassen und mit ein paar Leuten geredet. Er ist uns noch nie untergekommen. Bob hat mir auch erzählt, dass Sie sich fragen, ob Sie es mit einer Straßendroge zu tun haben, die willenlos, beeinflussbar und gefügig macht, ohne außer Gefecht zu setzen. Er erwähnte ferner, dass jemand von Ihnen das Medikament Scopolamin erwähnt hat. Tatsächlich gibt es eine Straßendroge, die ganz ähnlich wirkt wie Scopolamin. Sie wird Devil's Breath genannt. Atem des Teufels.«

Josie sah Mettner und Gretchen an. Beide machten sich Notizen – Gretchen auf ihren bewährten Notizblock und Mettner in seine Handy-App.

»Wir haben hier eine beträchtliche Drogenszene«, sagte Josie. »Und Detective Palmer hat fünfzehn Jahre lang in einer Großstadt gearbeitet. Aber von Devil's Breath haben wir noch nie gehört.«

»Weil es ein bisschen den Status eines modernen Mythos hat«, erklärte Josh. »Hier in den Staaten hält man es für eine Großstadtlegende. Devil's Breath ist vorwiegend in Südamerika in Umlauf, in Kolumbien, um genau zu sein, obwohl es unseren Erkenntnissen zufolge auch in Europa und Thailand kursiert. Gewonnen wird es aus den Blüten der Engelstrompete, eines Strauchs, der – jetzt raten Sie mal – wo vorkommt?«

»In Kolumbien«, sagte Josie.

»Genau. Die Samen werden einem chemischen Verfahren unterzogen und zu Pulver zermahlen. Dabei gewinnt man Burundanga, das sehr stark Scopolamin ähnelt. Es gibt diese Mythen – Sie können es gern googeln –, wonach Straftäter das Pulver auf Visitenkarten streuen und sie jemandem geben. Sobald die Opfer die Karte berühren, wird das Burundanga über die Haut absorbiert und sie verlieren das Gedächtnis und den freien Willen. Sie wachen ein, zwei Tage später an einem unbekannten Ort auf und haben keine Ahnung, wie sie dorthin gelangt sind. Eine weitere Legende besagt, dass einem das Pulver ins Gesicht geblasen wird – mit der gleichen Wirkung. Daher auch der Name Devil's Breath, Atem des Teufels. So viel zum modernen Mythos. Wesentlich wahrscheinlicher ist, dass es einem ins Getränk getan wird. Es ist geruchs- und geschmacklos, lässt sich also leicht jemandem heimlich verabreichen. Ein großes Problem ist die Droge in Kolumbien. Und wenn ich Problem sage, meine ich damit, dass dort Leute mit einer Burundanga-Überdosis in Notaufnahmen kommen. Die Symptome sind beschleunigter Puls, erweiterte Pupillen, Verwirrtheit, Halluzinationen, Herzversagen, Krämpfe, Psychosen und solches Zeug.

Devil's Breath ist zwar, wie gesagt, ein moderner Mythos, aber real. In Südamerika ist es gang und gäbe. Bei uns nutzen es manchmal Sexualstraftäter, um ihre Opfer willenlos zu machen, meist aber wird es eingesetzt, um Leute auszurauben.«

»Um Leute auszurauben?«, hakte Mettner nach.

»Genau. Ein Typ geht in einen Club. Eine schöne Frau macht sich an ihn heran. Wenn er wegsieht, gibt sie ihm etwas in den Drink. Er wacht auf, kann sich an nichts mehr erinnern – manchmal nicht einmal mehr, dass er im Club war –, und es stellt sich heraus, dass die Lady mit ihm beim Bankautomaten war, wo er jeden Cent, den er besaß, abgehoben und ihr gegeben hat. Leute wie er finden dann ein Video, wie sie zum Automaten gehen und das Geld abheben. Sie fragen Leute, die sie in der Nacht zuvor gesehen haben. Die erzählen ihnen dann: ›Hey, Mann, du warst völlig klar im Kopf. Du hast gesagt, dass du diesem Mädchen mit etwas Cash aus dem Automaten aushelfen willst‹.«

»Aber hier in den USA sind keine Fälle von Devil's-Breath-Missbrauch bekannt, oder?«, fragte Gretchen.

»Nicht, dass ich wüsste. Allerdings muss man bedenken: Es ist im Körper nur rund vier Stunden nachweisbar. Wenn also jemand zwölf Stunden später orientierungslos und ohne Erinnerung an die Nacht davor aufwachen, in ein Krankenhaus gehen und sein Blut untersuchen lassen würde, fänden die Ärzte nichts. Auch bei toxikologischen Standardtests wird nur nach den üblichen Verdächtigen wie Flummis, Ketamin und GBH gesucht. Auf Burundanga oder sogar Scopolamin würde nur bei konkreter Nachfrage getestet werden, und selbst da bin ich nicht sicher, ob die Krankenhäuser dazu überhaupt in der Lage wären. Aber das fällt nicht in meinen Zuständigkeitsbereich.«

»Wenn man hier in den Staaten an Devil's Breath kommen wollte, was müsste man tun?«, fragte Josie.

Josh seufzte und sagte: »Am einfachsten und direktesten bekäme man es wohl über das Darknet. Oder man könnte mit Scopolamin etwas Ähnliches fabrizieren. Der Wirkstoff kommt hier in den USA auch in Stechäpfeln vor. Das Zeug wächst praktisch überall. Wenn jemand wüsste, wie es geht, könnte er die Droge damit herstellen. Wäre nicht ganz einfach und auch die Dosierung wäre heikel, aber wer die Absicht hat, jemandem mit dem Zeug zu schaden, dem ist es egal, ob er ihm eine Überdosis verabreicht. Hilft Ihnen das weiter?«

»Ja«, antwortete Josie. »Vielen Dank.«

Chitwood dankte Josh ebenfalls und sie beendeten das Gespräch. Er sah Josie an. »Zufrieden?«

»Nicht besonders«, räumte Josie ein. »Es wird schwer zu beweisen sein, wie Sie schon sagten. Wir spekulieren im

Moment nur, ob wir es mit einer Droge zu tun haben, die eine Art Scopolamin-Gemisch oder tatsächlich Devil's Breath – beziehungsweise ein Imitat davon – aus dem Darknet ist. Noch brauchen wir einen Beweis, dass wir es mit der Droge zu tun haben. Wir wissen, dass sie sehr ähnlich sind, was bedeutet, dass sie die gleiche oder eine vergleichbare Wirkung haben, aber zuerst einmal müssen wir sie konkret nachweisen.«

Mettner meinte: »Wir sollten versuchen, eine richterliche Anordnung zu bekommen, damit wir Clay Walshs Blut auf Scopolamin, Devil's Breath oder ein Derivat davon untersuchen lassen können – falls sie überhaupt noch Blutproben von ihm haben, als er eingeliefert wurde. Wir können es an dasselbe externe Labor schicken, das vom Krankenhaus mit der Analyse von Dans Proben beauftragt wurde.«

»Ich kann mich darum kümmern«, sagte Gretchen.

»Als ich heute auf Dans Schreibtisch nachgesehen habe«, fuhr Mettner fort, »habe ich einen halben Donut und eine viertel Tasse Kaffee gesichert. Hummel hat sie in Empfang genommen und zur Analyse an das staatliche Labor geschickt. Ich kann dort anrufen und bitten, dass man das Zeug auf Burundanga oder ein Derivat davon untersucht. Wir haben außerdem noch die Browniekrümel aus dem Beutel in Nysa Somers' Rucksack. Sie sind am Montag an das Labor gegangen. Jetzt, da wir wissen, wonach wir suchen müssen, können wir das Labor gezielt darauf ansetzen. Vielleicht finden sie dort ja etwas.«

»Welches Labor ist das?«, fragte Josie. »Weißt du das?«

Mettner sah auf sein Handy und scrollte durch die Notizen. »Das in Greensburg.«

»Dort arbeitet eine Bekannte von mir«, sagte Josie. »Sie schuldet mir noch einen Gefallen. Ich rufe sie an und sage ihr, was Sache ist. Vielleicht kann sie das Ganze beschleunigen.«

Chitwood saß noch immer hinter seinem Schreibtisch. Er drückte sich eine abstehende Strähne seines weißen Haares zurück auf die Kopfhaut. »Wenn das, was mit Dan heute passiert ist, mit den Fällen Somers und Walsh zusammenhängt, haben wir ein echtes Problem. Wir müssen so schnell wie möglich mit unseren Ermittlungen weiterkommen.«

In Josies Hinterkopf meldete sich etwas. »Das Krankenhaus«, murmelte sie.

»Was ist, Quinn?«

»Sowohl Shannon als auch Agent Stumpf von der Rauschgiftbehörde sagten, dass eine Überdosis Scopolamin und Devil's Breath zu erweiterten Pupillen, beschleunigtem Puls, Psychosen, Halluzinationen und Krämpfen führt.«

»Stimmt«, pflichtete Gretchen ihr bei und blätterte durch die Seiten ihres Notizbuchs.

»An dem Tag, als Nysa Somers starb, habe ich Dr. Feist angerufen, um nachzufragen, ob sie schon die Autopsie durchgeführt hat«, fuhr Josie fort. »Sie sagte, dass die Notaufnahme des Denton Memorial wegen Krampfanfällen und Herzinfarkten völlig überlastet gewesen sei.«

Chitwood erhob sich. »Ich fahre hin und rede selbst mit dem Verwaltungschef. Es wird eine Sisyphusarbeit, bei dem ganzen Datenschutz an die vertraulichen Krankenakten zu gelangen. Ich rede mit ihm und dann kann einer von euch die richterlichen Verfügungen einholen, damit wir eventuell an die Namen einiger Patienten kommen, von denen Dr. Feist gesprochen hat. Ich glaube, Mett und Palmer sind noch den ganzen Abend hier. Quinn, Sie gehen nach Hause.«

»Sir ...«, wollte Josie protestieren.

Chitwood wurde laut. »Verdammt, Quinn. Haben Sie am Montag eine erwachsene Frau aus dem Becken gezogen und versucht, sie wiederzubeleben, oder nicht?«

»J-ja.«

»Haben Sie gestern ein fünfjähriges Mädchen aus einem brennenden Haus gerettet und dabei Ihr eigenes verdammtes Auto geschrottet oder nicht?«

»H-habe ich, Sir«, stotterte Josie.

Seine Stimme dröhnte durch den Raum. »Sind Sie heute fast in den Tod gestürzt, als Sie Lamay vom Turm geholt haben, oder nicht? Ja, genau, Fraley hat mir erzählt, was da oben passiert ist. Also?«

»Sir, ich ...«

»Gehen Sie nach Hause, Quinn, Herrgott noch mal! Schnappen Sie sich Fraley, ganz egal, wo er sich herumtreibt, und nehmen Sie ihn mit. Halten Sie unterwegs nicht an, um ertrinkende Kinder, verloren gegangene Welpen oder Erwachsene in Not zu retten, haben Sie verstanden? Wählen Sie wie jeder vernünftige Mensch die Notrufnummer und warten Sie auf Hilfe. Jetzt gehen Sie etwas essen und dann ins Bett!«

Josie stand auf und wischte sich ihre verschwitzten Handflächen an ihrer Jeans ab. Sie wandte sich zur Tür, aber Chitwood sagte: »Warten Sie.«

»Ja?«, fragte sie und drehte sich noch einmal zu ihm um.

»Essen und trinken Sie nichts, was Sie nicht selbst zubereitet haben, verstanden? Nur bis auf Weiteres, Sie wissen schon.«

Josie lächelte und verließ den Raum.

EINUNDDREISSIG

Josie schickte Noah eine Nachricht, aber er antwortete, dass er gerade mitten in einer Befragung sei und sie sich zu Hause treffen würden. Bevor sie vom städtischen Parkplatz losfuhr, rief sie Misty an und riet ihr, bis auf Weiteres kein Essen anzurühren, das sie nicht selbst zubereitet hatte. Misty stieß einen langen, tiefen Seufzer aus. »Lass mich raten: Du darfst mir nicht sagen, warum du mir diesen sonderbaren Ratschlag gibst, nicht wahr?«

»Stimmt, tut mir leid«, erwiderte Josie.

Es folgte eine lange Stille, dann ein weiterer Seufzer. »Ich bin zu müde, um mit dir darüber zu diskutieren«, sagte Misty. »Was ist mit Harris?«

»Ich dachte, du packst ihm sein Pausenbrot ein«, erwiderte Josie.

»Mache ich auch, aber manchmal verteilen sie im Kindergarten Snacks. Ich frage dich, Josie: Ist mein Sohn dort sicher?«

»Ja«, antwortete Josie. »Wahrscheinlich bin ich nur übervorsichtig. Ganz sicher sogar. Hab einfach ein bisschen Nachsicht mit mir, okay?«

»Gut«, sagte Misty und legte auf, bevor Josie noch etwas sagen konnte.

Josie startete ihren Mietwagen und fuhr nach Hause. Erst als sie in die Zufahrt einbog, fiel ihr ein, dass sie Patrick zum Abendessen eingeladen, aber nichts vorbereitet hatte. »Mist«, murmelte sie, als sie die Eingangstür aufsperrte. In der Diele kam Trout angelaufen und warf ihr seinen dicken kleinen Körper entgegen, um seine Streichel- und Bauchkrauleinheiten in Empfang zu nehmen. Als sie sich hinkniete, um sich ihm zu widmen und ihm zu versichern, dass er der beste Hund der Welt sei, bemerkte sie, dass der Fernseher im Wohnzimmer lief. In der Waschküche hörte sie die Waschmaschine laufen.

»Pat?«, rief sie.

Er steckte seinen Kopf aus der Küche. »Hallo. Ich hoffe, es macht dir nichts aus. Ich habe mit meinem Schlüssel aufgeschlossen.«

»Natürlich nicht«, antwortete Josie. »Bist du wieder am Waschen?«

»Ja, sorry«, meinte er zerknirscht. »Aber ich verspreche, diesmal nichts in der Trommel liegen zu lassen.«

Trout folgte Josie in die Küche; seine Krallen klackten auf den Fliesen. Patrick stand am Küchentisch, zog drei Pappteller von einem größeren Stapel und stellte sie dorthin, wo er, Josie und Noah normalerweise saßen. Sie sah hinüber zur Arbeitsplatte, auf der zwei große Pizzaschachteln lagen.

»Tut mir leid, Pat«, sagte sie zu ihrem Bruder.

»Ich weiß schon – Arbeit«, unterbrach er sie. »Dachte ich mir schon, als ich hergekommen bin und keiner von euch beiden da war. Ich wollte eigentlich zurück zum Campus, hatte aber meine Wäsche dabei und deshalb ...«

Josie ging zur Arbeitsplatte und öffnete eine Pizzaschachtel. Eine einladende Käseschicht lachte ihr entgegen. Alle Stücke waren noch da. Sie hob den Deckel der zweiten Schachtel. Auch diese Pizza hatte Patrick noch nicht angerührt.

»Ich habe deinen Notzwanziger genommen«, erklärte Patrick. »Für die Pizza. Aber ich habe auch Trout G-a-s-s-i geführt.«

»Schon okay. Danke dir. Wo hast du die Pizza her?«

»Von Girton's.«

»Hast du sie selbst abgeholt oder liefern lassen?«

Er hob eine Braue: »Stimmt etwas nicht?«

»Selbst abgeholt oder liefern lassen, Pat?«

»Liefern lassen.«

Josie warf noch einmal einen Blick auf die Pizza. Sie war so hungrig. Seufzend nahm sie eine Schachtel, ging mit ihr zum Abfalleimer und warf die Pizzastücke hinein.

»Was zum Teufel machst du da?«, rief Patrick.

Sie holte die zweite Schachtel und versenkte auch deren Inhalt im Abfall. Dann schaltete sie den Backofen ein. »Ich habe Pizza im Gefrierschrank. Bis sie fertig ist, dauert es zwanzig Minuten«, sagte sie.

Er stand mit einem Stapel Pappteller in der Hand am Tisch und blickte sie verständnislos an. »Die Pizza war doch völlig in Ordnung. Was ist los mit dir? Muss ich Noah anrufen? Oder den Krankenwagen?«

Josie nahm ihm den Tellerstapel aus der Hand und stellte sie weg. Im Gefrierschrank entdeckte sie zwei Pizzas. Sie holte sie aus der Verpackung und bereitete sie für den Ofen vor. »Ich weiß, es sieht aus, als sei ich nicht ganz bei Trost, aber vertrau mir. Ich habe meine Gründe«, beruhigte sie ihren Bruder.

Patrick seufzte. »Verrätst du mir diese Gründe auch?«

Josie schob die gefrorene Pizza in den Ofen und stellte den Timer an. »Ich erzähle dir, so viel ich kann, aber es bleibt unter uns, okay?«

»Klar.«

Sie setzten sich an den Tisch und Josie berichtete ihm von der Theorie, mit der die Polizei von Denton im Moment arbeitete, ohne Details zu nennen, die sie vielleicht später in Schwierigkeiten bringen könnten. Er wusste bereits, dass etwas im Busch war, was Nysa Somers' Tod betraf. Zum einen war er selbst vor Ort gewesen, zum anderen kursierten inzwischen Gerüchte darüber.

»Was für Gerüchte?«, wollte Josie wissen.

»Alle möglichen, aber im Grunde läuft es darauf hinaus, dass niemand glaubt, sie sei ertrunken. Manche sagen, ihr Körper sei übel zugerichtet gewesen, als sie aus dem Wasser gezogen wurde. Andere behaupten, dass ihr der Schädel eingeschlagen worden sei. Es geht sogar das Gerücht, dass sie gar nicht im Becken gefunden worden, sondern brutal ermordet worden sei, aber dass die Verantwortlichen der Universität keine schlechte Presse wollten und daher verbreiten würden, sie sei ertrunken. Ich wusste nicht, ob ich etwas darauf erwidern sollte oder nicht. Ich habe sie zwar gesehen, fand aber, es sei nicht richtig, darüber zu reden.«

Josie widerstand dem Drang, die Augen zu verdrehen. Gerüchte und Tod waren nie eine gute Kombination. »Ich denke, fürs Erste ist Schweigen am besten«, sagte sie. »Ganz egal, was du sagst, um die Dinge klarzustellen, Gerüchte verbreiten sich trotzdem. Aber in keinem der Gerüchte ist von Drogen die Rede, oder?«

Trout stellte sich neben ihren Stuhl und stupste ihre Hand an. Sie kraulte ihn zwischen den Ohren.

»Nein«, antwortete Patrick. »Was irgendwie merkwürdig ist, denn schließlich hast du den Aufkleber ja gefunden. Kannst du ihn mir zeigen?«

»Spricht nichts dagegen«, erwiderte Josie. »Ich weiß, dass Chief Hahlbeck ihn schon auf dem Campus herumgezeigt hat.«

Sie rief das Foto auf ihrem Handy auf. Er sah es sich lange an und schürzte die Lippen. Josie fragte: »Hast du ihn schon einmal gesehen?«

»Ich weiß nicht. Ich glaube nicht, aber irgendwie kommt er mir doch bekannt vor. Ziemlich gruselig, nicht wahr?«

»Ja«, sagte Josie. »Hör zu, Pat, wenn du mit Drogen Erfahrung hast, kannst du es mir ruhig sagen ...«

Er hob die Hand, um sie zu unterbrechen. »Bitte nicht. Mach dir keine Sorgen um mich. Glaub mir, selbst wenn ich Drogen nehmen würde und etwas darüber wüsste ...« – er deutete auf ihr Handy, gerade als der Bildschirm schwarz wurde und der Aufkleber verschwand – »... würde ich etwas sagen, vor allem, da Leute sterben. Oder wenigstens fast sterben. Lebt der Feuerwehrmann noch?«

»Im Moment schon«, antwortete Josie.

»Worum also geht es hier? Um eine Vergewaltigungsdroge? Wenn ich etwas davon wüsste, würde ich es der Polizei melden.«

»Da bin ich aber froh«, erwiderte Josie. »Aber die sind wohl nicht im Spiel. Eher Drogen, die bei denen, die sie nehmen, Gedächtnisverlust auslösen. Wir versuchen herauszufinden, ob hier in Denton jemand Drogen genommen oder anderen verabreicht hat, die willenlos, fügsam und extrem beeinflussbar machen. Die wissenschaftliche Erklärung erspare ich dir.«

Der Backofentimer piepste. Patrick stand auf und nahm einen Topfhandschuh. Er holte die Pizza heraus und stellte sie auf die Arbeitsplatte, damit sie sich abkühlte. Dann warf er den Handschuh in eine Schublade und ging wieder zu seinem Stuhl. »Ich verstehe nicht ganz.«

»Ich meine damit Drogen, die jemanden in einen Zustand versetzen, in dem man ihm alles befehlen kann und er es auch tut. Also wirklich alles, egal, ob man ihn auffordert, anderen den Weg zu erklären oder ihnen zu schaden. Oder sogar, sich selbst in Gefahr zu bringen.«

Er runzelte die Stirn und schob sich einen Schopf seines dunklen Haares aus der Stirn. »Also nicht zwangsläufig, jemanden zu verletzen.«

»Nein«, antwortete Josie. »Nicht unbedingt. Die Droge, nach der wir suchen, nimmt den Leuten praktisch ihren freien

Willen. Außerdem heißt es, sie würden sich anschließend an nichts erinnern. Wenn man die Droge mit bösen Absichten einsetzen würde, wäre sie extrem gefährlich, wie du dir vorstellen kannst.«

Er nickte, während sie redete. »Letztes Jahr waren da ein paar Videos auf dem Campus in Umlauf. Direkt nach Semesterbeginn.«

»Wie in Umlauf?«, wollte Josie wissen. »In den sozialen Medien?«

Patrick schüttelte den Kopfe. »Nur als Nachrichten. Sie zirkulierten unter den Leuten auf dem Campus. Niemand wusste, woher sie stammten oder wer sie aufgenommen hatte. Selbst diejenigen, die darin vorkamen, hatten keinen Schimmer, vor allem, weil sie sich nicht daran erinnerten, was sie in den Videos getan hatten. Es war so eine Art ungeschriebenes Gesetz, dass man sie nicht nach draußen schickte, aber auf dem Campus kursierten sie.«

»Was waren das für Videos, Patrick?«

»Die ersten waren irgendein Blödsinn. Da war zum Beispiel so ein Typ – letztes Jahr war er im vierten Studienjahr –, der spät nachts auf dem Campus herumlief. Derjenige, der ihn filmte, ging hinter ihm her – es war eine männliche Stimme. Er befahl ihm, was er tun solle, und der Typ hat es einfach gemacht. Er sagte zum Beispiel: ›Tu so, als seist du ein Huhn‹, und der Gefilmte hat angefangen zu gackern und mit den Ellbogen wie mit Flügeln zu flattern. Dann hat er ihm gesagt, dass er sich mitten auf die Straße legen soll, was er ebenfalls gemacht hat. Blödsinniges Zeug eben. Oder: Mach einen Handstand. Das hat der Gefilmte aber nicht geschafft. Irgendwann hat derjenige, der filmte, so etwas gerufen wie: ›Die Polizei kommt. Lauf!‹ Dann war das Video zu Ende.«

»Hat der gefilmte Student orientierungslos gewirkt? Ist er gestolpert oder hat gelallt? So etwas in der Art?«

»Nein. Er hat völlig normal gewirkt. Als das Video anfangs

die Runde auf den Handys der Leute gemacht hat, dachten deshalb alle, dass es gefakt sei. So in der Art wie: ›Hey, seht her, was ich mit dem bescheuerten Betrunkenen mache‹. Und alle, die es sich ansahen, so: ›Der war doch nie im Leben betrunken!‹«

»Was ist mit den anderen Videos? Wie viele gab es?«

»Vier.« Patrick stand auf, nahm seinen und Josies Teller und ging zur Arbeitsplatte, um für sie beide zwei Pizzastücke zu holen. Trout, der neben Josie stand, fing leise an zu winseln, worauf sie ihm befahl, sich hinzulegen. Er trollte sich zu seinem Bett in der Küchenecke und seufzte tief, während er sich darauf fallen ließ. Patrick stellte die Pizza auf den Tisch, aber keiner von ihnen rührte sie an. Er sagte: »Ich erinnere mich nur an vier. Da war ein Mädchen, das mitten in der Nacht auf das Dach eines der Sportgebäude stieg und so Cheerleader-Moves machte – ich glaube, sie war Cheerleaderin für das Footballteam. Der Typ, der sie filmte, befahl ihr, sich bis auf den BH und das Höschen auszuziehen. Dann ließ er sie eine Cheerleaderfigur machen, die er sich ausgedacht hatte und die ausdrücken sollte, wie blöd Sport war. War schon irgendwie lustig. Außer, dass sie beinahe vom Dach gefallen wäre. Die Kamera fiel zu Boden und ging aus. Ich glaube, sie hat mit dem Cheerleaderteam Ärger bekommen, behauptete aber, dass sie betrunken gewesen sein müsse, weil sie sich an nichts erinnern konnte. Sie haben sie auf so eine Art Bewährung gesetzt.«

»Aber aus der Gruppe geworfen haben sie sie nicht?«, hakte Josie nach.

»Ich glaube nicht, aber was ich dir erzähle, habe ich alles nur aus zweiter und dritter Hand. Gerüchte. Ich weiß nicht einmal, ob das alles stimmt.«

»Verstehe«, erwiderte Josie. »Und was ist mit den anderen beiden Videos?«

Patrick stützte die Ellbogen auf den Tisch und fuhr sich mit der Hand über das Gesicht. »Ich versuche gerade, mich daran zu erinnern. An das dritte Video erinnere ich mich nicht so gut. Ich weiß nur noch, dass da ein Typ ein bisschen herumgestolpert ist und an allem geleckt hat.«

»Geleckt?«, fragte Josie. »An was zum Beispiel?«

»Na, an allem eben. Am Pflaster, an Telefonmasten, Türgriffen – alles, wovon man sich schon vom Zusehen ekelte. Aber dieser Typ sah wirklich betrunken aus. Ich glaube, das war das Video, das die Studenten auf dem Campus am lustigsten fanden. Ich meine, es war nicht wirklich lustig, weil es nie lustig ist, einen Betrunkenen dazu zu bringen, etwas zu tun, was er normalerweise nicht tun würde. Aber es wurde mehr weitergeleitet als die anderen. Glaube ich zumindest. Ich hatte den Eindruck, dieser Film wurde von mehr Leuten gesehen als die restlichen drei. Das ist aber nur meine subjektive Einschätzung. Ich habe keine Umfrage gemacht.«

Josie lachte leise. »Du hörst dich an wie Mom. Was ist mit dem letzten Video? Erinnerst du dich daran?«

Patrick verzog das Gesicht. »Ja, das war wirklich nicht witzig. Eher traurig. Darin war ein Mädchen aus dem ersten Studienjahr zu sehen. Ich kannte sie nicht, ein paar Leute aus meinem Wohnheim aber schon. Ich denke, Brenna könnte sie gekannt haben. Wir waren damals noch nicht zusammen, aber als wir es waren, wurde auf einem Fest einmal über das Video geredet. Brenna hat sich total darüber aufgeregt und gesagt, dass es nicht lustig sei, weil das Video fast das Leben des Mädchens ruiniert hätte.«

Die Pizza, die gerade noch so appetitanregend geduftet hatte, wirkte nun alles andere als verlockend. Josie zupfte an der Kruste. »Erzähl mir von dem Video.«

»Das Mädchen lief die Straße entlang. Es war dunkel. Der Typ, der sie filmte, ging hinter ihr her. Sie hatte ein Kleid und hochhackige Schuhe an, als wolle sie auf eine Party oder so etwas. Es war ziemlich gruselig, denn man konnte nicht sagen, ob der Typ ihr folgte oder nicht.«

»Konntest du erkennen, wo sie sich befanden?«, fragte Josie.

»Ich weiß es nicht mehr. Es sah nicht nach Campus aus. Ich vermute aber, dass es irgendwo in Denton war. Auf jeden Fall marschiert sie in dem Film ein Stück die Straße hinunter bis zu einer Straßenlaterne und dann sagt ihr der Typ, dass sie stehen bleiben soll, was sie auch macht. Sie dreht sich nicht einmal um. Bleibt einfach nur stehen. Dann lässt er sie irgendein blödes Zeug machen, wie fünf Kniebeugen und auf einem Bein springen, als sei sie ein Roboter.«

»Wirkte sie betrunken?«

»Nein. Irgendwann konnte man ihre Augen von Nahem sehen und da hat man gemerkt, dass ihre Pupillen riesig waren. Sie muss also irgendetwas intus gehabt haben. Aber getorkelt oder so ist sie nicht. Dann ging es weiter. Er hat ihr immer idiotischeres Zeug befohlen, zum Beispiel, dass sie in ihren eigenen Hintern hineinsehen soll. Daraufhin ist er ausgeflippt vor Lachen. Er konnte nicht einmal mehr die Kamera ruhig halten.«

»Und das alles ist in der Öffentlichkeit passiert?«

»Ja. Man konnte im Hintergrund Leute sehen, die anscheinend vorbeikamen. Sie haben entweder gelacht oder das Mädchen gefragt, ob alles in Ordnung sei, und sie hat jedes Mal Ja gesagt. Der Typ, der gefilmt hat, meinte immer nur, dass sie betrunken seien und lediglich herumalbern würden.«

»Aber er ist zu weit gegangen, oder nicht?«, fragte Josie.

»Allerdings«, seufzte Patrick. »Er sagte ihr, dass sie sich ausziehen solle. Komplett. Hat sie auch gemacht, ohne mit der Wimper zu zucken. Dann hat er sie weiter unsinniges Zeug machen lassen. Da wurde es richtig oberpeinlich. Zum Schluss befahl er ihr, sich auf die Kühlerhaube eines Auto zu setzen und zu pinkeln.«

»Mein Gott«, sagte Josie. »Hast du die Videos auch auf dein Handy bekommen?«

Er nickte.

»Wer hat sie geschickt?«

»Einer meiner Freunde hat sie von jemandem aus einem seiner Seminare bekommen, der sie wiederum aus einer Chatgruppe hatte. Mein Freund hat sie dann zu einer anderen Gruppe geschickt, in der ich war. Niemand wusste, woher sie kamen, aber geteilt wurden sie trotzdem.«

»Hast du die Videos noch?«

»Nein«, entgegnete Patrick. »Ich habe sie nicht behalten. Sie haben mich auch gar nicht interessiert, höchstens, weil alle über sie geredet haben. Gerade das letzte Video hat mich richtig wütend gemacht. Es war kaum auszuhalten und hat sich ... ja, irgendwie falsch angefühlt, es zu sehen, wenn du weißt, was ich meine. Es war überhaupt nicht lustig, sondern verstörend.«

Josie lächelte gequält. »Ich weiß«, sagte sie. »Du bist in Ordnung, Pat. Weißt du, ob eines der Videos ins Netz gelangt ist?«

»Ich glaube nicht. Aber ich habe auch nicht danach gesucht oder so.«

»Erinnerst du dich an die Namen der Studenten in den Videos?«

»Nein. Tut mir leid.«

»Hast du eine Idee, wer sie gemacht haben könnte?«

Er schüttelte den Kopf.

»Und es gab insgesamt nur vier?«

»Soweit ich weiß, ja. Aber ich glaube, das mit dem Mädchen war das letzte. Die meisten, die es gesehen haben, haben sich ziemlich darüber aufgeregt. Ich habe es bei der Campuspolizei angezeigt.«

»Was haben sie gesagt?«, wollte Josie wissen.

»Dass sie sich ›darum kümmern‹ würden. Aber sie wussten nicht einmal, ob das Mädchen im Video eine Studentin war oder nicht. Sie sagten, wenn sie nicht selbst Anzeige erstatten würde, könnten sie nicht viel tun.«

Das klang sehr nach Hillary Hahlbecks Vorgänger. Der

Mann war unfähig und faul gewesen und hatte bei der Polizei von Denton immer wieder für Frustration gesorgt, denn letztlich hatte sie sich oft mit Straftaten befassen müssen, deren Verfolgung er abgelehnt hatte. Und wenn Josies Team die Campuspolizei um Unterstützung gebeten hatte, hatte er ihnen bei jeder Gelegenheit Knüppel zwischen die Beine geworfen. Mit Hahlbeck war ein willkommener frischer Wind in die Campuswache gekommen.

»Denkst du, dass jemand von deinen Bekannten noch eines oder mehrere der Videos hat, damit ich sie mir ansehen kann?«

»Das bezweifle ich, aber ich kann mich mal umhören.«

»Du hast gesagt, dass Brenna das Mädchen im letzten Video vielleicht kennt. Denkst du, dass du für mich einmal mit ihr reden kannst? Und versuchst, ihren Namen herauszufinden?«

»Ich kann es probieren«, sagte Patrick. »Aber sie reagiert da total empfindlich. Will das Mädchen im Video wohl schützen. Ich habe das Gefühl, dass Brenna nicht noch eins draufsetzen möchte, weil die Kleine schon so viel durchgemacht hat.«

»Verständlich«, meinte Josie. »Ich rede auf jeden Fall mit der neuen Polizeichefin auf dem Campus. Vielleicht kann sie etwas herausfinden, ohne dass wir Brenna einspannen müssen. Allerdings haben wir gerade ein paar Fälle, Pat, die darauf hindeuten, dass viele ernsthaft in Gefahr sein könnten. Wenn die Person, die die Videos gemacht hat, Leuten die Droge, von der ich dir erzählt habe, heimlich gegeben hat, damit die tun, was sie sagt, und wir diese Person ausfindig machen können, wäre der Fall vielleicht gelöst. Ich würde nicht fragen, wenn es nicht so wichtig wäre. Es ist im Augenblick nicht gerade so, dass wir vor lauter Spuren nicht mehr wissen, wohin. Jede kleinste Information kann uns helfen.«

»Ja, schon verstanden«, sagte Patrick. »Ich rede morgen mit Brenna. Sag mal, wo ist eigentlich Noah?«

Josie warf einen Blick auf ihr Handy. Er hätte schon vor

Stunden nach Hause kommen sollen. »Ich weiß nicht. Ich schicke ihm eine Nachricht.«

Die Antwort kam innerhalb einer Minute.

Gehe noch Spuren nach. Warte nicht auf mich.

Josie versuchte, nicht zu warten, aber in ihrem Kopf ging es rund. Patrick machte sich auf den Weg, als seine Wäsche fertig war. Seine Abwesenheit machte die Sache nur noch schlimmer. Ständig kreisten ihre Gedanken um den Fall. Die Vorstellung, dass jemand absichtlich Menschen mit Drogen zu willenlosen Opfern machte, ließ ihr keine Ruhe. Sie stellte sich vor, wie Noah unter Drogen herumlief, hilflos jemandem ausgeliefert, der so abgebrüht und grausam war, dass er einer Schwimmerin befahl, sich zu ertränken, und einem Feuerwehrmann, sein Haus anzuzünden.

Zeit, eine Meerjungfrau zu sein.

Zeit, ein Funke zu sein.

Lamay passte zwar nicht in das Schema, aber es war schon ein merkwürdiger Zufall, dass er sich kurz nach dem, was Nysa Somers und Clay Walsh passiert war, ebenfalls so seltsam benommen hatte. Was, wenn die Person, die die Substanz einsetzte, inzwischen wahllos Leute aufs Korn nahm und ihnen gar keine Anweisungen mehr gab? Als sie allein im Bett lag, gingen ihr die Ereignisse der letzten Tage wie in einer Endlosschleife durch den Kopf. Sie stand auf und schaltete die Leuchten auf beiden Nachtschränken und die Zimmerlampe an. Trout winselte und versuchte, seinen Kopf unter eine der Decken zu stecken. Josie nahm ihr Handy vom Ladekabel und sah nach, ob Nachrichten gekommen waren, obwohl sie ein Zwitschern hätte hören müssen, wenn etwas eingetroffen wäre. Wie erwartet war nichts da.

Um halb zwölf tippte sie eine Nachricht an Noah ein.

Bitte komm nach Hause. Ich brauche dich.

Sie betrachtete die Wörter einen langen Augenblick. Dann biss sie sich auf die Unterlippe, löschte ›Ich brauche dich‹ und drückte auf *Senden*. Noahs Antwort kam wenige Sekunden später:

Bin unterwegs.

Sie war so erleichtert, dass ihr ein Seufzer entfuhr. Schnell rannte sie die Treppe hinunter und stellte sich hinter die Eingangstür. Trout blieb missmutig im Bett. Als sie Noahs Auto in der Einfahrt hörte, hüpfte ihr Herz vor Freude. Er schloss die Tür auf und trat ein. Josie sah sein unbeschwertes Lächeln und stellte erleichtert fest, dass seine Pupillen normal groß waren.

»Hallo«, begrüßte er sie. »Tut mir wirklich leid. Ich bin aufgehalten ...«

Josie schlang ihre Arme um seinen Hals. »Ist mir egal«, sagte sie und zog ihn zu einem hungrigen Kuss zu sich herunter.

ZWEIUNDDREISSIG

Josie und Noah fuhren am nächsten Morgen als Erstes zum Denton Memorial Hospital, um Sergeant Dan Lamay einen Besuch abzustatten. Er war munter und saß mit der Fernbedienung des TV-Geräts in der Hand aufrecht im Bett. Als Josie und Noah eintraten, warf er sie beiseite und winkte die beiden zu sich. Sie umarmten ihn. Josie stellte erstaunt fest, dass nun, da sie wusste, dass es ihm gut ging, der Stress mit einem Mal von ihr abfiel.

»Wie fühlst du dich?«, fragte sie, als sie und Noah sich jeder auf eine Seite des Betts stellten.

»Bestens. Nur ›matschig in der Birne‹, wie meine Tochter sagen würde. Ich bin heute Morgen hier aufgewacht und hatte keine Ahnung, was passiert ist.«

»Erinnerst du dich nicht, wie du gestern hierhergekommen bist?«, fragte Noah.

Dan schüttelte den Kopf. »Überhaupt nicht. Und bevor du fragst: Der Chief war vor einer Stunde hier und hat mir alles erzählt. Nein, ich erinnere mich nicht an das, was im Glockenturm passiert ist, und auch sonst an nichts.«

»Woran erinnerst du dich dann?«, fragte Josie.

»Dass ich meiner Frau gestern Morgen einen Abschiedskuss gegeben habe und aus dem Haus gegangen bin. Und als Nächstes finde ich mich hier in diesem Bett wieder. Ich habe fast einen Herzinfarkt bekommen, als ich aufgewacht bin. Aber sie sagen, alle Tests sind negativ. Ich bin kerngesund und kann heute noch raus.«

»Das freut mich«, sagte Josie.

Und Noah fragte: »Hat der Chief erwähnt, warum wir denken, dass du hier gelandet bist?«

»Ja. Er sagte, Josie sei der Meinung, dass es in dieser Stadt jemanden gebe, der mit irgendeiner Substanz hantiert und Essen damit präpariert. So eine Art Giftmischer. Ich esse oder trinke also nichts mehr, was meine Frau nicht zubereitet hat, bis ihr diesen Typen erwischt. Ich mag es nicht, wenn mir auf diese Art und Weise Zeit abhandenkommt.«

»Erinnerst du dich nicht daran, dass du beim Minimarkt Halt gemacht hast oder was du gestern früh gegessen hast?«, fragte Noah.

»Nein, aber wahrscheinlich das, was ich jeden Morgen esse. Zu Hause Joghurt und Knuspermüsli und auf dem Weg zur Arbeit Kaffee und Gebäck vom Minimarkt.« Er lachte. »Ich hatte gehofft, meine Frau würde nicht erfahren, dass ich regelmäßig dort Halt mache.«

Ein Klopfen an der Tür unterbrach sie. Eine Krankenschwester scheuchte Josie und Noah aus dem Zimmer, damit sie Dans Vitalfunktionen überprüfen konnte. Sie wussten Dan in guten Händen, verließen das Krankenhaus und meldeten sich im Revier. Gretchen und Mettner hatten erst ab Nachmittag Dienst, aber der Chief wartete mit einer Liste von Neuigkeiten. Er baute sich vor ihren Schreibtischen auf und ging einen Stapel Papier in seiner Hand durch. Amber, die an ihrem Schreibtisch saß und sich auf ihren Laptop konzentriert hatte, sah auf, als er anfing.

»Ich habe gestern Abend mit dem Verwaltungschef des

Krankenhauses gesprochen. Es passte ihm zwar nicht, aber er sah sich die Unterlagen aus der Notaufnahme an und fand, dass tatsächlich ungewöhnlich viele ähnliche Fälle in kurzer Zeit hereingekommen waren. Bevor Palmer nach Hause gefahren ist, hat sie eine richterliche Verfügung vorbereitet, damit wir die Akten der Schlaganfall- und Herzinfarktpatienten einsehen können, die am Tag, an dem Nysa Somers starb, in die Notaufnahme eingeliefert wurden. Sie wurde bereits zugestellt. Die Anwälte und Compliance-Beauftragten des Krankenhauses befassen sich gerade damit. Ich setze Palmer darauf an, wenn sie heute ihren Dienst antritt.

Weder Mettner noch Palmer haben eine Verbindung zwischen Nysa Somers, Clay Walsh und Coach Brett Pace oder zwischen den dreien und Dan Lamay gefunden – außer der offensichtlichen Verbindung zwischen Somers und Pace. Fraley.« Er hob den Blick und sah Noah an. »Sie haben den ganzen Tag Leute befragt und waren bis spät abends hier, um Berichte zu schreiben, wie ich gehört habe. Sie haben auch nichts gefunden, oder?«

»Nein, Sir«, antwortete Noah.

»Okay«, sagte Chitwood seufzend und blätterte die Papiere in seiner Hand durch. »Die einzige gute Nachricht ist, dass Clay Walsh noch lebt. Er liegt im Krankenhaus von Philadelphia; sein Zustand ist stabil. Ich habe heute Morgen außerdem mit dem Feuerwehrkommandanten gesprochen. Das Feuer in Walshs Haus wurde absichtlich gelegt. Er wollte natürlich wissen, wer zum Teufel das Domizil eines seiner höchstdekorierten Feuerwehrleute angezündet hat.«

Chitwood sah Josie und Noah über den Rand seiner Brille an. Keiner der beiden sagte ein Wort. Der Chief trat einen Schritt näher an ihre Schreibtische heran. »Also habe ich ihm gesagt, dass es Walsh selbst gewesen sei. Er hat mir an den Kopf geworfen, dass ich Blödsinn reden würde, und mich aus seinem Büro geworfen, bevor ich ihm von unserem Drogenverdacht erzählen konnte. Watts!« Er sah zu Amber hinüber. »Ich weiß, dass Sie lauschen, denn was anderes machen Sie ja nie. Nichts von dem hier geht an die Presse, verstanden?«

Sie nickte.

»Was habt ihr zwei mir zu bieten?«, wandte sich Chitwood wieder an Josie und Noah.

Josie erzählte ihm von ihrem Gespräch mit Patrick. Als sie fertig war, sagte er: »Dann sitzt hier nicht rum und starrt mich an. Bewegt euch schleunigst zum Campus und seht, dass ihr mehr darüber herausfindet! Los, los, los.«

Auf der Campuswache trafen Josie und Noah Chief Hahlbeck in ihrem Büro an. Josie berichtete, was Patrick ihr über die Videos erzählt hatte, die im Vorjahr auf dem Campus zirkuliert waren.

Hillary runzelte die Stirn und klickte auf ihrem Computer herum. »Wie Sie wissen, war das vor meiner Zeit«, sagte sie. »Aber wenn ein Bericht dazu angefertigt wurde, müsste er im System sein.«

Es dauerte mehrere Minuten, bis sie fündig wurde. »Hier ist eine Anzeige von Patrick Payne über ein obszönes Video, in dem möglicherweise eine Studentin von hier zu sehen war.«

Sie klickte noch einige Male und druckte ihnen einen Bericht aus. Viel war ihm nicht zu entnehmen. Mit dabei war eine handschriftliche Erklärung von Patrick, in der er das Video beschrieb, wie er es erhalten hatte und dass es vorher noch drei weitere Videos gegeben hatte. Das zweite Dokument war ein getippter Bericht des vorigen Chiefs, der schrieb, dass Patricks Bericht »haltlos« sei und keine weiteren Anzeigen eingegangen seien. Auch zum Video äußerte er sich. Er schrieb, nachdem er das Video gesehen habe, sei er zu der Auffassung gelangt, dass sich nicht einmal überprüfen lasse, ob die Frau in dem Video überhaupt eine Studentin sei. Zudem wies er darauf hin, dass das Video eindeutig nicht auf dem Campus gedreht worden sei.

»Ist das alles?«, fragte Josie. »Sonst sind keine Anzeigen oder Beschwerden über eines dieser Videos eingegangen?«

Hillary schüttelte den Kopf. »Ich suche noch einmal, sehe aber sonst nichts. Das ist alles, was wir haben.«

»Haben Sie eine Kopie des Videos?«, fragte Noah.

Hillary klickte noch ein paarmal, doch die Runzeln auf ihrer Stirn wurden mit jedem Mal tiefer. »Es sieht nicht so aus, als hätte mein Vorgänger eine Kopie von dem Video gemacht. Und wenn, hat er es nicht gespeichert. Tut mir wirklich leid.«

»Was ist mit der Cheerleaderin?«, fragte Josie. »Pat sagte, das Mädchen im zweiten Video sei eine Cheerleaderin gewesen und habe Ärger mit ihrer Truppe bekommen, nachdem das Video in Umlauf gebracht worden war.«

»Das fällt nicht in meine Zuständigkeit. Da müssten Sie die Trainerin der Cheerleaderinnen fragen. Ich kann Ihnen höchstens sagen, wo Sie sie finden, wenn Sie möchten.«

»Ja, bitte«, antwortete Josie. Gerade in diesem Augenblick zwitscherte ihr Handy. Sie zog es aus der Tasche, tippte die PIN ein und sah eine Nachricht von Patrick.

Niemand, mit dem ich geredet habe, hat noch eine Kopie von den Videos. Sorry.

Enttäuscht schrieb Josie zurück:

Danke für deine Mühe. Was ist mit dem Namen des Mädchens im letzten Video? Hat Brenna ihn dir verraten?

Seine Antwort kam binnen Sekunden.

Sie heißt Robyn Arber und geht jetzt auf die Universität von Bloomsburg. Brenna sagte, sie sei bereit, mit dir zu reden, aber nur mit dir. Ihre Schicht als Bedienung im Rose Marie's beginnt um zwölf.

»Mist«, schimpfte Josie. Sie hielt Noah das Display hin, damit er die Nachricht lesen konnte. Wenn sie Mittag in Bloomsburg sein wollte, musste sie sofort losfahren.

»Ich übernehme die Trainerin der Cheerleaderinnen«, sagte Noah. »Und du redest mit dieser Arber.«

»Okay, sehr gut. Chief Hahlbeck, könnten Sie für mich einen Namen in Ihrem System nachsehen? Robyn Arber?«

»Natürlich«, antwortete Hillary und tippte etwas in ihren Computer. Sie suchte eine ganze Minute lang, fand aber nichts.

»Schon okay«, sagte Josie. »Hätte mich auch gewundert, wenn sie im System gewesen wäre.«

DREIUNDDREISSIG

Josie traf kurz vor Mittag in Bloomsburg ein, einem idyllischen Städtchen ähnlich wie Denton, aber kleiner. Schöne alte Ziegelbauten säumten die gepflegte Hauptstraße, die vom Messegelände bis direkt zur Carver Hall führte, dem historischen Backsteingebäude der Universität mit einem von weißen Säulen getragenen Vorbau und einem Glockenturm mit Kuppel. Josie entdeckte das Rose Marie's wenige Blocks von der Carver Hall entfernt auf einem Parkplatz hinter den Gebäuden an der Hauptstraße. Die Tür zum Restaurant befand sich neben einer Hecke. Daneben hing eine schwarze Tafel mit den Tagesgerichten. Nachdem sie die Parkuhr gefüttert hatte, ging Josie hinein und sagte der Wirtin, dass sie einen Tisch für eine Person benötige. Das Restaurant war fast leer. Die einzigen Gäste waren ein Mann an der Bar und ein Paar in den Zwanzigern, das an einem Tisch im rechten Teil des Restaurants saß. Die Wirtin platzierte Josie direkt daneben. »Ich würde gern mit Robyn sprechen«, sagte Josie zu ihr.

»Robyn ist im Moment die einzige Bedienung«, erwiderte die Wirtin. »Sie kommt gleich.«

Josie öffnete die Speisekarte, studierte sie jedoch nicht. Ein paar Minuten später ging eine junge Frau zu dem Paar am Nebentisch. Sie hatte ihr blondes Haar zu einem Knoten gebunden und war ganz in Schwarz gekleidet. Sie trug Jeans und ein T-Shirt, die eng anlagen und ihre kurvigen Formen betonten. Ein großes Namensschild über ihrer rechten Brust verriet, dass es sich tatsächlich um Robyn handelte. Sie lächelte freundlich, während sie die Bestellung des Paares entgegennahm. Ihr Lächeln erstarb allerdings, als sie an Josies Tisch trat.

»Ich bin Detective Quinn«, stellte Josie sich vor.

»Ich weiß, wer Sie sind«, sagte Robyn. »Ich kenne Sie aus dem Fernsehen.«

Sie verschränkte die Arme unter ihrer Brust und wartete darauf, dass Josie etwas sagte.

»Ich möchte mit Ihnen über das Video reden, das letztes Jahr von Ihnen in Denton gemacht wurde, während Sie an der Universität dort studiert haben«, begann Josie.

»Ich weiß, warum Sie hier sind«, sagte Robyn. »Ich sollte nicht einmal mit Ihnen reden. Was wollen Sie wissen?«

»Ich hatte gehofft, Sie würden mir erzählen, was passiert ist«, meinte Josie.

»Was passiert ist? Ich kann mich an nichts erinnern. Ich war mit Freunden auf einer Feier und das Nächste, woran ich mich erinnere, ist, dass ich nackt in meinem Bett aufwache und ein schreckliches Video von mir auf jedem Handy auf dem Campus zu finden ist. Es war so erniedrigend. Ich wusste, dass ich unter Drogen gesetzt worden sein musste. Ich hatte im Haus einer Freundin ein bisschen was getrunken, aber nicht viel. Selbst wenn ich betrunken gewesen wäre, hätte ich nur gekotzt oder wäre herumgetorkelt oder eingeschlafen. Aber ich hätte mich niemals mitten in der Stadt so schrecklich benommen.«

»Haben Sie die Sache angezeigt?«

»Zuerst nicht. Es war mir so peinlich. Ich wusste nicht, was ich tun sollte, und hoffte, wenn ich es ignoriere, wäre es bald aus der Welt. Ich meine, wenn Sie es gesehen hätten ...« Sie schauderte. »Aber dann hat es anscheinend einer meiner Dozenten gesehen.« Bei dem Gedanken daran wurde sie rot. »Zuerst hat er mich nur zurechtgewiesen. Ich habe in seinem Büro einen Heulkrampf bekommen und gesagt, ich würde mich an nichts erinnern. Da meinte er, ich müsse es bei der Polizei anzeigen. Ich war im Studiengang für das Lehramt an weiterbildenden Schulen und er war mein Studienberater. Er sagte, ich dürfe nicht zulassen, dass so etwas kursiert, denn es könne mir jede Chance auf einen Arbeitsplatz verbauen. Da bin ich in Panik geraten.«

»Sind Sie zur Polizei gegangen?«

Robyn schnaubte verächtlich. »Zur Campuspolizei? Machen Sie Witze? Nein. Hören Sie: Ich hatte Freundinnen, denen hat man einmal etwas ins Getränk getan, okay? Sie sind zur Campuspolizei, doch die Idioten dort haben nichts gemacht. Alle meinten nur: ›Also, wenn Sie sich an nichts erinnern, wen sollen wir denn da verhaften?‹ Als sei es Aufgabe der Opfer, zu ermitteln. Ich wäre nie auf die Wache gegangen, selbst wenn ich einen Beweis gehabt hätte, wer das getan hatte. Mit denen wollte ich nichts zu tun haben. Ich wäre direkt zur echten Polizei gegangen.«

»Sie haben im Polizeirevier von Denton Anzeige erstattet?«, fragte Josie erstaunt.

»Nein. So weit bin ich gar nicht gekommen. Als ich herausfand, wer es war, konnte ich einfach nicht – er hat mich angefleht, nicht die Polizei einzuschalten. Ich habe ihm vorgeworfen, mich betäubt und vergewaltigt zu haben, doch er schwor, mich nicht angerührt zu haben. Er meinte, er habe mir nicht einmal K.o.-Tropfen gegeben, sondern nur etwas, das herzustellen er im Darknet gelernt habe. Ich habe ihn gefragt, ob er auch die anderen Videos gemacht habe, und er hat es zugegeben. Er meinte, es sei nur Spaß gewesen, ein Experiment. Er habe gedacht, es sei witzig gewesen, und nie vorgehabt, jemandem zu schaden.«

»Wie heißt er?«, fragte Josie.

»Müssen Sie seinen Namen wirklich wissen?«

»Ja«, antwortete Josie. »Unbedingt. Es ist wichtig, Robyn, sonst wäre ich nicht hier.«

Robyn beugte sich zu Josie und flüsterte: »Begreifen Sie doch, er ist der Sohn des Dekans.«

»Des Dekans der Universität?«, fragte Josie ungläubig. Kein Wunder, dass die Campuspolizei keinen Bericht geschrieben hatte und Patricks Anzeige nicht nachgegangen war.

»Ja, und glauben Sie mir, der Dekan wollte die Sache aus der Welt schaffen, koste es, was es wolle. Ich darf eigentlich nicht einmal darüber reden. Mit niemandem.«

Josie zog eine Augenbraue hoch. »Haben Sie eine Verschwiegenheitserklärung unterzeichnet?«

»Nein.«

»Dann können Sie mir den Namen doch nennen. Ich kann ihn sowieso nachsehen, wenn ich zu Hause bin.«

»Es war harmlos. Jeder war dieser Meinung«, versuchte es Robyn.

Josie fiel es schwer zu glauben, dass irgendein vernünftiger Mensch dieses Video als harmlos bezeichnen könnte. Sie fand es außerdem zutiefst verstörend, dass es Menschen gab, für die es in Ordnung war, wenn andere ohne deren Wissen oder Einwilligung unter Drogen gesetzt wurden.

»Sogar Sie?«, hakte Josie nach. »Waren Sie auch dieser Meinung?«

Robyn presste die Lippen aufeinander.

Josie wartete eine ganze Weile, doch das Mädchen sagte nichts mehr. Sie gehörte zu den wenigen von Josie je befragten Zeugen, die unangenehme Stille aushielten. »Was, wenn ich Ihnen sage, dass dieser Kerl, von dem Sie sprechen, möglicherweise nicht damit aufgehört hat?«, fuhr Josie fort. »Dass er vielleicht keine Videos mehr gedreht hat, aber nicht mit dem aufgehört hat, was er Ihnen angetan hat, und dass deshalb jetzt ein Mädchen tot ist?«

Robyn spielte an ihrem Namensschild herum. »Nein. Das kann nicht sein. Das würde er nie tun. Er hat es versprochen. Es gehörte zum Deal.«

»Welchem Deal?«

Robyns Namensschild fiel von ihrem T-Shirt. Sie hob es rasch auf und hielt es mit beiden Händen. »Als ich herausgefunden habe, dass er es war, habe ich ihn zur Rede gestellt. Ich sagte ihm, dass ich das nicht einfach auf sich beruhen lassen könne – vor allem, da das Video bereits auf dem Campus kursiere und mein Studienberater auch schon davon wisse. Wir einigten uns darauf, dass ich nicht zur Polizei gehe. Meine Eltern waren damit einverstanden. Dad sagte, wenn wir es strafrechtlich verfolgen lassen würden, werde es offiziell, und dann würden noch mehr Leute das Video sehen. Mir ging es vor allem darum, dass es verschwand.«

»Sein Name, Robyn«, drängte Josie.

Robyns Blick wanderte zur Theke, aber weder die Wirtin noch der Barkeeper beachteten sie. Das Paar neben ihnen war in ein privates Gespräch vertieft. Robyn drückte einen Zeigefinger auf die Spitze der Nadel an ihrem Namensschild, woraufhin sich ein winziger Blutstropfen bildete. »Doug«, antwortete sie. »Doug Merlos. Es war sein Vater, der die Vereinbarung ausgehandelt hat. Auch meine Eltern hat er eingebunden, obwohl sie zu diesem Zeitpunkt schon wollten, dass ich auf eine andere Uni wechsle und neu anfange, was für mich okay war. Gott sei Dank hat niemand das Video jemals wieder irgendwo gepostet – jedenfalls, soweit ich weiß. Aber man kann Dinge nicht ungeschehen machen. An der Uni von Denton haben es viele gesehen. Ich bin dieses Jahr hierhergewechselt. Es gefällt mir gut hier, ich bin froh, dass ich es getan habe.«

»Was haben Sie vereinbart, Robyn?«, fragte Josie.

»Doug ist von der Uni geflogen. Er durfte keinen Fuß mehr auf den Campus setzen, musste sich von mir fernhalten. Vor allem aber musste er alle Kopien, die er von dem Video hatte, löschen.«

»Ist das alles?«, stieß Josie hervor. »Robyn, er hat ein Verbrechen begangen. Er sollte im Gefängnis sitzen und auf der Liste der Sexualstraftäter stehen.«

Robyn seufzte. »Na ja, ich hätte in dieser Nacht auch gar keinen Alkohol trinken dürfen, ich war noch zu jung dafür.«

»Ja, und?«, entgegnete Josie. Es fiel ihr schwer, nicht aufzuspringen und das Mädchen zu schütteln. »Trotzdem war falsch, was er getan hat. Sie wissen doch, dass es nicht erlaubt ist, jemandem ohne sein Wissen oder Einverständnis eine Droge oder ein Medikament zu verabreichen, vor allem, wenn sie verboten sind, oder? Außerdem ist es gefährlich. Was, wenn Sie eine Grunderkrankung gehabt hätten? Er hätte Sie umbringen können.«

Robyn warf die Hände in die Luft. »Herrgott, hören Sie auf! Ich brauche das nicht, okay? Was passiert ist, ist passiert. Ich habe mich bereit erklärt, mit Ihnen zu reden, weil Brenna eine Freundin von mir ist. Sie sagte, Sie seien in Ordnung. Ich hätte nie zugestimmt, wenn ich gewusst hätte, dass Sie mir hier Vorwürfe machen.«

Josie atmete tief durch und versuchte, wieder zur Ruhe zu kommen. Das Paar am Nachbartisch warf ihr und Robyn böse Blicke zu. Sie sprach in gedämpftem Ton weiter. »Robyn, es tut mir sehr leid, ich mache Ihnen keine Vorwürfe. Das wollte ich nicht. Außerdem ist die Sache noch nicht verjährt. Sie können nach wie vor Klage einreichen.«

Robyn drehte sich um und wollte gehen. Rasch fasste Josie sie am Handgelenk. »Bitte, Robyn. Es tut mir leid. Ehrlich leid. Ich höre auf. Nur ... nur noch ein paar Fragen, okay?«

Es fiel ihr sehr schwer, den Mund zu halten. So vieles, was sie noch gern gesagt hätte, ging ihr durch den Kopf. Was waren das für Erwachsene in Robyns Leben, die zugelassen hatten, dass die Sache auf diese Weise aus der Welt geschafft wurde? Ihre Eltern, der Dekan, ihr Studienberater? Was hatten sie sich dabei gedacht? Wie konnten sie Doug Merlos nur mit solch einem Übergriff davonkommen lassen? Josie schauderte bei dem Gedanken, dass er vielleicht weiter verstörende Videos gemacht oder sogar Menschen getötet hatte. Wäre Nysa Somers noch am Leben, wenn die Angelegenheit von Anfang an so geregelt worden wäre, wie es sich gehört hätte? Wäre Clay Walsh noch wohlauf?

Robyn starrte sie an und entwand sich ihrem Griff. »Was?«

»Kannten Sie Doug schon vor der Sache mit dem Video?«

»Ich war in einem Seminar mit ihm. Wir waren in etwa in denselben Freundeskreisen. Also, ja, ich kannte ihn schon.«

»Wie haben Sie herausgefunden, dass er es war, der Sie gefilmt hat?«, fragte Josie.

»Mein Plan war, mit jedem zu reden, der auf dem Fest gewesen war. Zuerst habe ich die angesprochen, die ich kannte – auch Leute, die ich nicht gut kannte, wie Doug. Bevor ich überhaupt mit ihm reden konnte, erwähnte jemand, den ich gefragt hatte, dass sie gesehen habe, wie Doug mir die Straße hinunter gefolgt sei, nachdem ich die Party verlassen hätte. Ich habe ihn angesprochen und er hat es sofort zugegeben.«

»Das nennt man gute Ermittlungsarbeit«, bemerkte Josie. Innerlich tat ihr Robyn leid, denn es musste sie große Überwindung gekostet haben, auf eigene Faust nach der Person zu suchen, die sie missbraucht hatte. »Wissen Sie, ob er die Leute in den anderen Videos auch kannte?«

»Er sagte, er wisse von ihnen, was immer das heißt. Ich glaube, er hat seine Opfer zufällig ausgewählt. Wie gesagt, er schwor, er habe es nicht böse gemeint.«

Josie zog ihr Handy hervor. Sie wischte und tippte, bis sie das Bild von dem Aufkleber gefunden hatte, und zeigte es Robyn. »Haben Sie das schon einmal gesehen?«

Robyn wurde kreidebleich. Josie versuchte, ihre Aufregung nicht zu zeigen. Das Mädchen hatte den Aufkleber eindeutig erkannt. Robyn streckte den Rücken durch, steckte sich das Namensschild wieder an ihr Oberteil und holte ebenfalls ihr Smartphone aus der Gesäßtasche ihrer Jeans. Josie wartete darauf, dass sie etwas sagte. Sie war sich nicht sicher, ob sie nicht wortlos weggehen würde oder nur etwas Zeit brauchte, um auf die Frage zu antworten. Doch dann legte sie ihr Handy vor Josie auf den Tisch. Auf dem Monitor lud gerade ein Video. Das Standbild zeigte eine Straße in Denton, die Josie kannte. Mehrere Schritte von der Kamera entfernt war eine Frau in einem kurzen roten Rock und mit Neckholder-Top von hinten zu sehen. Aber nicht irgendeine Frau. Robyn Arber.

»Dieses Video ist drei Minuten und siebenunddreißig Sekunden lang«, sagte Robyn mit sorgsam kontrollierter Stimme. Sie war bemüht, keinerlei Emotionen zu zeigen. »Das, was Sie suchen, sehen Sie bei einer Minute und sechzehn Sekunden.«

»Sie wissen die exakte Sekunde?«, fragte Josie erstaunt.

Aus Robyns Augen schien alles Leben zu weichen. »Ich kenne jede Sekunde dieses Videos. Jede schreckliche Sekunde.«

Josie fühlte ein Gewicht auf ihren Schultern. Man konnte nur dann jede Sekunde eines fast vier Minuten langen Videos so genau bestimmen, wenn man es immer und immer wieder gesehen hatte. Vielleicht sogar jeden Tag. Leise sagte Josie: »Ich brauche dieses Video womöglich als Beweismittel in unserem derzeitigen Fall, Robyn. Dazu müssten Sie mir Ihr Einverständnis geben, dass ich es mir kopieren kann.«

»Von mir aus«, sagte Robyn. »Ich muss jetzt wirklich weiterarbeiten. Wenn Sie also etwas bestellen möchten, sollten Sie wissen, was, wenn ich wieder zu Ihnen komme.«

Sie ging zu den Paar nebenan und setzte aufs Neue ihr Lächeln auf. Josie sah mit einem Kloß im Magen auf das Smartphone und startete es. Das Video war genauso, wie Patrick es beschrieben hatte. Als Doug Merlos Robyn befahl, in ihren eigenen Hintern zu sehen, machte sie bei ihren Versuchen stoisch alle möglichen Verrenkungen. Doug schüttete sich aus vor Lachen und verlor dabei sogar sein Handy. Es wackelte und kippte, sodass nur noch Schwärze und das Licht einer Straßenlaterne zu sehen war. Das Bild blieb stehen und ein Finger verdeckte die Linse. Er schien es aufgefangen zu haben, bevor es auf dem Boden aufgeschlagen war. Dann zog er den Finger weg. Das Bild war nun völlig schwarz. Als es sich von dem dunklen Etwas entfernte, stellte sich heraus, dass es sich um eine Kuriertasche aus Stoff handelte. In der Ecke war ein weißer Kreis zu erkennen. Josie ließ das Video etwas zurücklaufen und startete es noch zweimal, bis sie exakt das Bild erreicht hatte, auf dem der weiße Fleck zu sehen war. Als sie es hatte, sah sie, dass es sich zweifelsfrei um den Aufkleber mit dem aufgeplatzten Schädel handelte.

Josie ersparte sich den Rest des Videos. Sie hielt es für unpassend, das im gleichen Raum zu tun, in dem Robyn Arber arbeitete und mit einem Routinelächeln den Gästen Wein und Essen servierte. Stattdessen schickte sie es an ihr eigenes Handy und von dort aus dem übrigen Team, zusammen mit Doug Merlos' Namen. Bei ihrer Rückkehr nach Denton würden sie ihn bereits ausfindig gemacht haben und Josie würde die Erste sein, die an seine Tür klopfte.

Sie nahm zwei Zwanzigdollarscheine aus ihrer Jackentasche, legte sie auf den Tisch und Robyns Handy mit dem Display nach unten darauf. Dann ließ sie ihren Blick durch das Restaurant schweifen, sah Robyn jedoch nirgends. Auf ihrem Weg hinaus sagte sie zur Wirtin: »Bitte richten Sie Robyn meinen Dank aus.«

VIERUNDDREISSIG

Noch immer war mir nichts über die leckeren Sachen, die ich wahllos verteilt hatte, zu Ohren gekommen. Das ergab keinen Sinn. Warum starben nicht mehr Menschen? Zumindest hätten sich einige Leute so seltsam benehmen sollen, dass die Polizei oder die Presse darauf aufmerksam hätte werden müssen. Was hatte ich falsch gemacht? Oder war es gar nicht mein Fehler? Vielleicht waren die Sachen nicht so verteilt worden, wie ich gehofft hatte. Das war das Problem, wenn man im Hintergrund agierte. Alles war leichter und lief reibungsloser, wenn ich direkten Kontakt zum Opfer hatte – wie damals, als ich die Droge zum ersten Mal verwendet hatte. Ich erinnerte mich, wie ich in meinem Auto saß und mir vor Aufregung die Hände zitterten – so stark, dass ich das Pulver fast verschüttet hätte. Nachdem ich es in den Kaffeebecher aus Pappe getan hatte, löste ich es mit einem Rührstäbchen komplett auf. Weder Bröckchen noch sonstige Reste waren zu sehen. Und das Beste: Man roch nichts. Ich setzte einen Deckel auf den Becher und sah mich um, zufrieden, dass nichts von der Droge auf die Konsole oder die Sitze gelangt war. Sie war wirksam und äußerst gefährlich – und machte gerade deshalb so viel Spaß.

Während ich darauf wartete, dass er das Gebäude verließ, klopfte ich mit den Füßen auf die Fußmatte. Ein paar Minuten lang befürchtete ich, dass der Kaffee kalt werden würde, bevor er wieder herauskam. Aber dann sah ich ihn, wie er durch die Flügeltür ging, das Clipboard wie immer unter den Arm geklemmt.

Ich stieg aus, lief zu ihm hinüber und verwickelte ihn in den unvermeidlichen Small Talk. Obwohl es das letzte Mal, als wir uns gesehen hatten, so schlecht gelaufen war, nahm er den heißen, frischen Kaffee gern als Aufmerksamkeit an. Ich hätte ihn ihm am liebsten in das Gesicht geschüttet. Es war unverkennbar, dass er ihn als Friedensangebot sah, obwohl eigentlich er mir die Hand reichen oder sich hätte entschuldigen müssen. Er hatte sich darüber lustig gemacht, wie ich mich angestellt hatte. Immer wieder hatte er damit angefangen, mich beleidigt und dann darüber gelacht. Wer lacht schon über seine eigenen Witze? Ich hatte ihm gesagt, dass er sein verdammtes Maul halten soll, doch darüber hatte er nur noch mehr gelacht.

Ich habe es nie vergessen. Er war sogar der Erste auf meiner Liste gewesen, als ich erkannt hatte, was die Droge für eine Wirkung hatte. Sie hat mich nicht enttäuscht. Die Wirkung setzte recht schnell ein. Ich hatte viel recherchieren müssen, um den exakten Zeitpunkt herauszufinden, ab dem mir jemand völlig hörig war. Als ich wusste, dass er dieses Stadium erreicht hatte, beugte ich mich vor und flüsterte ihm Anweisungen ins Ohr. Dann sorgte ich dafür, dass er die Schlüssel nahm. Ich ging mit ihm zu seinem Auto, wartete, bis er es angelassen hatte, und lehnte mich durch das Fenster hinein. »Denk daran«, sagte ich zu ihm. »Fahr so schnell du kannst. Bleib erst stehen, wenn getan hast, was du tun sollst.«

FÜNFUNDDREISSIG

Auf der Autobahn zurück nach Denton musste sich Josie mehrmals bewusst zügeln, um nur ja nicht die zulässige Höchstgeschwindigkeit zu überschreiten. Immer wieder packte sie der Zorn. Die schlimmsten Sequenzen des Videos hatte sie sich noch nicht einmal angesehen, doch wurde ihr fast schlecht bei dem Gedanken, wie übel Robyn Arber mitgespielt worden war. Sie atmete tief durch, um ihren Ärger unter Kontrolle zu bekommen und die Angelegenheit nüchterner zu betrachten. Doug Merlos hatte Robyn erzählt, er habe im Darknet gelernt, die Substanz herzustellen. Es lag nahe, dass auch der gruselige Aufkleber auf sein Konto ging. Er war auf seiner Tasche gewesen, als er Robyn gefilmt hatte. Es waren keine neuen Videos mehr entstanden, als es zu einer Vereinbarung zwischen dem Dekan und der Familie Arber gekommen war. Teil dieses Deals war gewesen, dass Doug Campusverbot bekam. Josie vermutete, dass damit auch der Hollister Way gemeint war, denn er fiel in die Zuständigkeit der Hochschul-Wohnverwaltung. Allerdings war Dougs Vater die einzige Person, die wusste, dass er keinen Zutritt mehr zum Campus hatte. Robyn hatte die Universität verlassen. Damit konnte sich Doug im Grunde mehr oder weniger frei auf dem Campus bewegen, ohne dass jemand Alarm schlug. Andererseits konnte er seine selbst gebastelte Droge auch jemandem verkauft haben. Vielleicht Brett Pace. Wahrscheinlicher war es angesichts des Inhalts der von ihm gedrehten Videos jedoch, dass Doug selbst hinter Nysas Ertrinken und Walshs Brandstiftung steckte.

Josie drückte den Sprachsteuerungsknopf auf dem Lenkrad und presste zwischen zusammengebissenen Zähnen hervor: »Noah anrufen.«

»Es tut mir leid«, sagte die Computerstimme ihres Fahrzeugs. »Ich habe Sie nicht verstanden. Bitte versuchen Sie es noch einmal.«

»Verdammt.« Ihr Handy war nicht mit dem Mietfahrzeug synchronisiert. Sie setzte den Blinker, fuhr an den Straßenrand und rief ihn direkt an. Nach dem achten Klingeln schaltete sich die Mailbox ein. Ohne eine Nachricht zu hinterlassen, legte sie auf und rief Gretchen an.

Gretchen nahm das Gespräch nach dem zweiten Klingeln an. »Boss? Ich habe Doug Merlos' aktuelle Adresse schon. Gerade überprüfe ich seine Daten. Vorstrafen scheint er keine zu haben.«

»Sehr gut«, sagte Josie. »Hast du ein Foto von ihm?«

»Das Führerscheinfoto, ja. Der Führerschein wurde ihm im Sommer entzogen, weil er zum zweiten Mal betrunken am Steuer erwischt worden war, aber ein Foto habe ich.«

»Kannst du vielleicht die Aufzeichnungen der Campus-Überwachungskameras von Sonntagnacht und Montagmorgen noch einmal durchgehen und prüfen, ob er darauf zu sehen ist?«

»Kann ich machen«, antwortete Gretchen. »Der Chief hat mich und Mettner heute gleich nach unserer Ankunft darüber informiert, was dir dein Bruder erzählt hat. Und Noah sagte, dass er die Cheerleaderin, die auf einem der Videos zu sehen gewesen war, befragt habe, aber weder sie noch ihre Bekannten oder die Trainerin der Cheerleader wüssten, der das Video gemacht habe. Außerdem hat er uns von Robyn Arber erzählt. Was hast du sonst noch von ihr erfahren?«

Josie berichtete von ihrem Gespräch mit Robyn Arber.

»So ein Dreckskerl«, schimpfte Gretchen. »Nein, zwei Dreckskerle. Er und sein Vater. Wo bist du gerade?«

Josie warf einen Blick auf das Ausfahrtschild über der Straße vor ihr und las es laut vor. »Gibst du mir bitte Merlos' Adresse?«

Sie hörte, wie Gretchen in ihrem Notizblock blätterte. Dann gab sie Josie die Adresse.

»Ich bringe ihn zum Revier.«

»Oder ich schleife ihn her und lasse ihn eine Stunde in einem Verhörzimmer schmoren«, schlug Gretchen seelenruhig vor. »Wenn du dann kommst, ist er ganz brav, fragt sich, warum er hier ist, und macht sich deswegen ins Hemd.«

Josie gefiel die Vorstellung, doch konnten sie Doug Merlos rein rechtlich nicht festnehmen. Sie konnten ihn nicht einmal zwingen, auf das Revier zu kommen oder mit ihnen zu reden. Selbst wenn er bereit wäre, mit Gretchen mitzufahren, dürfte er jederzeit aufstehen und gehen. Allerdings kam es seltsamerweise nur selten vor, dass Leute sich weigerten, mit aufs Revier zu gehen oder, wenn sie erst einmal dort waren, forderten, dass man sie gehen ließ. Ob Doug Merlos dazugehörte, wussten sie nicht.

Gretchens Stimme unterbrach sie in ihren Gedanken. »Boss? Bist du noch dran?«

»Ja«, antwortete Josie. »Gut. Schnapp ihn dir. Ich fahre zum Revier. Frag ihn inzwischen nach seinen Alibis für den Todeszeitpunkt von Nysa Somers und den Brand in Clay Walshs Haus. Wenn er welche hat, müssen wir sie überprüfen.«

Während der restlichen Fahrt ging sie in Gedanken noch einmal jedes Detail des Falls durch. Der Name Doug Merlos war bisher noch nicht gefallen. Kein einziges Mal. Das hatte allerdings nicht unbedingt etwas zu bedeuten, vor allem, wenn er seine Opfer zufällig auswählte, wie Robyn vermutet hatte. Als sie nach Denton hineinfuhr, erinnerte sie ein Piepsen daran, dass sie tanken musste. Sie steuerte die nächstgelegene Tankstelle an. Erst als sie bereits an der Zapfsäule stand, fiel ihr auf, dass es der Minimarkt war, an dem Dan Lamay gestern Morgen Halt gemacht hatte. Wie schon die Überwachungsvideos gezeigt hatten, die sie sich am Vortag besorgt hatten, herrschte auch jetzt reger Betrieb. Da der Laden zentral lag, war immer viel los. Josie bezahlte und stieg wieder in ihr Auto. Sie wollte gerade losfahren, als ihr etwas am Vordereingang ins Auge fiel.

Ein paar Schritte links von der Flügeltür stand ein kleiner Klapptisch. Davor hing ein Plakat mit der Aufschrift:

Unterstützen Sie unser Tierheim – das Precious Paws Rescue & Adoption Center.

Auf dem Tisch lagen allerlei Anstecker, Broschüren, Magnetschildchen und Stifte. Sie trugen durchweg das Logo des Tierheims. Außerdem sah Josie mehrere Schachteln mit Gebäck. Auf einem kleinen handgeschriebenen Schild neben einem Kistchen mit Keksen, Reiswaffeln und Brownies stand: »Fünfzig Cent pro Gebäckstück, fünf für zwei Dollar.« Eine Frau in den Sechzigern wachte über eine kleine Geldkassette aus Metall. Josie spürte mit einem Mal ein Kribbeln im Nacken. Sie fuhr auf einen Parkplatz vor dem Minimarkt und stieg aus.

»Hallo«, begrüßte die Frau am Tisch Josie, als sie nähertrat. »Möchten Sie unser Tierheim hier vor Ort unterstützen? Wir haben Kekse, Brownies und Reiswaffeln.«

Josie taxierte sie. Sie war um die Mitte etwas füllig und hatte braunes, mit grauen Strähnen durchsetztes Haar, das hinten zu einem Knoten gebunden war. Gekleidet war sie in marineblaue Slacks und eine grellgrüne Bluse mit dem Tierheimlogo darauf. Auf einem selbst gebastelten Namensschild stand ihr Name: Terri.

»Terri«, sprach Josie sie an. »Wie heißen Sie mit Nachnamen?«

Terris Lächeln erstarrte in ihrem faltigen Gesicht. »Cassavettes. Kenne ich Sie?«

»Arbeiten Sie für das Tierheim?«, fuhr Josie fort.

»Als Freiwillige. Möchten Sie auch bei uns mitmachen? Sie können mit den Tieren im Heim selbst arbeiten oder bei der Öffentlichkeitsarbeit und beim Spendensammeln helfen, wie ich es hier tue.«

»Wie lange verkaufen Sie hier schon Gebäck?«

»Die ganze Woche.«

»Nur Sie?«

»Ja, schon. Ich habe mich für diese Woche gemeldet.«

»Haben Sie die Sachen gebacken?«

»Nein. Ich hole sie jeden Morgen aus dem Tierheim und bringe sie her. Möchten Sie Gebäck für unsere Spendensammelaktionen backen?«

Josie starrte auf die Schachteln. »Nein«, antwortete sie.

Terri fiel die Kinnlade herunter.

»Sie bekommen von mir eine Beweisstück-Empfangsbestätigung.«

»I-ich verstehe nicht«, stotterte Terri.

»Wie viel kosten alle zusammen?«, fragte Josie.

Josie stellte die Schachteln mit dem Gebäck auf ihren Schreibtisch im Revier. Mettner stand von seinem Tisch auf und griff nach einem Brownie. Sie klopfte ihm auf die Finger. »Niemand rührt die an«, sagte sie. »Hol mir lieber einen Filzstift und ein Klebeband. Ich beschrifte die Schachteln und klebe sie zu.«

Er sah sie an, als ob sie den Verstand verloren hätte. »Das ist mein Ernst, Mett. Stift. Klebeband. Jetzt. Ich habe vielleicht eine weitere Spur. Ist Gretchen da? Hat sie Doug Merlos hergeschafft?«

Mettner durchsuchte seine Schreibtischschubladen, bis er einen Marker und etwas Klebeband gefunden hatte. »Er war nicht zu Hause. Sie überwacht seine Wohnung und meldet sich, sobald er auftaucht. Was ist mit dem Gebäck?«

»Der Tierschutzverein Precious Paws Rescue sammelt Spenden vor dem Minimarkt, in dem Dan gestern Morgen war. Hast du nicht den Tisch gesehen, als du dort warst, um die Überwachungsvideos zu holen?«

»Doch«, antwortete Mettner. »Den habe ich gesehen. Was ist damit?«

»Dan hat gestern Morgen nichts von dem Tisch gekauft, oder?«

»Vom Tierheimtisch? Nein. Ich habe mir das Video angesehen, Boss. Das hätte ich euch gesagt.«

»Das dachte ich mir«, sagte Josie. Sie holte einen USB-Stick aus ihrer Jackentasche. »Aber als ich Dan heute Morgen im Krankenhaus besucht habe, erzählte er mir, dass er jeden Tag beim Minimarkt Halt macht. Er holt sich dort etwas Süßes zu seinem Kaffee, will aber nicht, dass seine Frau davon erfährt. Die Freiwillige vom Tierschutzverein hat gesagt, sie sei die ganze Woche dort gewesen.«

Mettner verschränkte die Arme vor der Brust und sah auf sie herab. »Hat dir der Geschäftsführer vom Minimarkt etwa die Aufnahmen der ganzen Woche ohne richterlichen Beschluss gegeben?«

Josie grinste. »Hat er.«

Sie ließ sich in ihren Stuhl fallen und schloss den USB-Stick an ihren Computer an. Mettner beugte sich sogleich über ihre Schulter und sie sahen sich gemeinsam die Aufzeichnungen vom Dienstagmorgen an, dem Tag, bevor Dan verwirrt in den Glockenturm gestiegen war. Man erkannte den Tisch des Tierschutzvereins neben der Eingangstür zum Markt. Josie spielte das Video im Schnelldurchlauf vor, bis Dan mit einem Kaffee in der einen und einem Donut in der anderen aus der Tür kam. Im Donut fehlte bereits ein großer Bissen. Anscheinend sprach ihn Terri an, so wie sie es mit Josie gemacht hatte, denn er blieb stehen und drehte sich zum Tisch, ging langsam zu ihm hin und sah sich Terris Auswahl an Gebäck mehr als eine Minute lang an. Dann gab er ihr einen Dollar und nahm sich zwei Brownies aus der Schachtel, bevor er zu seinem Auto tapste.

»Aber die Sache mit dem Turm war erst am nächsten Tag«, wandte Mettner ein.

»Vielleicht hat er die Brownies bis zum nächsten Tag in seinem Auto gelassen. Er war ja schon dabei, den Donut zu essen. Möglicherweise hat er die Brownies vergessen und sie sind ihm erst gestern Morgen wieder eingefallen. Ich wette, wenn du seine Frau anrufst und sie bittest, im Auto nachzusehen, findet sie dort noch einen Brownie. Er hat zwei gekauft.«

»Ich fahre hin und sehe nach«, sagte Mettner. »Wenn da noch einer ist, müssen wir ihn untersuchen lassen. Aber Boss, findest du nicht, dass das ein bisschen weit hergeholt ist?«

Josie klebte die Schachteln zu und schrieb in großen Lettern NICHT ESSEN auf jede. »Ich weiß. Aber das ist das Einzige, was wir in Dans Fall noch nicht in Betracht gezogen haben. Wie sieht es mit der richterlichen Verfügung für das Krankenhaus aus? Der für die Namen aller Patienten, die am Tag, als Nysa Sommers starb, dort eingeliefert wurden?«

Mettner legte den Kopf zurück und blies lang und hörbar den Atem aus. »Jetzt verstehe ich, worauf du hinauswillst. Die Namen sind vor einer halben Stunde hereingekommen. Fraley ist unten im Aufenthaltsraum. Ich hole ihn, dann statten wir den Leuten einen Besuch ab und sehen, ob jemand an diesem Morgen oder irgendwann diese Woche beim Minimarkt Halt gemacht hat. Wenn wir einen Krampfanfall oder Herzinfarkt mit dem Tierheimtisch in Verbindung bringen können, haben wir den Beweis, dass jemand – vielleicht dein Doug Merlos – in Denton herumläuft und Leute vergiftet. Aber, Boss: Warum sollte er Nysa Somers und Clay Walsh so seltsame Anweisungen wie ›Zeit, eine Meerjungfrau zu sein‹ und ›Zeit, ein Funke zu sein‹ geben und dann einen Haufen Leute über die Tierheimaktion wahllos mit dem Zeug vergiften?«

Josies Handy zwitscherte. Eine Nachricht von Gretchen. Doug Merlos war gerade nach Hause gekommen.

»Vielleicht, um uns auf eine falsche Fährte zu locken?«, spekulierte Josie und steckte ihr Handy wieder ein. »Oder kein festes Schema erkennen zu lassen? Das war übrigens Gretchen. Merlos ist zu Hause. Ich fahre hin. Mett, ich habe noch nicht alle Antworten. Ich gehe nur Spuren nach.«

»Alles klar«, erwiderte er.

Josie deutete auf das konfiszierte Gebäck. »Du bist mir für diese Sachen verantwortlich. Ruf Hummel an. Er soll sie mit allem, was du in Dans Auto findest, ins Labor bringen. Ich habe mit meiner Kontaktfrau in Greensburg gesprochen. Sie sagte, in dringenden Fällen können sie Scopolamin binnen vierundzwanzig Stunden nachweisen.«

»Ist das ein dringender Fall?«

Josie runzelte die Stirn. »Wir hatten innerhalb weniger Tage ein halbes Dutzend möglicher Scopolaminvergiftungen.«

»Das wissen wir nicht sicher«, hob Mettner hervor. »Wir haben die Laborergebnisse noch nicht. Unser einziges Indiz ist bis jetzt der Aufkleber, den wir bei Somers und Walsh gefunden haben.«

»Stimmt«, räumte Josie ein. »Aber in den nächsten vierundzwanzig Stunden haben wir möglicherweise den Beweis, dass die Brownies, die Nysa Somers gegessen hat, mit Devil's Breath oder etwas Ähnlichem versetzt wurden, dass Dan und Walsh das Zeug im Blut hatten und dass es auch in dem Gebäck, das ich vom Tierschutzverein konfisziert habe, enthalten ist. Wenn ich recht habe und jemand in dieser Stadt vergiftet Menschen, will ich keine einzige Sekunde mehr verlieren.« Der Anblick von Clay Walshs verbrannten Beinen kam ihr in den Sinn. »Es geht um Leben und Tod, Mett. Wenn ich falsch liege, haben wir außer Zeit nichts verschwendet ...«

»Und ein bisschen Geld der Abteilung«, sagte er lächelnd und mit einem Seitenblick zu Chief Chitwoods geschlossener Bürotür.

Josie nickte. »Ja. Aber ich bin nicht mehr Polizeichefin. Meine Aufgabe ist es, diesen Fall zu lösen. Nur das.« Sie dachte an Nysas Eltern, wie sie durch die Lobby des Marriott getrottet und vor Schmerz fast zusammengebrochen waren. »Ich denke, der Aufwand lohnt sich. Wenn ich recht habe und das Labor alle Proben positiv auf Devil's Breath oder etwas Ähnliches testet, dann möchte ich sofort loslegen können.«

»Alles klar«, sagte Mettner.

»Außerdem ...«

»Ich weiß, ich weiß«, unterbrach Mettner sie. »Ich besorge mir alle relevanten Informationen über die Leute vom Tierschutzverein. Bin praktisch schon dabei.«

SECHSUNDDREISSIG

Doug Merlos hatte eine Wohnung in einem der heruntergekommeneren Stadtteile von Denton. Einige der hohen, verwahrlosten Gebäude waren leer und standen vor dem Abbruch, doch auch die noch bewohnten – mit Ladenzeilen im Erdgeschoss und kakerlakenverseuchten Wohnungen darüber – sahen so aus, als blühe ihnen demnächst dieses Schicksal. In dem Haus, in dem Merlos wohnte, befand sich unten ein Pfandleihhaus. Über eine Glastür daneben gelangten Josie und Gretchen in ein Treppenhaus und von dort in einen Eingangsraum oberhalb des Leihhauses.

»Ein Aufzug!«, rief Gretchen. »Das muss das einzige Gebäude mit Lift in diesem Teil von Denton sein. Mal sehen, ob er funktioniert.«

Sie drückte auf den Knopf und etwas im Schacht begann zu quietschen. Eine gefühlte Ewigkeit später öffnete sich die blaue Schiebetür und ein Schwall unangenehmer Gerüche drang in den Eingangsraum. Josie wedelte mit der Hand vor dem Gesicht. »Sollen wir nicht lieber die Treppe nehmen?«

»Er wohnt im siebten Stock«, sagte Gretchen. »Wir nehmen den Aufzug.«

Er brachte sie erstaunlicherweise ohne Zwischenfälle in den siebten Stock, obwohl Josie hätte schwören können, dass der eigenartige Geruchsmix aus Abfall, Zigaretten, Marihuana und Urin noch in ihrem Poloshirt hing, als sie bereits durch den Flur zu Doug Merlos' Tür gingen. »Hier wohnt der Sohn des Dekans der Universität von Denton?«

Gretchen schnaubte verächtlich. »Anscheinend wurde er nicht nur aus dem Campus geworfen.«

Josie klopfte an die Tür. Dahinter war eine Stimme zu hören. »Einen Moment.«

Sie hörten in der Wohnung Geräusche und Schritte, die sich der Tür näherten. Dann war es erst einmal still. Gretchen zog ihren Ausweis heraus und hielt ihn vor den Türspion. Auf der anderen Seite der Tür war ein gedämpftes »Shit« zu hören.

»Doug Merlos«, sagte Josie laut. »Wir sind von der Polizei von Denton und haben lediglich ein paar Fragen an Sie.«

Wieder war ein Gemurmel zu hören. »Shit.«

Gretchen flüsterte. »Ich werde dem Kerl nicht nachlaufen.«

Josie dachte an die Verfolgungsjagd vor fünf Monaten, als sie in einem Mordfall lediglich ein paar Blocks von hier ermittelt hatten. »Vielleicht bleibt uns nichts anderes übrig«, flüsterte sie zurück.

Hinter der Tür hörten sie Rascheln und das Klirren von Glas.

»Weißt du, was wir brauchen?«, sagte Gretchen. »Einen Hund. Einen großen Hund. So etwas wie einen Schäferhund. Der könnte dann die Lauferei übernehmen, für den ist das kein Problem. Ich werde zu alt für diesen Mist.«

»Man ist nie zu alt, um mit dem Laufen anzufangen«, erwiderte Josie. »Versuch es doch. Ist gut für dich. Setzt Endorphine frei. Danach fühlst du dich besser.«

Drinnen war ein dumpfes Geräusch zu hören. Sie hörten ein gedämpftes »Verdammt«.

»Ich hoffe, der Typ ist kein Läufer«, brummte Gretchen.

Sie wurde lauter. »Mr Merlos, öffnen Sie bitte die Tür«, rief sie. Und wieder leiser zu Josie: »Weißt du, was noch hilft, um sich besser zu fühlen? Eine Therapie. Versuch's mal.«

»Komme ja schon«, rief Merlos.

»Scheint kein Läufer zu sein«, sagte Josie. Als die Tür aufging, konnte Josie gerade noch Gretchen aus dem Mundwinkel zumurmeln: »Und eine Therapie mache ich nicht.«

Doug Merlos sah ganz anders aus, als Josie erwartet hatte, obwohl sie keine Zeit gehabt hatte, sich von Gretchen das Foto aus dem Führerschein zeigen zu lassen, der ihm entzogen worden war. Er war klein – kleiner noch als Josie, also etwa einen Meter sechzig groß. Sein zerzaustes schwarzes Haar hing ihm in Strähnen vom Kopf, fast so, als hätte ihm jemand, der sehr wütend gewesen war, die Haare geschnitten und mittendrin aufgehört. Über einer langen, nach unten gebogenen Nase starrten sie eng stehende Augen an. Ein grauer Trainingsanzug hing an ihm. Seine Haut war blass und schien nur selten Sonne abzubekommen. »Was wollen Sie?«, fragte er.

»Wir müssen mit Ihnen reden«, sagte Gretchen.

»Worüber?«

»Für den Anfang über Robyn Arber«, antwortete Josie.

»Ach, du Scheiße«, stieß Merlos hervor. Bevor sie ihn bitten konnten, mit auf das Revier zu kommen, war er schon in der Wohnung verschwunden und hatte die Tür hinter sich offen gelassen. Josie legte eine Hand auf den Griff ihrer Waffe und öffnete das Holster.

»Mr Merlos, dürfen wir hereinkommen?«, rief Gretchen ihm nach.

»Ja, ja«, tönte es aus einem Raum.

Sie betraten die Wohnung. Josie ging voran, die Hand weiter an der Pistole. Ein kurzer, dunkler Flur führte zu einem quadratischen Raum, der früher einmal ein Wohnzimmer gewesen sein mochte, nun aber aussah wie das NASA-Kontrollzentrum. Josie zählte vier Schreibtische; auf jedem lagen mindestens zwei Laptops. Boden und Wände waren voll mit Kabeln und Drähten – einige schlängelten sich sogar unter geschlossenen Türen am anderen Ende des Raums in angrenzende Zimmer. Zwei Fenster waren mit Müllsäcken und Klebeband abgedeckt. Den Raum erhellten violette LED-Lampen, die in den Ecken zwischen Wand und Decke angebracht waren. Josie blinzelte, bis sich ihre Augen an die Dunkelheit gewöhnt hatten. Ein chemischer Geruch, den sie nicht zuordnen konnte, hing in der Luft. Merlos saß in einem modernen Bürostuhl mit hoher Lehne. An einen seiner Arme hatte er Kopfhörer geklemmt.

»Weiß mein Dad, dass Sie hier sind?«, fragte er.

»Nein«, antwortete Josie.

»Hat Robyn beschlossen, mich doch anzuzeigen, oder was?«, wollte er wissen.

Hätte sie doch nur, dachte Josie bei sich. »Vielleicht«, sagte sie. »Es hängt davon ab, was Sie uns gleich erzählen.«

Merlos fuhr sich mit einer Hand durch das Haar über seiner Stirn. Daraufhin standen seine schwarzen Locken wie ein Brett in die Höhe. Josie wartete darauf, dass sie ihm wieder zurück ins Gesicht fielen, doch sie blieben oben. Sie konnte sich nicht entscheiden, ob es komisch oder unheimlich aussah. Gretchen holte ein Foto des Aufklebers mit dem aufgeplatzten Schädel auf das Display ihres Handys und zeigte es ihm. »Haben Sie das gezeichnet?«

Merlos sah ihn sich lange an. »Das war ein gescheitertes Projekt.«

»Ihr Projekt?«, fragte Josie.

»Ja. Sind Sie wirklich wegen des Aufklebers hier?«

»Das ist Ihr Markenzeichen, oder?«, wollte Gretchen wissen.

»War meines«, erwiderte er. »Es sollte mein Markenzeichen werden. Wie gesagt, es ist gescheitert.«

»Also haben Sie es gezeichnet?«, hakte Josie nach.

»Ja. Habe ich.« Er lehnte sich in seinem Stuhl zurück und schob eine Hand unter den Sitz. Josie hatte ihre Pistole schon halb aus dem Halfter, als unter der Sitzfläche des Stuhls eine Fußraste herausschnellte. Merlos stellte seine Füße darauf. Sie steckten in blauen Pantoffeln. »Hey«, sagte er. »Erschießen Sie mich nicht, Lady.«

»Lassen Sie Ihre Hände einfach da, wo wir sie sehen können, okay?«, befahl ihm Gretchen. »Worin bestand dieses gescheiterte Projekt?«

»Ach, kommen Sie«, sagte Merlos. »Wenn Sie mit Robyn geredet haben, wissen Sie es doch schon.«

»Eine Droge«, vermutete Josie. »Stimmt's?«

»Nicht irgendeine Droge. *Die* Droge. Etwas, was wir hier nicht haben. Was wir noch nie hier hatten. Die Leute reden ständig über das Darknet, aber niemand weiß, wie man es wirklich benutzt.«

»Aber Sie«, meinte Gretchen.

»Da haben Sie verdammt recht. Sie glauben gar nicht, was man aus dem Darknet bekommt.«

»Sie meinen Drogen.«

»Verhaften Sie mich, wenn ich Drogen sage?«

»Ich überlege noch«, entgegnete Josie, die Hand noch immer an der Glock. »Doug, ich denke, es wäre am besten, wenn Sie mit uns aufs Revier kommen würden, damit wir reden können.«

Er sah auf seine Hände hinunter, die zusammengefaltet in seinem Schoß lagen, und dann auf seine Monitore. »Nö«, sagte er. »Lieber nicht.«

Sie konnten ihn nicht zwingen. Nicht zum jetzigen Zeitpunkt. Sie brauchten wesentlich mehr Informationen – und wenn sie ihn verhaften wollten, außerdem einen Haftbefehl.

»Okay«, meinte Gretchen. »Wir können auch hier reden. Aber ich würde Ihnen gern Ihre Rechte verlesen, wenn das okay ist.«

»Klar, nur zu.«

Gretchen verlas ihm seine Rechte. Nachdem er erklärt hatte, dass er sie verstanden hatte, fragte sie ihn: »Wo waren Sie Sonntagnacht?«

Doug kicherte. Mit einer ausladenden Handbewegung deutete er auf den Raum um sich herum. »Wo wohl, was denken Sie?«

»Hier?«, fragte Gretchen. »Allein?«

»Ich bin nicht so der gesellige Typ. Und – Überraschung! – die Girls stehen nicht so auf mich.«

Josie konnte sich beim besten Willen nicht vorstellen, warum. »Wo waren Sie am Dienstag zwischen drei und vier Uhr nachmittags?«

Wieder breitete er die Arme aus und lachte. »Hier. Allein. Ich will Ihnen etwas Zeit sparen. Außer heute Morgen, als ich nach unten zum Laden gegangen bin, um mir etwas zu rauchen zu besorgen, war ich in den letzten zwei Wochen allein. Okay? Aber wenn es um irgendein Alibi oder sonst etwas geht, weswegen Sie hier sind: Das Leihhaus unten hat draußen Überwachungskameras. Sie filmen auch den Weg zu den Wohnungen, okay? In dem Laden wird nämlich zweimal im Monat eingebrochen. Sie können da ja nach den Aufzeichnungen fragen.«

»Das machen wir«, sagte Gretchen. »Haben die auch Kameras am Hintereingang?«

Merlos lachte. »Dort kann man nicht hinaus. Der Müllcontainer steht davor.«

»Das ist gegen die Vorschriften der Stadtverwaltung«, stellte Gretchen klar.

Er lachte wieder. »Sieht das hier wie ein Ort aus, an dem man sich um Vorschriften der Stadtverwaltung schert?«

Josie wechselte das Thema. »Fahren Sie ein Auto?«

»Mein Führerschein wurde mir genommen.«

»Meiner Erfahrung nach hält das selten jemanden ab«, entgegnete Josie.

»Nö. Ich habe kein Auto.«

»Keines gemietet?«, bohrte Gretchen nach.

»Nope. Worüber wollen Sie als Nächstes reden? Ob ich Flugzeuge fliege? Hubschrauber? Was ist mit Zügen?«

»Namen«, sagte Josie.

Merlos lächelte. Seine dunklen Augen glänzten im violetten Licht. »Gut. Schießen Sie los.«

»Nysa Somers.«

»Die Schwimmerin, die gerade gestorben ist, oder? Von der Uni? Ja, ich sehe Nachrichten. Ich kenne sie nicht. Habe sie nicht gekannt. Robyn dürfte Ihnen gesagt haben, dass ich aus dem Campus geworfen wurde und Zutrittsverbot habe. Deshalb ist es ziemlich unwahrscheinlich, dass ich Namen kenne, die mit der Universität in Verbindung stehen.«

»Clay Walsh«, fuhr Josie fort.

»Der Feuerwehrmann. War ebenfalls in den Nachrichten.« Er kicherte, was ausgesprochen befremdlich wirkte. »Seid ihr wirklich Cops oder kommt ihr vom Lokalsender und macht irgendeine abgefahrene Umfrage, um zu sehen, wie viel Zuschauer ihr habt?«

Josie fragte sich allmählich, ob er high war. »Brett Pace«, fuhr sie fort.

Er deutete mit dem Zeigefinger auf sie. »Das ist einer, den ich nicht kenne. Nie gehört.«

»Gut, reden wir über ›die‹ Droge«, sagte Gretchen. »Sie haben sie aus dem Darknet?«

Und Josie fügte hinzu: »Robyn Arber hat uns gesagt, Sie hätten ihr erzählt, dass Sie die Anleitung zu ihrer Herstellung aus dem Darknet hätten.«

»Also, ja, was ich ihr gegeben habe, habe ich selbst hergestellt. Aber wie Sie wissen, ist die Sache mit der Droge nicht so gelaufen, wie ich gehofft hatte.«

»Weil man sie erwischt hat?«, wollte Gretchen wissen.

»Ja, genau«, antwortete er. »Ich hatte gehofft, mit den Videos sozusagen Fuß auf dem Markt zu fassen und den Leuten zu zeigen, wie viel Spaß sie damit haben könnten, sodass sie anfangen würden, das Zeug zu kaufen. Aber mein Dad hat mir die Hölle so heiß gemacht, dass mir klar war, es würde nicht funktionieren. Ich meine, ich hatte Glück, mit einem Rausschmiss davonzukommen. Der Kerl hat mich komplett von seiner Liste gestrichen. Ich darf nicht mal mehr meine Mom und meinen Bruder sehen. Er wusste einfach nicht zu schätzen, wie brillant meine Idee war, verstehen Sie? Hat sein ganzes Leben für die Universität gearbeitet und was hat es ihm gebracht? Ein großes Haus, eine popelige Zusatzrente und einen Berg Schulden. Ich hätte die große Kohle machen können. Hier an der Universität anfangen, die Droge in Umlauf bringen, dafür sorgen, dass die Leute Spaß mit ihr haben, am Konzept und der Dosierung feilen und so und sie dann über das Darknet vertreiben. Die Staaten sind ein noch völlig unerschlossener Markt für dieses Zeug. Die Leute haben keine Ahnung, was ihnen entgeht.«

»Sie sagten, dass Sie die Dosis, die Sie Robyn gegeben haben, selbst hergestellt haben«, sagte Josie. »Was ist mit den anderen? Es waren insgesamt vier Videos in Umlauf.«

»Ja, krass, oder? War alles von mir. Meine Droge. Ich habe ein bisschen was von dem richtigen Zeug aus dem Darknet geholt und es dann nachgemacht.«

»Was war dieses richtige Zeug?«, fragte Gretchen. »Worüber reden wir hier, Doug?«

Der Stuhl knarzte, als er sich vorbeugte, bis er seine Finger über die Spitze seiner Pantoffeln schieben und auf die Sohle trommeln konnte. »Devil's Breath.« Er leckte sich die Lippen und grinste, als warte er auf Beifall. Da erkannte Josie, warum er ihnen all das erzählte, obwohl es sich um illegale Aktivitäten handelte und sie ihm bereits seine Rechte verlesen hatten: Er war stolz auf sich. Er wollte es jemandem erzählen. Wahrscheinlich hatte er lange auf die Gelegenheit gewartet, mit dem zu prahlen, was er getan hatte. Als Josie und Gretchen keine Reaktion zeigten, schüttelte er den Kopf und lehnte sich wieder zurück. »Sie wissen das nicht, aber es ist eine große Sache. In Kolumbien geben sie es den Leuten und ...«

»Wir wissen, wie es wirkt«, unterbrach ihn Josie. »Wenn Sie es aus dem Darknet bekommen konnten, warum haben Sie versucht, es selbst herzustellen?«

»Weil es schweineteuer ist. Wie Sie wissen, haben wir auch hier in den Staaten so Zeug, das nicht einmal illegal ist, Scopolamin und Stechapfel und so. Es lässt sich synthetisch herstellen, wenn man weiß, wie es geht.«

»Woher wussten Sie, wie es geht?«, fragte Gretchen.

Er lächelte wieder. »Recherche, meine Liebe, Recherche. Im Netz finden Sie alles, vor allem im Darknet.«

Wieder überraschte Josie seine Ehrlichkeit. Sie fragte sich einen Augenblick lang, ob er das Gesetz nicht verstand. Oder er verstand es sogar sehr gut, wie sie mit plötzlichem Schaudern dachte. Sie überlegte kurz, was sie über das Betäubungsmittelgesetz in Pennsylvania wusste. Doug hatte seine Droge aus legalen Substanzen hergestellt. Weder Scopolamin noch Stechapfel waren auf der Betäubungsmittelliste des Strafgesetzbuchs, soweit Josie wusste. Die Gesetze über Drogenhandel und -verbreitung in Pennsylvania bezogen sich auf spezifische Betäubungsmittel und zogen in der Regel auch in Betracht, wie gefährlich sie waren und welche Mengen sich im Besitz der jeweiligen Personen befanden. Es bestand durchaus die Möglichkeit, dass eine Anklage wegen Drogenhandels gegen Doug gar nicht erst erhoben werden würde – und wenn, könnte ein guter Strafverteidiger womöglich erreichen, dass sie fallen gelassen würde. Besser waren die Chancen, wenn sie ihn für das, was er Robyn Arber angetan hatte, wegen grob fahrlässiger Gefährdung vor Gericht brachten. Aber der Bezirksstaatsanwalt würde für ein Strafverfahren vermutlich Robyns Aussage brauchen. Und selbst dann konnte es sein, dass er überhaupt nicht einsitzen musste, denn grob fahrlässige Gefährdung war ein geringfügiges Vergehen.

Rechtlich befanden sie sich auf dünnem Eis und obwohl Doug bereitwillig zugab, was er getan hatte, war sich Josie nicht sicher, ob es sie voranbrachte. Trotzdem wollte sie, dass er weiterplauderte, vor allem, da er bereits über seine Rechte aufgeklärt worden war.

»Wenn Sie es selbst herstellen konnten«, bohrte Josie weiter, »warum dann überhaupt das Originalzeug kaufen? Warum mussten Sie es kopieren?«

»Weil ich wissen wollte, wie es sich anfühlt, verstehen Sie?«

»Sie haben es selbst genommen?«, fragte Gretchen ungläubig.

Er nickte stolz. »Allerdings.«

»Doug, wir wissen, dass Devil's Breath die Erinnerung ausschaltet. Woher wussten Sie dann, wie es sich anfühlt?«

»Ich wusste es ja nicht. Ich musste mich selbst filmen. Ich habe mich in einem Zimmer eingesperrt und alles aufgenommen. Danach habe ich angefangen, mein eigenes Zeug herzustellen, und auch das genommen. Es waren ein paar Versuche nötig, bis ich wusste, wie hoch die richtige Dosis und das alles sein musste.«

»Sie haben es an sich selbst ausprobiert?«, fragte Gretchen mit skeptischem Ton. »Ohne Hilfe? Sie hätten sterben können.«

»Ja, ich weiß«, sagte er. »Das macht ja gerade den Nervenkitzel aus, wenn man etwas Neues erschaffen will, meinen Sie nicht?«

»Da bin ich mir nicht so sicher«, entgegnete Josie. »Als Sie die Droge an anderen ausprobiert haben, wie haben Sie sie ihnen untergejubelt?«

»Ich habe sie ihnen in die Getränke getan. Als Pulver. Hat

eine Weile gedauert, bis ich es so weit hatte, dass es komplett löslich war, aber ich habe es geschafft.«

»Sie sagten, Sie hätten aufgehört, anderen die Droge zu geben, nachdem Sie wegen des Videos von Robyn Arber in Schwierigkeiten geraten waren«, fuhr Josie fort. »Hatten Sie noch etwas von Ihrem selbst hergestellten Devil's Breath übrig?«

»Ich habe es entsorgt«, sagte er. »Musste ich. Das war eine Bedingung meines Dads. Er hat mit einem Anwalt geredet, der meinte, da meine Droge nicht auf der Liste der illegalen Betäubungsmittel stand, würde ich vermutlich davonkommen, falls die Polizei je eingeschaltet würde. Trotzdem meinte er, es sei das Beste, wenn ich alles vernichten würde. Er wollte nicht, dass man irgendetwas zu mir zurückverfolgen konnte, verstehen Sie? Also eigentlich zurück zu ihm.«

»Sie haben es entsorgt?«, fragte Gretchen ungläubig. »Wie? Haben Sie es die Toilette runtergespült?«

»Ja. Was hätte ich sonst machen sollen?«

»Und die Aufkleber?«, wollte Josie wissen. »Was haben Sie damit gemacht?«

»Weggeworfen. Hat mir echt leid getan, denn das war eine meiner besten Kreationen.«

SIEBENUNDDREISSIG

»Denkst du, dass er die Wahrheit sagt?«, fragte Gretchen, als sie wieder zurück auf dem Revier waren.

Josie setzte sich an ihren Schreibtisch und sah sich um. Sie waren ganz allein. Die Tür zum Büro von Chief Chitwood war geschlossen. »Zumindest das meiste. Es wundert mich, wie viel er zugegeben hat.«

»Er scheint zu wissen, dass wir ihn bestenfalls wegen grob fahrlässiger Gefährdung drankriegen können, was fast nie mit Gefängnis bestraft wird. Außerdem könnte man ihn höchstens wegen des Arber-Falls anklagen, denn das ist das einzige Video, das wir haben«, meinte Gretchen.

»Stimmt, und ohne ihre Aussage hat er sowieso nichts zu befürchten. Selbst wenn wir ihn trotzdem wegen grob fahrlässiger Gefährdung von Robyn Arber verhaften würden, wäre er in ein paar Stunden wieder draußen.«

»Meinst du?«, sagte Gretchen. »Daddy hat ihn zum Teufel gejagt.«

»Weil Daddy um seinen eigenen Ruf besorgt war. Würde sein Sohn wegen dieser Sache verhaftet, täte er alles, um das Ganze zu vertuschen und so schnell wie möglich aus der Welt zu schaffen. Was bedeutet, dass er seinen Sohn binnen weniger Stunden auf Kaution frei hätte und danach alle Fäden ziehen würde, um dafür zu sorgen, dass die Anklage fallen gelassen wird. Er würde vermutlich Robyn Arbers Familie kontaktieren, um sicherzugehen, dass sie den Mund hält. Dann wäre Doug wieder draußen und wüsste, wie sehr wir darauf aus sind, ihn dranzukriegen. Es würde uns überhaupt nichts bringen, ihn herzuschaffen, vor allem, weil wir damit riskieren würden, dass sich sofort sein Vater und ein erstklassiger Strafverteidiger einschalten. Mir wäre es lieber, wenn wir ihn in dem Glauben ließen, dass wir heute nur dort waren, um mit ihm zu reden, während wir den Fall bearbeiten. Er hat uns viel erzählt, aber mit Sicherheit nicht alles.«

»Zum Beispiel, wie einige seiner Kumpel ihm geholfen haben, das Zeug auszuprobieren?«, fragte Gretchen.

»Genau. Und ob er es noch immer verkauft.«

»Wie soll das denn gehen?«, fragte Gretchen. »Er ist nicht unbedingt der umgänglichste Typ und wenn es stimmt, dass er seine Wohnung nicht verlässt, wo soll er es dann verscherbeln?«

»Vielleicht kommen die Leute zu ihm?«

»Hätten wir dann nicht schon irgendwo von dem Aufkleber gehört oder ihn gesehen? Wir rücken doch ständig zu den Drogenumschlagplätzen aus, wie Noah schon sagte. Auf den Aufkleber sind wir dabei noch kein einziges Mal gestoßen.«

»Vielleicht verkauft er das Zeug nur an ein paar enge Freunde«, mutmaßte Josie.

Gretchen wedelte mit einem USB-Stick in der Luft herum. »In diesem Fall müssen wir vielleicht doch noch einmal zu dem Pfandleihhaus und uns die Aufzeichnungen der Überwachungskameras besorgen, um zu sehen, wer da ein und aus gegangen ist. Aber erst einmal überprüfen wir sein Alibi.«

Die Aufnahmen des Pfandleihhauses waren Gold wert. Der Laden wirkte billig und heruntergekommen, doch hatte man in ein teures Sicherheitssystem von Rowland Industries investiert, das Aufzeichnungen monatelang speicherte. Josie und Gretchen mussten lediglich bis Sonntag zurückgehen. Der Besitzer hatte gar nicht erst nach einer richterlichen Verfügung gefragt, denn er wollte verhindern, dass sie ihn noch einmal aufsuchten. Polizeipräsenz im Laden machte seine Kundschaft nervös. Nachdem er die geforderten Aufzeichnungen auf einen USB-Stick kopiert hatte, waren Josie und Gretchen um das Gebäude herumgegangen und hatten festgestellt, dass Doug Merlos die Wahrheit gesagt hatte. Der einzige Hintereingang wurde von einem großen, mit einer schleimigen Masse überzogenen Müllcontainer blockiert, der schlimmer roch als das Leichenschauhaus. An der Hinterwand führte eine Feuerleiter hoch, über die Merlos das Haus ungesehen hätte verlassen können; allerdings war zwischen ihrem unteren Ende und dem Boden ein so großer Abstand, dass er über die Leiter niemals wieder in seine Wohnung hätte zurückkehren können.

Josie rollte mit ihrem Stuhl zu Gretchens Schreibtisch. Gemeinsam sahen sie sich die Aufzeichnungen an, die bestätigten, was Doug erzählt hatte. Er hatte seine Wohnung seit Sonntagmorgen lediglich ein einziges Mal verlassen, und zwar schon relativ früh, kurz bevor Gretchen bei ihm aufgetaucht war und an seine Tür geklopft hatte, nur um festzustellen, dass er nicht zu Hause war.

»Gut«, sagte Josie. »Er hat die Wahrheit gesagt, was sein Alibi anbelangt, und wir können ihm auch nicht das Gegenteil beweisen. Aber es ist kein Zufall, dass er die Droge und den Aufkleber hergestellt hat. Ich denke, wir müssen herausfinden, mit wem er letztes Jahr an der Universität Umgang hatte.«

»Ruf Robyn Arber an und frag sie, ob sie sich an irgendjemanden erinnert, mit dem er befreundet war.«

»Gute Idee«, erwiderte Josie. Sie rollte mit ihrem Stuhl zurück zu ihrem Schreibtisch und fischte ihr Handy zwischen den Papierstapeln auf der Arbeitsfläche heraus. Allerdings erreichte sie nur Robyn Arbers Mailbox. Josie hinterließ ihr eine Nachricht, bezweifelte aber, ob Robyn zurückrufen würde.

»Ich kontaktiere Chief Hahlbeck und bitte sie, uns eine Liste der von Merlos besuchten Seminare und aller Teilnehmer zu besorgen«, sagte Gretchen.

»Erkundige dich auch, ob er einen Mitbewohner hatte«, bat Josie sie.

»Hatte er ganz sicher«, meinte Gretchen. »Seinem Alter nach müsste er im letzten Jahr mit dem Studium begonnen haben.« Sie tippte etwas in ihren Computer.

Josies und Gretchens Handy zwitscherten gleichzeitig. Josie nahm das ihre und warf einen Blick darauf. »Eine Nachricht von Mett«, sagte sie. »Er und Hummel haben einen Brownie und einen Plastikbeutel mit Brownieresten in Dans Auto gefunden.«

Gretchen tippte weiter. »Womit deine Theorie, dass die Brownies von Precious Paws mit Drogen versetzt waren, noch wahrscheinlicher wird.«

»Genau. Jetzt müssen wir nur noch auf die Ergebnisse warten. Hummel ist bereits mit dem Gebäck, das ich vom Precious-Paws-Tisch mitgenommen habe, und den Resten aus Dans Auto zum Labor unterwegs.«

Josie tippte eine kurze Nachricht an Mettner ein und dankte ihm. Erst nach einigen Sekunden merkte sie, dass Gretchen aufgehört hatte zu tippen. Als sie von ihrem Smartphone aufsah, starrte Gretchen sie an. »Sag mal, deine Schicht war doch schon vor zwei Stunden zu Ende. Warum gehst du nicht nach Hause?«

Josie wollte etwas entgegnen, merkte aber, wie erschöpft sie war. Der Fall, nein, die Fälle bekamen mit jeder Person, die sie befragten, und jeder Spur, der sie nachgingen, eine größere Tragweite. Trotzdem hatten sie noch keinen handfesten Beweis, dass einem oder mehreren Opfern tatsächlich Devil's Breath beziehungsweise Doug Merlos' synthetische Version davon verabreicht worden war. Sie würde morgen das staatliche Polizeilabor anrufen und sich erkundigen, ob die Analyseergebnisse schon vorlagen.

»Boss«, merkte Gretchen an, »du hast schon ganz glasige Augen.«

Josie wurde aus ihren Gedanken gerissen. Sie lachte. »Tut mir leid. Der Fall geht mir an die Nieren.«

»Er ist auch heftig«, pflichtete ihr Gretchen bei.

Josie stellte noch die Tagesberichte fertig. Bevor sie losfuhr, schrieb sie Noah eine Nachricht und fragte, wo er war. Er überprüfte mit Mettner die Krankenhauspatienten und das Tierheim. Josie war erleichtert, als er ihr zum Schluss schrieb:

Dauert nicht mehr lange.

Josie parkte in ihrer leeren Einfahrt, sah aber, dass die Lichter im Erdgeschoss an waren. Sie ging alle durch, die einen Schlüssel zu ihrem Haus hatten. Wenn jemand von ihnen drinnen war, sollte eigentlich ein Auto vor dem Haus stehen. Als sie vor der Eingangstür stand, öffnete sie ihr Holster und legte die Hand auf den Knauf ihrer Pistole, während sie den Schlüssel so leise wie möglich im Schloss drehte. Sie hörte das vertraute Klacken von Trouts Krallen auf dem Boden in der Diele und sein Schnauben, wenn er sehr aufgeregt war.

Müsste er nicht eigentlich wie wild bellen, wenn jemand drinnen war? Hatte sie oder Noah das Licht den ganzen Tag lang brennen lassen?

Sie drehte den Knauf und drückte die Tür gerade so weit auf, sodass der Riegel nicht mehr blockierte, die Tür aber noch geschlossen aussah. Dann zog sie ihre Glock und hielt den Lauf nach oben. Mit einem Fuß schob sie die Tür auf und ging hinein, während sie mit dem anderen Bein Trout in

Schach hielt und dabei Diele, Treppe und Wohnzimmer scannte.

Von der Tür zur Küche kam eine männliche Stimme. »Hey, Trout. Wo bist du, Boy?«

Der Hund hörte auf, aufgeregt mit dem Schwanz zu wedeln. Er spitzte die Ohren und drehte den Kopf. Josie rief: »Wer ist da?«

FBI-Agent Drake Nally erschien in der Küchentür, in einer Hand eine Gabel und in der anderen einen Teller mit einem Stück Käsekuchen darauf. »Josie«, begrüßte er sie. »Schön, dich zu sehen.«

Josie atmete erleichtert aus und steckte ihre Waffe ein. »Du hast mich ganz schön erschreckt, Drake. Ich hätte dich erschießen können. Was machst du hier?«

Sie kniete sich hin und begrüßte Trout. Als er zufrieden war, ging sie zu Drake. Er sah auf sie herab. Drake war größer als die meisten Männer, die sie kannte, ein drahtiger, langgliedriger Kerl, der seine Arbeit sehr ernst nahm. Ebenso ernst nahm er seine Beziehung zu Josies Zwillingsschwester Trinity Payne, einer berühmten Journalistin in New York. »Was?«, sagte Drake. »Können Trin und ich dich nicht besuchen kommen? Sie wollte eine Weile aus der Stadt raus. Sie vermisst dich.«

»Du hättest anrufen können«, entgegnete Josie. »Nicht, weil du nicht willkommen bist, sondern damit ich dich nicht erschieße. Weil wir gerade von Trinity reden: Wo ist sie denn? Ich sehe draußen kein Auto.«

»Sie ist zu Pat gefahren, glaube ich«, sagte er, während sie den Käsekuchen auf seinem Teller betrachtete und sah, dass er noch nichts davon gegessen hatte.

»Glaubst du?« Trinity war vor einigen Monaten entführt worden und Josie war felsenfest davon überzeugt, dass Drake unter keinen Umständen zulassen würde, nicht zu wissen, wo sie sich befand.

»Nein, ich weiß es. Sie wollte Pat besuchen. Auf dem Campus. Hat sie jedenfalls gesagt.«

Josie wollte ihm gerade weitere Fragen stellen, als er seine Gabel in den Käsekuchen stach und einen Bissen zum Mund hob. Sie streckte den Arm aus und legte zwei Finger auf den Gabelgriff, bevor er sich das Stück in den Mund schieben konnte.

»Wo hast du den her?«, fragte sie.

»Was?« Konsterniert blickte er sie an.

»Den Käsekuchen. Wo hast du ihn her?«

»Wir haben ihn von Sandman's. Trinity wollte ihn. Sie sagte, dort hätten sie den besten in Denton. Wir haben einen ganzen Kuchen gekauft. Sündhaft teuer übrigens, aber sie musste ihn unbedingt haben. Du darfst dir gern ein Stück nehmen.«

»Nein«, sagte Josie. Sie nahm ihm die Gabel und den Teller ab und ging an ihm vorbei in die Küche, um den restlichen Kuchen zu suchen. Erleichtert sah sie, dass nur ein Stück fehlte. Sie nahm die Kuchenschachtel und warf sie mitsamt Inhalt in den Mülleimer. Dann kratzte sie Drakes Stück vom Teller und ließ es ebenfalls in den Eimer fallen.

»Hey«, protestierte er. »Was zum Teufel machst du? Bist du verrückt geworden?«

»Nein«, antwortete Josie. »Vertrau mir einfach.«

»Du bist seltsam«, sagte er. »Seit ich dich das letzte Mal gesehen habe, bist du seltsam geworden.«

Josie öffnete den Kühlschrank und schob ein paar Sachen darin herum, bis sie einen Bananencremekuchen fand, den Misty gebacken und am Wochenende vorbeigebracht hatte. Sie stellte ihn auf den Tisch. »Hier, den kannst du essen.«

»Okay, Lebensmittelkontrolleurin. Verrätst du mir auch, warum ich den köstlichen, cremigen, sauteuren Käsekuchen, den meine Freundin gekauft hat, nicht essen darf?«

Josie nahm zwei Gabeln aus der Besteckschublade und ließ

sich in einen Stuhl fallen. »Weil ich glaube, dass jemand hier in der Stadt herumläuft und den Leuten eine sehr gefährliche Substanz ins Essen schmuggelt.«

Drake horchte auf. Mit zwei Schritten war er am Tisch, setzte sich neben sie und nahm die Gabel, die sie ihm hinhielt. »Ein Giftmischer?«

Josie nahm die Frischhaltefolie vom Kuchen, steckte ihre Gabel in die Mitte, hebelte ein Stück heraus und schob es sich in den Mund. Sie schloss die Augen und genoss den süßen, cremigen Geschmack. Misty war die beste Köchin, die sie kannte. Als sie die Augen wieder öffnete, sah sie, wie Drake sie amüsiert beobachtete. »So schlimm?«

Josie schluckte den Bissen hinunter und hebelte mit der Gabel ein weiteres Stück heraus. »Sieht so aus.«

Drake begann am Rand des Kuchens und arbeitete sich zur Mitte vor. »Schmeckt wirklich verdammt gut«, stellte er fest. »Habt ihr schon Verdächtige?«

»Einen Studenten«, antwortete Josie. »Besser gesagt, einen Ex-Studenten. Und vielleicht einen Schwimmtrainer. Sag mal, wenn du schon mal hier bist, du hast doch an vielen Fällen mitgearbeitet, nicht wahr? Hast du nicht auch mal die Abteilung für Verhaltensanalyse in Quantico konsultiert?«

Mit vollem Mund sagte Drake: »Ja, schon. Wir ziehen sie manchmal hinzu, damit sie uns bei der Erstellung von Täterprofilen helfen. Ich hatte übrigens bereits mit einem Fall von Vergiftung zu tun. War sogar eine ganz große Sache.«

»Ich bin allerdings nicht sicher, ob das hier streng genommen unter Vergiftung fällt«, meinte Josie.

»Erzähl mir davon.«

»Wir glauben, dass jemand mit einer Droge namens Devil's Breath oder einem synthetischen Imitat davon Gebäck versetzt, das die Opfer essen. Einige scheinen bewusst vergiftet zu werden, andere eher zufällig.«

»Devil's Breath?«, fragte Drake. »Dieses Teufelszeug, das sie in Kolumbien haben?«

»Weißt du etwas darüber?«

»Ich habe da schon einige Schauermärchen gehört. Das hört sich für mich aber schon nach einem Giftanschlag an.«

»Erzähl mir von dem Fall, den du bearbeitet hast«, bat ihn Josie.

»Okay. Ich hatte einen in meiner ersten Zeit in der New Yorker Außenstelle. Jemand hatte Salatbars in den Fastfood-Restaurants der Stadt ins Visier genommen und die Dressings dort mit Abflussreiniger vergiftet. Der Special Agent in Charge hat die Verhaltensanalytiker um ein Täterprofil gebeten.«

»Das ist ja schrecklich«, sagte Josie. Mit einem Finger löste sie ein Stück der flockigen Kruste vom Kuchen und gab es Trout, der zu ihren Füßen sehnsüchtig auf Reste vom Tisch wartete, die Josie ihm vielleicht zuwarf – oder versehentlich fallen ließ.

»Sie haben in einem konkreten Fall das detaillierte Profil eines potenziellen Täters und eines für Giftmörder allgemein erstellt. Jeder Fall ist zwar anders, aber ein hoher Prozentsatz der Fälle weist Gemeinsamkeiten oder zumindest Ähnlichkeiten auf.«

»Und die wären?«, fragte Josie.

Drake schluckte einen weiteren Bissen des Kuchens hinunter und meinte: »Ein recht hoher Anteil der Giftmörder sind Frauen.«

»Ich habe keine weiblichen Verdächtigen«, wandte Josie ein.

»Schon okay. Ich sage nicht, dass nicht auch Männer mit Gift arbeiten – die meisten Täter, die in großem Stil mit Arzneien arbeiten, sind männlich. Trotzdem ist bei Morden oder Mordversuchen mit toxischen Substanzen das Verhältnis zwischen männlichen und weiblichen Tätern ziemlich ausgeglichen. Manche Kriminalpsychologen nennen Giftmorde sogar explizit ›das weibliche Verbrechen‹, weil es sorgfältige Planung, Geduld und Raffinesse erfordert. Außerdem ist bei Giftmorden keine so offensichtliche Gewalt im Spiel wie zum Beispiel bei Messerangriffen oder anderen Körperverletzungen. Das ist der Unterschied zwischen männlichen und weiblichen Tätern. Männer prügeln eher jemanden zu Tode, während Frauen sanfter umbringen, wenn du verstehst, was ich meine.«

Josie dachte an Nysa Somers, die ertrunken war, und Clay Walsh, der fast verbrannt wäre. »In unserem Mordfall würde ich die Todesart nicht unbedingt als sanft bezeichnen. Und auch bei unserem zweiten Opfer – es ringt noch mit dem Tod –, kann man nicht gerade von einem sanften Mordversuch sprechen.«

»Klar, im Grunde ist kein Tod sanft«, meinte Drake. »Ich will damit nur sagen, dass die Täterin oder der Täter nicht immer dabei ist, um die Wirkung mitzuerleben. Deshalb fühlt es sich für sie nicht so brutal an, als wenn sie jemanden erstechen oder von Angesicht zu Angesicht erwürgen. Sie haben Abstand. Außerdem verschaffen sich Giftmischer Befriedigung durch das Gefühl von Macht und absoluter Kontrolle. Sie wissen, dass sie Unheil anrichten, bleiben ihm aber fern. Hier geht es um Manipulation, nicht Konfrontation. Ich rede hier von Serienmördern, wohlgemerkt.«

Josie schob den Kuchen von sich und legte die Gabel auf den Tisch. »Ich verstehe. Was ist sonst noch für sie charakteristisch?«

»Giftmörder sind hinterhältig, es mangelt ihnen an Empathie. Sie sind emotional verkümmert. Manchmal denken sie fast kindlich. Fühlen sich als etwas Besonderes.«

Sogleich kam Josie Brett Pace, der Trainer, in den Sinn. »Erzähl weiter«, bat sie Drake.

»Manche sind traumatisiert oder wurden als Kind missbraucht, wahrscheinlicher aber ist, dass man sie verwöhnt hat. Und zwar extrem verwöhnt.«

»Wirklich? Das ist seltsam.«

»In der Tat. Aber genau das hat man herausgefunden. Gleichzeitig haben Giftmischer oft Minderwertigkeitskomplexe. Sie können sie allerdings gut kaschieren, denn sie sind konfliktscheu und, wie gesagt, sehr raffiniert. Oft auch äußerst unreif. Wo du oder ich uns beispielsweise am liebsten an jemandem rächen würden, der eine geliebte Person umgebracht hat, sinnen sie bei jemandem auf Rache, der etwas ganz Harmloses getan hat. Es gab da einen Fall in Idaho, bei dem ein fünfzehnjähriges Mädchen seiner Mutter Waschmittelkapseln in den Kaffee gab, weil die Mutter ihr einen Monat lang alle sozialen Medien verboten hatte.«

»Mein Gott«, sagte Josie.

»Und in Florida ging der Praktikant einer Firma für Webdesign an den Kühlschrank im Pausenraum und versetzte das Essen der Angestellten mit Rattengift, weil er das Gefühl hatte, für seine Ideen nicht die gebührende Anerkennung zu bekommen.«

»Schrecklich.«

Drake nickte, schob einen weiteren Bissen auf seine Gabel und steckte ihn sich in den Mund. Nachdem er ihn geschluckt hatte, fuhr er fort: »Wir hatten einen Fall in Alabama, bei dem eine Schwiegermutter ihre Schwiegertochter langsam mit Arsen vergiftete, weil die ihr Essen nicht mochte. Du verstehst, was ich meine, oder?«

Josie lachte trocken. »Was du meinst? Klar. Du meinst, wenn ich diesen Leute die Vorfahrt nehme, würden sie mich am liebsten zu Tode vergiften?«

»Bei ihnen stehen Schuld und Sühne in einem völligen Missverhältnis. Diese Leute denken, sie verdienen alles, ganz gleich, wie sie sich benehmen. Sie sind es gewöhnt, alles zu bekommen, was sie wollen, weil sie so verhätschelt wurden. Sie werden erwachsen und denken, dass die Welt sie so verwöhnen muss, wie es ihre Eltern getan haben. Und wenn das nicht passiert, müssen sie sich rächen. Dann gibt es noch diejenigen, die im Gesundheitsbereich arbeiten und etliche Leute vergiften. Hier liegen die Fälle zwar etwas anders, aber in der Regel beobachten wir die gleichen psychologischen Marker: Sie sind konfliktscheu, clever, fühlen sich auserwählt, sind verwöhnt, empathielos und absolut skrupellos. Aber egal, zu welcher Kategorie Giftmischer gehören, sie alle brauchen dieses Gefühl der Allmacht, das ihnen ihre Taten geben.«

Weder Brett Pace noch Doug Merlos schätzte Josie allerdings als machthungrig, skrupellos oder raffiniert ein. Sicher, Brett Pace war manipulativ und empathielos. Und auch Merlos hatte ein Empathiedefizit. Niemand, der zu dem fähig war, was er Robyn Arber angetan hatte, konnte als empathisch bezeichnet werden. Aber wie es aussah, war keines der vier Videos im letzten Jahr ein Racheakt gewesen. Doug hatte davon geträumt, ein großes Unternehmen aufzuziehen und schnell zu viel Geld zu kommen. *Kauf diese Droge und hab Spaß mit deinen betrunkenen Freunden* wäre vielleicht sein Motto geworden, wenn er sein Vorhaben in die Tat hätte umsetzen können und es mit Robyn nicht zu weit getrieben hätte. Aber was hätte sein Motiv sein sollen, wenn er ein Jahr später Nysa Somers oder Clay Walsh heimlich seine Version von Devil's Breath untergejubelt und ihnen befohlen hätte, sich zu verletzen oder umzubringen? Josie konnte beim besten Willen kein Rachemotiv erkennen. Brett Pace war ein gefühlskalter Mensch, aber war er auch kaltherzig genug, seiner besten Schwimmerin – und Sexpartnerin – eine illegale Droge zu verabreichen und sie dann dazu zu bringen, sich zu ertränken? Damit hätte er nicht nur sein ganzes Leben ruiniert, sondern auch ihre Affäre publik gemacht. Und selbst wenn er es getan hatte, was für eine Verbindung hatte er zu Clay Walsh oder dem Tierschutzverein? Spielte der Tierschutzverein überhaupt eine Rolle in dem Fall? Solange das konfiszierte Gebäck vom Spendentisch des Vereins und die Brownies, die sie in Dan Lamays Auto gefunden hatten, nicht analysiert waren und die Laborergebnisse nicht vorlagen, ließ sich kaum eine Verbindung zwischen den Fällen Somers und Walsh finden.

Bevor sie und Drake weiterreden konnten, sprang Trout auf und rannte zur Eingangstür. Sekunden später hörten sie Noah und Trinity. Josie hatte ihre Schwester schon seit Wochen nicht mehr gesehen. Sie schob alle Gedanken an den Fall beiseite und lief in die Diele, um Trinity zu umarmen.

ACHTUNDDREISSIG

Am nächsten Morgen weckte das Klappern von Töpfen und Pfannen unten in der Küche Josie eine halbe Stunde vor dem Klingeln des Weckers. Sie setzte sich auf, gähnte und sah sich um. Trout war nirgends zu sehen, was bedeutete, dass derjenige, der in der Küche zugange war, auf jeden Fall etwas kochte. Ein verlockender Duft von Köstlichem – Pancakes oder Toast – zog in das Schlafzimmer. Noahs Seite im Bett war leer und kalt. Ein Blick auf die Kommode verriet ihr, dass er bereits zur Arbeit gegangen war, denn seine Brieftasche, sein Handy und die Pistole lagen nicht mehr dort.

Seufzend stand Josie auf und tapste nach unten. Ihre Zwillingsschwester Trinity stand in der Küche und bereitete Pancakes zu. Auf dem Boden neben Trouts Fressnapf stand ein Teller mit winzigen, dünn mit Ahornsirup bestrichenen Teigquadraten. Trout scharrte darin herum, beschnüffelte sie und schlang sie dann gierig hinunter. Die Geräusche, die von ihm ausgingen, erinnerten an eine Filterkaffeemaschine. Als Josie hereinkam, blickte er auf und machte sich eilends wieder über die Happen her, diesmal allerdings noch hastiger, als befürchte er, dass sie ihm den Teller wegnehmen würde. Was sie auch tat.

»Trin«, schimpfte sie. »Willst du, dass mein Hund zuckerkrank wird, oder was?«

»Oh, hallo«, begrüßte Trinity sie und wandte sich Josie zu. Ihr schlanker Körper wurde von einer Jogginghose und einem T-Shirt mit dem Logo der Universität von New York betont. In der Hand hielt sie einen Pfannenheber. Sie war ungeschminkt und hatte ihr langes, schwarzes Jahr am Hinterkopf zu einem Knoten gebunden. Trotzdem sah sie strahlend und glamourös aus, als sei sie gerade vom Set der Morgenshow gekommen, wo sie einen Beitrag über Kochrezepte für Studenten oder Übernachtungsgäste gedreht hatte. Trinity sah stets wie die Filmstarversion ihrer Schwester aus und Josie fragte sich, ob das an ihren Haar- und Hautpflegeprodukten lag oder ob die Jahre als Co-Moderatorin einer landesweit ausgestrahlten Nachrichtensendung eine Art Celebrity-Restglanz auf ihr hinterlassen hatten. Josie fasste sich an ihren Hinterkopf, von dem das Haar nach einer unruhigen Nacht zerzaust und verfilzt abstand. Dann wanderten ihre Finger unbewusst zur dünnen Narbe auf ihrer rechten Gesichtshälfte, die von ihrem Ohr über den Kiefer bis zur Kinnspitze verlief. Sie war eine Erinnerung an ihre traumatische Kindheit. Eine Kindheit, die sie mit Trinity nicht geteilt hatte, da sie beide – auch wenn es wie eine Story aus einem kitschigen Film klang – bei der Geburt getrennt worden waren.

Trinity warf einen Blick auf den halbleeren Teller in Josies Hand. »Ich dachte, Trout bekäme das Gleiche wie ihr.«

»Ganz selten«, erwiderte Josie. Sie warf Trout einen Blick zu. Er hatte sich in sein Hundebett in der Küchenecke verzogen und die perfekte Unschuldsmiene aufgesetzt. Sie legte seinen Teller in die Spüle, ging zur Kaffeemaschine und stellte erleichtert fest, dass die Kanne noch halbvoll war.

Trinity wendete einen Pancake in der Bratpfanne vor sich. »Du hast gesagt, er sei futtermotiviert. Ich möchte, dass er mich mag.«

Josie lachte. »In der Speisekammer habe ich Hundeleckerli. Wo sind die Männer?«

»Drake ist noch im Bett, Noah schon los.«

»Los? Wohin?«, fragte Josie, als sie ihren Kaffee fertig hatte. Sie setzte sich an den Tisch und trank ihn Schluck für Schluck.

»Zur Arbeit«, antwortete Trinity. »Das ist anscheinend das Einzige, was ihr kennt – Arbeit.«

»Das stimmt nicht.«

Trinity klatschte den Pancake auf einen Teller neben sich, auf dem bereits ein Stapel lag, und drehte den Herd ab. Die Hand auf die Hüfte gestützt wandte sie sich Josie zu. »Nicht?«

»Nein. Wir, äh ...« Sie versuchte, sich daran zu erinnern, wann sie und Noah außer einer Joggingrunde das letzte Mal etwas gemeinsam unternommen hatten, was nichts mit Arbeit zu tun hatte. »Mist.«

Trinity nahm ihre eigene Kaffeetasse, die neben den Pancakes stand, und setzte sich Josie gegenüber. »Vielleicht braucht ihr beiden ein bisschen Zeit füreinander.«

Josie sah ihre Schwester mit zusammengekniffenen Augen an. »Du bist jetzt wie lange mit Drake zusammen? Acht oder neun Monate? Und schon bist du eine Beziehungsberaterin? Außerdem ist Noah derjenige, der gerade nicht da ist. Er hat mir nicht einmal eine Nachricht dagelassen.«

Trinity nahm einen Schluck von ihrem Kaffee. »Er hat gesagt, du sollst auf dein Handy sehen.«

Josie kramte ihr Smartphone aus der Pyjamahose und tippte die PIN ein. Eine ganze Reihe von Nachrichten leuchtete auf. Sie waren alle von Noah.

Sorry, dass ich so früh weg bin.

»Ich behaupte doch gar nicht, dass ich eine Beziehungsexpertin bin«, sagte Trinity. »Überhaupt nicht. Ich habe letztes

Jahr nur gelernt, dass man für die, die man liebt, auch Zeit braucht. Das ist alles.«

Ich wollte den Tag früh in Angriff nehmen.

»Ihr zwei solltet mal – ach, ich weiß auch nicht – einen Abend ganz für euch zwei reservieren. Eine Date Night oder so.«

Habe Trout schon ausgeführt und gefüttert.

»Warum fangt ihr nicht schon dieses Wochenende damit an? Vielleicht können du und ich uns die Haare schneiden und die Nägel maniküren lassen oder so. Und kauf dir was Neues zum Anziehen. Ein bisschen was Verführerisches.«

Mett und ich besorgen uns einen Durchsuchungsbeschluss für Doug Merlos' Wohnung. Ich sage dir Bescheid, was dabei herauskommt.

»Ich weiß, dir ist im Moment sehr daran gelegen, nichts von außer Haus zu essen, aber weißt du, was wirklich romantisch wäre?«

Ruf Denise im Labor an, ob sie schon etwas für uns hat.

»Ein Picknick«, schlug Trinity vor. »Ihr macht euch etwas zu essen – na ja, vielleicht nicht ihr selbst. Wir könnten Misty bitten, etwas wirklich Gutes zu kochen. Das könnt ihr euch einpacken und picknicken gehen. Ich habe gehört, dass das Freizeitgelände im Stadtpark auf Vordermann gebracht wurde. Gleich neben der Lover's Cave. Sogar Tische sollen jetzt dort stehen. Wäre das nicht eine Idee?«

Josie sah ihre Schwester an. Sie hielt ihr das Handy hin,

damit sie Noahs Nachrichten sehen konnte. »Romantisch?«, sagte sie. »Sieh dir das an. Nicht einmal für das übliche ›ich liebe dich‹ hat es gereicht.«

Trinity schürzte die Lippen, während sie durch die Nachrichten scrollte. Dann legte sie das Handy auf den Tisch zwischen sich, als sei es etwas, das gleich in die Luft gehen könnte. »Manchmal gerät man in Beziehungen in einen Alltagstrott oder eine Routine, aus der man nur schwer wieder herauskommt, und vergisst dabei, sich um den anderen zu kümmern. Außerdem seid ihr in diesem Fall unter großem Druck. Deshalb würde ich vorschlagen ...«

Josie hob die Hand, um sie zu unterbrechen. »Ich war hier«, beklagte sie sich. »Ich war die ganze Woche hier. Ich wollte, dass er nach Hause kommt. Ich wollte ihn sehen. Aber wie du siehst, ist er nicht da.«

Trinity stand auf und brachte ihre Tasse zum Spülbecken. Sie goss den Rest Kaffee weg und spülte sie unter dem Wasserhahn aus. »Ihr müsst euch hin und wieder einen Tag freinehmen. Oder wenigstens einen Abend. Ein paar Stunden. Wie wär's mit Samstag? Am späten Nachmittag oder frühen Abend? Ich rufe Misty an. Wir bereiten alles vor, sodass ihr ganz für euch Zeit habt. Dann seid ihr gezwungen, euch wieder miteinander zu beschäftigen.«

Josie verdrehte die Augen, griff zu ihrem Handy und suchte Denise Pooles Nummer. »Gut. Aber ich gehe nicht zum Friseur. Ich muss in zwei Stunden zur Arbeit und um die Zeit hat noch kein Friseursalon auf.«

Trinity drehte sich zu ihr und sah sie geknickt an. »Lass dir wenigstens deine Nägel machen. Komm schon. Im Süden der Stadt ist ein Nagelstudio. In das bin ich immer gegangen, als ich noch für WYEP gearbeitet habe. Ich kenne die Besitzerin. Ein Anruf von mir reicht und sie nimmt uns zwei dran, bevor du im Revier sein musst. Drake und ich sind nicht mehr lange in der Stadt. Ich weiß, dass du an einem großen Fall dran bist. Aber hast du nicht wenigstens eine halbe Stunde Zeit für mich, damit ich dir alles über meine neue Show erzählen kann?«

Josie tippte auf das Anrufsymbol unter Denise Pooles Namen. »Gut«, murrte sie. »Ich erledige nur noch diesen Anruf, dann mach ich mich fertig.«

Trinity klatschte vor Freude in die Hände und lief aus der Küche, wahrscheinlich, um einen Termin im Nagelstudio zu vereinbaren.

Denise nahm den Anruf nicht an, weshalb Josie ihr auf die Mailbox sprach. Während Trinity draußen war, versuchte Josie, noch einmal Robyn Arber anzurufen und zu fragen, ob sie eine Liste von Doug Merlos' Freunden erstellen konnte, doch sprang auch bei ihr nur die Mailbox an.

Sie stellte ihr Handy auf laut für den Fall, dass eine der beiden Frauen zurückrief. Dann schlang sie eilends ein paar Pancakes hinunter und machte sich bereit für die Maniküre mit ihrer Schwester. Zwei Stunden später kam sie mit frisch hellrosa lackierten Fingernägeln beim Revier an, als ihr Handy klingelte. Auf dem Monitor erschien Denise Pooles Gesicht.

Sie parkte ihren Leihwagen auf dem städtischen Parkplatz und nahm das Gespräch an.

»Quinn«, begrüßte Denise sie. »Ich hoffe für dich, dass es wichtig ist. Du hast verdammt früh angerufen.«

So unwirsch Denise auch klang, Josie wusste, dass es nicht allzu ernst zu nehmen war. Sie hatten sich bei einem großen Fall vor fünf Jahren, bei dem sie beide fast ums Leben gekommen wären, gegenseitig geholfen. Dieses Band hatte sie für immer zusammengeschweißt.

»Ich würde nicht anrufen, wenn es nicht wichtig wäre«, erwiderte Josie. »Es geht um die Proben, die wir euch geschickt haben.«

»Ja. Warte mal kurz.«

Josie hörte Schritte und ein Rascheln, dann war Denise wieder am Apparat.

»Ich habe Browniekrümel aus einem Beutel, den Mageninhalt einer einundzwanzigjährigen weiblichen Person – übrigens auch Brownies – und ... Moment mal ... weitere Brownies und Browniekrümel aus einem Fahrzeug, das Daniel Lamay gehört. Dann ist da noch eine große Tasche mit dem Gebäck eines gemeinnützigen Tierschutzvereins namens Precious Paws. Auch da sind Brownies dabei. Ich sehe schon, das hat etwas zu bedeuten. Auf jeden Fall war nichts in den Cookies und den Reiswaffeln, aber rate mal, was die Brownies und Browniereste gemeinsam haben.«

Josie hielt den Atem an.

Denise wartete gar nicht erst auf eine Antwort. »Sie enthielten alle Scopolamin und Datura stramonium in unterschiedlich hoher, aber beträchtlicher Konzentration.«

Josie schloss erleichtert die Augen. Das war der Beweis. Endlich hatten sie einen Beweis. Sie öffnete die Augen wieder und sagte: »Was ist Datura stramonium?«

»Gemeiner Stechapfel«, antwortete Denise. »Du hast mich gebeten, nicht nur auf Scopolamin zu testen, sondern auch auf Derivate davon oder jegliche natürliche und künstliche Substanzen, die Scopolamin ähneln. Das habe ich gefunden. Soll ich dir den Bericht mailen?«

»Ja, bitte«, antwortete Josie aufgeregt. »Denise. Ich schulde dir etwas.«

»Nein«, sagte Denis. »Ganz sicher nicht.«

Josie lief nach drinnen, aber von ihrem Team war noch niemand da. Auch Chitwoods Tür blieb zu. Sie konnte es gar nicht erwarten, bis ihre Leute versammelt waren: Noah und Mettner, die aus Merlos' Wohnung zurückkehrten, wo sie den Durchsuchungsbeschluss ausgeführt hatten, und Gretchen, die heute Spätschicht hatte. Josie klopfte an Chief Chitwoods Tür und wartete, bis alle im Großraumbüro an ihren Schreibtischen saßen. Amber stand in der Nähe herum, während der Chief sich mit wie üblich vor der Brust verschränkten Armen vor ihnen aufbaute. »Quinn«, bellte er. »Sie sehen aus, als würden Sie gleich aus Ihrem Stuhl geschleudert. Sie legen zuerst los.«

Josie erzählte, was sie herausgefunden hatte, und verteilte Kopien des Berichts, den sie von Denise bekommen hatte. Anschließend informierte sie Chitwood darüber, was sie am Vortag von Robyn Arber erfahren hatte. Gretchen rekapitulierte die Befragung von Doug Merlos und merkte an, dass sie noch darauf warte, von Chief Hahlbeck Auskunft darüber zu bekommen, wer Merlos' Mitbewohner gewesen war und mit wem er auf dem Campus sonst noch zu tun gehabt hatte. Als sie fertig war, drehte sich Josie zu Mettner und Noah. »Was ist mit euch, Jungs? Ihr wart heute Vormittag bei Merlos. Mett, du solltest gestern doch die Patienten im Krankenhaus überprüfen. Bist du da weitergekommen?«

»Merlos hatte einige pulverförmige Substanzen in seiner Wohnung, die wir nicht identifizieren konnten«, berichtete Noah. »Er weigerte sich, uns zu sagen, worum es sich handelte, aber sein Schlafzimmer sieht aus wie das Chemielabor einer Schule.«

»Meth?«, fragte Gretchen.

Noah schüttelte den Kopf. »Nein, glaube ich nicht. Wir haben ihm ziemlich zugesetzt, damit er uns verriet, was er da fabrizierte, aber als wir Meth erwähnten, meinte er, das sei unter seiner Würde.«

Gretchen lachte.

»Was es genau ist, sehen wir, wenn die Laborergebnisse da sind«, sagte Chitwood. »Dann kriegen wir den kleinen Scheißkerl wegen Drogen dran. Was habt ihr sonst noch herausgefunden?«

Mettner hob den Finger, um die Aufmerksamkeit auf sich zu lenken. Er warf einen Blick auf sein Handy und las aus seinen Notizen vor. »Ich habe gestern Abend fünf der Krankenhauspatienten aufgetrieben. Sie waren bereit, mit mir zu reden. Ich konnte alle bis auf einen mit dem Precious-Paws-Tisch vor dem Minimarkt in Verbindung bringen, in dem Dan neulich kurz auf seinem Weg zur Arbeit Halt gemacht hat. Sie alle haben etwas vom Tisch gekauft. Und jetzt ratet mal, was.«

»Brownies«, antworteten alle.

Mettner nahm einen Stapel Papiere von seinem Schreibtisch und gab jedem eine Seite. »Unter diesen Umständen dachte ich, ich sehe mir mal den Tierschutzverein näher an, wie der Boss vorgeschlagen hat. Ihr haltet gerade eine Liste der Angestellten und freiwilligen Helfer in den Händen. Die mit Sternchen sind Personen, die in den letzten Wochen an Spendensammelaktionen und Öffentlichkeitsarbeit teilgenommen haben, also in der ganzen Stadt Tische aufgestellt, Passanten angesprochen und um Spenden gebeten oder ihnen Gebäck verkauft haben. Die umkringelten Namen sind Freiwillige, die für die Aktion etwas gebacken haben. Ich habe heute Morgen mit der Vereinsvorsitzenden gesprochen. Sie sagte, dass jeder, der eine Ladung Kekse oder Brownies oder was auch immer backen möchte, angehalten ist, es bis sieben Uhr dreißig morgens beim Tierheim abzuliefern. Bis acht Uhr dreißig kommen dann die Freiwilligen vorbei, die es in der Stadt verkaufen, und nehmen sich mit, was sie brauchen.«

Josie sah sich die sieben eingekringelten Namen an: Lori Guerette, Neil Sidebotham, Mary Lyddy, Samantha Vogelpohl, Jen Rector, Joanne McCallum und Darlene Skwara.

»Lässt sich nachvollziehen, wer die Brownies gebacken hat?«, fragte Chitwood.

Mettner seufzte. »Viele haben Brownies beigesteuert, so wie auch etliche Kekse und Reiswaffeln gebacken haben. Die Spendenaktion läuft in der ganzen Stadt. Aber es wird nicht festgehalten, wer was gemacht hat. Die Leute bringen so viel zum Tierheim, wie sie eben backen können. Je mehr, desto besser.«

»Gibt es eine Möglichkeit herauszufinden, von wem das

Gebäck vom Minimarkt an dem Tag, an dem Dan dort war, stammt?«, wollte Chitwood wissen.

Mettner schüttelte den Kopf.

»Spielt auch keine Rolle«, sagte Josie. »Wir haben den Beweis, dass einige der Brownies, die ich gestern konfisziert habe, und diejenigen, die Dan Anfang der Woche gekauft hat, Scopolamin und Stechapfel enthielten. Vielleicht bekommen wir heute auch die Ergebnisse des Bluttests von Dan.«

»Quinn hat recht«, meinte Chitwood. »Jemand sollte sich mit denjenigen auf der Liste befassen, die für das Backen zuständig waren. Mal sehen, was sich daraus ergibt.«

Das Telefon auf Gretchens Schreibtisch klingelte. Sie nahm ab und meldete sich. »Palmer.«

Unterdessen fuhr Chitwood fort: »Vielleicht redet ihr noch einmal mit der Vereinsvorsitzenden oder fahrt hin und seht, ob sie Kameras installiert haben, auf denen zu sehen ist, wer das Gebäck für die Spendenaktion zum Tierheim gebracht hat.«

Gretchen legte auf und räusperte sich. Alle Köpfe fuhren in ihre Richtung. »Hahlbeck hat herausgefunden, wer Doug Merlos' Mitbewohner war.«

»Und?«, drängte Noah. »Wie heißt er?«

»Hudson Tinning.«

NEUNUNDDREISSIG

Ich versuchte, den Tag zu verbringen, als sei alles ganz normal. Trotzdem fragte ich mich immer wieder: Hatte ich versagt? Warum war das Gebäck, das ich zum Tierheim gebracht hatte, nicht verteilt worden? Oder hatten es Leute gegessen, aber weil niemand da war, ihnen Anweisungen zu geben, hatten sie nur wie ein Haufen Idioten herumgesessen? Ich hatte mir ausgemalt, was für ein Spaß es wäre, wenn Menschen in der ganzen Stadt völlig wahllos die Droge intus hätten, sich seltsam benähmen und alles machen würden, was man ihnen sagte. Aber da war nichts. Entweder hatte die Polizei schon weit mehr herausgefunden, als ich dachte, und die Brownies konfisziert, oder die Dosierung hatte andere Probleme verursacht. Letzteres war mir erst einmal passiert.

Sie war die zweite auf meiner Liste. Monatelang musste ich sie jeden Tag sehen, und monatelang mäkelte sie Tag für Tag an allem herum, was ich tat – ob an meiner Art zu parken oder wie ich Sachen vor den Stunden organisierte. Sie war unerträglich. Sie nicht sofort zu töten war erstaunlich zurückhaltend von mir. Das Fass zum Überlaufen brachte sie, als sie sich darüber beklagte, wie ich mit einem Kind redete. Es sei herablassend, sagte sie. Das gerade von ihr zu hören war eine Frechheit. Ich musste etwas tun, um dieses Miststück zum Schweigen zu bringen. Sie trank leider keinen Kaffee. Ich musste mir etwas anderes einfallen lassen.

So habe ich das Pulver in ein paar Kekse mit hineingebacken. Ich musste dafür sorgen, dass sie die richtigen aß. Also machte ich mehrere Sorten Gebäck, darunter auch ihre Lieblingsnascherei. Sie dachte tatsächlich, dass ich sie für sie gebacken hätte. Das zeigte, für wie wichtig sie sich hielt und wie egozentrisch sie wirklich war. Sie strahlte mich aufrichtig an, bevor sie sie hinunterschlang und gönnerhaft zu mir sagte: »Danke, das hat herrlich geschmeckt«, nachdem sie sich die Krümel vom Mund gewischt hatte. Ich wartete, bis die Wirkung der Droge einsetzte. Ich hatte mir meine Anweisungen schon vorab überlegt. Aber sie erreichte zu keiner Zeit dieses Stadium der Fügsamkeit. Sie starb zwar, weshalb es zum Glück nicht völlig umsonst war. Aber es lief nicht so, wie ich es geplant hatte. Trotzdem war es ein herrlich dramatischer Abgang. Richtig stilvoll, obwohl sie nichts dafür konnte. Ihre linke Körperhälfte hörte auf zu funktionieren. Die Kinnlade fiel ihr herunter. Sie versuchte zu sprechen, konnte aber nur noch lallen. Da merkte ich, dass sie einen Schlaganfall hatte. Ein seltener Nebeneffekt, extrem selten sogar, aber es kam vor. Einen Augenblick lang überlegte ich, ob sie überleben würde oder nicht. Dann ließ ich alle Vorsicht fahren und beugte mich vor, ganz nah an ihr Gesicht. »Jetzt bekommst du, was du verdienst«, flüsterte ich. Dann grinste ich. Ich weiß nicht, ob sie meine Worte oder das Grinsen noch wahrnahm, denn genau in diesem Moment brach sie zusammen und alle um uns herum begannen zu schreien.

Ich fragte mich, ob solche Szenen nun überall in der Stadt vorkamen, aber ich wusste es nicht.

VIERZIG

Josie lief im Großraumbüro auf und ab, während sie darauf warteten, dass Gretchen zum Campus fuhr, Hudson Tinning auftrieb und zur Befragung herbrachte. Mettner war unterwegs und überprüfte die Leute vom Tierschutzverein. Noah saß an seinem Schreibtisch und tippte etwas in seinen Computer. Sie wusste, er bereitete einen Durchsuchungsbeschluss für Hudsons Wohnung vor. Gelegentlich aber sah er zu ihr herüber, wobei er sie mit seinen Blicken verfolgte. Dabei wanderten seine Augen wie zwei Metronome synchron zu ihren Bewegungen hin und her.

»Der Mistkerl«, murmelte sie.

»Keiner von uns hatte einen Grund, ihn zu verdächtigen«, sagte Noah.

Josie blieb stehen und deutete auf die Landkarte, die sie und Mettner an der Wand befestigt hatten. Darauf eingezeichnet waren die Bereiche, an denen Nysa Somers' Handy an jenem Abend eingeloggt war. »Er wohnt ebenfalls im Hollister Way. Ich bin alle Aussagen in der Akte noch einmal durchgegangen. Sein derzeitiger Mitbewohner hat ihm nur ein Alibi bis ein Uhr nachts gegeben. Aber Nysa wurde um zwei Uhr nachts am Eingang zum Hollister Way abgesetzt.«

»Das ist alles andere als hieb- und stichfest, Josie, und das weißt du.« Er tippte weiter.

»Er war in sie verliebt. Vielleicht sogar krankhaft fixiert auf sie. Sie hat ihn abblitzen lassen.«

Ohne hochzusehen, sagte Noah: »Viele Frauen lassen Männer abblitzen. Trotzdem werden sie nicht alle von diesen Männern vergiftet. Du bist sämtlichen Spuren nachgegangen.«

»Bin ich das wirklich?«

Er hörte auf zu tippen. »Fragst du dich, ob du das Feuer in Clay Walshs Haus oder Dans Geschichte hättest verhindern können? Nein. Wir können nicht in Lichtgeschwindigkeit ermitteln. Das weißt du besser als jeder andere. Wir sind auch keine Hellseher. Wir gehen Spuren nach. Nichts hat bis jetzt auf Hudson Tinning hingedeutet.«

»Du, Mettner und Gretchen, ihr wart in der ganzen Stadt unterwegs und habt nach Verbindungen zwischen Nysa Somers und Clay Walsh sowie zwischen den beiden und Brett Pace gesucht. Niemand ist darauf gekommen, sie mit Hudson Tinning in Verbindung zu bringen.«

»Seine Verbindung zu Nysa Somers kennen wir bereits. Jetzt können wir die Spuren zurückverfolgen und versuchen, eine Verbindung zu Walsh zu finden – und zum Tierschutzverein.«

»Oder wir sehen, ob er ein Auto besitzt, und besorgen uns die GPS-Koordinaten. So können wir überprüfen, ob er am Tag und zur Uhrzeit des Brandes bei Clay Walsh war.«

Noah lächelte sie an. »Mache ich, sobald ich hier fertig bin. Ich sehe nach, ob ein Auto auf ihn zugelassen ist, und besorge mir eine entsprechende richterliche Verfügung.«

Eine Stunde später saß Hudson Tinning mit einer unangetasteten Tasse Kaffee vor sich am Befragungstisch. Er kauerte in seinem Stuhl, die Schultern nach vorn geschoben, das blonde Haar im Gesicht. Diesmal trug er ein T-Shirt der Universität von Denton und künstlich gealterte Jeans. Flip-Flops vervollständigten den Surfer-Look. Josie wandte sich von den Bildschirmen im angrenzenden Raum ab und fragte Gretchen. »Hat er Probleme gemacht?«

»Nein, überhaupt nicht. Noah ist gerade mit Officer Chan bei ihm und durchsucht seine Wohnung. Das war dem Kerl völlig egal. In seinem Auto hat er kein aktives Navigationssystem, deshalb musste Hummel es abschleppen lassen, um sich die GPS-Koordinaten aus dem System zu holen. Bis wir mit Tinning fertig sind, sollte er das Fahrzeug zurückgebracht haben. Er war nicht gerade begeistert, dass er ein paar Stunden auf das Auto verzichten musste, ansonsten aber machte es ihm nichts aus, herzukommen und mit uns zu reden. Er hat mir sogar sein Handy überlassen, als ich ihn danach fragte.« Gretchen hielt ein glänzendes schwarzes Android-Smartphone in die Höhe.

Josie runzelte die Stirn. »Wirklich?«

Gretchen legte es wieder auf den Tisch. »Yep. Aber das GPS ist nicht aktiviert. Ich habe nichts darauf gefunden. Zumindest nichts Sachdienliches. Nichts, was ihn belastet oder darauf hindeutet, dass er dieser menschliche Abschaum ist, der Leute aus reinem Vergnügen wahllos mit potenziell tödlichen Drogen vergiftet.«

»Anrufe von und zu Nysa? Nachrichten?«

»Nichts in letzter Zeit. Alles, was ich gefunden habe, bezieht sich auf Trainingszeiten und Treffen wegen des WYEP-Berichts.«

»Was ist mit Merlos?«, fragte Josie.

»Nichts. Merlos steht nicht einmal in seiner Kontaktliste.«

»Möglicherweise hat er alles Belastende gelöscht«, mutmaßte Josie. »Er hatte genug Zeit dafür.«

Gretchen schob ihre Lesebrille hoch, warf einen Blick auf das Handy und wischte und scrollte. »Ich sage dir was. Wenn er etwas hätte löschen sollen, dann die ganzen Nachrichten von seiner Mutter. Der Junge hat keine Chance auf eine andere Beziehung als die zu ihr. Hör dir das an: ›Ich habe heute mit deinen Dozenten geredet und ihnen gesagt, dass du zu aufgewühlt bist, um Arbeiten einzureichen. Sie haben dir die Frist um eine Woche verlängert.‹ Herz-Emoji, Smiley-Emoji.«

»Wow«, sagte Josie. »So sorgt man dafür, dass jemand unabhängig wird.«

»Genau«, seufzte Gretchen. »Zu seiner Verteidigung muss man sagen, dass er zurückgeschrieben und sie gebeten hat, sich nicht mehr in sein Leben einzumischen. Er sei durchaus in der Lage, selbst mit seinen Dozenten zu reden. Außerdem sind endlos viele Anrufe auf dem Handy, die meisten von ihr. Er hat sie Sonntagabend etwa um zehn angerufen. Sie haben fünfundvierzig Minuten lang geredet. Und am Montagnachmittag noch einmal eine Stunde.« Sie legte das Handy wieder auf den Tisch. »Bist du bereit?«

»Reden wir mit ihm.«

Hudson lächelte Josie an, als sie und Gretchen ins Zimmer kamen. Josie setzte sich auf den Stuhl direkt vor ihm. Gretchen nahm etwas weiter weg Platz, ihr Notizbuch griffbereit vor sich.

»Hey«, sagte Hudson. »Haben Sie etwas über Nysa herausgefunden? Was mit ihr passiert ist?«

»Genau deshalb haben wir Sie gebeten, heute hierherzukommen, Hudson. Ich möchte Ihnen vorher aber erst Ihre Rechte verlesen, okay?«

»Oh, so wie im Fernsehen? Bin ich verhaftet?«

»Nein«, antwortete Josie. »Noch nicht. Aber wenn wir uns unterhalten, möchte ich, dass Sie sich über Ihre Rechte im Klaren sind, bevor wir anfangen. Ist das okay für Sie?«

»Äh, ja klar, natürlich.«

Josie verlas ihm seine Rechte. Er nickte zustimmend mit dem Kopf, während sie sprach. Als sie fertig war, wartete sie ein paar Sekunden, um zu sehen, ob er verlangte, gehen zu dürfen oder einen Anwalt zu kontaktieren. Aber er starrte sie nur aufmerksam an.

»Hudson«, sagte Josie. »Wir haben Sie gebeten, hierherzukommen, weil wir hoffen, dass Sie uns sagen können, was mit Nysa passiert ist.«

»Moment, was? Ich dachte, Sie sagten, Sie würden ermitteln. Warum fragen Sie da mich?«

»Ich denke, Sie wissen, warum wir Sie fragen, Hudson«, erwiderte Josie. »Nysa war am Montagmorgen zwischen zwei Uhr und fast sechs Uhr mit jemandem zusammen. Kurz bevor sie in das Becken gesprungen ist und sich ertränkt hat.«

Hudson bekam große Augen. Mit jedem Wort, das Josie sprach, beugte er sich weiter vor, als lausche er einer fesselnden Geschichte. »Wer war es?«, fragte er.

»Wissen Sie das nicht?«, schaltete sich Gretchen ein. »Hudson, wir haben keine Zeit für Lügen. Nysa ist tot und ihre Familie möchte Antworten.«

»Lügen? Was meinen Sie damit?«

»Schluss mit dem Unsinn, Hudson«, sagte Josie. »Dieses großäugige Unschuldsgetue funktioniert bei uns nicht. Wo haben Sie Nysa Somers Sonntagnacht hingebracht? Zurück zu Ihrer Wohnung? Woandershin?«

»Hingebracht? Ich habe sie nirgends hingebracht. Ich habe sie nicht einmal gesehen. Hören Sie, ich wollte das eigentlich nicht sagen, aber Sie sollten wissen, dass Nysa mit Coach Pace schlief.«

»Das wissen wir«, entgegnete Gretchen. »Wir haben schon mit ihm geredet.«

»Was hat er gesagt? Er war in dieser Nacht bei ihr, oder

nicht? Wer sonst sollte es sein? Wenn Sie denjenigen suchen, der mit ihr zusammen war, dann er, das sage ich Ihnen.«

»Woher wussten Sie von den beiden?«, fragte Josie.

Er seufzte und sah auf den Tisch. »Ich, äh, ich habe sie einmal gesehen. Nach dem Training. In seinem Büro. Glauben Sie mir, Nysa war nicht die erste Studentin, mit der er geschlafen hat. Ich dachte nur, es gehe niemanden etwas an. Nysa hätte sicher nicht gewollt, dass jemand davon erfuhr.«

»Das muss schwer für Sie gewesen sein«, sagte Josie. »Zu wissen, dass sie zusammen waren.«

Er senkte den Blick. »Begeistert war ich nicht. Nysa hat etwas Besseres als diesen Penner verdient.«

»Und Sie waren nicht der Meinung, dass das etwas sei, das die Polizei wissen sollte?«, fragte Gretchen.

»Detective Palmer hat recht, Hudson. Sie haben mich und Detective Mettner angelogen, als wir am Montag mit Ihnen gesprochen haben«, sagte Josie. »Wie sollen wir Ihnen jetzt glauben, wenn Sie sagen, Sie hätten Nysa Sonntagnacht oder Montagmorgen nicht getroffen?«

»Das spielt jetzt keine Rolle mehr«, winkte Gretchen an Josie gewandt ab. »Wir holen uns die GPS-Daten von seinem Nissan Versa, dann wissen wir, wo er Nysa hingebracht hat. Machen wir weiter.«

»Moment mal«, unterbrach Hudson. »Wieso fragen Sie mich ständig danach? Warum spielt es eine Rolle, wer sie am Sonntag oder Montag gesehen hat?«

Josie beugte sich zu ihm. »Weil derjenige, der bei ihr war, etwas mit ihrem Tod zu tun hat, Hudson. Aber das wissen Sie doch schon, nicht wahr?«

Er legte eine große Hand auf seine Brust. »Warten Sie – Sie glauben, *ich* hätte ihr etwas angetan? Was denn? Ich habe Ihnen doch schon gesagt, dass ich sie am Samstag bei einer Feier gesehen habe. Das Nächste, was ich von ihr gehört habe, war, dass einer der Co-Trainer mich angerufen und gesagt hat, dass sie tot sei und ich zur Campuswache kommen soll.«

»Wir wissen, was Sie mit ihr gemacht haben, Hudson«, sagte Josie. »Dasselbe, was ihr Ex-Mitbewohner mit Robyn Arber gemacht hat, nur dass Sie zu weit gegangen sind.«

Er sog hörbar den Atem ein. Sein ganzer Körper versteifte. Er erinnerte Josie an ein Beutetier in der Wildnis, das in der Hoffnung erstarrte, ein Raubtier in der Nähe würde weiterziehen, statt anzugreifen. Er stieß hervor: »Was sagen Sie da?«

»Erinnern Sie sich an Robyn Arber, Hudson?«, fragte Josie.

»Nein, ich meine, ja. Doug hat sie erwähnt oder so. Wegen ihr ist er von der Uni geflogen ...«

»Wegen ihr?«, fiel ihm Josie ins Wort. Sie rutschte mit ihrem Stuhl näher an ihn heran und drang so in seine Distanzzone ein. »Sind Sie da ganz sicher, Hudson?«

Er bewegte die Lippen, sagte aber kein Wort.

»War es nicht vielleicht die Droge, die Sie und Doug entwickelt haben?«, hakte Josie nach.

Seine Stimme ging eine Oktave nach oben. »Was?«

Es war reine Spekulation. Vielleicht war Hudson bei der Entwicklung von Dougs Devil's-Breath-Version auch gar nicht beteiligt gewesen. Aber auf keinen Fall konnte er davon nichts mitbekommen haben.

»Hören Sie«, flehte er. »Ich war nicht damit einverstanden, was Doug mit Robyn gemacht hat. Das war nicht in Ordnung. Aber es war nicht meine Idee, okay? Ich habe ihm gesagt, dass niemand die Videos lustig findet.«

»Also wussten Sie von der Droge?«, fragte Gretchen.

»Also, ja, wir haben schließlich zusammengewohnt. Er hat ständig so ein abgefahrenes Zeug gemacht, wie so eine Art verrückter Wissenschaftler. Aber ich hatte nichts damit zu tun. Das war sein Ding. Von den Videos habe ich erst erfahren, als sie schon in Umlauf waren.«

Josie warf einen Blick zu Gretchen, die kaum merklich

nickte. Sie rutschte noch weiter in Hudsons persönliche Sphäre und sagte: »Wir haben gestern mit Doug geredet, Hudson. Er hat uns alles erzählt. Alles außer Ihrem Namen. Ich denke, er dachte nicht, dass wir darauf kommen würden. Aber der alte Campus-Chief ist weg, deshalb gibt es kein Vertuschen und Verlieren von Akten mehr. Die neue Polizeichefin, Hahlbeck, hat für uns nachgesehen und herausgefunden, dass Sie Dougs Mitbewohner im ersten Jahr waren. Und jetzt raten Sie mal, was wir noch herausgefunden haben?«

Er sagte nichts.

»Sie haben letztes Jahr nicht deshalb Probleme bekommen, weil Sie einen Joint in der Schwimmtasche hatten.«

Ein Muskel zuckte in seinem Gesicht.

»Sie sind in Schwierigkeiten geraten«, fuhr Josie fort, »weil Sie und Doug eine Riesenmenge des Devil's-Breath-Imitats in Ihrer Wohnung hatten. Doug wurde geschasst und bekam Campusverbot. Sie sind etwas besser davongekommen und haben lediglich Ihr Stipendium verloren.«

Er kratzte sich mit dem Zeigefinger den Nasenflügel. »Ja. Meine Mom ist wie eine Furie auf den Dekan losgegangen. In meinem letzten Jahr in der Highschool ist mein Dad gestorben und das Stipendium hat mir wirklich geholfen. Der Dekan meinte, ich hätte ganz andere Probleme als die Frage, ob ich die Studiengebühren aufbringen könne, denn er wollte mich von der Uni werfen. Ich habe dann das Stipendium verloren, durfte aber bleiben. Als Kompromiss sozusagen.«

»Was war das für ein Stipendium, Hudson?«

Seine Hand fiel in seinen Schoß. Er sah sie nicht an. Sagte kein Wort.

»Hudson?«, drängte Josie.

»Das Vandivere-Stipendium«, murmelte er.

Josie wandte sich Gretchen zu. »Detective Palmer, wie hieß das große Stipendium, das Nysa diesen Sommer erhalten hat? Wovon in dem WYEP-Bericht über sie die Rede war?«

Gretchen blätterte demonstrativ in ihrem Notizbuch und richtete sich die Lesebrille auf der Nase. Josie sah, wie Hudson sie hinter halb gesenkten Lidern beobachtete. »Ähem, das Vandivere-Stipendium«, sagte Gretchen.

»Also hat Nysa Ihr Stipendium bekommen«, folgerte Josie. »Ich wette, das hat Ihnen nicht besonders geschmeckt, habe ich recht?«

»Nysa hat es verdient«, erwiderte Hudson.

»Es hat Sie nicht geärgert, dass Sie es verloren haben und Nysa es bekommen hat?«, sagte Josie.

Endlich sah ihr Hudson in die Augen. »Nein.«

»Hudson«, übernahm wieder Gretchen. »Es fällt uns wirklich schwer, Ihnen zu glauben, nachdem Sie schon so viel gelogen haben. Sie haben gelogen, als Sie sagten, Sie wüssten nicht, mit wem Nysa in der Nacht vor Ihrem Tod beisammen war. Sie haben gelogen, als Sie sagten, Sie wüssten nicht, ob sie mit jemandem zusammen gewesen sei. Sie haben bei der Frage gelogen, warum Sie Ihr Stipendium verloren haben. Sie haben gelogen, als Sie sagten, Sie würden Dougs grotesken kleinen Aufkleber nicht kennen. Im Moment ist sogar Doug Merlos glaubwürdiger als Sie. Er hat alles zugegeben.« Gretchen verzerrte das Gesicht. »Selbst Coach Pace hat uns gegenüber reinen Tisch gemacht.«

Sie schwiegen, bis die Stille so quälend wurde, dass das Ticken der Wanduhr gefühlt zu einem Donnern anschwoll. Josie zählte mit – sie tickte siebenundneunzig Mal, bis Hudson schließlich sagte: »Was wollen Sie hören?«

»Wir wollen überhaupt nichts hören«, antwortete Josie. »Sie sollen die Wahrheit sagen.«

»Ich sage die Wahrheit.«

»Nicht über Devil's Breath«, hielt Josie ihm vor.

Er atmete lange aus. »Gut. Sie haben recht. Ich war da nicht ganz ehrlich, aber ich habe Doug nicht geholfen, das Zeug herzustellen. Ich habe ihm nur geholfen, es zu testen, okay?«

»Wie – zu testen?«, wollte Josie wissen.

»Ich habe es genommen, damit er sehen konnte, was passierte. Ob es wirkte.«

»Doug gab Ihnen Devil's Breath und hat es gefilmt?«, fragte Gretchen ungläubig.

Er sah sie an. »Ja. Wir wollten wissen, ob es wirkt. Weil Doug sagte, es mache Menschen zu Zombies, und man könne sie dazu bringen, alles zu tun, was man ihnen befahl, ohne dass sie sich danach an irgendetwas erinnern würden. Also habe ich es genommen und er hat mich gefilmt. Dann hat er es genommen und ich habe ihn gefilmt. Später kam er auf die Idee, es selbst herzustellen, um quasi sein eigenes bescheuertes Unternehmen auf die Beine zu stellen. Ich habe ein paar Dosen von seinem selbst fabrizierten Devil's Breath genommen. Nicht das richtige Devil's Breath, eher so etwas wie eine Mischung aus rezeptfreiem Medikament und einer Pflanze oder so. Er hat mich gefilmt, während ich es intus hatte. War keine große Sache, denn ich konnte mich an nichts erinnern, und Doug meinte, es würde schnell abgebaut, deshalb bekäme ich keine Probleme bei Drogentests im Schwimmteam. Wir haben so lange herumprobiert, bis er etwas hatte, das mehr oder weniger genauso wirkte wie das echte Devil's Breath. Er war wie besessen davon.«

»Was ist mit den Videos passiert?«, wollte Josie wissen.

Er zuckte die Schultern. »Weiß nicht. Ich bin sicher, er hat sie gelöscht. Wir haben sie mit seinem Handy aufgenommen. Ich meine, dieser Müll macht einen ganz schön fertig. Auf jeden Fall hat er dann diese Videos gemacht und sich einen Riesenärger eingehandelt. Wir bekamen die Rechnung und das war's.«

»Sie haben die Drogen niemandem gegeben?«, fragte Gretchen.

»Nein.«

»Was ist mit Nysa?«, fragte Josie.

»Was? Nein. Ich habe ihr doch nicht … Sie denken, ich hätte Nysa Devil's Breath gegeben?« Er legte die Hand auf die Brust. »Ich habe von dem Zeug überhaupt nichts. Wir haben es entsorgt. Mussten wir ja. Wir konnten es nicht behalten. Doug hat seinen Vorrat die Toilette hinuntergespült, nachdem die dumme Sache mit Robyn gelaufen ist. Selbst wenn ich etwas gehabt hätte, hätte ich es niemandem gegeben. Vor allem nicht Nysa. Sie war ein guter Mensch. Ich hätte ihr das nie angetan. Ich würde es nicht einmal jemandem geben, den ich nicht mag, geschweige denn jemandem, an dem mir viel liegt, wie Nysa.«

»Erzählen Sie mir keinen Bullshit, Hudson«, setzte Josie ihn unter Druck. »Doug wusste, wie man das Zeug herstellt, er hatte es ja schon gemacht. Er lebt noch immer in Denton. Es wäre für Sie nicht schwer gewesen, es sich zu besorgen. Zum Teufel, vielleicht hat er ja gar nicht alles die Toilette hinuntergespült. Vielleicht haben Sie sich etwas genommen, bevor er es entsorgt hat. Sie haben es Nysa gegeben, so wie Doug es Robyn gegeben hat. Dann haben Sie ihr eine Erinnerung auf das Handy geschickt. Sie wussten verdammt gut, dass sie, wenn sie es las, wahrscheinlich sterben würde.«

»Was? Nein, nein, nein. Wovon reden Sie überhaupt? Was für eine Erinnerung auf das Handy? Wozu? Ich habe nichts gemacht. Ich habe sie nicht gesehen. Ich habe ihr nichts gegeben. Ich habe ihr nicht wehgetan. Das würde ich nie tun. Ich könnte es gar nicht.«

»Aber Sie haben es trotzdem getan, nicht wahr?«, insistierte Josie. »Sie haben Devil's Breath in Brownies eingebacken, einen davon Nysa gegeben und sie dann zum Schwimmbecken geschickt, damit sie sich ertränkt. Am nächsten Tag sind Sie zum Haus eines hochdekorierten Feuerwehrmannes gefahren, haben ihm ebenfalls einen Brownie gegeben und ihm befohlen, sein Haus anzuzünden. Sie haben Dougs Aufkleber dort gelassen, um eine Spur zu ihm zu legen, haben uns aber gesagt, sie hätten ihn noch nie gesehen, damit wir sie nicht verdächtigen würden. Nachdem Detective Mettner und ich Sie am Montag befragt hatten, haben Sie den Rest der Brownies bei einem Verkauf von Gebäck für eine Spendenaktion untergebracht, damit es aussehen würde, als sei alles Zufall.«

Mit jeder Anschuldigung wurde er bleicher. Seine Kinnlade war ihm heruntergefallen. Es dauerte mehrere Sekunden, in denen er seinen Mund mehrmals öffnete und wieder schloss, bis er herausbrachte: »Ich habe nicht den leisesten Schimmer, wovon Sie sprechen.«

»Was ist mit dem restlichen Devil's Breath?«, fragte Gretchen und blieb im Gegensatz zu Josie betont ruhig.

»Ich habe es Ihnen doch schon gesagt, ich habe nichts. Ich habe es entsorgt. Das Zeug hat mir schon genug Unglück gebracht. Ich habe mein Schwimmstipendium verloren.«

»Was ist mit Clay Walsh?«, fragte Gretchen. »Haben Sie es ihm gegeben?«

Er runzelte verdutzt die Stirn. »Wer ist das? Ich kenne niemanden, der so heißt.«

Kurze Stille. Dann sagte Josie: »Was ist mit dem Tierschutzverein? Precious Paws? Sagt Ihnen der Name etwas?«

Für einen kurzen Augenblick war ein kaum wahrnehmbarer Schreck in seinem Gesicht zu erkennen. Mit zitternder Stimme antwortete er: »Nein. Ich kenne es nicht.«

EINUNDVIERZIG

»Noch ein Schauspieler mit oscarreifem Auftritt«, murmelte Gretchen, als sie im Büro des Chiefs standen und durch das Fenster sahen, wie Hudson auf den Gehweg trat, wo Hummel sein Auto abgestellt hatte. »Was denkst du?«

Josie massierte ihre Schläfen, hinter denen ein dumpfes Ziehen allmählich zu einem ausgewachsenen Kopfschmerz anschwoll. »Ich weiß nicht. Ich weiß nicht, was ich denken soll.«

Unten holte Hudson sein Handy aus der Tasche, das ihm Gretchen zurückgegeben hatte, bevor sie ihn hatten gehen lassen. Ärgerlich klopfte er mit den Fingern darauf und hielt es sich ans Ohr.

»Dreimal darfst du raten, wen er anruft«, spottete Gretchen. »Meinst du, dass seine Mom gleich ›wie eine Furie‹ hier antanzt und versucht, ihn aus der Klemme zu holen, in die er sich hineinmanövriert hat?«

Hudson ging auf und ab, während sich seine Lippen bewegten und Speichel aus seinem Mund flog. Sie konnten nicht hören, was er sagte, aber es war unverkennbar, dass er schrie.

»Ich hoffe nicht«, sagte Josie. »Vielleicht ruft er auch gar nicht sie an, sondern Doug Merlos. Vielleicht hat er Doug nicht in seiner Kontaktliste auf dem Handy, weil er Hudsons Drogendealer ist. Oder er hat, nachdem wir am Montag den Aufkleber entdeckt und ihn ihm bei der Befragung gezeigt haben, alle Spuren seiner Verbindung zu Doug beseitigt.«

»Vielleicht«, sagte Gretchen. »Denkst du, dass er dazu in der Lage ist?«

Hudson lief weiter mit dem Handy am Ohr auf und ab, kaute aber inzwischen auch noch an den Fingernägeln seiner linken Hand. Und hörte zu. Wer war am anderen Ende? »Ich glaube, er kommt als Verdächtiger ebenso infrage wie Brett Pace oder Doug Merlos«, antwortete Josie. »Er hat für die Nacht, in der Nysas Verbleib ungeklärt ist, ab ein Uhr kein echtes Alibi mehr. Wenn wir ihn irgendwie mit dem Brand bei Clay Walsh in Verbindung bringen könnten, wären wir ein gutes Stück weiter.«

»Hummel müsste innerhalb der nächsten Stunde die GPS-Daten seines Autos für uns haben«, meinte Gretchen.

»Er hat auf jeden Fall gelogen, als er sagte, er kenne das Tierheim nicht.«

»Ja, das habe ich gesehen.«

Hudson blieb stehen. Seine Lippen bewegten sich, nun schon etwas ruhiger. Er ließ eine Hand zur Faust geballt herunterhängen.

»Ich denke, wir sollten ihm folgen«, schlug Josie vor. »Jetzt weiß er genau, worauf wir aus sind. Wenn er Spuren verwischen muss, dann wird er es jetzt tun.«

»Einverstanden«, rief Gretchen. »Los geht's.«

Sie nahmen den Mietwagen. Josie folgte Hudson Tinning durch das Stadtzentrum Richtung Campus. Aber statt in die Straße zum Hollister Way einzubiegen, hielt sich Hudson geradeaus. Ein paar Minuten lang fragte sich Josie, ob er zu Coach Pace wollte, doch dann bog er etwa eineinhalb Kilometer vor Pace' Haus in eine Siedlung ab. Das hübsche Viertel war vor fünfundzwanzig Jahren entstanden und hatte vorwiegend die untere Mittelschicht angelockt: Lehrer, Ladenbesitzer und Krankenschwestern, ja, sogar einige Streifenpolizisten aus dem Dentoner Revier wohnten hier. Josie ließ sich so weit wie möglich zurückfallen, während Hudson kreuz und quer durch die baumgesäumten Straßen fuhr. Es war mitten am Tag, weshalb man nicht viele Menschen sah und die meisten Einfahrten leer standen – auch die, in die Hudson einbog. Sie gehörte zu einem Bungalow mit dunkelblauer Fassade und weißem Besatz. Das winzige Vorgärtchen war gepflegt und enthielt ein kleines Blumenbeet mit einem Meer aus farbenfrohen Blüten. Ein ansprechender, angenehmer Ort. Einladend.

»Da wohnt sicher seine Mutter«, vermutete Josie. »Kannst du das mal nachprüfen?«

»Wir haben hier kein mobiles Datenterminal, Boss«, sagte Gretchen.

»Versuch es über das Handy«, schlug Josie vor. »Du kannst dich in die Suchfunktion der Grundbuch-Datenbank einloggen.« Sie diktierte die Adresse, während Gretchen ihre Lesebrille aufsetzte und sie in ihr Smartphone tippte. Josie fuhr einmal um den Block und parkte anschließend drei Häuser weiter, aber so, dass sie das Gebäude sehen konnten. Hudson stand neben der Eingangstür und fummelte an seinem Schlüsselbund herum.

»Das Haus wurde vor fünfundzwanzig Jahren von Bradley und Mary Tinning gekauft«, sagte Gretchen.

»Wusst ich's doch.«

Mit einem Schlüssel an seinem Bund sperrte Hudson auf. Er verschwand im Haus und schloss die Tür hinter sich. Josie warf einen Blick auf die Uhr am Armaturenbrett und merkte sich die Zeit, um zu sehen, wie lange er drinnen blieb.

Nicht lange, wie sich herausstellte. Schon fünfzehn Minuten später kam er mit einer Vera-Bradley-Tragetasche in der Hand wieder heraus. Er warf sie auf den Beifahrersitz seines Nissan, ging vorn um das Auto herum und stieg ein.

»Er hat es eilig«, stellte Gretchen fest. »Um wie viel wetten wir, dass er etwas von Doug Merlos' Devil's Breath in Mamas Tasche hat?«

Josie beobachte Hudson, wie er so schnell aus der Einfahrt fuhr, dass die Reifen quietschten. Etwas in ihrem Hinterkopf blitzte kurz auf und verschwand wieder, als wolle es Licht auf ein Detail werfen, das sie bei ihren Ermittlungen übersehen hatte.

»Boss?«, mahnte Gretchen sie, loszufahren.

Josie startete den Mietwagen und fuhr hinter Hudson her. Sie versuchte, unauffällig an ihm dranzubleiben. Er verließ die Siedlung und fuhr ins Zentrum, am Stadtpark vorbei und dann Richtung Norden aus Denton heraus.

»Wo will er hin?«, fragte Gretchen.

»Ich weiß nicht«, antwortete Josie. Sie behielt Hudsons Fahrzeug im Auge und kramte fieberhaft in ihrem Gedächtnis nach dem übersehenen Detail. Wenn nur dieser kurze Flash wiederkäme. Nur noch einmal, dann würde es ihr vielleicht wieder einfallen.

»Sollen wir Verstärkung anfordern?«, fragte Gretchen.

»Nein«, sagte Josie. »Noch nicht. Ich will ihn nicht erschrecken. Erst einmal sehen, wo er hinwill.«

Ihr Magen verkrampfte, als er auf die Straße einbog, die zu Tiny Tykes führte. Je höher sie kamen, desto schneller wurde er. Sie passierten Clay Walshs Einfahrt, vor der sich nun ein gelbes Absperrband spannte. Erst als Hudson an der Zufahrt zum Tiny-Tykes-Parkplatz vorbeifuhr, ohne langsamer zu werden, atmete Josie erleichtert auf.

»Wohin geht die Straße?«, wollte Gretchen wissen.

»Nirgendwohin. Es geht hier Kilometer um Kilometer so weiter. Irgendwann kommen wir über einige Autobahnen, durch ein paar winzige Städtchen und einen Staatspark.«

Josie ließ sich immer weiter zurückfallen, damit Hudson nicht auf sie aufmerksam wurde. Kein anderes Fahrzeug fuhr in ihre Richtung und ebenso wenig kamen ihnen welche entgegen. Der Wald zu beiden Seiten der Straße rückte immer näher an die Straße heran, lediglich unterbrochen von der einen oder anderen Zufahrt oder einem Haus direkt am Straßenrand.

»Was ist das?«, fragte Gretchen und deutete auf ein blinkendes rotes Licht in der Ferne.

»Ein Bahnübergang«, sagte Josie.

Als sie näherkamen, sahen sie, dass die Gleise quer über die Straße führten. Zu beiden Seiten war eine Linie auf den Asphalt gemalt. Am rechten Fahrbahnrand stand ein Bahnübergangsschild, dessen rotes Warnlicht stetig blinkte. Die Schranken reckten sich zum Himmel, bereit, sich zu senken, sollte ein Zug sich nähern. Josie erwartete, dass Hudson den Übergang ungebremst überquere, doch er wurde langsamer. Ohne zu blinken bog er nach rechts ab. Josie drosselte die Geschwindigkeit und blieb ein gutes Stück hinter ihm auf der Hauptstraße.

»Das ist eine Parallelstraße zu den Gleisen«, sagte Gretchen. Sie hatte ihr Handy herausgeholt und die Lesebrille aufgesetzt. »Mal sehen, ob ich Google Maps bekomme.«

»Ich glaube nicht, dass du hier ein Netz hast«, meinte Josie.

»Doch. Ich versuche einfach, einen mobilen Hotspot einzurichten.«

»Viel Glück.«

Josie fuhr langsam weiter, bis sie nur wenige Meter vom Bahnübergang entfernt waren. Sie war froh, dass niemand hinter ihr war. Wie Gretchen gesagt hatte, handelte es sich bei der Straße, in die Hudson eingebogen war, um ein kleines, asphaltiertes, einspuriges Sträßchen, das rechts neben den Gleisen entlangführte. Als sie sich ihm näherten, reckte Josie den Hals, um einen Blick um die Bäume herum zu werfen, die direkt an der Einmündung standen, doch Hudsons Auto war nicht zu sehen.

»Da ist es!«, rief Gretchen. »Ich habe das Satellitenbild. Es ist tatsächlich eine kleine Parallelstraße. Sie führt zu ... Das sieht aus wie eine Brücke.«

Josie war noch nicht oft in der Gegend nördlich von Denton gewesen – und wenn, dann war sie hier immer nur durchgefahren. Zwar wusste sie, dass die Bahnlinie sich durch die Berge schlängelte, doch kannte sie sich dort nicht aus. »Lass mich mal sehen«, sagte sie und hielt das Auto kurz vor der Einmündung an.

Gretchen hielt Josie das Display ihres Smartphones hin. Häuser waren nicht zu sehen, nur Bäume, die Parallelstraße, die Bahnlinie und weitere Bäume. »Die Parallelstraße endet, wo die Brücke anfängt. Direkt am Brückenpfeiler«, stellte Josie fest.

»Stimmt«, sagte Gretchen. »Sollen wir hier warten, bis er wieder herauskommt, oder nachsehen, was zum Teufel er an der Bahnbrücke vorhat?«

Josie gab Gas und fuhr in die Parallelstraße hinein. »Soweit man das aus der Vogelperspektive erkennen kann, sieht das wie ein ziemlich tiefes Tal aus. Ich schätze, er will die Reste seines Devil's Breath von der Brücke aus hinunterwerfen.«

Der Mietwagen raste über das Sträßchen, bis Hudsons Nissan in Sichtweite kam. Josie trat auf die Bremse und stellte ihr Auto quer, sodass Hudson nicht vorbeikam, ohne dass sie es zur Seite fuhr – oder er es aus dem Weg rammte. Kaum hatte sie den Schalthebel der Automatik in die Parkposition gelegt, sprangen sie heraus und liefen zur Brücke. »Jetzt sollten wir Verstärkung anfordern.«

Gretchen fiel ein paar Schritte zurück, während sie die

Leitzentrale anrief und darum bat, eine Streifeneinheit zur Unterstützung zu schicken – oder eine Einheit der Staatspolizei, denn vermutlich waren sie bereits außerhalb der Stadtgrenze von Denton. Die Parallelstraße endete an einer hüfthohen Steinmauer. Daneben befand sich ein kleiner Hang aus Steinen, über den man nach oben zu den Bahngleisen gelangte. Hudson war noch immer nicht zu sehen. Mit klopfendem Herzen lehnte Josie sich über die Mauer und warf einen Blick ins Tal. Ihr wurde schwindlig. Es ging gut und gern hundert Meter steil nach unten in einen V-förmigen, für Fahrzeuge unzugänglichen Taleinschnitt. Ein Fluss, der viel Wasser führte, floss hindurch. Es musste der Tamanend Creek sein, erinnerte sich Josie, ein Nebenfluss des größeren Swatara Creek. Von Hudson war keine Spur zu sehen. Er schien weder in die Schlucht gesprungen noch hineingefallen zu sein.

Da rief Gretchen: »Ich glaube, ich sehe ihn!«

Josie drehte sich zu Gretchen, die sich die Böschung hochkämpfte und versuchte, auf den Steinen die Balance zu halten. Sogleich folgte sie ihr. Als beide die Gleise erreicht hatten, war Josie froh, auf den Schwellen über dem Schotter einen festeren Stand zu haben.

»Da«, sagte Gretchen.

Josie drehte den Kopf zum Tal und sah Hudson in der Mitte der Brücke stehen. Das violette und rosa Muster auf der Tragetasche über seiner Schulter glänzte in der Sonne. »Himmel«, stieß Josie hervor. »Was macht er da? Wenn er was hinunterwerfen will, hätte er es doch einfach über die Mauer schleudern können.«

»Wir müssen zu ihm«, rief Gretchen.

Josie lief voran. Sie blieb zwischen den Gleisen und trat auf die Schwellen. Die Brücke vor ihnen war eine Bogenbrücke mit aufgeständerter Fahrbahn. Unter anderen Umständen wäre die Aussicht von hier atemberaubend gewesen. Der Unterbau lag auf Stahlspandrillen, die von einem einzigen weiten Rippenbogen zwischen zwei in die Talhänge gebauten Widerlagern getragen wurden. Hudson Tinning stand in der Mitte der Brücke. Als Josie und Gretchen näherkamen, sah Josie, dass sich zu beiden Seiten der Gleise breite Schotterstreifen entlangzogen. Sie wurden von zwei schmalen Betonstegen mit einer Stahlbrüstung zur Talseite hin begrenzt. Hudson stand auf dem Steg rechts der Gleise, die Hüfte an die Brüstung gedrückt. Die Tasche hing über seiner Schulter. Mit einer Hand hielt er sie auf, während er mit der anderen darin herumwühlte. Er holte etwas heraus und warf es in die Schlucht. Es sah nach Brownies aus, die in Frischhaltefolie gewickelt waren.

»Hudson«, schrie Josie und lief los. »Aufhören.«

Er erstarrte. Seine hellblauen Augen weiteten sich vor Schreck und sein Gesicht wurde aschfahl. Einen Augenblick lang sah es aus, als wollte er aufgeben. Dann drehte er sich weg, legte beide Hände auf das Geländer und stieg mit der Tasche auf der Schulter darüber.

Josie begann zu sprinten. Hinter ihr hörte sie Gretchen, deren Schuhe auf die Schwellen klatschten, während sie keuchend versuchte, mitzuhalten.

»Hudson, nicht!«, rief Josie. »Bitte!«

Er hielt sich am Geländer fest und drehte sich vorsichtig zu ihr, stand aber mit beiden Beinen auf der Außenkante der Brüstung. »Kommen Sie nicht näher«, schrie er. »Sonst springe ich!«

ZWEIUNDVIERZIG

Josie blieb stehen und hob beschwichtigend die Arme. Sie war nur ein, zwei Meter von ihm entfernt, aber nicht nah genug, um ihn festhalten zu können, falls er das Geländer losließ. »Hudson, bitte. Klettern Sie wieder zurück auf diese Seite der Brüstung.«

Hudson schüttelte den Kopf. Er klammerte sich an das Geländer und schaukelte vor und zurück, sodass sein Oberkörper über dem Abgrund schwebte und die Tasche heftig baumelte. Ein kleiner Plastikbeutel, vielleicht fünf mal fünf Zentimeter groß, fiel aus der Tasche und flatterte ins Tal. Josie glaubte darin ein weißes Pulver zu erkennen.

Gretchen trat hinter Josie. Josie konnte hören, wie sie auf das Display ihres Handys tippte. Vermutlich holte sie Hilfe, ohne dass Hudson es sehen konnte, dachte Josie bei sich. Sie selbst blieb, wo sie war, und hielt weiter die Arme in die Luft gestreckt. »Hudson, sehen Sie mich an. Sehen Sie mich an.«

Er hörte auf, sich zu wiegen, und wandte sich ihr zu.

»Ich will nur mit Ihnen reden, okay? Nur reden. Ich will nicht, dass Ihnen etwas zustößt. Steigen Sie doch einfach wieder über die Brüstung zurück auf meine Seite.«

»Nein.«

»Ich komme nicht näher. Ich verspreche es. Ich bleibe hier stehen.«

Er deutete mit dem Kinn auf Gretchen. »Was ist mit ihr?«

Josie drehte sich um und sah, wie Gretchen beide Hände nach oben streckte. Sie schien das Handy gerade in ihre Tasche gesteckt zu haben. »Ich bleibe auch hier«, sagte sie. »Wir machen es so, wie Sie wollen, Hudson. Sie scheinen ziemlich außer sich zu sein. Wir wollen Sie nicht noch mehr aufregen. Wie Detective Quinn schon gesagt hat, möchten wir nur mit Ihnen reden. Wir können das von hier aus machen, aber uns wäre wesentlich wohler, wenn Sie auf unserer Seite der Brüstung wären.«

Er dachte einen Augenblick nach. Dann blickte er über seine Schulter in die Tiefe, drehte sich wieder zu ihnen und schloss die Augen. Seine Knöchel waren weiß. »Nein. Nein. Nein. Ich muss das tun.«

»Was tun, Hudson?«, rief Josie. »Springen? Sie müssen nicht springen. Wir finden eine Lösung.«

Er öffnete unvermittelt die Augen. Zornfalten erschienen in seinem Gesicht. »Kommen Sie mir nicht mit diesem Bullengequatsche. Ich sehe fern. Ich weiß, was dann passiert. Sie erzählen mir, dass alles gut wird. Ich sage Ihnen alles, was ich weiß, fahre mit Ihnen zum Revier oder sonst wohin, und ehe ich mich versehe, sitze ich im Knast. Nein. Keine Chance. Das bringt überhaupt nichts. Ich kann dem nur ein Ende machen, indem ich springe.«

»Nein, Hudson«, entgegnete Gretchen. »Sie können dem auch anders ein Ende machen. Hier und jetzt. Aber Sie haben recht. Sie werden ins Gefängnis müssen. Dagegen können wir nichts tun. Nysa ist tot. Clay Walsh ist dem Tod nah und selbst wenn er überlebt, wird er für den Rest seines Lebens durch die Verletzungen gezeichnet sein. Das kann nicht ungestraft bleiben, Hudson. Aber Sie können verhindern, dass noch jemand verletzt wird.«

Eine Träne lief über seine Wange. Er blickte von Gretchen zu Josie, dann zum Himmel, und schüttelte den Kopf. »Denken Sie nicht, dass ich versucht habe, es zu beenden? Ich habe wirklich versucht, es zu beenden. Ich wusste nicht einmal, dass ...« Er brach ab. Josies Herz setzte einen Schlag lang aus, als er das Geländer mit einer Hand losließ, um sich die Augen zu wischen. Sie hielt den Atem an, bis er es wieder gepackt hatte. »Ich habe Nysa geliebt«, fuhr er fort. »Ich weiß, dass sie mich nicht geliebt hat. Ich weiß, dass sie mich nicht wollte, aber ich habe sie trotzdem geliebt. Ich hätte ihr nie etwas antun können. Ich hätte niemandem etwas tun können. So bin ich nicht. Ich bin nicht wie sie. Aber es ist wegen mir passiert. All das ist ... es ist wegen mir passiert. Wenn ich nicht mehr da bin, wird auch niemandem mehr etwas zustoßen.«

»Sie sind nicht wie wer, Hudson?«, fragte Gretchen.

Das Kaleidoskop in Josies Hinterkopf bewegte sich, sodass der diffuse Gedanke, den sie vor Kurzem gehabt hatte, etwas klarer wurde. Drakes Beschreibung von Giftmördern fiel ihr wieder ein. *Sie sind hinterhältig, es mangelt ihnen an Empathie.*

Aber Hudson mangelte es nicht an Empathie. Josie hatte geglaubt, dass er ihnen nur etwas vorgespielt hatte: seine Besorgnis, wie die Familie Somers die Nachricht von Nysas Tod aufnehmen würde, und seine Versicherung, dass er nicht mit den von Doug Merlos gefilmten Videos einverstanden gewesen war. Aber vielleicht war er gar kein so guter Schauspieler. Vielleicht empfand er tatsächlich Empathie.

»Ich will nicht darüber reden«, schrie er. »Reden bringt gar nichts. Es ist alles schon viel zu weit gegangen.«

»Okay, Hudson, okay«, beschwichtigte ihn Gretchen. »Wir machen einen Augenblick Pause und atmen erst einmal tief durch. Gut?«

Sie sind emotional verkümmert. Manchmal denken sie fast kindlich ... und sind äußerst unreif.

Aber so war Hudson nicht. Sicher hatte er mehrmals gelogen. Aber als sie ihn mit seinen Lügen konfrontiert hatten, hatte er sogar sehr reif reagiert. Als sie ihn gefragt hatten, wie es war, als er das Stipendium verloren und Nysa es bekommen hatte, hatte er geantwortet, dass Nysa es verdient habe. Er hatte zwar nicht gewollt, dass man erfuhr, warum er es verloren hatte, doch hatte er für sich die Verantwortung übernommen. Das passte nicht zu jemandem, der emotional verkümmert oder unreif war.

Josie sah ihm in die Augen und nickte. »Ja«, sagte sie. »Wir beruhigen uns jetzt erst einmal. Wir sind nicht hergekommen, um Sie aus der Fassung zu bringen, Hudson. Wie gesagt, wir wollten nur mit Ihnen reden. Aber wir können eine Pause machen.« Sie atmete mehrmals übertrieben tief ein und merkte nach drei Atemzügen, wie er es ihr unbewusst nachmachte. »So ist es gut«, beruhigte sie ihn.

Wahrscheinlicher aber ist, dass sie verwöhnt wurden. Und zwar sehr, extrem verwöhnt.

Hudson war zweifellos verwöhnt. Sie erinnerte sich, dass Christine Trostle erzählt hatte, seine Mutter sei »ausgeflippt«, als sie erfahren hatte, dass er in dem WYEP-Bericht nicht vorkommen sollte. Pace hatte ihn ein Muttersöhnchen genannt. Dann waren da noch die Nachrichten seiner Mutter, in denen sie ihm geschrieben hatte, dass sie mit seinen Dozenten gesprochen habe. Aber Josie sah bei ihm nicht das Anspruchsdenken, das entstehen konnte, wenn man eine so anmaßend überfürsorgliche Mutter hatte. Hudson genoss die Intrigen seiner Mutter nicht. Er hatte auf die Nachricht, dass sie auf seine Dozenten eingewirkt hatte, sogar dadurch reagiert, dass er sie gebeten hatte, sich nicht einzumischen. Als ihn Josie bei ihrem ersten Gespräch auf die WYEP-Reportage angesprochen hatte, hatte er gesagt, dass er nicht einmal darin vorkommen hatte wollen. Nicht er hatte dieses Anspruchsdenken.

»Hudson«, sagte Josie. »Als Sie gerade sagten, Sie seien nicht ›wie sie‹, meinten Sie da Ihre Eltern?«

Er schaukelte wieder vor und zurück. »Mein Dad ist tot«, stieß er hervor.

»Stimmt«, sagte Josie rasch. »Aber Ihre Mutter nicht.«

Er blieb stumm.

Josie deutete mit einer Hand auf die Tasche, die über seiner Schulter hing. »Ihr Anteil des Devil's Breath ist in der Tasche, stimmt's?«

Seine Stimme wurde schriller. »Mein Anteil? Ich hatte nie einen Anteil! Das hat alles Doug gemacht. Ich habe mitgemacht, als es eine Sache zwischen uns allein war und nur wir es ausprobiert haben, weil, ich weiß auch nicht, weil wir eben dumme Studenten waren. Ich wollte das nicht. Ich wollte es nie anderen geben.«

»Als wir heute auf dem Revier mit Ihnen geredet haben«, schaltete sich Gretchen wieder ein, »sagten Sie, dass Doug seinen Vorrat die Toilette hinuntergespült habe. Das hört sich so an, als hätten Sie ebenfalls einen Vorrat gehabt, oder nicht?«

Seine Knie begannen zu zittern. Josie versuchte, sich auf das Gespräch mit ihm zu konzentrieren, statt sich vorzustellen, wie er ins Tal stürzte. Als er nicht antwortete, sagte sie: »Es war nicht Ihr Vorrat, nicht wahr, Hudson? Es war der Ihrer Mutter.«

Wieder schloss er die Augen. Noch immer rannen Tränen über sein Gesicht.

Josie fuhr fort: »Ihre Mutter war diejenige, die die Sache mit dem Dekan, Dougs Vater, geregelt hat, nachdem das mit dem Video von Robyn Arber aufgeflogen war. Sie sollten von der Uni fliegen. Ihre Mutter handelte mit dem Dekan eine wesentlich geringere Strafe aus. Sie hat sich in die ganze Angelegenheit sehr stark eingemischt. Sie hat sich überhaupt in jeden Aspekt Ihres Lebens eingemischt, nicht wahr, Hudson?«

Er öffnete wieder die Augen und nahm erneut eine Hand

vom Geländer, um sich die Tränen wegzuwischen. »Sie macht das nur, weil sie mich liebt. Sie müssen das verstehen. Sie und meine Großmutter, sie ... also, als meine Mom noch klein war, hat ihr Vater Sachen mit ihr gemacht, Sie verstehen schon.«

»Ihr Großvater hat Ihre Mutter missbraucht?«, fragte Gretchen.

Er nickte. »Ja. Meine Mom hat es mir erst erzählt, als ich schon älter war. Er hat sie jahrelang missbraucht. Meine Großmutter wusste es, aber statt ihn zu stoppen, hat sie es überkompensiert, indem sie für meine Mutter alles getan hat, verstehen Sie? Sie hat ihr jeden Wunsch erfüllt.«

»Sie hat sie verwöhnt«, sagte Josie.

»Sozusagen. Irgendwann starb mein Großvater – es war, bevor ich auf die Welt kam – und meine Großmutter hat von da an von der Lebensversicherung gelebt. Meine Mom hat gesagt, dass sie immer bei mir bleiben müsse, ganz egal, was passiert, um dafür zu sorgen, dass mir niemand so wehtut, wie ihr Dad ihr wehgetan hat. Deshalb war sie praktisch immer da. Ich will es nicht, fühle mich aber schuldig. Ich weiß, dass sie mich liebt, und jetzt, da mein Dad nicht mehr lebt, hat sie ja nur noch mich.«

»Hudson, ich bin froh, dass Sie uns das alles erzählen«, startete Gretchen einen neuen Versuch. »Aber können Sie jetzt auf unsere Seite der Brüstung kommen? Bitte. Wir können dann gern so wie jetzt weiterreden. Wir bleiben hier, Sie bleiben dort.«

»Nein«, rief er und schaukelte mit dem Oberkörper vehement vor und zurück.

»Gut«, sagte Josie. »Alles okay. Bleiben Sie dort, aber halten Sie sich wenigstens still. Ist das ein Vorschlag?«

Das Schaukeln ließ etwas nach. Josie wartete ein paar Sekunden und versuchte dann, das Gespräch wieder in Gang zu bringen. »Ihre Mutter war dabei, als Sie und Doug Ihr Zimmer auf dem Campus räumen mussten, nicht wahr?«

Er nickte. »Sie kam und übernahm das Ganze, hat fast alles saubergemacht und gepackt. Als Doug sein Devil's Breath die Toilette hinunterspülte, sagte sie, dass er damit aufhören soll. Sie meinte, sie würde das Zeug an sich nehmen und entsorgen – das sei Sache einer verantwortungsbewussten Erwachsenen und nicht eines Jungen. Es war ihm recht.«

»Aber sie hat es nicht entsorgt, oder?«, hakte Gretchen nach.

Er sah über seine Schulter zu der Tasche, die über dem Abgrund baumelte. »Ich dachte, sie hätte es getan. Aber dann haben Sie mir am Montag gesagt, dass Nysa gestorben sei, und mir diesen Aufkleber gezeigt. Da habe ich richtig Angst bekommen. Ich habe gesehen, wie Nysa Sonntagnacht zu diesem Dreckskerl Pace ins Auto gestiegen ist. Ich war außer mir und habe meine Mom angerufen. Ich wollte einfach nur, ich weiß auch nicht, Luft ablassen. Wollte von irgendjemandem hören, dass ich nicht der totale Loser bin, weil Nysa ihn vorgezogen hatte, selbst nachdem sie gesagt hatte, dass sie mit ihm Schluss gemacht habe. Meine Mom meinte, ich solle mir keine Sorgen machen, Nysa verdiene mich nicht und sie würde schon sehen, was sie davon habe.«

»Haben Sie in dieser Nacht Ihre Mutter noch gesehen?«, fragte Josie. »Nachdem Sie mit ihr telefoniert hatten? Nachdem Ihr Mitbewohner zu Bett gegangen war?«

»Nein. Ich bin danach auch schlafen gegangen. Ich hätte nie gedacht, dass Nysa und meine Mom ... dass meine Mom ... mein Gott, ständig sind Leute ...« Er brach ab. Wieder blickte er hinter sich, diesmal entschlossener, wie es schien. Entweder bereitete er sich mental auf den Sprung vor oder er gewöhnte sich an die Gefahr, in der er sich befand. Was Josie von sich nicht behaupten konnte. Ihr Herz raste.

»Ständig sind Leute was?«, hielt Josie das Gespräch am Laufen.

»Mein Großvater ist an einer versehentlichen Überdosis gestorben«, platzte es aus ihm heraus.

»Eine Überdosis wovon?«, wollte Gretchen wissen.

»Seiner Herzmedikamente, denke ich.«

»Sie glauben, dass Ihre Mutter etwas damit zu tun hatte?«, fragte Josie und versuchte, seine Aufmerksamkeit auf sich zu lenken, damit er sich nicht fallen ließ.

»Oder meine Großmutter. Sie lebt nicht mehr, aber was ich sagen will: Ständig sind Leute um sie und auch meine Mutter herum gestorben.«

»Was für Leute, Hudson?«

Sehr leise sagte er: »Mein Dad zum Beispiel. Er ist im Schlaf gestorben. Er hatte eine starke Erkältung, ein bisschen Lungenentzündung, aber es schien nicht lebensbedrohlich. Dann habe ich herausgefunden, dass er eine Affäre mit einer Kollegin gehabt hatte.«

»Und Sie denken, dass Ihre Mutter ihm etwas angetan hat?«, fragte Gretchen.

»Ich weiß nicht. Sie ist schon immer irgendwie seltsam und hinterhältig gewesen. Hat den Leuten Zeug ins Essen getan, wenn sie sie nicht gut behandelt oder etwas gesagt haben, was ihr nicht passte.«

»Was für Zeug?«, fragte Josie.

»Spucke oder Abführmittel oder Dreck.«

Hinter sich hörte Josie Gretchen flüstern. »Himmel.«

»Kurz bevor mein Dad gestorben ist, habe ich gesehen, wie sie etwas mit seinen Antibiotika gemacht hat. Ich dachte mir, vielleicht hat sie die Tabletten gegen etwas anderes ausgetauscht, war mir aber nicht sicher. Als ich sie darauf angesprochen habe, meinte sie nur, ich sei verrückt. Aber ich glaube nicht, dass ich verrückt bin.«

»Wer sonst ist noch im Umfeld Ihrer Mutter gestorben, Hudson?«, fragte Josie.

»Da war ein Fahrlehrer. Ihr Führerschein war abgelaufen, weil mein Dad sie überall hingefahren hat. Also beschloss sie, noch einmal Fahrstunden zu nehmen, weil sie so lange nicht gefahren war. Aber er hat sich darüber lustig gemacht, wie sie das Steuer hielt oder so. Er meinte, sie sehe aus, als würde sie in der U-Bahn sitzen und ihre Handtasche festhalten, so etwas in der Art. Dann erfuhr ich, dass er gestorben ist. An einen Baum gefahren. Sie sagte, er sei betrunken gewesen, aber ich bin mir nicht mehr sicher, ob das stimmt. Mit dem Zeug, das Doug fabriziert hat, hätte sie ihn an einen Baum fahren lassen können. Zeitlich käme es hin.«

Seine Worte waren wie ein Schlag in Josies Magengrube. Es fiel ihr schwer zu sprechen. »Ich habe den Anruf entgegengenommen«, sagte sie. »Es war kurz vor den Überschwemmungen. Er hatte eine sechsjährige Tochter. Es wurde zunächst als eine Trunkenheitsfahrt eingestuft, doch zwei Monate später kam der toxikologische Befund, und der war negativ. Seine Frau bat um eine weitere Autopsie, aber es kam nichts dabei heraus. Die Rechtsmedizinerin meinte, es hätte ein kleiner Schlaganfall gewesen sein können, der bei der Obduktion nicht zu sehen gewesen sei.« Sie wollte Hudson fragen, ob er sich an den Namen des Mannes erinnerte, aber Josie kannte keinen anderen Fahrlehrer in Denton, der in den letzten Jahren an einen Baum gefahren war.

»Ja, und dann war da noch meine Großmutter. Sie ist direkt nach meinem Dad gestorben. Anaphylaktischer Schock. Sie war allergisch auf Katzen, nur hatte sie gar keine Katze. Aber meine Mom arbeitet ehrenamtlich in einem Tierheim.«

»Precious Paws«, meine Gretchen nur.

»Genau. Meine Mom hat sich immer sorgfältig gewaschen, bevor sie zu meiner Großmutter ging. Aber was, wenn sie es einmal nicht gemacht hätte? Sie hat es meiner Großmutter immer übel genommen, was mein Großvater ihr angetan hat.«

»Ihre Mutter hat für die Spendenkampagne von Precious Paws etwas gebacken, nicht wahr?«, fragte Josie.

»Ja.«

Im Geist ging Josie die Liste durch, die ihr Mettner gegeben hatte und auf der alle verzeichnet waren, die etwas gebacken hatten. Eine Tinning war darauf nicht gewesen. Das wäre Josie sofort ins Auge gefallen. Mrs Somers hatte gesagt, dass Hudsons Mutter Mary hieß. Es war nur eine Mary Lyddy auf der Liste gewesen. »Hat Ihre Mutter den Namen Ihres Vaters behalten?«, fragte sie Hudson.

»Nein. Sie benutzt ihren Geburtsnamen. Lyddy. Mary Kate Lyddy.«

»Hudson, Sie haben uns viele wirklich hilfreiche Sachen erzählt. Ich glaube nicht, dass Sie etwas falsch gemacht haben. Es gibt für Sie keinen Grund zu springen. Bitte kommen Sie jetzt auf unsere Seite der Brüstung.«

Er ignorierte ihre Worte und redete weiter. »Dann war da noch diese Erzieherin dort, wo meine Mom arbeitet. Das war im Sommer. Meine Mom hasste sie, weil sie alles kritisierte, was sie mit den Kindern gemacht hat. Eines Tages hatte sie während des Sommercamps einen Schlaganfall und ist gestorben.«

Josie bekam Ohrensausen. Sofort dachte sie mit schrecklicher Klarheit an das Gesicht der kleinen Bronwyn Walsh, als diese gemutmaßt hatte, ob ihr Großvater nicht einen »Schlagumfall« gehabt hatte wie diese eine Erzieherin im Sommer. »Schlaganfall«, hatte Michelle sie korrigiert. Josie hatte nicht einmal in Betracht gezogen, dass Scopolamin Schlaganfälle verursachen könnte. Aber es wirkte auf das zentrale Nervensystem. Vielleicht war die Diagnose bei der Autopsie der Erzieherin falsch gewesen. Aber das spielte jetzt in diesem Augenblick keine Rolle. Josie ging einen Schritt auf Hudson zu. Er streckte die Arme, als wolle er etwas Abstand zwischen sich und sie bringen. Josie blieb sogleich stehen. »Hudson«, sagte sie mit heiserer Stimme. »Arbeitet Ihre Mutter bei Tiny Tykes?«

Er wirkte einen Augenblick lang verdutzt. »Ja«, antwortete er.

Josie ging noch einen Schritt auf ihn zu.

»Stehenbleiben«, befahl er ihr.

»Hudson«, beschwor Josie ihn. »Das war gut, dass Sie uns das heute alles erzählt haben. Ich weiß, dass Sie es nicht glauben werden, aber ich kann Ihnen sagen, dass alles gut werden wird – für Sie. Nicht für Ihre Mutter, aber für Sie. Sie können ruhig wieder auf diese Seite kommen. Wir müssen Sie nicht mit aufs Revier nehmen. Sie müssen auch nicht ins Gefängnis. Geben Sie uns die Tasche. Sie haben sie aus dem Haus Ihrer Mutter geholt, nicht wahr? Da ist Devil's Breath drin, stimmt's?«

»Ich habe sie angerufen, nachdem ich im Revier gewesen war. Sie wollte es zuerst nicht zugeben, aber dann hat sie mir erzählt, dass sie es behalten und vor Kurzem auch verwendet habe. Ich bin zu ihr gefahren und habe es in ihrem Schlafzimmerschrank gefunden.« Er machte keine Anstalten, über die Brüstung zu steigen. »Ich möchte, dass sie damit aufhört, aber sie ist meine Mom. Sie ist alles, was ich habe.«

»Das verstehe ich«, beruhigte Josie ihn. »Als ich so alt wie Sie war, hatte ich auf dieser Welt nur meine Großmutter. Ihre Mutter hat Sie in eine schwierige Lage gebracht, aber Sie haben das Richtige getan. Warum also kommen Sie jetzt nicht zu uns herüber? Sie können nach Hause gehen, in Ihre Wohnung auf dem Campus. Wir werden alles, was Sie gesagt haben, überprüfen, aber vor allem werden wir einen Haftbefehl auf Ihre Mutter ausstellen. Wir können sie stoppen.«

»Nein, das können Sie nicht.«

Josie bedeutete ihm, zu ihr zu kommen. »Doch, Hudson, das können wir. Aber zuerst möchte ich, dass Sie in Sicherheit sind. Klettern Sie einfach zurück. Hier, ich helfe Ihnen.«

Sie kam ein weiteres Stück näher und streckte den Arm

aus. Ihre Hand war nur noch wenige Zentimeter von seinem Handgelenk entfernt.

»Sie findet eine Möglichkeit, Ihnen wehzutun«, sagte er. »Begreifen Sie das nicht? Sie findet immer eine Möglichkeit. Sie sind nicht sicher. Sie glauben, es zu sein, aber Sie sind es nicht. Sie ist heimtückisch und sie hat Zeit. Ich habe ihr erzählt, dass mich Nysa letztes Jahr abblitzen lassen hat, und sie hat bis jetzt gewartet, um es ihr heimzuzahlen. Man kann nie sagen, wann sie zuschlägt.«

»Hudson«, beschwor ihn Gretchen. »Im Gefängnis kann sie nicht mehr viel anrichten. Ich weiß, sie kommt Ihnen fast gottgleich vor, weil sie Ihre Mutter ist. Aber sie ist nur eine Frau, die ein paar sehr falsche Entscheidungen getroffen und vielen Menschen wehgetan hat. Dafür muss sie zur Rechenschaft gezogen werden. Helfen Sie uns, das zu tun, Hudson. Meinen Sie nicht, dass auch Nysa das wollen würde? Dass Sie das Richtige tun und uns helfen?«

Josie kam langsam mit ausgestreckter Hand näher, bereit, ihn zu packen, während sein Blick auf Gretchen gerichtet war.

»Wenn ich schon das erste Mal, als ich sie im Verdacht hatte, jemandem wehgetan zu haben, das Richtige gemacht hätte, zum Beispiel, als mein Dad starb, wäre Nysa vielleicht noch am Leben. Das verzeihe ich mir nie. Ich kann nie mehr ...« Die übrigen Worte blieben ihm im Hals stecken. Er bewegte die Lippen und versuchte, noch etwas herauszubringen. Schließlich sagte er nur: »Es tut mir leid.«

Dann ließ er das Geländer los.

DREIUNDVIERZIG

Josie warf sich nach vorn und packte sein Handgelenk, wurde jedoch durch sein Gewicht mit dem Oberkörper über die Brüstung gezogen. Mit ihrer anderen Hand fasste sie blitzschnell das Geländer. Trotzdem flogen ihre Beine nach oben und über die Brüstung. Das Geländer entglitt ihrer Hand. Verschwommen sah sie ein Wirrwarr aus Laub, Hudson und der Tragetasche vor sich. Für den Bruchteil einer Sekunde dachte sie mit völliger Klarheit: »So sterbe ich also.« Dann wurde ihr Körper ruckartig abgebremst. Gretchens Hände krallten sich mit solcher Kraft in Josies Wade, dass sie spürte, wie ihre Muskeln verkrampften. Sie blickte nach oben und sah Gretchens Gesicht, das rot war vor Anstrengung. Sie hielt das gesamte Gewicht von Josie, die kopfüber baumelte, während unter ihr Hudson hing, den sie am Handgelenk festhielt. Bei seiner Größe und dem Gewichtsunterschied hätte Josie keine Chance gehabt, ihn am Fallen zu hindern, doch kaum dass sie ihn gepackt hatte, war sein Überlebensinstinkt erwacht und er hatte mit seiner freien Hand ihren Unterarm ergriffen. So hingen sie aneinandergeklammert über dem engen Taleinschnitt. Josie hatte das Gefühl, als würden ihre Glieder von ihrem Rumpf gerissen.

Mit zusammengebissenen Zähnen stöhnte Gretchen: »Ich kann dich nicht mehr lange halten, Boss.«

Josie musste alle Energie und jede noch so winzige Bewegung auf ihr Überleben ausrichten. Langsam streckte sie Hudson die andere Hand hin und rief: »Halten Sie sich fest. Sie müssen an meinem Körper hochklettern und zwar schnell. Das ist die einzige Möglichkeit.«

»Nein, Boss«, keuchte Gretchen. »Das funktioniert nicht! Ich kann dich nicht mehr halten.«

Hudson löste eine Hand und fasste rasch Josies anderen Arm. Über ihnen stieß Gretchen einen spitzen Schrei aus. Josie spürte, wie sich der Griff um ihr Bein lockerte und es Gretchen zu entgleiten begann.

»Ich denke, ich kann mich auf den Bogen schwingen«, sagte Hudson. »Da ist Platz.«

»Nein, Hudson«, warnte ihn Josie. »Das ist zu gefährlich.«

»Boss«, meldete sich Gretchen mit einem Klang in der Stimme, den Josie erst ein-, zweimal gehört hatte: entsetzliche Panik. »Ich kann nicht mehr. Ich kann dich nicht mehr halten.«

Josie fühlte Gretchens Hände von ihrer Wade zu ihrem Knöchel rutschen. Gretchen lehnte sich über die Brüstung, schob einen Arm zwischen Gelenk und Fußrücken unter Josies Stiefel und drückte ihre Ferse an das Geländer. Mit dem anderen Arm nahm sie Josies Bein in eine Art Würgegriff, wobei ihr das Geländer als Anker diente.

»So ist es besser«, rief Josie ihr zu.

»Ich verspreche, ich versuche, zu dem Bogen zu gelangen«, sagte Hudson. »Sonst sterben wir beide. Und sollte ich fallen, lande ich vielleicht im Wasser.«

»Sie wissen nicht, wie tief das Wasser ist, Hudson. Sie können trotzdem sterben. Ich weiß nicht, ob Gretchen uns noch halten kann, wenn Sie anfangen zu schaukeln. Sie sind doch Sportler. Können Sie nicht an meinem Körper hochklettern?«

Josie platzierte das andere Bein neben Gretchens Haltegriff. Gretchen hob einen Ellbogen, zog Josies zweiten Fuß mit einer Ausholbewegung unter ihre Achsel und verankerte ihn ebenfalls am Geländer der Brüstung.

»Ja, eben weil ich Sportler bin, glaube ich, dass ich es schaffen kann«, keuchte Hudson. »Ich brauche mich nur einmal gut zur Brücke hin zu schwingen, dann kann ich mich an den Streben festhalten. Ich weiß, dass ich es schaffen kann.«

»Das ist zu gefährlich«, rief Josie ihm zu.

Aber beide wussten, dass keine Zeit mehr blieb. Hudson war der Größte und Schwerste von ihnen – und er hing ganz unten. Josies Arme wurden allmählich taub. Außerdem spürte sie, wie Gretchens Oberkörper vor Anstrengung zu zittern begann. Sie hatten nur noch Sekunden.

»Los«, rief sie. Dann schloss sie die Augen und versuchte, sich nicht mehr auf seine Bewegungen zu konzentrieren, nicht mehr das unerträgliche Zerren an ihren Gliedern und die Schmerzen zu spüren. Als sie vor und zurück durch die Luft schwang, völlig hilflos der Schwerkraft ausgesetzt, spürte sie, wie der kühle Herbstwind über ihre Wangen strich. Seltsamerweise musste sie gerade jetzt an Trinitys verrückte Picknickidee denken. Kurz bevor Hudson sie losließ, gingen ihr Bilder von sich und Noah durch den Kopf, wie sie aneinandergekauert an einem Picknicktisch im Park saßen und die Sterne am Nachthimmel betrachteten. Dann war das Gewicht, das an ihr zerrte, plötzlich weg und sie hörte, wie Gretchen einen Schrei ausstieß. Sie dachte: *Ich hätte mir mehr Zeit mit Noah nehmen sollen.*

Sie hatte sich gerade damit abgefunden, dass sie fallen würde, da durchdrang Gretchens Stimme die Schutzhülle, die ihr Gehirn um ihre Empfindungen gebildet hatte: »Boss, schwing dich hoch!«

Sie öffnete die Augen und sah, dass Gretchen noch immer ihre Beine umklammert hielt, aber nun einen Arm in Richtung ihres Oberkörpers ausgestreckt hatte. »Mach einen Sit-up!«, wiederholte Gretchen. »Erreichst du meine Hand?«

Ein Sit-up soll mein Leben retten?, dachte Josie bei sich. Sie spannte ihre Bauchmuskeln an und konzentrierte ihre ganze Energie darauf, den Oberkörper zu Gretchen hochzuschwingen. Ihre Hände trafen sich und krallten sich ineinander wie bei einem Armdrückwettbewerb, dann zog Gretchen sie mit aller Kraft hoch. Josie bekam mit ihrer anderen Hand das Geländer zu fassen. Mit Gretchens Hilfe kämpfte sie sich über die Brüstung. Dann ließen sie sich zu Boden sinken und schnappten nach Luft. Schwarze Punkte tanzten vor Josies Augen. Ihre Arme und Beine fühlten sich schlaff und kraftlos an. Während sie noch versuchte, zu Atem zu kommen, konzentrierte sie sich ganz auf das herrliche Gefühl, wieder festen Boden unter sich zu spüren. Jeder Muskel ihres Körpers schmerzte, als sie sich mit beiden Händen am Geländer hochzog. Sie schob ihren Kopf über die Brüstung, sah aber nur die glatte Oberfläche des Flusses unter sich.

»Hudson! Hudson!«, schrie sie aus Leibeskräften.

Keine Antwort.

Josie sah hinunter zu Gretchen, deren Gesicht knallrot und schweißbedeckt war. »Ist er hinuntergestürzt? Hast du ihn fallen sehen?«

Gretchen presste einen Arm an ihre Brust, als sei er gebrochen. »Weiß nicht. Ich habe ihn aus den Augen verloren, als er dich losgelassen hat.«

»Mein Gott«, rief Josie. Sie lehnte sich noch weiter über die Brüstung, doch von dem Jungen war nichts zu sehen. »Hudson! Hudson!«

Sie wurde still und horchte angestrengt. Nichts.

Josie hinkte zu dem Sträßchen zurück. »Komm«, sagte sie. »Vom Brückenpfeiler aus können wir den Bogen sehen.«

»Ich glaube, ich habe mir die Schulter verletzt«, entgegnete Gretchen mit schmerzverzerrtem Gesicht.

Josie stellte sich an ihre unversehrte Seite, schob ihr eine Hand unter die Achsel und half ihr auf. Aneinandergestützt stapften sie auf den Schwellen zwischen den Gleisen zurück, bis sie nicht mehr auf der Brücke waren und zur Parallelstraße hinuntersteigen konnten.

»Ich werde allmählich zu alt für diesen Mist«, brummte Gretchen.

»Ach, komm«, keuchte Josie, während sie die kleine Schotterböschung hinuntergingen. »Du hast mein Leben gerettet. Du hast es also noch voll drauf.«

Gretchen lachte. Als sie auf der Parallelstraße waren, ließ Josie sie los und lief zur Steinmauer. Sie fasste den Rand und zog sich so weit darüber, wie ihr Oberkörper reichte, ohne dass ihr schwindlig wurde, sah unten im Fluss und am Ufer aber niemanden liegen. Wenn Hudson in das Wasser gefallen war, hatte ihn die Strömung vielleicht schon außer Sichtweite getragen. Sie zählte die Streben zwischen Bogen und Fahrbahn und versuchte abzuschätzen, wo er sein müsste, wenn er es geschafft hatte, sich auf den Bogen zu schwingen.

»Hudson!«, rief sie wieder.

»Da kommt jemand«, sagte Gretchen, gerade als Josie das Geräusch von Rädern auf Asphalt hörte. »Verstärkung«, schnaubte Gretchen verächtlich. »Natürlich, jetzt tanzen sie an.«

Josie ließ wieder den Blick den Wasserlauf entlang wandern. Da bemerkte sie einen Farbfleck. Ein Stück bachabwärts bewegte sich neben einem großen Fels etwas in Rosa und Violett. Josie deutete darauf. »Die Tasche! Hudsons Tragetasche!«

Gretchen kam gelaufen und blickte hinunter. Sie hielt sich nach wie vor ihren Arm. »Ich sehe es! Ist er das?«

Die Tasche hörte auf, sich zu bewegen. Josie sah Hudson,

wie er sich auf die Arme gestützt an das Ufer zog. Er kroch ein Stück, dann fiel er in sich zusammen. Sein Kopf kippte zur Seite, blieb auf den Steinen liegen und bewegte sich nicht mehr, soweit Josie erkennen konnte.

»Er hat überlebt«, rief sie. »Aber ich weiß nicht, ob er es schafft oder nicht. Er ist mit Sicherheit schwer verletzt. Jemand muss sofort zu ihm. Wir brauchen die Staatspolizei. Einen Helikopter, irgendetwas.«

Sie drehte sich um und sah, wie Mettner, Noah und zwei Staatspolizisten herbeigelaufen kamen. Josie drückte sich von der Steinmauer weg, stolperte Noah entgegen und legte ihre Arme um seine Hüfte, kaum dass sie ihn erreicht hatte. Er zog sie an sich und murmelte in ihr Haar: »Was zum Teufel geht hier vor?«

Josie blickte hoch in seine braunen Augen und sah seinen tief besorgten Blick. »Ich erzähle es dir im Auto. Jetzt muss ich erst einmal Misty anrufen. Dann fahren wir sofort zu Tiny Tykes.«

VIERUNDVIERZIG

Ich wusste, dass es vorbei war, als mich mein Sohn vom Polizeirevier aus anrief. Er war zornig, aufgebracht und warf mir so vieles vor. Alles stimmte, erwiderte ich ihm stolz und ungerührt. Aber er war schon immer weichherzig gewesen. Ich hätte mir denken können, dass er meine Genialität nicht zu schätzen wissen würde. Er hatte keine Ahnung, wie es sich anfühlte, so wie ich absolute Macht über das Leben anderer zu haben. Wiedergutzumachen, was andere einem angetan hatten. Sie bezahlen zu lassen war wie Heroin für meine Seele.

Hudson hatte zu viel von seinem Vater. Ich liebte ihn und hatte alles in meiner Macht Stehende getan, um ihn vor den Widrigkeiten des Lebens zu schützen und dafür zu sorgen, dass es ihm an nichts fehlte. Aber er verstand mich nicht. Er *sah* mich nicht. Nicht wirklich. So wie mein Vater mich nie gesehen hatte. Für ihn war ich lediglich ein Körper gewesen, den man missbrauchen konnte. Meine Mutter war genauso gewesen. Sie hatte mich gelehrt, schlau und gerissen zu sein und ungestraft zu töten, doch hatte sie mich nie wirklich gesehen. Ansonsten hätte sie nicht zugelassen, dass mein Vater diese Sachen mit mir machte. Sie hätte ihn nicht erst umgebracht, nachdem das Übel geschehen war. Sie hätte sich wenigstens bei mir entschuldigt. In meiner Ehe hatte ich anfangs gehofft, dass mein Mann anders sei, aber auch er war eine Enttäuschung gewesen. Kaum hatte ich etwas zugenommen und ein paar Falten um die Augen bekommen, ließ er sich mit seiner Sekretärin ein.

Vielleicht hätte mich nie jemand wirklich gesehen. Aber wenigstens würde nun dank meines süßen, dummen, rückgratlosen Jungen jeder wissen, welche Macht ich hatte. Sie waren bereits hinter mir her.

Aber ich würde nicht mit ihnen gehen. Wenn das Leben, so wie ich es kannte, enden musste, dann zu meinen Bedingungen. Selbst wenn ich mich auf der Flucht befand, war nach wie vor ich diejenige, die Macht über Leben und Tod hatte. Nicht nur über mein Leben und meinen Tod.

FÜNFUNDVIERZIG

Josie überließ Hudsons Rettung Gretchen, Mettner und den Staatspolizisten – sie waren Profis und würden ihn sicher bergen. Dann setzte sie sich in den Beifahrersitz von Noahs Toyota Corolla. Als er den Motor startete, zog sie ihr Handy heraus und rief Misty an. Ihre Hand zitterte, als sie auf das grüne Anrufsymbol tippte. Nach dem dritten Klingeln nahm Misty das Gespräch an. Josie entfuhr ein erstickter Schrei.

»Alles in Ordnung?«, fragte Misty.

»Misty«, beschwor Josie sie. »Ich habe keine Zeit, dir alles zu erklären. Ich möchte nur, dass du gleich zu Tiny Tykes fährst, jetzt sofort, und Harris holst. Hast du verstanden?«

Mistys Stimme wurde schrill. »Josie, das gefällt mir nicht. Ist alles okay? Ist Harris in Gefahr?«

»Ich glaube nicht«, antwortete Josie. Sie war zweimal bei Tiny Tykes gewesen, aber Mary Lyddy dort nicht begegnet. Es gab keinen Grund zu glauben, dass Lyddy es auf Harris abgesehen hatte. Aber Josie wollte sie im Kindergarten verhaften und da wäre es besser, wenn Harris nicht dort wäre. Außerdem hatte Josie in ihrem Leben und Beruf auf die harte Tour gelernt, stets ihren Instinkten zu vertrauen, so absurd sie zunächst schienen. »Fahr einfach hin und hole ihn, Misty, okay? Ich erkläre es dir später.«

»Okay«, erwiderte Misty mit schwacher Stimme. »Ich verlasse jetzt meinen Arbeitsplatz.«

Josie beendete das Gespräch. Noah war nach links auf die Hauptstraße abgebogen und raste zurück nach Denton. »Sie ist nicht dort«, sagte er.

»Was meinst du damit?«, fragte Josie.

»Mary Lyddy. Mett und ich haben jeden auf der Liste derjenigen, die Gebäck beigesteuert haben, ausfindig gemacht, einschließlich einer Mary Lyddy. Wir hatten bereits den Verdacht, dass sie Hudsons Mutter sei, weil ihre Adresse unter den Namen Bradley und Mary Kate Tinning registriert ist. Mett hat in der TLOxp-Suchdatenbank recherchiert und herausgefunden, dass ihr Mädchenname Lyddy ist. Ich habe versucht, dich anzurufen, aber du warst nicht erreichbar. Dann habe ich dir eine Nachricht geschickt. Wir dachten, du seist unterwegs, um zu ermitteln, und sind daher zu Lyddys Haus gefahren, doch da war niemand. Eine ihrer Nachbarinnen sagte uns, dass sie bei Tiny Tykes arbeiten würde. Wir sind hingefahren, aber die Rezeptionistin dort sagte, sie sei nicht da. Sie sei früh nach Hause gegangen, weil sie sich nicht wohlgefühlt habe.«

»Mist«, schimpfte Josie. »Wo kann sie hingegangen sein?«

»Keine Ahnung«, meinte Noah. »Wir wollten gerade anfangen, Leute aufzuspüren, die sie kennen, da bekamen wir von der Leitzentrale Bescheid über den Notruf von dir und Gretchen. Was ist da draußen passiert?«

Josie berichtete es ihm.

Seine Hand knetete das Lenkrad. »Josie«, stieß er hervor.

Sie hatte schon viele brenzlige Situationen erlebt und war dem Tod öfter nahe gewesen, als sie zählen konnte. Aber heute war sie sich das erste Mal sicher gewesen, dass sie sterben würde. Heute hatte sie sich zum ersten Mal aufgegeben, das

Unausweichliche akzeptiert und darauf gewartet, dass sie in die Tiefe stürzen würde. Deshalb fühlte sie sich schuldig. »Du hast gesagt, dass einer der Gründe, warum du mich liebst, der sei, dass ich ständig der Gefahr entgegenlaufen würde«, platzte es aus ihr heraus.

Josies Handy zwitscherte. Eine Nachricht von Misty.

Ich habe ihn. Wir fahren nach Hause. Ruf mich so bald wie möglich an. Bin mit den Nerven am Ende.

Noah war ein paar Sekunden lang still. Draußen zogen zu beiden Seiten hohe Bäume vorbei. »Das habe ich gesagt«, brummte er. »Und es stimmt auch. Aber um Gottes willen, Josie, ich will nicht, dass du stirbst.«

»Da«, sagte Josie und deutete links vor sich. »Es ist nicht mehr weit bis zu Tiny Tykes. Siehst du das Schild?«

»Sollen wir trotzdem noch hinfahren?«

Zum Glück ritt er nicht darauf herum, dass sie beinahe in den Tod gestürzt wäre.

»Ich denke, Mary Lyddys Kolleginnen wissen am besten, wo sie sich aufhalten könnte.«

Er nickte zustimmend. Gerade als er abbremste und den Blinker setzte, sahen sie vor sich Mistys Auto aus der Straße herausfahren. Sie bog nach links ab und entfernte sich.

Noah parkte auf einem Besucherparkplatz. Sie stiegen aus und gingen zum Hauptgebäude. Der Kindergarten war erst in einer Stunde aus, deshalb war die Eingangshalle noch still und leer. Aus den Fluren zu den Gruppenzimmern hörte man gedämpft Kinder lachen, Klatschen, Singen und vergnügtes Kreischen. Am Empfangstresen saß Mrs D. und tippte etwas in ihren Computer. Sie begrüßte sie mit einem Lächeln, das jedoch erstarb, als sie näherkamen. Höflich bemühte sie sich, es wieder aufzusetzen. »Kann ich Ihnen helfen, Ms Quinn? Misty ist gerade mit Harris losgefahren. Sie wirkte etwas gestresst, wenn ich ehrlich bin. Ich hoffe, es gibt kein Problem. Ist das Harris' Vater? Wir haben ihn nicht auf der Liste.« Sie stand auf und faltete die Hände vor der Brust. Obwohl sie allein in der Eingangshalle waren, senkte sie ihre Stimme. »Ich weiß nicht, welche Sorgerechtsarrangements oder -streitigkeiten Sie haben, aber der Kindergarten ist nicht der rechte Ort, um sie auszutragen.«

Josie warf einen Blick zu Noah und sah seinen verwirrten Gesichtsausdruck. Sie wandte sich wieder Mrs D. zu und bemühte sich um ein Lächeln. »Nein, nein, Mrs D. Wir sind nicht wegen Harris hier. Wie Sie sich vielleicht erinnern, arbeite ich als Detective bei der Polizei von Denton. Das ist mein Kollege, Lieutenant Noah Fraley. Lieutenant Fraley und ein Kollege waren heute bereits hier und wollten mit einer Ihrer Erzieherinnen sprechen. Man hat ihnen gesagt, dass sie vorzeitig heimgefahren sei, weil sie sich nicht wohlgefühlt habe. Aber sie ist nicht zu Hause angekommen. Wir wollten nun wissen, ob Sie oder jemand von Ihrer Belegschaft vielleicht weiß, wo sie sein könnte.«

Mrs D runzelte die Stirn. »Keine unser Erzieherinnen hat sich heute krankgemeldet. Sind Sie sicher?« Sie sah Noah an. »Sie waren heute schon da? Mit wem haben Sie gesprochen?«

»Mit Ihrer Rezeptionistin«, antwortete er. »Miss K.«

»Ach so. Sie war es, die früher gegangen ist«, sagte Mrs D. »Aber das war gerade erst, in etwa zu der Zeit, als Harris von seiner Mutter abgeholt wurde. Nach welcher Erzieherin suchen Sie denn?«

Josie spürte einen Kloß im Magen.

»Mary Lyddy«, antwortete Noah.

Mrs D. lachte. »Oh, Mary ist keine Erzieherin. Sie haben mit ihr gesprochen. Wir nennen sie Miss K. Ihr vollständiger Name ist Mary Kate Lyddy. Als sie angefangen hat, hier zu arbeiten, hatten wir zwei Marys in der Belegschaft. Deshalb meinte sie, dass wir ihren zweiten Vornamen benutzen sollten, Kate. Im Lauf der Zeit wurde daraus abgekürzt Miss K. Ich weiß nicht, warum sie Ihnen erzählt hat, dass sie nicht da sei. Hat sie das zu Ihnen gesagt? Zur Polizei? Wusste sie, dass Sie von der Polizei sind?«

Josie sah Noah an. Ein Muskel in seiner Wange zuckte. »Ja, wir haben es ihr gesagt«, erwiderte er.

Mrs D. wischte sich einen dünnen Schweißfilm von der Stirn. »Oje. Das ist sehr ungewöhnlich. Ich weiß nicht, warum sie die Polizei angelogen hat. Sehr merkwürdig. Dürfte ich Sie vielleicht fragen, warum Sie nach ihr suchen? Hat sie etwas angestellt? Wissen Sie was – vielleicht gehen wir einfach in mein Büro.«

Noah entgegnete noch etwas, aber Josie hörte schon nicht mehr zu. Sie erinnerte sich an den ersten Tag im Kindergarten, als sie Miss K. angefahren hatte, weil sie vorgeschlagen hatte, dass sie sich davonstehlen sollten, während Harris gerade nicht aufpasste.

Drakes Worte kamen ihr in den Sinn. *Bei ihnen stehen Schuld und Strafe in einem völligen Missverhältnis.*

»Verdammt«, stieß Josie hervor.

Hudson hatte gleich nach der Befragung durch Josie und Gretchen seine Mutter merklich aufgebracht angerufen. Hatte er Josie namentlich erwähnt? Oder hatte sie danach gefragt? Hatte sie sich zusammengereimt, dass die Polizistin, die ihrem Sohn vorgeworfen hatte, Menschen zu vergiften, Harris' Abholberechtigte war? Miss K. hatte Josie am ersten Tag, an dem sie mit Harris im Kindergarten gewesen war, erkannt. Sie wusste, dass die Polizei hinter ihr her war, denn Noah und Mettner hatten nach ihr gefragt. Sie hatte sie dreist angelogen.

»Noah«, sagte Josie. »Wir müssen sofort los.«

Noah und Mrs D. starrten sie mit offenem Mund an. Josie hatte wohl ein Gespräch zwischen ihnen abrupt unterbrochen.

»Noah!«, drängte sie mit schriller Stimme. »Jetzt. Sofort. Wir müssen sofort los!«

Ohne auf eine Antwort zu warten, nahm sie seine Hand und zerrte ihn zum Auto. Vor der Fahrertür blieb er stehen. »Josie«, sagte er. »Beruhige dich. Was zum Teufel geht hier vor?«

»Fahr zu Misty. Sofort. Bitte. So schnell du kannst.«

Er protestierte nicht. Stattdessen lief er zum Kofferraum und holte das Blaulicht heraus. Er befestigte es mit dem Magneten auf dem Autodach und schaltete es ein. Sogleich schickte es sein blaues Licht in alle Richtungen. »Los geht's«, rief er.

Josie rief mit einer Hand Misty auf dem Handy an und klammerte sich mit der anderen an den Türgriff, als Noah in die Stadtmitte raste und sich durch den Verkehr schlängelte. Mistys Mailbox schaltete sich ein. Sie versuchte es erneut. Wieder nur die Mailbox. Vor Mistys großem viktorianischem Haus legte er eine Vollbremsung ein. Josie sprang aus dem Wagen und lief die Einfahrt entlang. Noah folgte ihr. Sie warf einen Blick durch das Fenster der Tür zur Garage, die jedoch leer war.

»Ihr Auto ist nicht da«, rief sie Noah zu, während sie zur Eingangstür rannte. Sie war verschlossen. »Sie sind nicht hier. Himmel, Noah, sie sind nicht hier. Ich glaube nicht, dass sie schon zu Hause waren. Du hast gehört, was Mrs D. gesagt hat. Lyddy ist in etwa zur selben Zeit los wie Misty mit Harris. Was, wenn Lyddy Misty gebeten hat, sie mitzunehmen? Misty hätte keinen Grund gehabt, misstrauisch zu sein. Was, wenn Lyddy bei ihnen ist? Mein Gott. Harris. Ich habe ihm versprochen, dass ihm nichts passiert.«

Ihr Verstand sagte ihr, dass sie gerade dabei war, die Nerven zu verlieren, doch konnte sie nichts dagegen tun. Alles begann sich um sie zu drehen. Da spürte sie Noahs Hände. Er hatte sie an den Oberarmen gepackt. »Josie. Beruhige dich. Atme tief durch.«

»Ich kann nicht«, wimmerte sie. »Ich kann nicht. Harris. Was hat sie mit ihm gemacht? Noah, wir müssen ihn finden.«

Sie war nicht sicher, ob er es absichtlich machte, aber seine Hände kneteten dreimal leicht ihre Oberarme. Genau wie Harris. Josie sah ihm ins Gesicht.

»Du hast ihm diesen GPS-Tracker gegeben, erinnerst du dich? Dieses Geobit«, sagte er.

»Mein Gott«, keuchte sie. »Ja, genau. Mein Handy ist im Auto. Los!«

Als sie im Auto saßen, fragte Noah: »Was ist das?«

»Was ist was?«, fragte Josie, während sie in ihrem Sitz und dann auf dem Boden nach ihrem Handy suchte.

»Dieses Geräusch«, antwortete Noah. »Was ist das für ein Geräusch?«

Ihre Hand schloss sich um ihr Smartphone, das zwischen Sitz und Mittelkonsole gerutscht war. Als sie es herauszog, wurde das Geräusch lauter. Es klang wie ein leiser Autoalarm und kam von ihrem Handy. »Mein Gott«, stieß sie hervor. Ihre Hände zitterten so sehr, dass sie das Handy fallen ließ. Noah schnappte es sich vom Sitz und gab es ihr wieder. »Beruhige dich, Josie«, redete er auf sie ein. »Du musst ruhig bleiben.«

»Komm schon«, murmelte sie und wischte über das Display. Schließlich erschien die Zahlentastatur. Sie gab ihre PIN ein. Auf dem Bildschirm war eine Nachricht von Geobit. Harris hatte den Alarmknopf gedrückt.

Noah startete den Wagen. »Wo sind sie?«

Josie drückte auf *Orten*. Sofort wurde eine Karte mit einer kleinen blauen Figur sichtbar, die Harris' Position anzeigte. Sie bewegte sich langsam über die Linien der Karte.

Noah fuhr los. Das Blaulicht auf dem Dach blinkte noch. »Ich fahre. Du sagst mir, wohin wir müssen.«

»Geradeaus«, erwiderte Josie, während er vom Straßenrand auf die Fahrbahn schwenkte. Sie warf einen Blick auf die Karte und vergrößerte sie mit zwei Fingern, um zu sehen, wie sie fahren mussten, um zu Harris zu gelangen.

»Hier links«, rief sie. »Dann rechts.«

Sie beobachtete, wie sich die blaue Figur durch die Karte bewegte.

»Kannst du abschätzen, wo sie hinwollen?«, fragte Noah.

»Rechts. Rechts, dann noch einmal rechts.«

Ihr Körper flog gegen die Tür, als Noah eine scharfe Rechtskurve fuhr. Sie zoomte wieder heraus. »Sieht aus, als würden sie zur Straße fahren, die nach Bellewood führt.«

»Die Landstraße?«, fragte Noah.

»Genau.«

Noah steckte eine Hand in seine Jackentasche und holte sein eigenes Handy heraus. Er sah abwechselnd auf das Display und die Straße und versuchte, etwas einzugeben, doch sein Auto schlingerte.

»Was machst du?«, rief Josie.

Er gab ihr sein Handy. »Hier ist Lyddys Handynummer. Ich habe heute schon versucht, sie anzurufen, als ich sie nicht zu Hause angetroffen habe. Ruf sie an.«

Er nannte ihr die letzten vier Ziffern ihrer Nummer. Josie fand sie in seiner Liste ausgehender Anrufe. Sie drückte das Anrufsymbol und stellte auf laut, sodass sie beide mithörten und sie gleichzeitig Harris' Standort auf ihrem eigenen Smartphone verfolgen konnte.

Nach dreimaligem Klingeln sagte eine weibliche Stimme: »Hallo?« Fröhlich und unbekümmert. Überhaupt nicht wie eine Frau, die ein halbes Dutzend Menschen ermordet und es bei vielen weiteren versucht hatte und die nun das Leben eines Vierjährigen aufs Spiel setzte.

»Miss K«, sagte Josie. »Hier ist Josie Quinn.«

»Detective Quinn«, antwortete sie sanft. »Ich bin froh, dass Sie anrufen. Ich wollte mit Ihnen über meinen Sohn reden.«

Vor ihnen kam Mistys schwarzer Chrysler 300 ins Blickfeld. Sie fuhren noch immer durch die Siedlung, befanden sich aber bereits auf der Landstraße, die hoch in die Berge führte. Zwischen ihrem Auto und dem von Misty waren noch zwei weitere Fahrzeuge. Josie konnte nicht erkennen, ob jemand auf dem Beifahrersitz von Mistys Wagen saß.

»Ihr Sohn hat heute versucht, von einer Brücke zu springen«, sagte Josie unverblümt. »Er ist gefallen. Als ich ihn das letzte Mal gesehen habe, war er noch am Leben, aber schwer verletzt. Wegen Ihnen.«

Stille.

»Haben Sie mich verstanden? Er hat mir alles erzählt. Es ist vorbei, Mary.«

»Vorbei? Mein Sohn war nicht wegen mir aufgebracht. Er war wegen Ihnen aufgebracht. Er hat mich fast weinend angerufen. Sagte, zwei Polizistinnen hätten ihm zugesetzt und vorgeworfen, Schreckliches getan zu haben. Ich habe nach den Namen gefragt. Als er Ihren nannte, wusste ich sofort, wer Sie sind. Dachten Sie etwa, dass ich Sie ungestraft damit davonkommen lasse, was Sie mit meinem Sohn gemacht haben?«

Josie bedeutete Noah, nach Möglichkeit näher an sie heranzufahren. Er reckte den Hals, um zu sehen, ob er die anderen Fahrzeuge gefahrlos überholen konnte. Trotz seines Blaulichts machten sie keine Anstalten, ihn vorbeizulassen.

»Ich glaube, Sie haben genug gestraft. Ihr Spiel ist aus.« Sie vermutete, dass Mary mit Misty und Harris im Auto saß. »Sagen Sie Misty, sie soll anhalten.«

Wieder Stille. Das Auto direkt vor ihnen verlangsamte die Geschwindigkeit, um nach rechts abzubiegen. Es wurde so langsam, dass Josie sich fragte, ob der Fahrer plötzlich am Steuer ohnmächtig geworden war. Noah überholte ihn mit quietschenden Reifen, während der andere noch abbog.

Aus dem Handy war wieder Marys Stimme zu hören, diesmal schon weniger fröhlich. »Ich werde ihr ganz sicher nicht sagen, dass sie anhalten soll.«

Mary war also tatsächlich mit in Mistys Wagen. Josie drehte sich fast der Magen um.

»Wann das Spiel aus ist, bestimmen nicht Sie«, fuhr Mary fort. »Das bestimme ich. Ich allein. Misty, sehen Sie die Briefkästen vor uns?«

»Ich sehe sie, Miss K«, hörte Josie Misty wie von weither sagen.

»Fahren Sie direkt darauf zu.«

»Nein!«, schrie Josie.

Aber es war zu spät. Mistys bulliger Chrysler schlingerte heftig nach links, überquerte die Gegenfahrbahn und krachte direkt in eine Briefkastenreihe am Straßenrand.

Josies Herz blieb einen Augenblick stehen und pochte umso schneller weiter, als sie Harris' zartes Stimmchen hörten. »Mommy, nein!«

Das Auto hinter Misty blieb stehen.

»Fahren Sie weiter, Misty«, sagte Mary.

Misty bremste nicht. Holzpfosten und zerbeulte Briefkästen aus Metall wurden von den Rädern ihres Autos zermalmt, als sie wieder auf die Straße zurücklenkte und weiterfuhr. Trotz Josies Warnungen, nichts zu essen, was sie nicht selbst zubereitet hatte, hatte sie wohl einen Brownie von Mary angenommen. Oder Mary hatte ihr die Droge auf andere Weise verabreicht – vielleicht über die Wasserflasche, die Misty stets in der Mittelkonsole stehen hatte.

Noah drückte auf die Hupe, weil der Fahrer, der angehalten hatte, vor ihm aus seinem Wagen stieg. Noah riss das Steuer herum und fuhr ihn fast um, als er dem mitten auf der Fahrbahn stehenden Auto vorbeiraste. Er gab Gas und schloss zu Mistys Wagen auf.

»Ich denke, Sie sollten jetzt aufhören, uns zu folgen«, sagte Mary. »Wenn Sie jetzt anhalten, tue ich dem Jungen nichts. Ich weiß, was es heißt, einen Sohn zu haben.«

»Dann sagen Sie mir nicht, dass ich anhalten soll«, entgegnete Josie. »Sagen Sie Misty, dass sie sofort an den Straßenrand fahren und stehen bleiben soll.«

Dieses Mal lag ein scharfer Ton in Marys Stimme. »Sie hören mir nicht zu, Detective. Ich mag es nicht, wenn man mir nicht zuhört. Das ist unhöflich. Sie sind unhöflich. Ich muss Ihnen eine Lektion erteilen. Wie der Schwimmerin, die meinen Sohn abgewiesen, ihm sein Stipendium genommen und mit dem Trainer geschlafen hat. Menschen müssen für ihre schlechten Entscheidungen zur Rechenschaft gezogen werden.«

»Das, was Sie für schlechte Entscheidungen halten«, warf Josie ihr vor. »Sie tun anderen weh, weil Ihnen deren Entscheidungen nicht passen, nicht weil sie schlecht sind. Nysa Somers hat nichts falsch gemacht.«

Mary lachte. »Nichts falsch gemacht? Sie hat gelogen. Jeder dachte, sie sei so rein und perfekt, aber sie war nur eine Schlampe, die sich ihr Stipendium und eine Reportage über sie erschlafen hat. Sie war kein guter Mensch. Sie war außerdem dumm. Ich habe vor den Wohnungen am Hollister Way auf sie gewartet, dort, wo der Trainer sie mitten in der Nacht absetzte. Sie war wegen irgendetwas, was er gesagt hatte, so aufgebracht, dass ich sie problemlos in mein Auto locken konnte. Ich habe dafür gesorgt, dass sie bekam, was sie verdiente.«

Ekel stieg in Josie auf. »Was ist mit Clay Walsh? Was hat er Ihnen getan?«

»Er war nicht auf der Liste der Abholberechtigten«, erklärte Mary. »Wie Harris' Großmutter Cindy machte er einen Aufstand deswegen. Stürmte um den Tresen herum und schob mich einfach beiseite! Wagte es, mich anzufassen. Ich hätte die Polizei holen sollen, aber Mrs D. wollte kein Aufsehen. Er hätte sich vor diesem Auftritt überlegen sollen, was er tut.«

»Misty hat Ihnen nichts getan«, wandte Josie ein. »Sagen Sie ihr, dass sie anhalten soll. Hören Sie auf damit.«

»Nein, sie hat mir nichts getan. Aber Sie.«

Josie gab nicht auf. »Harris ist erst vier. Er ist ein unschuldiges Kind. Sie haben auch einen Sohn. Sagen Sie Misty, dass sie an den Straßenrand fahren soll, und lassen Sie wenigstens Harris gehen.«

»Habe ich einen Sohn?«, fragte sie. »Lebt mein Sohn noch? Oder haben Sie ihn mir genommen, als Sie ihn so aufgeregt haben, dass er dachte, die einzige Lösung sei es, von einer Brücke zu springen?«

»Ich habe ihn nicht dazu gebracht ...«

»Misty«, sagte Mary. »Erinnern Sie sich, worüber wir gerade gesprochen haben, als Sie Ihre Brownies gegessen haben?«

»Klar, Miss K«, antwortete Misty.

»Gut. Dann wird es Zeit, ein Vogel zu sein.«

Die Verbindung wurde unterbrochen.

»Zeit, ein Vogel zu sein«, murmelte Noah. Dann: »Mein Gott, Josie. Sie fahren zum Red Hawk Lookout. Dem Aussichtspunkt.«

SECHSUNDVIERZIG

Josie Herz schlug wie wild. »Fahr schneller«, sagte sie.

»Und du fordere Verstärkung an«, forderte er sie auf.

Josie rief in der Leitzentrale an. Sie musste Noah den Weg zum Red Hawk Lookout nicht erklären. Er brauchte nur Misty aus der Siedlung heraus zu folgen, bis sie auf der einspurigen, gewundenen Straße waren, die von Denton durch die Hügel nach Bellewood führte, der Hauptstadt von Alcott County. Der Aussichtspunkt befand sich etwa auf halbem Weg zwischen beiden Städten. Er bestand aus nicht viel mehr als einem großzügigen Kiesstreifen am Scheitelpunkt der Straße. Angelegt war er auf einem schmalen Felsvorsprung, von dem aus man einen Blick in ein über hundert Meter tiefes Tal hatte. Die steil abfallende Felswand war nur mit einem hüfthohen Metallgeländer gesichert. Ein Auto konnte es problemlos durchbrechen, wenn es schnell genug fuhr und die Kurve davor anschnitt, ohne an Fahrt zu verlieren.

Noah schloss zu Mistys Auto auf und begann wie wild zu hupen, um ihre Aufmerksamkeit auf sich zu ziehen, aber Misty fuhr nur noch schneller. Er versuchte, sie links zu überholen, doch Mary schien erkannt zu haben, was er vorhatte, denn eine

Sekunde später krachte Mistys Wagen seitlich in den ihren. Metall schrammte quietschend über Metall. Noah stieg auf die Bremse und riss das Steuer nach links, um sich von Mistys Auto zu lösen. Misty fuhr einfach weiter. Es war nicht mehr möglich, an ihnen vorbeizukommen und sie dazu zu bringen, langsamer zu fahren oder anzuhalten. Sie durften Harris nicht gefährden. Was Mary vorhatte, würde ihn jedoch ganz sicher das Leben kosten, dachte Josie mit Entsetzen.

»Denkst du, sie zieht das durch?«, fragte Noah, als hätte er ihre Gedanken gelesen. »Sich mit den beiden umzubringen, indem sie Misty mit dem Auto in die Schlucht fahren lässt?«

»Ich weiß nicht«, antwortete Josie mit einem dicken Kloß im Hals.

»Da!«, rief Noah. Er deutete auf das Heck von Mistys Chrysler. Eine der Bremsleuchten war heruntergefallen. Eine winzige Hand schob sich durch das Loch und winkte. »Was macht er?«

»Genau das, was ich ihm beigebracht habe«, erwiderte Josie. Er war ein so cleveres Kerlchen. Tränen stiegen ihr in die Augen. »Ich habe ihm gesagt, wenn jemals ein böser Mensch versuchen sollte, ihn in einem Auto zu entführen, sollte er versuchen, jemandem auf der Straße Zeichen zu geben, indem er die Heckleuchte entfernt und winkt, um Aufmerksamkeit auf sich zu ziehen.«

»Himmel, hat das Miststück ihn in den Kofferraum gesperrt?«, stieß Noah hervor und drückte auf das Gaspedal, um näher an Mistys Auto heranzukommen.

»Ich glaube nicht«, antwortete Josie. »Er hat geschrien, als sie in die Briefkästen gefahren sind. Ich habe ihm auch beigebracht, aus dem Kindersitz zu kriechen und die Rücksitzlehnen umzulegen, um in den Kofferraum zu gelangen. Du weißt schon, für den Notfall.«

»Das ist in der Tat ein Notfall«, sagte Noah. »Ich komme nicht an ihr vorbei und werde sie nicht stoppen können.«

Die Straße wand sich den Berg hinauf. Noah blieb hinter Misty und hupte weiter wie wild. Harris zog seine Hand hinein. Der Ausblick kam in Sicht.

»Noah!«, schrie Josie.

Gerade als Mistys Chrysler auf den Kiesstreifen vor dem Abhang fuhr, leuchtete das verbliebene Bremslicht auf. Trotzdem war sie noch zu schnell. Das Auto krachte in das Aluminiumgeländer vor dem Abhang. Josie sah es schon voller Entsetzen in die Schlucht stürzen, doch es blieb schaukelnd auf der Hangkante hängen.

Noah hielt dahinter an, zog die Handbremse und sprang aus dem Auto. Josie folgte ihm. Mistys Auto neigte sich gefährlich nach vorn. Drinnen hörten sie Harris schreien. Josie lief zum Auto, stellte sich daneben und stützte die Hände auf den Kofferraum, um mit ihrem Körper ein Gegengewicht zu bilden. »Harris!«, rief sie. »Wir sind hier!«

Sie blickte sich um, sah Noah aber nicht. Ein paar Sekunden später kam er hinter seinem Auto hervor, in der Hand ein Paar oranger Spanngurte. »Was hast du vor?«, rief sie. »Hilf mir, ihn hier rauszubekommen.«

»Das Auto bleibt auf keinen Fall so in der Schwebe«, sagte Noah. »Wir müssen es irgendwie sichern.« Er entwirrte die Gurte fieberhaft, löste sie und verband sie miteinander. Dann sah er sich um. »Wir können mein Auto nehmen«, sagte er. »Ich muss näher ran.«

Der Schweiß rann Josie über das Gesicht, während sie sich auf das Heck des Autos stützte. Sie erkannte, dass sie es nicht schaffen würden, den Kofferraum zu öffnen und Harris herauszuholen. Das wäre nur möglich, wenn sie den Schlüssel hätten oder eine der beiden Frauen die Entriegelung am Vordersitz betätigen würde. Sie klopfte auf den Kofferraumdeckel und schrie: »Harris! Klettere zurück auf den Rücksitz!« Er schien sie gehört zu haben, denn eine Sekunde später spürte sie, wie das Auto unter ihren Händen leicht wankte. Sie warf einen Blick durch die Heckscheibe, erkannte aber auf den Vordersitzen keine Bewegung. Das Fahrzeug wippte weiter vor und zurück, sodass sich die Hinterräder vom Boden hoben. Josie versuchte, so fest wie möglich auf das Heck zu drücken, um zu verhindern, dass das Auto mit der Nase voran in die Schlucht stürzte. Noah fuhr seinen Wagen ganz nah an Josie heran und stieg wieder aus. Er kroch unter seinen Corolla und schlang ein Ende des Spanngurts über eine der vorderen Spurstangen. Dann schob er sich nach vorn unter das Heck von Mistys Chrysler und befestigte das andere Ende des Gurts dort. Josie spürte, wie das den Wagen etwas stabilisierte und sie loslassen konnte.

Noah sprang auf und rief: »Holen wir zuerst Harris heraus.«

Josie lief zur Hecktür und öffnete sie. Das Auto schaukelte, blieb aber stabil. Drinnen lag in einer Ecke der Rückbank zusammengerollt Harris. Josie streckte ihm die Hand hin. »Komm, Harris. Nimm meine Hand. Ich hole dich hier raus.«

»Was ist mit Mommy?«, fragte er. »Sie ist böse. Und Miss K., sie ist noch viel böser.«

Josie warf einen Blick auf die Vordersitze. Der Kopf von Miss K. lag auf dem Armaturenbrett. Blut rann ihr vom Haaransatz seitlich über das Gesicht. Neben ihr saß regungslos Misty, die Hände noch am Lenkrad. Sie wartet auf Anweisungen, dachte Josie mit Schaudern.

»Harris«, sagte sie. »Miss K. ist böse. Sie hat Mommy eine Medizin gegeben, die sie krank gemacht und schlechte Dinge tun lassen hat. Das ist alles. Ganz sicher.«

Seine Unterlippe zitterte. »Kannst du Mommy wieder gesund machen?«

»Ja. Jetzt nimm meine Hand. Wir müssen zuerst dich hier rausholen.«

Vorsichtig kroch er über die Rückbank. Als er in der Mitte angelangt war, kippte das Auto plötzlich wieder nach vorn, sodass er in die Luft geschleudert wurde und gegen Mistys

Rückenlehne flog. Von ihrer Freundin sah Josie nur den blonden Hinterkopf. Sie blickte Noah an. Sein Gesicht war rot vor Panik. »Es hält nicht«, sagte er. »Ich muss versuchen, es etwas zurückzuziehen. Vielleicht funktioniert es.«

Aber als er zu seinem Wagen lief, rutschten beide Fahrzeuge ein Stück nach vorn. Josie bekam Angst, dass sie alle in die Schlucht gerissen würden, und streckte schnell ihre Hand zu Harris aus. Sie erwischte ihn am Hosenbund und zog ihn rasch zu sich. Er nutzte den Schwung und kletterte in ihre Arme. Josie drückte ihn einen kurzen Augenblick, dann stellte sie ihn auf den Boden. »Lauf zur Straße«, befahl sie ihm. »Aber stell dich nicht mitten auf die Straße, hast du verstanden? Warte am Rand auf mich. Wenn du ein Polizeiauto siehst, winkst du, damit es anhält.«

Er nickte und lief davon. Josie warf einen Blick über das Dach und sah Noah auf der anderen Seite. »Es hat nicht funktioniert«, rief er. »Ihr Auto zieht meines mit über den Rand. Es ist schwerer.«

»Erreichst du sie?«, fragte Josie. »Oder zumindest ihre Tür?«

Sie musste nicht groß ausführen, wen sie mit »sie« meinte. Beide wollten zuerst Misty aus dem Fahrzeug bekommen, bevor sie versuchten, Lyddy zu retten.

Noahs Kopf verschwand eine gefühlte Ewigkeit, aber vermutlich nicht mehr als drei Sekunden. »Ich denke, ich schaffe es, aber du musst versuchen, ein Gegengewicht zu bilden.«

»Wie?«, fragte Josie.

Er drehte sich um und sah, dass die Räder seines Autos eine Spur in den Kies zogen, während es nach vorn gezogen wurde.

»Shit. Ich weiß nicht«, rief er.

»Ich setze mich in dein Auto, lege den Rückwärtsgang ein und gebe einfach Gas.«

»Nein. Das ist zu gefährlich. Es hat nicht genug Grip. Ich

bin zu nah am Rand. Wenn du das versucht, zieht es dich mit in den Abgrund. Kannst du auf meine Seite kommen?«

Vorsichtig ging Josie nach hinten zum Heck von Mistys Wagen. Sie stieg über den Spanngurt zwischen beiden Fahrzeugen und auf die Seite, auf der Noah mit einer Hand an Mistys Türgriff stand. »Sie ist bei Bewusstsein«, sagte er. »Misty! Misty! Ich muss dich aus dem Auto holen.«

Josie stellte sich hinter Noah und fasste seinen Arm. Er wandte sich zu ihr um. »Ich öffne die Tür gerade so weit, dass du sie herausziehen kannst. Wenn ich sie zu schnell oder zu weit aufmache, rutschen beide Autos in den Abgrund. Verstanden?«

»Ja«, antwortete Josie.

»Bereit?«

Josie nickte.

Als würden sie eine schwierige Operation durchführen, zog Noah vorsichtig an Mistys Türgriff. Er öffnete die Tür, bis das Auto sich wieder nach vorn neigte. »Weiter kann ich sie nicht aufmachen«, sagte er.

Josie sah, dass ihm der Schweiß von der Stirn lief. Sie ging an ihm vorbei und berührte Misty an der Schulter. »Misty, komm aus dem Auto.«

»Komm aus dem Auto«, wiederholte Misty.

Josie hielt ihr die Hand hin. Misty drehte sich und streckte sich danach aus. Das Auto kippte wieder nach vorn. Josie stieß einen Schrei aus. Noahs Unterarme waren vom Halten der Tür in der immer gleichen Position so verkrampft, dass alle Adern hervorgetreten waren.

»Langsam«, sagte Josie zu Misty. »Steig langsam aus dem Auto.«

Unendlich langsam drehte Misty ihren Körper, bis beide Beine aus der offenen Tür baumelten. Eines hing frei über dem Abgrund, das andere über dem Kiesbett davor. Sie streckte beide Hände aus. Josie fasste sie. »Ich zähle bis drei«, erklärte sie Misty. »Dann ziehe ich dich so fest ich kann heraus. Und du musst dich mir entgegenwerfen. Schnell.«

Misty nickte. Josie sah, dass ihre Pupillen riesig waren, aber sie schien ihre Anweisungen willig zu befolgen.

»Beeilt euch«, ächzte Noah. »Ich kann die Tür nicht mehr lange halten.«

Josie zählte bis drei, dann zog sie mit aller Kraft, während Misty aus dem Auto sprang. Sie landete auf Josie. Josie sah an ihr vorbei zu Noah, der auf festem Boden stand, eine Hand noch am Türrahmen. Plötzlich drang ein Geräusch aus dem Auto. Ein Urschrei. Animalisches Wutgeheul. Durch die Fenster sah Josie, wie Mary Lyddys Kopf hochschnellte. Sie ruderte wild mit den Armen, um Noah durch die offene Tür zu erreichen.

»Noah, weg!«, schrie Josie, aber es war zu spät. Plötzlich war er verschwunden.

Das Ächzen von Metall, das über Stein schrammte, ließ Josies Blut gefrieren. Sie stieß Misty von sich und kämpfte sich auf die Beine. Mistys Wagen war nun zur Gänze über die Kante gerutscht. Nur der Spanngurt und Noahs Auto verhinderten noch, dass er in die Tiefe fiel. Josie sah sich um. Die Hinterräder des Fahrzeug hoben sich leicht vom Boden. Es würde ebenfalls mit in den Abgrund gezogen werden.

Josie bückte sich und riss Misty auf die Beine. »Lauf«, befahl sie ihr. »Lauf zum Straßenrand, aber stell dich nicht mitten auf die Straße. Geh zu Harris und warte mit ihm auf die Polizei.«

Misty rannte in die gleiche Richtung, in die zuvor Harris gelaufen war. Josie tastete sich bis zur Felskante vor. »Noah?«, rief sie.

Sie beugte sich über den Rand. Da war er. Er hing, an die offene Tür von Mistys Auto geklammert, in der Luft. Sein Gesicht war verzerrt. Es sah aus, als habe er starke Schmerzen.

Mary hing halb aus der Tür. Sie fletschte die Zähne und

versuchte, ihn zu erreichen. »Nicht bewegen, sonst sterben wir beide!«, rief Noah ihr zu.

»Noah!«, schrie Josie. Sie sah sich um und versuchte eine Möglichkeit zu finden, zu ihm hinunterzugelangen. Doch es gab keine. »Halt aus. Ich hole einen Ast und strecke ihn dir hin. Du packst ihn und ich ziehe dich hoch.«

»Warte«, stieß er mit erstickter Stimme hervor. »Josie, bitte.«

Marys tierisches Geheul wurde leiser. Sie war auf die andere Seite des Fahrzeugs zurückgekrochen. Josie sah, wie sie versuchte, die Beifahrertür aufzudrücken. Doch sie konzentrierte sich weiter auf Noah. »Wir haben keine Zeit«, rief sie ihm zu.

»Bitte, Josie. Warte. Ich muss dir etwas sagen.«

»Nein!«, schrie sie ihn an. »Dazu ist keine Zeit. Ich muss dich wieder hier hochbekommen.«

Marys hektische Bewegungen brachten Mistys Auto immer mehr ins Schlingern. Noahs Fahrzeug rutschte auf dem Kies einige Zentimeter nach vorn. Seine Vorderräder standen nun fast vollständig über die Felskante hinaus. Durch die plötzliche Bewegung sackte auch Mistys Auto ein Stück ab. Die Tür, an der sich Noah festhielt, schwang ruckartig nach außen. Unwillkürlich entfuhren ihnen beiden Schreie. Josie spürte, wie ihr die Tränen über die Wangen liefen.

»Ich wollte dich fragen, ob du mich heiratest«, schrie Noah.

Josie traute ihren Ohren nicht. Er hing an einem Auto, das kurz davor war, über hundert Meter weit in den Abgrund zu stürzen, während sich keine zwei Meter von ihm entfernt eine Serienmörderin befand. Hatte er den Verstand verloren?

»Ich hatte einen Ring. Trinity hat mir geholfen, ihn auszusuchen! Ich wollte dir einen Antrag machen. Ich will, dass du meine Frau wirst.«

Sie konnte sehen, wie sich die Muskeln in seinem Arm

verkrampften. Er kämpfte gegen die Ermüdung an. »Frag mich, wenn ich dich wieder hier oben habe!«, rief sie ihm zu.

Sie wandte sich um und suchte nach einem Ast, der kräftig und lang genug war. Erneut hörte sie seine Stimme. »Würdest du ...?«

Dann hob sich das Heck seines Autos völlig vom Boden und beide Fahrzeuge fielen mit einem metallenen Stöhnen in den Abgrund.

SIEBENUNDVIERZIG

Josie hatte keine Ahnung, wie viel Zeit vergangen war, als ihre Schwester am Aussichtspunkt eintraf, aber es war bereits dunkel geworden. Jemand hatte ihr eine Decke über die Schultern gelegt und sie in ein Rettungsfahrzeug gesetzt. Sie war ziemlich sicher, dass es Sawyer gewesen war. Seit Noah in die Tiefe gestürzt war, hatten sie schon so viele mit einer Mischung aus Mitleid und Sorge angestarrt. Sie hatten Fragen über Fragen gestellt. Beantwortet hatte sie keine, sondern nur immer wieder »Noah ist hinuntergestürzt« herausgebracht, als helfe ihr das, den Schmerz zu verarbeiten. Die Realität zu begreifen. Nein, dachte sie düster, ich werde es niemals akzeptieren.

Arme legten sich um sie. Sie roch Trinitys Parfüm. Trinity begann auf sie einzureden. Sie bekam nur einen Teil davon mit. Misty und Harris waren in einem anderen Rettungsfahrzeug ins Krankenhaus gebracht worden. Beiden ging es gut. Wie es aussah, würde sich Misty von der Vergiftung mit Devil's Breath ohne Spätfolgen erholen. Hudson Tinning war mit schweren Rückenverletzungen geborgen worden. Er würde aller Voraussicht nach eine Operation und viel Physiotherapie brauchen, bis er wieder gehen konnte. Die Nachricht vom Tod seiner Mutter hatte er traurig, aber auch mit einer gewissen Erleichterung zur Kenntnis genommen, wie jemand Josie mitteilte.

Josie nahm alles teilnahmslos zur Kenntnis. Dass Mary Lyddy endlich gestoppt worden war, brachte ihr keinen Trost. Der Preis dafür war viel zu hoch, als dass Josie es ertragen konnte.

»... Mettner wollte kommen und mit dir reden, aber er ist nur noch am Weinen, Josie. Gretchen ist hier. Möchtest du mit ihr reden? Nein? Okay. Jemand wird nach Rockview fahren und deine Großmutter holen. Mom, Dad und Pat sind unterwegs ...«

»Kann ich mit ihr allein reden?«, sagte eine weitere Stimme.

Josie überlegte, wem sie gehörte, bis sie erkannte, dass es Drake war.

»Allein?«, fragte Trinity. »Sie hat gerade die Liebe ihres Lebens verloren. Sie braucht mich jetzt.«

»Sie bekommt dich auch gleich wieder. Ich bitte dich nur um fünf Minuten mit ihr.«

Trinity blitzte ihn gereizt an, ließ Josie aber los und stieg aus dem Rettungswagen. Josie blinzelte, bis die Welt um sie herum wieder feste Formen annahm, während Drake sich in dem engen Fahrzeug neben sie quetschte und sich ihr gegenübersetzte. Alles war viel zu hell.

»Ich kann hier nicht weg«, sagte Josie. »Ich kann ihn nicht da unten lassen. Ich kann nicht nach Hause fahren. Aber sie brauchen das Rettungsfahrzeug wieder.«

»Ich weiß«, sagte Drake.

»Sie können ihn heute nicht mehr finden. Es ist zu dunkel. Die Schlucht ist zu tief. Aber ich kann ihn nicht dort liegen lassen.«

»Ich weiß«, wiederholte Drake. »Ich hatte vorhin eine Idee. Pat hat mit einem Kumpel vom Campus gesprochen. Sie haben eine kleine hochauflösende Drohne mit Nachtsichtgerät. Wir können sie in die Schlucht fliegen lassen, uns die Wracks ansehen, Noahs ...«

»Leiche«, schluchzte Josie.

Drake räusperte sich. »Ja. Und Noahs Leiche finden. Dann steigen Mett, Sawyer und ich hinunter und bringen ihn hoch. Heute Nacht noch. Lyddy und die Wracks können sie ein andermal bergen. Chitwood hat uns bereits das Okay gegeben.«

Josie schloss die Augen. Wieder rannen ihr Tränen über das Gesicht. »Danke«, sagte sie.

Sie zog die Decke fester über ihre Schultern und ging zur Felskante, wo sich alle um Patricks Freund versammelt hatten. Er hielt etwas in der Hand, das aussah wie eine Mischung aus Gamecontroller und Tablet. Der Monitor des Tablets leuchtete grün. Links und rechts davon waren Knöpfe und Pfeile, auf die er ständig drückte. Josie interessierte sich nicht für das, was die Drohne zeigte. Sie musste die Aufnahmen nicht sehen. In Kürze würde sie einen weiteren Mann beerdigen müssen, den sie geliebt hatte. Sie musste an Hudson Tinning und seinen Sturz in die Tiefe denken. Sie war der festen Überzeugung, dass Hudson selbst ein Opfer gewesen war, und doch fragte sie sich, warum er lebte und Noah nicht. Es war einfach nicht fair. Kaum war ihr der Gedanke durch den Kopf gegangen, verdrängte sie ihn schnell wieder. Schon lange bevor sie Polizistin geworden war, hatte sie – instinktiv – gewusst, dass das Leben nicht fair war. Die Bösen starben nicht. Sie lebten und hatten Erfolg. Und selbst wenn sie keinen Erfolg hatten, kamen sie durch, während anständige Menschen scheiterten. So war es nun einmal. Das hatte sie nicht ihre Arbeit gelehrt, sie hatte es nur bestätigt. Josie gesamtes Leben war eine Studie in Ungerechtigkeit gewesen. Sich darüber zu beklagen – ob laut oder in Gedanken – hatte noch nie etwas gebracht.

Sie hoffte inständig, niemand würde ihr nach dieser Katastrophe wieder eine Therapie vorschlagen. Der Erste, der damit daherkam, bekäme einen Schlag ins Gesicht.

»Er ist nicht da unten«, sagte jemand neben ihr.

»Das ist doch lächerlich«, war eine zweite Stimme zu hören. »Er muss da sein.«

»Ich sage dir, er ist nicht im Wrack. Ich sehe eine Frau. Sonst niemanden.«

»Ist er vielleicht unter den Wracks?«, flüsterte jemand.

Josie war übel. Aus irgendeinem Grund kam ihr plötzlich ihr süßer Hund Trout in den Sinn. Wie lange würde er hinter der Tür darauf warten, dass Noah nach Hause kam? Tage? Wochen? Monate? Er würde sein Leben lang nach Noah suchen, dessen Geruch in jeder Ecke ihres Hauses zu finden war. Sie konnte Trout nicht erklären, dass sein Herrchen nie wieder zurückkehren würde. Zum ersten Mal empfand sie keinerlei Reue, dass sie sich dagegen entschieden hatten, Kinder zu bekommen.

»Irgendetwas ist mit deiner Drohne«, sagte Patrick. »Mit ihr stimmt etwas nicht.«

»Mit der stimmt alles.«

»Bring sie wieder hoch«, sagte Drake. »Sieh nach, ob sie ordentlich funktioniert.«

Ein tiefes Seufzen war zu hören. »Na gut.«

Gerade als das Surren der Drohne in Hörweite kam, sagte der junge Mann. »Moment mal. Wartet. Was ist das? Seht euch das an.«

Josie warf einen Blick zu der Gruppe. Sie sah Patrick, ihre Eltern, Drake, Trinity, Gretchen, Mettner, Chitwood und sogar ihre Großmutter Lisette, die sich auf den Rollator stützte. Sie alle drängten sich um den Monitor. »Hey, lasst mir noch etwas Platz!«, rief der junge Mann.

»Was ist das?«, fragte Mettner.

»Um Gottes willen, da ist ein Felsvorsprung«, rief Drake. »Geh näher ran. Sieht man, ob er noch lebt?«

Plötzlich schien alles in Josies Körper stillzustehen. Ihr Atem. Das Blut, das durch ihre Adern floss. Das Bohren in ihrem Magen. Das Pochen in ihrem Kopf. Sie wagte nicht zu hoffen.

»Nein. Das gibt das Bild nicht her.«

»Kannst du vielleicht die Drohne auf ihm aufsetzen? Damit wir sehen, ob er noch lebt?«

»Denke schon.«

Josie sog Luft in ihre Lungen. Dann drehte sie sich um und ging weg. Sie konnte es nicht ertragen, Noah in einer Nacht zweimal zu verlieren.

Sie hatte gerade drei Schritte getan, als ein freudiger Aufschrei durch die Gruppe ging. »Mein Gott!«, rief ihr Vater. »Josie! Josie! Er lebt!«

Josie fiel auf die Knie. Sanfte Hände berührten ihren Rücken. Ihre Mutter nahm sie in die Arme. »Er lebt«, flüsterte Shannon in Josies Haar. »Er lebt.«

»Pat, hast du an der Universität auch Freunde, die klettern?«, fragte Drake.

ACHTUNDVIERZIG

Es wurde schon hell, als es einem Team aus Sanitätern, Feuerwehrleuten und Hobbykletterern von der Universität gelang, Noah vom Felsvorsprung zu holen, auf den er sich gerettet hatte, als die beiden Fahrzeuge in die Schlucht stürzten. Er hatte sich ein Vorbild an Hudson Tinning genommen und mit viel Glück überlebt. Die Autos waren so gefallen, dass sie ihn nicht mitgerissen hatten. Noch bevor die Fallgeschwindigkeit zu hoch geworden war, hatte er sich an einem kleinen Steinsims festhalten können. Er hatte sich Abschürfungen, Prellungen, Verstauchungen und einige kleinere Knochenbrüche zugezogen, doch er war am Leben. Im Krankenhaus harrte Josie aus, bis die Ärzte sie zu ihm ließen.

Sie ging schnurstracks auf sein Bett zu, kletterte zu ihm hinein und drückte sich an ihn. Er sog scharf den Atem ein, legte einen Arm um sie und versuchte, sie zu sich zu ziehen. Sie wollte fragen, ob sie ihm nicht wehtat, doch spielte das im Augenblick keine Rolle. Er war da. Er war am Leben. Sie legte ihren Kopf auf seine Brust und den Krankenhauskittel, den er trug, und weinte hinein, bis sie einschlief.

Ein paar Stunden später weckte sie die Stimme einer Frau.

»Schätzchen, Sie können sich nicht zu diesem Mann ins Bett legen. Er ...«

Sie wurde übertönt von Chitwoods donnernder Stimme. »Sie lassen diese Frau, wo sie ist, verstanden?«

»Verstanden? Das ganze Krankenhaus kann Sie verstehen. Was glauben Sie, wer Sie sind?«

»Ich bin der Polizeichef hier in Denton und das sind meine Detectives.«

»Und ich bin eine Krankenschwester hier und das ist mein Patient. Wenn Sie jetzt bitte ...«

»Nein, ich werde jetzt nicht bitte. Sie lassen sie in Ruhe. Sie können in, sagen wir, zwei Stunden wieder hier antanzen und dann alle Untersuchungen machen, die Sie möchten. Kapiert?«

Josie vernahm ein unverständliches Gemurmel, dann Schritte, die sich entfernten. Sie öffnete blinzelnd die Augen und sah verschwommen, wie Chitwood sich über die andere Seite des Betts beugte. Wieder war Geflüster zu hören. Noah bedankte sich leise bei ihm. »Genießen Sie die Zeit, Sohn«, sagte Chitwood und ging.

Josie wischte über ihre geschwollenen Augen und blinzelte noch einmal, bis sie klarer sah. Sie blickte Noah an und konnte sich ein Lächeln nicht verkneifen. Nachdem sie ihre Nase in seine Brust gesteckt und seinen Geruch eingeatmet hatte, sagte sie: »Was war denn das?«

Noah bewegte sich vorsichtig und zog seinen Arm unter ihrem Nacken hervor. »Da ist etwas, das ich zu Ende bringen muss«, sagte er. »Ich hatte mir das richtig gut zurechtgelegt. Jeder half mit. Deine Schwester, Drake, deine Eltern, Pat, der Chief, Gretchen, Mett. Sie alle deckten mir den Rücken, während ich die Vorbereitungen traf. Ich wollte dich in den Park führen, unter dem Sternenhimmel ...«

»Ach, das war es also«, flüsterte Josie.

»Pläne sind Quatsch«, sagte Noah. »Ich hätte einfach fragen sollen.«

Er stupste sie leicht. Sie hob wieder den Kopf und sah vor sich plötzlich ein winziges Etui mit einem riesigen Verlobungsring.

»Auf jeden Fall erinnerst du dich vielleicht, dass ich dich, kurz bevor ich fast gestorben wäre, fragen wollte, ob du mich heiratest. Josie Quinn, willst du meine Frau werden?«

Josie lachte ihn an. Sie berührte mit einer Hand seine Wange, schob sich hoch und küsste ihn sanft auf den Mund. Dann sah sie ihm in die Augen. In den Sinn kamen ihr lediglich drei Worte:

Ich bin angekommen.

»Ja, Noah Fraley«, sagte sie. »Ich will.«

NEUNUNDVIERZIG

Als Josie aufwachte, schien die Sonne durch die hohen Bogenfenster auf sie, denn sie hatte die schweren Vorhänge offen gelassen. Sie schlug die Augen auf und ließ ihren Blick durch den reich verzierten Raum schweifen, der aussah, als sei er hundert Jahre alt, sah man von einigen Annehmlichkeiten der Moderne wie Fernsehgerät und Warmluftheizung ab. Die Wände waren in hellem Gold gehalten und die Zierleisten aus dunklem, schwerem Walnussholz passten zu dem riesigen Bett, in dem sie lagen. Es dauerte ein paar Sekunden, bis ihr wieder einfiel, wo sie war – wo sie beide waren. Neben ihr schlief Noah tief und fest, das Gesicht entspannt, die Atmung gleichmäßig. Sie drehte sich zu ihm und fuhr die Linie seines Kiefers mit einem Finger nach. Der Diamant in ihrem Verlobungsring funkelte in der Sonne und zerstreute ihr Licht in Dutzende heller Punkte, die über ihren Köpfen flimmerten.

Seit Noahs Sturz war ein Monat vergangen. Einen Monat war es nun schon her, dass sie verlobt waren. Weil Noahs ausgeklügelter Plan, ihr einen Antrag zu machen, vereitelt worden war und der Fall Mary Lyddy sie beide so sehr traumatisiert hatte, dass Josie nach wie vor mit den Folgen kämpfte, hatten ihre Freunde und Verwandten ihnen ein Wochenende zu zweit in einem großen Urlaubsresort in den Bergen westlich von Denton geschenkt. Es nannte sich Harper's Peak und war früher ein riesiges Landgut gewesen, das man für Gäste umgebaut hatte. Man hatte hier von so ziemlich jedem Platz auf dem Anwesen einen atemberaubenden Ausblick, vor allem jetzt, da das Laub sich gerade verfärbte und der Herbst in seiner ganzen Leuchtkraft erstrahlte.

Trotzdem waren Josie und Noah die meiste Zeit in ihrem Zimmer geblieben. Im Bett. Noah musste nach wie vor einige Verletzungen auskurieren, was sie beide aber nicht daran gehindert hatte, sich gegenseitig zu genießen. Zum ersten Mal kümmerte es Josie nicht im Geringsten, was auf der Arbeit oder auch nur außerhalb ihres Zimmers passierte. Sie wollte nichts weiter, als Noah zu berühren und seinem Atem zu lauschen. Mit einem zufriedenen Seufzen legte sie ihren Kopf auf seine Schulter und eine Hand auf seine Brust. Unter ihrer Handfläche spürte sie sein Herz in stetem Rhythmus klopfen. Sie schloss die Augen und wünschte, dieser Augenblick würde nie enden. Es behagte ihr gar nicht, dass das Wochenende bald vorüber war. Bald würde es neue Fälle für sie geben. Noch mehr Tote. Noch mehr Menschen wie Mary Lyddy, die gestoppt werden mussten. Der Pfad der Zerstörung, den Mary Lyddy in ihr Leben geschlagen hatte, kam ihr in den Sinn, doch sie wischte die Gedanken fort. Sie wollte nie wieder an Mary Lyddy denken. Und nun, da diese Frau tot war, bestand dazu auch kein Anlass. Es würde keine Gerichtsverhandlung geben und keine Notwendigkeit, gegen sie auszusagen. Der Fall war klar, vor allem nach der Auswertung der Blutproben von Dan Lamay und Clay Walsh, in denen Spuren von Doug Merlos' synthetischem Devil's Breath gefunden worden waren. Die einzige halbwegs gute Nachricht nach all den tragischen Ereignissen, die Mary losgetreten hatte, war gewesen, dass Clay Walsh überlebt hatte. Er würde noch monatelang im Krankenhaus bleiben müssen, wie Josie erfahren hatte, aber eines Tages würde er zu seiner Tochter und seinen Enkelinnen heimkehren können, und sein Ruf als Held von Denton würde intakt bleiben.

»Hey«, sagte Noah und riss sie aus seinen Gedanken. »Hör auf damit.«

Josie hob den Kopf und blickte in seine braunen Augen. »Womit soll ich aufhören?«

Er nahm sie in seine Arme und küsste sie auf den Mund. »Über Dinge nachzudenken, die nichts damit zu tun haben.«

»Womit?«, fragte sie auffordernd, als seine Hände unter die Decke glitten und die nackte Haut ihres Rückens streichelten.

»Mit uns«, erwiderte er. »Mit dem Jetzt. Wir sind noch früh genug wieder in der realen Welt zurück.«

Josie lachte leise. »Ich weiß. Ich will aber nicht zurück. Ich will für immer hierbleiben.«

Er küsste sie erneut. Josie spürte, wie sich eine elektrisierende Energie zwischen ihren warmen Körpern bildete. »Wir können ja wieder hierher zurückkommen«, flüsterte er ihr ins Ohr. »Wir könnten hier heiraten.«

»Sollten wir«, pflichtete sie ihm bei, bevor seine Berührungen jeden bewussten Gedanken auslöschten.

MEHR VON BOOKOUTURE DEUTSCHLAND

Für mehr Infos rund um Bookouture Deutschland und unsere Bücher melde dich für unseren Newsletter an:

deutschland.bookouture.com/subscribe/

Oder folge uns auf Social Media:

 facebook.com/bookouturedeutschland
 twitter.com/bookouturede
 instagram.com/bookouturedeutschland

EIN BRIEF VON LISA

Vielen Dank, dass ihr *Nur noch ein Atemzug* gelesen habt. Es war wie immer eine große Freude und eine Ehre für mich, eine weitere Story über das aufregende, bewegte Leben von Josie Quinn und ihrem Team für euch zu schreiben. Wenn ihr diese Zeilen lest, bedeutet das, dass ihr euren E-Reader oder euer Buch nicht quer durch das Zimmer geworfen habt, als Noah in den Abgrund stürzte, sondern bis zum guten Ende weitergelesen habt. Dafür bin ich euch dankbar! Wenn euch das Buch gefallen hat und ihr über meine neuesten Veröffentlichungen informiert werden möchtet, meldet euch einfach unter nachstehendem Link an. Eure E-Mail-Adresse wird auf keinen Fall weitergegeben und ihr könnt euch jederzeit wieder abmelden.

deutschland.bookouture.com/subscribe/

Ich nehme mir bei jedem Buch viele Freiheiten, wenn es um Handlung und Erzählzeit geht. Für die Dramaturgie der Story ist das nun einmal wichtig. Echte Ermittlungen sind oft mühsam und langwierig; sie können Wochen, Monate und sogar Jahre dauern. Da ihr von meinen Büchern unterhalten werden wollt, lasse ich die langweiligen Aspekte der Polizeiarbeit nach Möglichkeit weg und konzentriere mich auf das, was Hochspannung verspricht! Ich recherchiere für meine Bücher viel und hole mir Rat von zahlreichen Fachleuten. Fehler und Falschdarstellungen gehen ganz allein auf mein Konto.

Ein reger Austausch mit meinen Leser:innen liegt mir sehr

am Herzen. Ihr könnt mich über die unten genannten sozialen Medien, meine Website und Goodreads kontaktieren. Gern dürft ihr auch meine Bücher bewerten und *Nur noch ein Atemzug* anderen Leser:innen empfehlen. Rezensionen und Weiterempfehlungen tragen wesentlich dazu bei, Literaturfreunde auf meine Bücher aufmerksam zu machen. Wie immer danke ich euch sehr für eure Unterstützung. Sie bedeutet mir unglaublich viel. Ich kann es gar nicht erwarten, von euch zu hören. Bis zum nächsten Mal!

Herzlichen Dank, eure

Lisa Regan

www.lisaregan.com

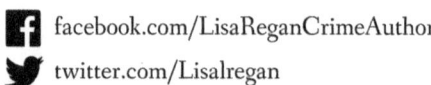

facebook.com/LisaReganCrimeAuthor
twitter.com/Lisalregan

DANKSAGUNG

Ihr lieben, fantastischen, engagierten Leser:innen, ihr seid die Besten! Ich finde es einfach unglaublich, dass eure Begeisterung für diese Serie mit jedem Buch wächst. Ich empfinde es als echtes Privileg, diese Storys für euch zu schreiben, und danke euch sehr für euren Enthusiasmus und eure Treue – mir fehlen einfach die Worte. Danke zu sagen erscheint mir fast zu wenig, aber ich tue es dennoch. Danke!

Wie immer danke ich meinem Ehemann Fred, der Stunden und manchmal Tage ohne meine Zuwendung auskommen muss, wenn ich wieder einmal »am Buch sitze«. Trotzdem ist er irgendwie noch immer mein größter Fan. Mein Schatz, ich glaube, du kannst allmählich selbst ein Buch schreiben. Titel: *Wie man eine Autorin umsorgt und verpflegt.* Gleichzeitig danke ich meiner Tochter Morgan für ihre Geduld, ihre Heiterkeit und dafür, dass sie so oft auf ihre Mom verzichtet, damit die Autorin sein kann. Ein Dank geht ferner an meine Erstleserinnen Dana Mason, Katie Mettner, Nancy S. Thompson, Maureen Downey und Torese Hummel. Danke auch dir, Cindy Doty. Ein weiteres Dankeschön verdienen meine Entrada-Leser. Danken möchte ich ferner Matty Dalrymple und Jane Kelly. Sie sorgen dafür, dass ich mich auf meine Arbeit konzentrieren kann, und unterstützen mich Tag für Tag bei allen Dingen, die mit dem Schreiben zu tun haben. Euch hat der Himmel geschickt! Ein weiterer Dank geht an meine Großmütter Helen Conlen und Marilyn House, an meine Eltern William Regan, Donna House, Joyce Regan, Rusty

House und Julie House, an meine Brüder und Schwägerinnen Sean und Cassie House, Kevin und Christine Brock sowie Andy Brock und an meine lieben Schwestern Ava McKittrick und Melissia McKittrick. Zu Dank verpflichtet bin ich außerdem den üblichen Verdächtigen für ihre uneingeschränkte Unterstützung und Werbung, als da wären: Debbie Tralies, Jean und Dennis Regan, Melisa Wolfson, Tracy Dauphin, Laura Aiello, Ann Bresnan, Karen Powell, Amy und Starkey Quinn, Claire Pacell, Jeanne Cassidy, die Regans, die Conlens, die Houses, die McDowells, die Kays, die Funks, die Bowmans und die Bottingers! Einen weiteren Dank verdienen die vielen fabelhaften Blogger:innen und Rezensent:innen, die die ersten neun Josie-Quinn-Bücher gelesen haben, und jene, die mittendrin in die Serie eingestiegen sind. Ich weiß eure anhaltende Begeisterung und Leidenschaft für meine Bücher sehr zu schätzen!

Speziell erwähnen möchte ich Sgt. Jason Jay, weil er mir zu jeder Tages- und Nachtzeit all meine verrückten Fragen über Polizeiarbeit und Strafvollzug beantwortet, ohne je die Geduld zu verlieren. Ich bin dir so unendlich dankbar. Bedanken möchte ich mich auch bei Lee Lofland, weil er für mich Kontakte zu Expert:innen knüpft, die ich bei den Recherchen zu diesem Buch zurate ziehen musste. Danke, Keven Brock und Michelle Mordan, weil ihr mir so geduldig und ausführlich alle meine sehr detaillierten Fragen über Rettungsdienste, Notfallsanitäter und Lebensrettungsmaßnahmen beantwortet habt. Ein Dank geht an Elizabeth Trostle, die mir zu jeder Tages- und Nachtzeit meine vielen Fragen zum Thema Schwimmen auf dem College beantwortet hat! Auch dir, Geoff Symon, danke ich, weil du mir beim Thema Ertrinken beratend zur Seite gestanden hast!

Weiter danke ich Jenny Geras, Kathryn Taussig, Noelle Holten, Kim Nash und dem gesamten Bookouture-Team dafür, dass sie dieses erstaunliche Projekt so reibungslos umgesetzt und zu einem so großen Genuss gemacht haben. Last but not least – vor allem nicht »least« – danke ich der unvergleichlichen Jessie Botterill, dass sie, während dieses Buch entstand, meine Hand gehalten, den Plan immer wieder umgeschmissen und mich beruhigt hat, wenn ich in Panik geraten bin! Ohne dich bekäme ich kein Buch mehr auf die Reihe – und würde es auch gar nicht wollen! Du bist die brillanteste, geduldigste Lektorin der Welt und einer der erstaunlichsten Menschen, den zu kennen ich die Ehre habe!

www.ingramcontent.com/pod-product-compliance
Lightning Source LLC
LaVergne TN
LVHW041618060526
838200LV00040B/1331